揚雄集校注

〔漢〕揚雄 著
張震澤 校注

上海古籍出版社

圖書在版編目(CIP)數據

揚雄集校注 /（漢）揚雄著；張震澤校注. —上海：上海古籍出版社，2024.1（2024.8重印）
（中國古典文學叢書）
ISBN 978-7-5732-0976-4

Ⅰ. ①揚… Ⅱ. ①揚… ②張… Ⅲ. ①古典文學—作品綜合集—中國—漢代 Ⅳ. ①I213.42

中國國家版本館 CIP 數據核字(2023)第 229906 號

中國古典文學叢書

揚雄集校注

〔漢〕揚 雄 著

張震澤 校注

上海古籍出版社出版發行

（上海市閔行區號景路 159 弄 1-5 號 A 座 5F 郵政編碼 201101）

（1）網址：www.guji.com.cn

（2）E-mail：guji1@guji.com.cn

（3）易文網網址：www.ewen.co

上海展强印刷有限公司印刷

開本 850×1168 1/32 印張 14.125 插頁 7 字數 311,000

2024 年 1 月第 1 版 2024 年 8 月第 2 次印刷

印數：1,801—2,400

ISBN 978-7-5732-0976-4

I·3779 平裝定價：58.00 元

如有質量問題，請與承印公司聯繫

電話：021-66366565

揚雄畫像（采自鄭振鐸《插圖本中國文學史》）

揚雄石雕像（在四川綿陽）

子雲亭（在四川綿陽，早期原貌）

揚雄墓（在四川郫都，當爲雄家族墓地，雄之二子葬此。雄卒，葬於漢惠帝安陵）

前言

校注本書既成，有幾個與揚雄及揚雄集輯録有關的問題，順便在卷首向讀者作一些必要的説明。

一、揚雄生平

揚雄（公元前五三—公元一八），字子雲，西漢蜀郡成都人，漢書卷八十七有傳。漢書這篇傳記是班固全部移録揚雄自序而成，没有增改一字，故所記事實是比較可靠的。揚雄祖先出自周姬姓。不知西周哪位王的庶支有名伯僑者受封采地于晉之楊邑（在今山西洪洞縣東南十五里），稱楊侯，子孫即以楊爲氏。戰國時期，楊侯爲了避晉六卿之亂，舉家南遷至楚之巫山（即今重慶巫山縣）。戰國末年，秦王發動了統一戰争，秦始皇二十四年滅楚，二十五年秦統一天下。又十餘年秦亡，接着發生了劉、項大戰。數十年間楊氏不得安居，遂又溯長江而上遷到巴郡江州(在今重慶嘉陵江一帶)。漢初有楊季官至廬江太守。漢武帝元鼎年間,楊季避仇,再攜家溯江遷到蜀郡郫縣(即今四川成都郫都),定居于岷山之陽,有田一廛,有宅一區。古制一夫之田百畝,宅地二十五畝、萊地五十畝,統謂之一廛。從此世以農爲業,成爲一家小地主或自耕農。但人口並不興旺,自楊季至揚雄五世都是單傳獨子,所以他的家境最好也不過是僅能自給的孤族寡親的小地主。

揚雄之姓出于晉之楊邑,本來是木旁的「楊」而非手旁「揚」,不知何時改爲手旁「揚」。有人説是揚雄好奇,爲了區别于蜀地其他楊姓自己改的,其實此説没有根據,並不可靠。據漢書本傳王先謙補注研究,因漢書版本不同,「楊」字隨之而異,如景祐本、汪本、毛本,「楊」「揚」二字雜出一篇之中,而明監本則皆改爲「揚」字了。本來作爲姓氏和地名的木旁「楊」與手旁「揚」,漢書全書往往通用。如揚州,明監本通作「楊」,不作「揚」。高帝紀之楊熊,汲古本則作揚熊。揚雄之姓出於楊邑,本應作木旁「楊」。一般認爲忽然改爲手旁「揚」是從明朝開始用了俗體字。明朝以前無作「揚」者。但數百年來已經成爲習慣,故本書亦用俗體,而不再回改。

揚雄生於漢宣帝甘露元年,卒於王莽天鳳五年,壽七十一歲。一生凡歷宣、元、成、哀、平及新莽五朝。在這五朝的嬗代過程中,一般是皇帝病弱,外戚擅權,政治變化劇烈。揚雄雖然爲人簡易佚蕩,清静無爲,不汲汲於富貴,但也不能不隨政治變化而有升降浮沉。他的一生可分四個階段:

一、第一階段，是他四十二歲以前未出蜀，在家讀書學習，在辭賦創作上初有成績的階段。他的家庭是一個孤姓寡親而能自給，不須求之外族的小康之家，所以從幼年就養成了他不勞動，不事生産，不善言談，不喜交游，而好讀書深思、簡易佚蕩、不慕榮利的孤僻性格。在這四十多年中，對他影響最大最深的有兩人。一位是他的遠親臨邛林間翁孺（姓林間，字翁孺，佚名）。此人很有學問，精於訓詁，多識奇字，掌握有輶軒使者上奏的方言資料，又與司馬相如同鄉，熟悉司馬相如辭賦和屈原楚辭。在他的影響下，這時揚雄依傍屈原離騷作了廣騷，又作了畔牢愁，悲屈原不爲世所容，自沉而死，作反離騷，自岷山投諸江流以吊屈原。又以爲司馬相如作賦甚弘麗温雅，雄每作賦常擬之以爲式。又曾作縣邸銘、綿竹頌、成都四隅銘等文。

另外一位對揚雄有影響的人是林間翁孺的一位好友嚴君平。嚴君平精通周易、老子。在成都市上賣卜（給人占卦），常依蓍龜以忠孝仁義教人，日得百錢則閉肆讀老子，著有老子指歸一書。性方正，不作苟見，不爲苟得，久幽而不改其操。揚雄常來就教，故亦效嚴君平不汲汲於富貴，不戚戚於貧賤。後來又立意草寫太玄，都與嚴君平影響有關。

總之，這一階段是揚雄在宿學老師指導下讀書學習，爲以後的事業奠定了基礎，同時也是在辭賦創作方面達到成熟的階段。

二、自成帝元延元年（公元前一二）揚雄四十二歲自蜀來至京師至元延三年四十四歲，共約兩年多時間，是揚雄生平的第二階段。

揚雄到長安是在此年冬十二月，先爲大司馬王商門下吏，王商奇其文，向成帝推荐。時有蜀人楊莊爲郎侍帝，盛稱雄文似司馬相如，並誦其縣邸銘、王佴頌等文，帝好之，召爲待詔（參閱後附揚雄年表）。次年元延二年正月，帝幸甘泉，郊泰畤。三月，幸河東，祠后土。冬幸長楊宫，舉行大校獵，宿萯陽宫。此時帝每出行幸，皆使揚雄從行作賦。元延二、三年中，揚雄分别奏上甘泉賦、河東賦、羽獵賦、長楊賦四篇有名的大賦。後來左思寫三都賦構思十年才寫成。揚雄在約兩年之中寫了四篇賦，辛苦可知。他的青年朋友桓譚，著新論一書，記載一段故事：「子雲亦言：成帝時趙昭儀方大幸。每上甘泉，詔令作賦。爲之卒暴，思精苦。賦成，遂困倦小卧，夢其五臟出在地。以手收而納之。及覺，病喘悸，大少氣，病一歲。」由此可見作賦的艱苦程度到了何等地步。他主張賦應能起諷喻作用，實際上，作賦非但没有起到這種作用，反而累得幾乎要了命。有人問道：「吾子少而好賦？」曰：「然，童子彫蟲篆刻。」俄而曰：「壯夫不爲也！」（見法言吾子篇）此後他就不再作賦了。

這一階段雖然只有不到三年的時間，但却是揚雄辭賦創作最多、最成熟、成就最高的階段。四篇大賦代表了自司馬相如以後的新發展，也開拓東漢大賦寫作的新途徑。

三、第三階段。自成帝元延四年至王莽稱帝（公元八）共十七年，爲揚雄一生的第三階段。元延三年中四賦既奏，成帝大好之，乃除揚雄爲郎，給事黄門。漢代光禄勳屬官有議郎、中郎、侍郎等。郎的任務是宿衛侍從，出充車騎。中郎月俸比六百石。揚雄從此有了薪俸，解决了對家口生活的耽憂。黄門，本是未央宫的一個小門。門闥塗黄色，異於其他宫門。把郎官派在這裏，居禁中給事。官位雖小，但接近皇帝，故爲榮寵之職。外戚子弟如王莽、劉歆、董賢等都曾做過黄門郎，也都從這裏發迹。但揚雄做此官後却另有一種打算。這裏對揚雄有一個極爲方便的條件，那就是天下郡國上計孝廉及有公務的官員來會京師時，常先在這裏候旨，正是揚雄搜集方言異語的好機會。所以揚雄就職後就上書成帝請求説：「我少小時没有得到好好學習的機會，長大以後最愛内容廣博深沉文辭宏麗的文章。我願三年不要薪俸，並免除我值班和各種供應雜役，使我能够放心地在這裏自學自修，以便有所成就。」成帝下詔批准，不停薪俸，且令尚書省賜給筆墨錢六萬，并准揚雄到藏經典秘籍的石室去看書。這時揚雄四十四歲。劉歆也四十四歲，正典校石室秘書。年餘，揚雄作繡補、靈節、龍骨之銘詩三章奏上，成帝大喜，就放心讓揚雄盡情在朝廷各處活動。於是揚雄帶着毛筆和四尺白油布，訪問各地來會者，並把方言異語記在布上，回去後再摘録在木牘上，最後整理成方言一書。

揚雄爲黄門郎近二十年，中間成帝、哀帝崩逝。董賢、王莽先後各爲大司馬，位三公，尊貴顯赫。許多善吹捧詐譌諂諛之人造作符命，夤緣巴結，都做了大官，有的起家至二千石，而揚雄毫不動心，自甘淡泊，除著方言外，即在蘭台、石室飽覽秘籍。

四、自王莽初始元年（公元八）揚雄六十一歲至王莽天鳳五年（公元十八）揚雄七十一歲卒，爲揚雄一生的第四階段，揚雄已經在年逾花甲以後，有子二人先後夭亡，他很傷心，兩次親自將愛子靈柩送回成都，因而家境越來越貧困。門庭冷落，少有人來。他好飲酒，有幾位好學的人，有時帶了酒食登門問學。其中有一位鉅鹿人侯芭拜他爲師，從學太玄。王莽始建國元年（公元九），揚雄六十二歲，以耆老久次轉爲太中大夫，薪俸略高而工作依舊。次年，劉歆的兒子劉棻有罪。因劉棻曾從雄問奇字，王莽派使者來捉人。揚雄正在天禄閣上校書，懼不免，從閣上跳下，幾死。王莽赦免他，等他病愈，仍爲大夫。始建國五年（公元一三）王莽姑母新室文母皇太后死，莽詔雄作誄，時雄六十六歲，不敢違命，作元后誄，稍後又作劇秦美新。後五年天鳳五年（公元一八），揚雄七十一歲，卒於長安。他的好友桓譚爲之治喪，學生侯芭負土作墳，葬於漢惠帝安陵陵園内，號曰玄冢。一代學人從此長眠地下。

二、揚雄集的輯録

揚雄是我國古代畢生從事著作的學者和作家。他的作品可分兩部分，一部分是成書，包括太玄、法言、方言（舊題爲輶軒使者絕代語釋别國方言）、蜀王本紀等，散篇有賦、頌、箴、銘及上書等數十篇。這些至今尚保存着的書篋，在他生前就流布甚廣，爲時人所重視。不但當時漢成帝好其辭賦，即如和他同朝共列淵懿博雅的大學問家劉向、劉歆父子也都十分欽服。劉向典校秘書，撰寫别録，著録了揚雄太玄（别録已佚，此見蕭該漢書音義引）。劉歆繼承父業，復領校秘書，集六藝羣書種別爲七略，於六藝略中著録了揚雄訓纂，於諸子略中著録了「揚雄所序三十八篇，計太玄十九、法言十三、樂四、箴二」（其中樂四篇今亡）。於詩賦略中著録了揚雄賦十二篇（劉歆七略已佚，此見漢書藝文志）。劉歆撰寫七略時又曾寫信給揚雄索取他的方言。看來劉向、劉歆父子編著羣書目録，對於揚雄的著述非常重視，凡所見到的都已入録，未能討得方言，實在遺憾。

至於揚雄的好友桓譚、門人侯芭都十分景仰他更不必説。如桓譚新論記載譚與張子侯一段談話：「張子侯曰：『揚子雲，西道孔子也，乃貧如此！』吾應曰：『子雲亦東道孔子也。昔仲尼豈獨是魯孔子？亦齊楚聖人也。』」

王充論衡講瑞篇亦記桓譚語曰：「桓君山謂揚子雲曰：『如後世復有聖人，徒知其才能之勝己。多不能知其聖與不聖也。』子雲曰：『誠然。』」由此可見前後漢人直以揚雄爲聖人，他們是如何地心悦誠服！

劉向别録、劉歆七略皆不立集録、集略，可知西漢還没有編輯個人專集的風氣。圖書目録之有「集部」，大概始於南北朝梁處士阮孝緒之七録。七録體裁是根據七略而略加變化，其分部題目曰：「一、經典録，紀六藝。二、記傳録，紀史傳。三、子兵録，紀子書兵書。四、文集録，紀詩賦。五、技術録，紀數術。六、佛録。七、道録。（七録全書已佚，此見隋唐經籍志。）」但七録文集録收有什麼文集，今不可知。至唐修隋書經籍志始分圖書爲四部，四部界限分明，對於揚雄之書，方言屬小學，入經部。訓纂早已併入三蒼，三蒼亦屬小學，入經部。蜀王本紀入史部。法言、太玄入子部。另有漢太中大夫揚雄集五卷則入集部。這是揚雄集最早見於著録者。但不知本集是何時何人所編。按隋志後序説：「别集之名蓋漢東京之所創也。自靈均（屈原）以降，屬文之士衆矣，然其志尚不同，風流殊别，後之君子欲觀其體勢而見其心靈，故别聚焉，名之爲集。」試看隋志集部著録以楚辭十二卷爲始。此書正是東漢校書郎王逸集屈原已下迄於劉向，逸又自爲一篇並敍而注之，證知别集起東漢之説是對的。王逸之書録楚辭，有劉向，獨不録揚雄，究其原因，最大的可能是那時已有揚雄集通行了。

隋志這部揚雄集，唐代尚存，兩唐志均有著録。至宋已經散佚。有譚愈者取漢書及古文苑所載雄文四十餘篇仍編爲五卷，是爲重編本。陳振孫直齋書録解題曰：「揚子雲集五卷，漢黄門侍郎揚雄子雲撰，大抵皆録漢書及古文苑所載。」所言蓋即此本。明萬曆中，遂州鄭樸又取太玄、法言、方言三書及類書所引蜀王本紀、琴清英諸書與諸文賦合編之，釐爲六卷，而以逸篇之目附卷末。此爲新編全集之本。清修四庫全書即用此本。

最初的想法，原擬通揚雄散篇及成書太玄、法言等合編而校注之，並以四庫本爲底本。後來根據出版社的意見，改變了主意。因文人别集例不收成書，遂決定本集只收散篇而捨成書，惟蜀王本紀僅存片段，不成章節，姑入集中。

揚雄雜文之輯録，如上所述，唐宋以前之輯本不復可見，明人重輯，除專集外，有梅鼎祚西漢文紀、張采歷代文鈔，均不收歌賦。張溥漢魏六朝百三名家集，以張燮漢魏六朝七十二家集爲藍本，而以馮氏詩紀、梅氏文紀補綴成書，其中有揚雄集，且收歌賦，但其書踳駁多誤，不可據。清嚴可均輯全上古三代秦漢三國六朝文，綜合諸輯，較爲完備。故本書即據嚴輯覆查出處，删其不當，補其缺遺，凡得五十七篇，可説是揚子雲集最完備的了。即據以詳加注釋校勘，也敢説是自有雄集以來注釋校勘之最詳審的了。當然，這都是在前人工作的基礎上取得的成果，要達到最完美的程度，還有待於今後的努力。詩云：「雖不能至，心嚮往之。」我想只要不懈努力，一定會達到目標。

三、前人對揚雄的評論

前人評論揚雄，多着眼於他的太玄、法言等學術著作，在他生前就有不同的評價。例如太玄，劉歆嘗言：「吾恐後人用覆醬瓿。」桓譚則以爲超越諸子。張子侯則言：「揚子雲，西道聖人也。」又如法言，班固漢書揚雄傳詳著篇目，可見其重視。宋司馬光採諸儒之説爲集注，又作潛虛以擬太玄，也説明司馬氏是極尊許這兩部書的。但自程頤開始説兩書「蔓衍而無斷，優柔而不決」，蘇東坡評爲「以艱深之詞，文淺易之説」，朱熹作通鑑綱目更特筆大書「莽大夫揚雄死」，從此揚雄的人品著作遂皆爲儒者所輕。大抵北宋以前尚被譽爲孟、荀之亞，北宋以後乃多被訾譭。譭譽不同，大概應受兩種錯誤觀點的影響。一是認爲他喜好仿古；二是晚年爲大夫依附王莽，背叛了漢家正統。如果我們能比較客觀地看問題，就能得出較爲正確的結論。

關於仿古問題。漢書本傳説他「恬於勢利，實好古而樂道，欲求文章成名於後世。以爲經莫大於易，故作太玄；傳莫大於論語，作法言；史莫善於蒼頡，作訓纂；箴莫善於虞箴，作州箴；賦莫深於離騷，反而廣之；辭莫麗於相如，作四賦，皆斟酌其本，相與放（仿）依而馳騁云」。可見所謂他的仿古，並非爲奴爲僕，亦步亦趨，而是要超越前人，壓倒古典，故擇古籍之尤卓著者而以己意重作之。其雄心壯志是可欽佩的。文學發展有一條規律，叫做繼承遺産，推陳出新，揚雄所爲正符合這條規律。若視其爲一味模仿，顯然不當。

關於王莽篡漢，揚雄附合問題。王莽在篡位改政之前，其學行確曾予社會各階層以好的印象。他少孤貧，折節恭儉。及爲大司馬，任用賢良。其子王獲殺奴，即令其自殺償命。平帝時，郡國大旱，民流亡，他出錢百萬，獻田三十頃，又諷公卿二百三十人獻田宅以救貧民，派使者捕蝗救災。爲宰衡時，徵天下通知逸經、古紀、天文曆算、鐘律、小學、史篇、方術、本草及以五經、論語、孝經、爾雅教授者詣京師，至者數千人。後又起明堂、辟雍，益博士，爲學者築舍萬區。這些舉動即使是假象也罷，在當時都是很得人心的。揚雄抱有濃厚的儒家思想，對王莽也持有幻想就毫不足怪。而且王莽淫威，子雲懾畏，故有投閣幾死之事。所以在王莽稱帝之時奉命寫了元后誄、劇秦美新之文，也是不足怪的。至於王莽最後失敗，則在於託鬼神，搞符瑞，復古倒退，引起了農民起義和劉氏乘機反對。不過這些都在揚雄作賦以後，不及引起改轍罷了。

二事既明，下面談談他的文學成就。

他的文學成就，主要在於辭賦。他的四篇大賦，前已言及。四賦的創新之處，首先在於建立了漢大賦的一種蘊藉風格。以前的大賦多抒情言志之作，故其文華比較恣肆。他的四篇賦是寫給皇帝看的，意在諷諫，故詞多隱約，意旨深婉。劉勰評論説：「理贍而辭堅。」我們可以稱爲賦的蘊藉派的濫觴。

其次，對大賦體制的突破。過去的大賦，自枚乘七發以降，多用賓主問答形式，後來竟成爲定格。子雲四賦打破了這個成規，開門見山，給人以清新之感。羽獵賦開頭設爲或人之問，然後駁之以發議論，但這與賓主問答之體不同。這是設問以爲引起，從反面取勢而漸深入，是司馬相如賦所没有的。

第三，至於煉字遣詞亦有特點。他的賦確有「文辭艱深」的毛病，這是因爲他掌握的奇字多而又追求「閎侈鉅衍，競於使人不能加」的結果。但有的地方煉字選句却顯得極有功力。如長楊賦的「砰轒輼，破穹廬，腦沙幕，髓余吾」，四個動詞非常切當而堅定。而且三字爲句，連用四句，音節短促，極爲傳神。其描寫處往往多用古怪的字，而敍事處則常用淺文言。如蜀都賦敍當地物産説：「筒中黄潤，一端數金，雕鏤釦器，百伎手工。」幾句平常無奇的話説盡了蜀地工藝之精妙。

第四，對四言體小賦有所發展。揚雄以前賦家多寫騷體賦，故騷體賦較盛，而四言體賦望塵莫及。說理如酒賦、逐貧賦、解嘲、解難，對四言小賦的發展做出了貢獻。酒賦是一篇詠物賦，最早的詠物賦有屈原的橘頌，其後鮮有繼者。漢代早期有劉安的屏風賦，真僞尚有問題。即令是真的，其內容單薄，遠不如酒賦之託意弘深。賈誼鵩鳥賦與揚雄逐貧賦體制相類，但鵩鳥賦重在說理，逐貧賦則融說理、描寫、抒情爲一體，手法多樣，內容也豐富得多。至於解嘲、解難，皆緣事而作，在形式上可能受了東方朔答客難的影響，但這兩篇皆語言清利，很少奇文怪字。因爲是自由言志，便顯得特別活潑。揚雄所有的賦作，至少有兩種不同的風格體式，一種是莊嚴鄭重，帶有廟堂氣氛的大賦，一種是自由抒情言志的小賦。大賦尚典雅古奧，小賦則淺近自然，有時帶點幽默情趣，二者都能極盡形容刻畫之能事，不能不承認是自司馬相如以來在賦體藝術上一種較大的進步。

第五，值得一提的是他創造了一種新文體——「連珠」。文心雕龍雜文篇說過：「揚雄覃思文闊，業深綜述。碎文瑣語，肇爲連珠。」文章緣起也說過：「連珠，揚雄作，是連珠非始於班固也。嗣後，潘勗擬連珠，魏王粲倣連珠，晉陸機演連珠，宋顏延之範連珠，齊王儉之暢連珠，梁劉孝儀探物作豔體連珠。」什麼是連珠呢？昭明文選演連珠李善注引傅玄敘連珠曰：「其文體辭麗而言約，不指說事情，必假喻以達其旨，而覽者微悟，合於古詩諷興之義，欲使歷歷如貫珠，易見而可悅，故謂之『連珠』。」五臣注張銑也說：「連珠者，假託衆物。陳義以通諷諫之道。連，貫也，言穿貫情理，如珠之在貫焉。」揚雄連珠，今存殘篇，確實都是諷諭之辭。可以想見，諷喻而不直説，是他的一貫作風。東漢以來效倣者甚衆，著名的有杜篤、賈逵、班固、傅毅、劉珍、潘勗等。文心雕龍批評他們：「欲穿明珠，多貫魚目。」似乎他們的作品都趕不上揚雄。可見，「連珠」不但爲揚雄所創始，而且對後世也產生了深遠的影響。

信筆寫來，前言不覺逾數千言，未免東方朔大言絮叨，然仍有數語不能不略陳於後。

此書之成及出版問世，主要得力於上海古籍出版社的支持，在此謹表感謝！

書前插圖，四川綿陽子雲亭及亭前子雲雕像，是成都大學謝宇衡教授和綿陽市人大常委會嚴代澤副主任費心攝贈，亦一併致謝！

揚雄造像係採自鄭振鐸著插圖本中國文學史第一册第九十五頁的插圖（原未注明出處）。此書的例言中曾聲明：「爲了搜求的困難，如有當代作家要想從本書插圖裏複製什麽的話，希望他們能够先行通知作者一聲。」鄭先生逝世有年，但他的意見自當受到尊重；今已長眠不聞，惟有默謝以慰之而已！

本書中十二州箴及百官箴的注釋和校勘，係小女張佳音、婿張治政二人寫成初稿。不宜埋没，亦著其名於此。

此書三年前寫成，至今方補寫前言，復因腦病未愈，未能逐篇逐字複查複閲，其中缺點錯誤一定不少。希望讀者隨時摘瑕糾謬，並賜教言，以便將來改正。

在校注此書過程中頗多感受，成詩一首，以爲結語。詩曰：

鉛槧辛勤愧子雲，遍搜羣書輯遺文。四賦堪與相如敵，二言前更無古人。自有精思出衆者，劇美之間見初心。世俗多誣常耳食，「倣古」「附莽」非確論。

一九九一年十一月十四日

張震澤記於遼寧大學海北館南窗下

時年八十一歲

揚雄集校注目録

賦

蜀都賦〔一〕

蜀都之地，古曰梁州〔二〕。禹治其江〔三〕，渟皐彌望〔四〕，鬱乎青葱，沃壄千里〔五〕。上稽乾度，則井絡儲精〔六〕。下按地紀，則巛宫奠位〔七〕。東有巴賨，綿亙百濮〔八〕，銅梁金堂〔九〕，火井龍湫〔一〇〕。其中則有玉石嶜岑〔一一〕，丹青玲瓏〔一二〕，邛節桃枝〔一三〕，石鱨水螭〔一四〕。南則有犍牂潛夷〔一五〕，昆明巂眉〔一六〕，絶限峅嵣〔一七〕，堪巖亶翔〔一八〕。靈山揭其右，離堆被其東〔一九〕。於近則有瑕英菌芝，玉石江珠〔二〇〕。遠則有銀鉛錫碧〔二一〕，馬犀象僰〔二二〕。西有鹽泉鐵冶〔二三〕，橘林銅陵〔二四〕，邛連盧池，澹漫波淪〔二五〕。其旁則有期牛兕旄〔二六〕，金馬碧雞〔二七〕。北則有岷山〔二八〕，外羌白馬〔二九〕。獸則麙羊野麋〔三〇〕，罷犛貘貒〔三一〕，鷵麢鹿麝〔三二〕，户豹能黄〔三三〕，獑胡雖玃〔三四〕，猨蝙玃猱〔三五〕，猶觳畢方〔三六〕。

【注釋】

〔一〕蜀都賦：見古文苑韓元吉本，又章樵注本，又略見藝文類聚六十一，又散見昭明文選李善注數條。嚴可均全漢文，有校補。作期未詳，當爲揚雄早年作。本文據守山閣章樵注本重校。蜀都：即今四川成都市。原爲古蜀國，秦惠王二十七年，遣張儀司馬錯等滅蜀，置蜀郡，築成都城。漢高帝初建國爲三郡之一。武帝元鼎六年，以筰都地置沈黎郡，天漢四年省入蜀郡西部；又以冉駹地置汶山郡，宣帝地節三年省入蜀郡北部。蜀郡治成都。成都本爲蜀王故都，在漢又爲三蜀之都會，故稱蜀都。

〔二〕梁州：大禹平水土，分天下爲九州，曰冀、兗、青、徐、揚、荆、豫、梁、雍。華山之南，西至黑水，東南接荆、豫，爲梁州（見尚書禹貢），中區在蜀。

〔三〕禹治其江：尚書禹貢曰：「岷嶓既藝，沱潛既道（導）。」又曰：「岷山導江，東別爲沱。」按沱潛皆水名，在蜀中。

〔四〕渟：儲水的地方。　皐：水邊高地。　彌：遍滿。

〔五〕壄：古野字。全漢文作野。

〔六〕上稽二句：稽：考核。　乾度：指天上之星度，猶言天象。　井絡：星名，二十八宿之井宿。文選左思蜀都賦：「遠則岷山之精，上爲井絡，天帝運期而會昌。」劉逵注云：「河圖括地象曰：『岷山之地，上爲井絡，帝以會昌神，以建福，上爲天井。』言岷山之地，上爲東井維絡，岷山之精上爲天之井星也。」按古以天上之星宿爲地之分野，漢書地理志亦云：「巴蜀廣漢本南夷，秦并以爲郡……自井十度至柳三度，謂之鶉首之次，秦之分也。」賦乃言岷山之精上爲井，蜀都在岷山之陽，其精氣上爲井之維絡。

〔七〕下按二句：地紀：地理。巛宫：坤宫，易説八卦配八方，坤在西南方，爲蜀都之位。巛：古坤字。全漢文作坤。奠：定。

〔八〕東有二句：巴：國名，亦族名，主要分布在今川東鄂西一帶。周封廪君爲巴子，秦漢以其地爲巴郡，郡治在今重慶江北。賨：國族名。左思蜀都賦劉逵注：「應劭風俗通曰：『巴有賨人，焊勇，高祖爲漢王時，閬中人范目説高祖，募取賨人定三秦，封目爲閬中皃慈鄉侯，并復除目所發賨人盧、朴、沓、鄂、度、夕、襲七姓不供租賦。閬中有渝水，賨人左右居，鋭氣喜舞，高祖樂其猛鋭，數觀其舞。後令樂府習之。』」按七姓，華陽國志作羅、朴、昝、鄂、度、夕、龔。濮，族名，據尚書牧誓，武王伐紂，有濮人參加。濮人無君長，散處甚廣，故稱百濮。左傳文公十六年：「百濮離居，將各走其邑。」

〔九〕銅梁，山名，在漢宕渠縣，即今四川渠縣。金堂：全漢文作金臺，誤也。金堂山在今四川新都區。

〔一〇〕火井：天然氣井，其氣可燃以煮鹽，今四川各縣多有之。後漢郡國志蜀郡臨邛本注：「博物記曰：『有火井，深二三丈，在縣南百里，以竹木投取火。後人以火燭投井中，火即絶滅不復然。』蜀都賦注曰：『火井欲出其火，先以家火投之，須臾許，隆隆如雷聲，爓然通天，光耀十里，以竹筒承之，接其光而無炭也。』取井火還煮井水，一斛水得四五斗鹽；家火煮之，不過二三斗鹽耳。」龍湫：即龍池。文選左思蜀都賦：「龍池滈瀑。」劉注：「龍池在朱提南十里，地（池）周四十七里。」按漢朱提，即今雲南昭通。

〔一一〕其中：總言蜀地之内。　嶜岑：高峻貌。揚雄羽獵賦作「玉石嶜崟」，岑與崟同。顔師古曰：「玉石，石之似玉者也。」言所産玉石如山。

〔一二〕丹：丹砂。　青：石青。　李斯諫逐客書：「蜀之丹青。」本草有曾青、空青，並出越巂。後漢郡國志：涪陵出丹。　玲瓏：層出之狀。　藝文類聚此句作丹鳳青龍。

〔一三〕邛節：邛崍山出竹，中實而高節。　桃枝：竹名，爾雅釋草：「桃枝四寸有節。」疏：「凡竹相去四寸有節者名桃枝竹。」山海經西山經：「嶓冢之山，其上多桃枝鉤端。」　邛杖、桃枝杖皆名杖，漢武帝因邛杖開西南夷。

〔一四〕鰽（méng 萌）：鮔鰽。司馬相如上林賦：「鮔鰽漸離。」李奇曰：「周洛曰鮪，蜀曰鮔鰽，出鞏山穴中。」按因出山穴，故曰石鰽。　水螭：章樵曰：「水中怪獸。」

〔一五〕犍：犍爲，本夜郎故地。　牂（zāng 臧）：牂柯江，亦屬夜郎。　漢武帝遣唐蒙等通巴蜀，置犍爲牂柯二郡。　潛夷：潛水上之夷人。　尚書禹貢：「沱潛既道，和夷厎績。」　言蜀都之南有此少數民族。

〔一六〕昆明：族名。史記西南夷傳：「巂、昆明皆編髮，隨畜遷徙，毋常處，毋君長，地方可數千里。」大致分布在今四川西南部至雲南西部和中部一帶。　莪眉：即今四川峨眉山，漢屬犍爲郡南安縣。

〔一七〕絶限：言山高爲疆域之界限。　峎嵣：山名。漢書地理志，犍爲郡有堂琅縣。華陽國志云：「縣因山爲名。」峎嵣即堂琅山，俗訛爲螳螂山。水經若水注：「堂琅縣西北行，上高山，羊腸繩屈八十餘里。」漢堂琅縣即今雲南東川。

〔一八〕堪巖：山形窈深貌。　亶翔：山勢飛舞貌。亶：即翾字。翾（xuān 先）：飛也。

〔一九〕靈山二句：靈山：當指成都西的大雪山，章樵謂靈關山，恐非。右：西面。　離堆：按離堆有四，皆在今四川境：（一）史記河渠書：秦蜀守李冰鑿離碓，辟沫水之害。沫水即今大渡河。太平寰宇記引益州記謂在今樂山市境；又引郡國志謂在今漢源縣境，皆大渡河流經處。（二）在今都江堰市。其地古名觀坂，至宋史河渠志始稱離堆，或曰灌口山，沿誤謂李冰所鑿。（三）在南部縣東南。顔真卿鮮于氏離堆記：「有山曰離堆，斗入嘉陵江，直上數百丈，上崢嶸而下迴洑，不與衆山相連屬，是之謂離堆。」（四）蒼溪縣東白鶴山，大清一統志云：「舊志以此爲離堆山。」（舊志指華陽國志）雄賦言「離堆被其東」，上述四處，（一）在成都南，（二）在成都北，（三）（四）在成都東，而（四）爲華陽國志所載，較早，或即爲賦所指處。

〔二〇〕於近二句：瑕英：玉英，有光亮的玉和石。　菌芝：石芝，蓋指鍾乳之類。　江珠：博物志曰：「光珠即江珠。」又云：「琥珀一名江珠。」

〔一一〕古文苑九卷本遠上有於字。　銀鉛錫碧：據後漢郡國志，漢中郡錫縣出錫，宕渠有鐵，涪陵出丹；牂柯郡夜郎出雄黄雌黄；越嶲郡臺登出鐵，會無出鐵，縣東山出青碧，遂久有縹碧石、緑碧；益州郡俞元裝山出銅，律高石室山出錫，監町山出銀鉛；賁古采山出銅錫，羊山出銀鉛；永昌郡不韋出鐵，博南出金；犍爲朱提出銀銅。

〔一二〕馬犀象僰：華陽國志：「（越嶲郡會無縣）故濮人邑也。今有濮人冢，冢不閉户，其穴多有碧珠，人不可取，取之不祥。有天馬河。天馬日行千里……縣有天馬祠，初民家馬牧山下，或産駿駒，云天馬子也。今有天馬逕，厥迹存焉。河中有銅胎，今以羊祠之，可取。見存。土地特産犀牛。」按東漢安帝永初六年詔越嶲置長利高望始昌三苑，皆馬苑也。　山海經中次九經：「又東北三百里，曰岷山……其下多白珉，其木多梅棠，其獸多犀、象。」　僰（bó駁）：族名。史記西南夷列傳：「取其筰馬僰僮。」筰馬，即越嶲之馬；僰僮，被掠賣爲奴的僰人。

〔一三〕西有：御覽九百六十六作于西則有。　鹽泉：華陽國志南中連然縣「有鹽泉，南中共仰之」。　鐵冶：蜀郡多出鹽鐵，漢書地理志臨邛縣設有鐵官鹽官。　華陽國志蜀志臨邛縣：「有古石山，有石鑛大如蒜子，火燒合之，成流支鐵，甚剛。」又廣都縣：「有鹽井漁田之饒……縣凡有小井十數所。……梁山有鐵鑛。」

〔一四〕橘林銅陵：左思蜀都賦：「家有鹽泉之井，户有橘柚之園。」銅陵：銅山。漢書佞幸傳：文帝賜鄧通蜀嚴道銅山，得自鑄錢。又貨殖傳：蜀卓王孫擅山川銅鐵，上争王者之利。

〔二五〕邛連盧池：邛：乃邛字之誤。水經若水注：「邛都縣，漢武帝開邛莋（笮）置之，縣陷爲池，今因名爲邛池，南人謂之邛河。」盧：乃瀘之省。水經若水注：「朱提縣，有瀘津，東去縣八十里，水廣六七百步，深十數丈，多瘴氣，鮮有行者。」瀘津即三國諸葛亮五月渡瀘之瀘水。此言邛河地勢連屬着瀘水。澹漫：水勢廣大貌。波淪：水流貌。

〔二六〕期牛：即夔牛。期、夔聲相近。山海經中次九經：「岷山下多夔牛。」郭璞注：「今蜀山中有大牛，重數千斤，名爲夔牛。晉大興元年此牛出上庸郡，人弩射殺之，得三十八擔肉。」兕（sì寺）：一種野牛，皮厚可製甲。類聚兕作光，誤。旄：牦牛，四節生長毛，尾可作旄。國語楚語上：「巴浦之犀牦兕象，其可盡乎？」

〔二七〕金馬碧雞：漢書地理志：越嶲郡青蛉縣有禺同山，有金馬碧雞。金馬碧雞，神物名。漢書郊祀志：「宣帝改元神爵，或言益州有金馬碧雞之神，於是遣諫議大夫王褒使持節而求之。」注引如淳曰：「金形似馬，碧形似雞。」華陽國志：蜻蛉縣「有碧雞金馬，光影倏忽，民多見之」。

〔二八〕岷山：尚書禹貢曰：「岷山之陽，至于衡山。」在古人的概念中，岷山是很大的，北起自今甘肅岷縣，南至今四川都江堰青城山，綿亙千里，皆爲岷山。雄賦所指即成都北面的一部分，其西則邛崍山也。

〔二九〕羌：族名。漢代羌族散居於今甘肅岷縣至四川松潘一帶。白馬：族名，爲氐族的一支。史記西南夷傳：「自冉駹以東北，君長以什數，白馬最大。」約在今甘肅成縣武都一帶。

〔三〇〕巖（yán 岩）羊：細角羚。説文：「山羊而大者，細角。」　麋：一種大鹿。

〔三一〕羆：即羆，黃熊。　犛（lí 犂）：山海經中次八經：「荆山，其陰多犛牛。」郭璞注：「旄牛屬也，黑色，出西南徼外也。」　貘（mò 莫）：説文「似熊而黃黑色，出蜀中。」　貒（tuān 湍）：猪貛。

〔三二〕麢（yù 預）麌（yú 餘）：説文：「似鹿而大。」　麝：香獐，説文：「如小麋，臍有香。」

〔三三〕户：同昈，埤蒼：「赤文也。」能（nài 耐）黃：即黃能。國語晉語八：「昔有鯀違帝命，殛之於羽山，化爲黃能，以入於羽淵。」左傳昭公七年作「化爲黃熊」。

〔三四〕獑（chán 蟬）胡：司馬相如上林賦作獑胡，張衡西京賦作獑猢。張揖曰：「似獮猴，頭上有髦，要（腰）以後黑。」薛綜則曰：「猿類而白，腰以前黑。」　蜼（wěi 偉）玃（jué 覺）：司馬相如上林賦作蜼玃，同。爾雅釋獸：「蜼，卬鼻而長尾。」郭璞注：「蜼似獮猴而大，黃黑色，尾長數尺。」蜼玃，蜼之母者。

〔三五〕猨：同猿。　蠝（lěi 壘）：鼯鼠，能飛。　玃，大母猴。　猱（náo 撓）：猿類，善攀援。

〔三六〕猶：猴屬。爾雅釋獸：「猶，如麂，善登木。」　縠（hù 户）：爾雅釋獸：「貔，白狐，其子縠。」注：「一名執夷，虎豹之屬。」　畢方：山海經西山經：「章莪之山有鳥焉，其狀如鶴，一足，赤文青質而白喙，名曰畢方，其名自叫也。見則其邑有譌火。」淮南子氾論：「木生畢方。」

此段總寫蜀都之方位、特産及異物。

爾乃蒼山隱天，岎崟迴叢〔三七〕，增嶃重崒〔三八〕，⿰山甘石⿰山藏崔〔三九〕，⿱山投⿺鬼并嶵嵬〔四〇〕。霜雪終夏，叩巖岭嶙〔四一〕。崇隆臨柴〔四二〕，諸徼崼峴〔四三〕。五矶參差〔四四〕，湔山巖巖〔四五〕，觀上岑崟〔四六〕，龍易累峗〔四七〕。灌⿱殳木交倚〔四八〕，嶉崒崛崎〔四九〕，集嶮脇施〔五〇〕，形精出偈〔五一〕，堪⿰山當隱倚〔五二〕。彭門嶋⿰山兌〔五三〕，⿰山删嵃嵑岢〔五四〕，方彼碑池〔五五〕，⿰山車⿰山加輵嶰〔五六〕，礫乎岳岳〔五七〕。北屬崑崙泰極〔五八〕，涌泉醴〔五九〕，凝水流津〔六〇〕，漉集成川〔六一〕。

【注釋】

〔三七〕岎崟：山貌。　迴叢：迂迴叢聚。

〔三八〕增：同層。　嶃（chán 巉）：高峻貌。　重：重疊。　崒（zú 族）：險高。

〔三九〕⿰山甘（gān 肝）：或作嵌，崖岸倚峻貌。　⿰山藏（cáng 藏）崔：山高貌。

〔四〇〕⿱山投（tóu 投）⿺鬼并（bèng 迸）：山峻貌。（見集韻）　嶵（zuì 罪）嵬：猶崔嵬，高峻貌。全漢文⿱山投作⿱山杸，誤。

〔四一〕霜雪二句：岭嶙：石聲。　言山高深沍寒，終夏有霜雪，叩擊巖石，發出岭嶙寒聲。

霜雪終夏，文選張衡南都賦李善注引作夏含霜雪。　岭，全漢文作岭。

〔四二〕崇隆：高。　柴（zì字）：堆積物。詩小雅車攻：「助我舉柴。」毛傳：「柴，積也。」

〔四三〕徼（jiào叫）：邊塞，所以巡防奸盜。其處非一，故曰諸徼。　峌（zhì至）峴（niè臬）：山不齊貌。

〔四四〕五矶（wù誤）：左思蜀都賦：「躡五屼之蹇滻。」屼，同矶。劉逵注：「五屼，山名也，一山有五重，在越嶲，當犍爲南安之南也。」

〔四五〕湔（jiān煎）山：湔水所出，即玉壘山。左思蜀都賦：「包玉壘而爲宇。」劉逵注：「玉壘，山名也，湔水出焉。在成都西北岷山界。」　巖巖：山高貌。

〔四六〕觀上：山名。　岑嵓（yán岩）：高峻貌。

〔四七〕龍昜：昜同陽。龍陽，山名。　累峗：層累危高。

〔四八〕漼（cuǐ崔上聲）：深。　嶵：音義未詳。全漢文作嶵。　交倚：言衆山連接，互相依倚。

〔四九〕崨：同崔，説文：「大高。」　崒：危峻。　崛（jué掘）：山特起貌。　崎（qí奇）：山險貌。

〔五〇〕集嶮句：嶮：同險。　脇施：與岁䧅音近義同，山長貌。　言山險聚集而長。

〔五一〕形精句：偈（jié捷）：用力貌。　言山形如精靈努力突出。

〔五二〕堪：即嵁字，與嵌同，山深貌。　⿰山當(chēng撑)：山撑起貌。隱：此山隱於彼山之後。倚：此山倚於彼山之旁。

〔五三〕彭門：文選左思蜀都賦劉逵注：「都安縣(三國置，在今四川都江堰)有兩山相對立如闕，號彭門。」按華陽國志：「蜀守冰能知天文地理，謂汶山爲天彭門，乃至湔氏縣，見兩山對立如闕，因號天彭闕，髣髴若見神，遂從水上立祠三所，祭用三牲。」(湔氏在今四川松潘縣西北)嶋：音義同島。峴：音義同腢，偶也。嶋峴：狀兩山對立。

〔五四〕⿰山刑(xíng刑)嵃(yàn彦)、嵑(kě可)岢(kě可)：皆山高峻貌。　全漢文⿰山刑作岍，字形相近而誤。

〔五五〕方彼碑池：方，傍。　章樵注引司馬相如上林賦：「陂池貏豸。」郭璞注：「陂池，旁頹貌也。」李善曰：「貏豸，漸平貌。」是章樵以陂池釋碑池。　案蜀有方山，「方彼」與「彭門」對，疑「彼」爲「坂」之鈔誤。則「方坂碑池」，謂方山旁頹也。　全漢文池作地。

〔五六〕⿰山亞(yà亞)岈(jiā伽)輵(gé閣)嶰(xiè蟹)：衆山森列貌。

〔五七〕礫：亂石貌。　岳岳：高貌。

〔五八〕北屬崑崙：言岷山北面聯屬着崑崙山。　泰極：崑崙山最高，視之極尊，故言泰極。

〔五九〕涌泉醴：言山出泉水甘甜如醴酒。

〔六〇〕凝水流津：言衆泉水凝聚成澤，而流爲沾潤之河。

〔六一〕漉集成川：言又滲漉出來，成爲大川。漉：滲出。

此段寫蜀都境内之山。

於是乎則左沈犂，右羌庭〔六二〕；漆水浡其匈〔六三〕，都江漂其涇〔六四〕，乃溢乎通溝〔六五〕。濤溶洗〔六六〕，千溪萬谷〔六七〕，合流逆折，泌瀄乎争降〔六八〕。湖潧排碣〔六九〕，反波逆溳〔七〇〕，磙石冽巘〔七一〕，紛菈周溥〔七二〕。旋溺冤，綏頹慚〔七三〕，博岸敵呷〔七四〕，稡瀨磴巖〔七五〕。撜汾汾〔七六〕，忽溶闛沛〔七七〕，踰窘出限〔七八〕，連混陁隧〔七九〕，銍釘鍾涌〔八〇〕，聲讙薄泙龍〔八一〕。歷豐隆〔八二〕，潛延延〔八三〕，雷扶電擊〔八四〕，鴻開康濭，遠遠乎長喻〔八五〕。馳山下卒〔八六〕，湍降疾流〔八七〕，分川並注，合乎江州〔八八〕。

【注釋】

〔六二〕沈犂：郡名。漢武帝元狩二年以原筰都國置沈犂郡，治所在今四川漢源縣東北。羌庭：羌族所居之地，在今四川西北部。

〔六三〕漆水：章樵曰：「漆，恐當作沫。」説文：「沫水出蜀西徼外，東南入江。」即今大渡河。浡（bó勃）：沸涌。匈：即胸字。言沫水沸涌其前。

〔六四〕都江：蓋非專名，乃謂衆水合於長江而流於其足脛。涇：借爲脛，與上文胸對言。

全漢文作脛。脛：小腿。

〔六五〕溢：滿。　通溝：指河牀。

〔六六〕溶洗：猶言沖刷。　古文苑九卷本洗作沈。

〔六七〕湲：借爲涣，散流。

〔六八〕泌（bì必）瀄（jié節）：水波衝激貌。司馬相如上林賦：「偪側泌瀄。」降：向下流。

〔六九〕潧：同增，謂湖水上漲。排：排擊。　碣：山石特立爲碣。

〔七〇〕濞（pì媲）：大水暴發聲。司馬相如上林賦：「滂濞沆溉。」注：「滂濞，水聲。」

〔七一〕礫：同礫，借爲轢。車輪輾過謂之轢。　洌：借爲裂。　巘（yǎn演）：大小兩層的山。言波浪輾碎大石，沖裂峻山。

〔七二〕茇：音義未詳。疑通拏。紛拏，亂貌。楚辭九思悼亂：「淆亂兮紛拏。」　周溥：廣普。

〔七三〕旋溺冤二句：言波濤旋轉陷溺者如人之煩冤，遲緩頽唐者如人之含慚。

〔七四〕博：借爲搏。　敵：抵敵。　呷：借爲岬。兩山之間爲岬。　言流水搏擊兩岸，抵敵兩山。

〔七五〕猝：當爲踤字之誤。揚雄太玄逃：「鷙踤于林。」借爲萃，聚集。　瀨：水流沙石上爲瀨。　磴：亦作墱，登山的小徑。這裏用如動詞。　言河水聚淺瀨成大波，沿溝路，上山巖。

〔七六〕撜：即撑字，撑拒也。　汾汾：水盛貌。全漢文撜作橕，汾字不重。

〔七七〕忽溶闛（tāng湯）沛：水勢涌起貌。

〔七八〕踰宭出限：超出限域，猶言溢出隄岸。

〔七九〕陁：陂陁，傾斜不平之地。　隧：水道。　言大水把不平之地和隧路混然連成一片。

〔八〇〕鋞釘鍾涌：水聲。

〔八一〕讙：讙嘩。　泙（pēng砰）龍（lǒng礱）：水聲。

〔八二〕豐隆：雷師，一云雲師。離騷：「吾令豐隆乘雲兮。」王逸注：「豐隆，雲師，一曰雷師。」淮南子天文：「季春三月，豐隆乃出，以將其雨。」高誘注：「豐隆，雷也。」　歷：超過。孟子離婁下：「朝廷不歷位而相與言。」　按賦言豐隆當指雷師，言水聲超過雷聲。

〔八三〕潛延延句：此處有脱誤，文意不明。錢熙祚校云：「古文苑九卷本，潛字重，下空五格，無延延二字。」

〔八四〕抶：錢校云：「抶字誤，當依九卷本作抶。」全漢文作抶。　抶（chì翅）：鞭打。

〔八五〕鴻開康濭遠遠乎長喻：句有脱誤。錢熙祚校云：「古文苑九卷本，鴻康濭鴻字重，遠遠乎長上遠字作速。」全漢文同九卷本。今按叢刊明刊章樵注本作鴻康濭遠遠乎長喻，而鴻字下注有開字。其後惜陰軒叢書、守山閣叢書等重刊此本皆同。按鴻無開義。疑上句當從錢校古文苑九卷本作「鴻鴻康濭」。鴻鴻，水大貌；康濭，通沆溉，水流聲。

〔八六〕馳山下卒：言如軍卒從山上疾馳而下。

〔八七〕湍（tuān 團陰平）：急流。

〔八八〕江州：漢書地理志：巴郡治江州。在今重慶嘉陵江一帶。水經江水：「又東北至巴郡江州縣東，强水涪水漢水白水宕渠水，五水合，南流注之。」

此段寫蜀郡河流之多。

於木則梗櫟〔八九〕，豫章樹榜〔九〇〕。檜櫖樿柙〔九一〕，青稚雕梓〔九二〕，枌梧橿櫪〔九三〕，槲楢木櫻〔九四〕，枒信楫叢〔九五〕，俊幹湊集〔九六〕。椣榑柍榻〔九七〕，𣏌沈樘椅〔九八〕。從風推參〔九九〕，循崖撅捼〔一〇〇〕。涇淫溶〔一〇一〕，繽紛幼靡〔一〇二〕，汎閎野望，芒芒菲菲〔一〇三〕。其竹則鍾龍筡篂〔一〇四〕，野篠紛邑〔一〇五〕。宗生族擢〔一〇六〕，俊茂豐美，洪溶忿葦〔一〇七〕，紛揚搔合，柯無風披〔一〇八〕，夾江緣山，尋卒而起〔一〇九〕，結根才業〔一一〇〕，填衍迥野〔一一一〕，若此者方乎數十百里〔一一二〕。於汜則汪汪漾漾，積土崇隄〔一一三〕。其淺溼則生蒼葭蔣蒲〔一一四〕，藿芧青蘋〔一一五〕，草葉蓮藕〔一一六〕，茱華菱根〔一一七〕。其中則有翡翠鴛鴦，裊盧鶬鷺〔一一八〕，鸖鶄鸛鶖〔一一九〕。其深則有獺猵沈鱓〔一二〇〕，水豹蛟蛇〔一二一〕，黿蟺鼈鼉〔一二二〕，衆鱗鰨鰢〔一二三〕。（此

下當有缺文）

蜯含珠而擘裂〔一二四〕。（文選張衡南都賦、曹植七啓、郭璞江賦，善注並引此句，應是缺文之句）

【注釋】

〔八九〕楄（pián 駢）：似楠，喬木。　櫟（lì 利）：柞樹。

〔九〇〕豫章：樟樹。　榜：借爲枋。枋：檀樹。

〔九一〕櫧櫨：章樵音間盧，未詳何木。古文苑九卷本作檐櫨。　樿（shàn 善）：白理木。山海經中山經：「風雨之山，其木多棷樿。」　柙（xiá 匣）：香木。

〔九二〕青稚：稚疑杞之借。稚一作穉，从犀得聲，犀、杞一聲之轉。國語楚語：「若杞梓皮革。」又左思蜀都賦「杞櫹椅桐」李善注：「傳曰杞梓之木」云云。知杞梓多連稱。古以二木質優，後遂成熟語以喻優秀人材。此杞乃喬木，似豫章而理細。　梓（zǐ 子）：山海經南山經：「虖勺之山，其上多梓柟。」郭注：「梓，山楸也。」雕梓：謂可雕刻之梓，故治木器亦曰梓。尚書梓材疏云：「梓，木名，木之善者，治之宜精，因以爲木之工匠之名。」

〔九三〕枌：白榆。　梧：梧桐。　橿：常緑喬木。山海經西山經：「英山，其上多杻橿。」注：「橿木，中車材。」　櫪：同櫟。

〔九四〕㯕：木枝向下。　楢：山海經中山經：「崌山，其木多楢。」注：「楢，剛木，中車材。」木稷：山海經西山經：「底陽之山，其木多稷。」注：「稷，似松有刺，細理。」

〔九五〕枒（yē耶）：同椰，即椰。文選左思蜀都賦：「椶枒楔樅。」吕向曰：「椶枒出蜀，其皮可作繩履。」信：借爲陳，陳列。見朱駿聲説文通訓定聲。　楫：疑爲楔之借。楔，木名，似松而有刺。或如字，則吕氏春秋明理：「有若山之楫。」注：「林木也。」言椰成列，林木成叢。全漢文楫作揖，誤。

〔九六〕俊：美。幹：樹幹。全漢文作榦。

〔九七〕杫（zǐ紫）：楠屬。　櫅：爾雅釋木：「櫅，白棗。」　㭈：各本皆作㭈，然㭈非木名，當爲柍（yīng英）字之訛。張衡南都賦：「柍柘檍檀。」柍，杏也。　楬：未詳何木。

〔九八〕圠（yà亞）：賈誼鵩鳥賦：「大鈞播物兮，坱圠無限。」坱圠乃漫無邊際貌。圠沈：當狀樹林之廣遠深沉。　樘：通撐字。見説文段注。　椅：通倚字。　樘椅：狀樹木密集互相撐倚。

〔九九〕從風推參：隨風推擠參雜，言其植株密集。

〔一〇〇〕搌：同撮，蹙聚。　挼（nuó挪）：揉搓。　言沿山崖互相摩擊。

〔一〇一〕涇淫溶：此句有脱誤。錢熙祚校曰：「古文苑九卷本溶字重。」全漢文此句作淫淫溶，文意較順。　淫淫溶溶，盛多貌也。

〔一〇二〕幼靡：章樵注：「幼讀作窈。　窈靡，深密也。」

〔一〇三〕汎：廣。　閎：大。　芒芒：同茫茫。　菲菲：繁茂。

〔一〇四〕鍾龍：竹名，與籦籠同。文選張衡南都賦：「其竹則籦籠䈽篾。」李善引戴凱之竹譜曰：「鐘籠竹名也，伶倫吹以爲律。」　筡（niè 聶）：音變爲篾（miè 滅）。　箽：乃䈽（jǐn 謹）之誤字。筡䈽即張衡南都賦之䈽篾。李善注：「竹䈽皮白如霜，大者宜爲篙。」又引孔安國曰：「篾，桃枝也。」（桃枝，見前注）

〔一〇五〕篠（xiǎo 小）：小竹。　峊：錢校：「字書無峊字，當依九卷本作㗊。」按㗊與暢字通。紛㗊：暢茂。

〔一〇六〕揝：錢校云：「揝當作攢，九卷本尚不誤。」攢：聚。

〔一〇七〕洪溶：以水爲喻，廣盛貌。　忿葺：各本皆如此作，疑爲蓊蔚之誤。文選張衡南都賦：「晻曖蓊蔚，含芬吐芳。」蓊蔚，草木盛貌。

〔一〇八〕紛揚二句：有訛誤。錢熙祚校云：「古文苑九卷本合作翕，下句作與風披拖。」今按，明刊章樵注本又作「紛揚檒翕與風披。」披下無拖字。詳其文意，九卷本作「紛揚檒翕，與風披拖」，通順義長。　紛揚：草木搖動貌。　檒：即搔字。漢隸木旁與手旁往往不分。搔又通騷。搔翕：聯綿詞，亦作騷屑，劉向九歎思古：「風騷屑以搖木兮。」王逸注：「風聲也。」　披拖：從風起伏之狀。

〔一〇九〕尋：古八尺爲尋。　卒：疑丈字之誤。漢簡帛書卒字作夊，筆畫殘泐易誤爲丈。尋丈：言竹之高。

〔一一〇〕才：説文：「草木之初也。」謂草木初出地中。　業：形音與蘖字近。蘖，草木之芽蘖。此句連上言竹根相連結而生芽蘖，生長高至尋丈。

〔一一一〕填：塞滿。衍：盛多。迥：錢校：「迥當作迴，九卷本尚不誤。」按迴借爲坰。爾雅釋地：「邑外謂之郊，郊外謂之牧，牧外謂之野，野外謂之林，林外謂之坰。」迥野：即遠野。

〔一一二〕方乎數十百里：章樵注：「方數十里，以至百里，蓋盛言竹之富。」

〔一一三〕汜（sì寺）：章樵注：「淺水蕩也。」按指不流通的水注。積土崇隄：堆積泥土加高堤堰。

〔一一四〕蒼葭（jiā家）：青蒼的蘆葦。蔣：茭白。蒲：蒲草，葉可製席。

〔一一五〕藿（huò獲）：藿香。芧（zhù住）：史記司馬相如傳上林賦：「蔣芧青薠。」集解：「芧，三稜。」文選上林賦作苧。薠：水生植物，葉有四小片呈田字形，下有長柄。

〔一一六〕草葉：指藻。蓮、藕：爾雅釋草：「荷……其華菡萏，其實蓮，其根藕。」

〔一一七〕茱華：茱萸之華。茱萸常生谷中，其味香烈。菱根：即菱角。菱角爲菱之果實，落水中則生新菱，古人認爲是菱根。

〔一一八〕其中二句：翡翠：翠鳥。梟：當爲鵁字之訛。又作交。盧：即矑字，目瞳子。鵁矑，説文作交矑。亦即鵁鶄。禽經云：「鵁鶄睛交而孕。狀類鳧而足高，相視而睛不眩轉，孕而生雛。」水禽。一説鵁盧爲二鳥，鵁即鵁鶄，盧通鸕，即鸕鷀。史記司馬相如傳上林賦「鵁鸕」，文選上林賦即作鵁盧。鷀：水鳥，如鷺而大，羽毛蒼白色。鷺，即白鷺，羽毛潔白，腳高頸長而喙强。

〔一一九〕靃：即鸖字。鸖：古鶴字，齊比丘惠瑍造象石刻尚如此作。　鶤：與鶡同。文選張衡西京賦：「駕鵝鴻鶤。」李善注：「鶤雞，黄白色，長頷赤喙。」　鷫鷞：與鷫鸘同。淮南子原道：「鉤射鷫鸘之爲樂乎。」高注：「鷫鸘，鳥名也，長頸緑身，其形似雁。一曰鳳之别類。」

〔一二〇〕獱：水獺。　猵（biān 編）：獺之一種。　鱓（tuó 駝）：同鼉，揚子鱷。沈鼉：沈於水中之鼉。

〔一二一〕水豹：章樵注：「水獸，狀似豹。」

〔一二二〕黿：一種大鼈，俗稱癩頭黿。　蟺：借爲鱣（zhān 毡），即鰉魚。

〔一二三〕鰨𩺔：章樵讀遝墮，曰：「言其衆多，猶雜遝也。」按章樵説是也。鰨𩺔，乃聯綿詞，非魚名，但章音不對。鰨从𦐇聲，𩺔从雋聲；𦐇與蹀同聲，雋與躞同聲，𦐇雋即蹀躞。蹀躞，往來小步貌。倒言之爲躞蹀。楚辭九章哀郢「衆踥蹀而日進兮」，則又寫作踥蹀，字異而聲義同也。此言衆魚𦐇雋，故字皆从魚。

〔一二四〕蜯：同蚌。　擘裂：蚌殼開張。

此段寫蜀都物産豐富，竹木花果鳥獸蟲魚盛美。

尒乃其都門二九，四百餘閭〔一二五〕。兩江珥其市〔一二六〕，九橋帶其流〔一二七〕。武儋鎮都，刻削成蘞〔一二八〕。王基既夷，蜀侯尚叢〔一二九〕。并石石屛，岏岑倚從〔一三〇〕。秦漢之徙，元以山東〔一三一〕。是以隤山，厥饒水貢，其獲苴竹，浮流鼁磧〔一三二〕。竹石蝎相救，魚酌不收〔一三三〕，鷸鸆鴝鴡，風胎雨轂〔一三四〕。衆物駭目，單不知所禦〔一三五〕。

【注釋】

〔一二五〕尒乃二句：尒：同爾。下同。全漢文皆作爾。左思蜀都賦：「於是乎金城石郭，兼帀中區，既麗且崇，實號成都，闢二九之通門，畫方軌之廣塗。」劉逵注：「漢武帝元鼎二年，立成都十八門。」華陽國志：「元鼎二年，立成都十八門，於是郡縣多城觀矣。」 閭：坊巷之門。按漢書地理志：漢平帝元始時（約公元元左右）成都户七萬六千二百五十六。

〔一二六〕兩江珥其市：華陽國志：「（李）冰乃壅江作堋，穿郫江檢江，別支流，雙過郡下以行舟船。」珥：女子珠玉耳名珥，日月兩旁的光暈亦曰珥。此言兩江旁貫其市如珥也。 全漢文市作前，云：「本作兩江飾其市，藝文類聚六十一亦如此，今從文選蜀都賦注、水經江水一注改。」

〔一二七〕九橋：華陽國志：「兩江有七橋，直西門郫江中沖治橋。西南石牛門曰市橋，下石犀所潛淵中也。城南曰江橋。南渡流曰萬里橋。西上曰夷里橋（水經注作夷星橋），亦曰笮橋。又從沖治橋西北折曰長昇橋。郫江上西有永平橋。長老傳言李冰造七橋，上應七星，故世祖（東漢光武）謂吴漢曰：『安軍宜在七橋連星間。』城北有昇仙橋，有送客觀。……於是江衆多作橋，故蜀立里多以橋爲名。」（據李垩校本）賦言九橋，蓋計七星外之橋。　帶流：言橋跨江如帶束其流。

〔一二八〕武儋二句：武儋：亦作武擔，山名，在成都西北，爲成都之鎮。華陽國志：「武都有一丈夫化爲女子，美而豔，蓋山精也。蜀王納爲妃，不習水土，欲去。王必留之，乃爲東平之歌以樂之。無幾，物故。蜀王乃遣五丁之武都，擔土爲妃作冢，蓋地數畝，高七丈，上有石鏡，今成都北角武擔是也。」按亦見揚雄蜀王本紀。　刻削：謂其山如刻削而成。　蘞（lián 廉又 liǎn 瞼）：草名，蔓生。

〔一二九〕王基二句：王基既夷：指周之基業陵夷。全漢文蜀作獨。蜀侯尚叢：指蜀侯上世蠶叢始稱王。揚雄蜀王本紀曰：「蜀之先稱王者有蠶叢。」華陽國志：「周失綱紀，蜀先稱王，有蜀侯蠶叢，其目縱，始稱王。」章樵注此二句云：「秦惠王討滅蜀，封公子通爲蜀侯，賦言蜀都之王基既平，蜀侯通始封，可配蠶叢之王尚記也。」與華陽國志異，今不取。

〔一三〇〕并石二句：并石：猶言累石。　屖：章樵云：「古犀字，與棲同。」　岓（qì 祈）：山傍石。　岑（cén）：爾雅釋山：「山小而高，岑。」言倚山累石而居。後漢書西南夷傳：「汶山郡，衆皆依山居止，累石爲室，高者至十餘丈，爲邛籠。」

〔一三一〕元：當作充。文選左思蜀都賦劉逵注引作充。錢熙祚校云：「此謂秦漢徙山東民以實蜀地，章氏以徙都釋之，誤矣。史記貨殖傳云秦破趙，遷卓氏於蜀。」章氏之誤，蓋由於其所據本作元字。

〔一三二〕是以四句：隤（tuí頹）：降下。 苴：麻。 磧（qì戚）：淺水中的砂石。 言山中材用豐饒，水運便利，採獲竹麻等物，蔽江而下，如黿浮磧聚之多。 藝文類聚黿下誤增鼈字。

〔一三三〕竹石二句：章樵云：「上文已有竹，不應再舉竹石，疑是合爲若字。 杜若，香草；蝎，螯蟲；二者藥材，柔猛之性相濟。 舉細物以見百物富羨。」魚：借爲漁。 漁、酌：意皆爲取。收：讀去聲，意爲掩藏。 言山川所產，不論巨細，皆任人採取，而無所掩藏而不與。

〔一三四〕鵌（yú餘）：鳥名，與鼠同穴。 鵂（hóu侯）：鳥名，鵰類。 鴝：鴝鵒，即八哥。鷬：同凰。 風胎：因風而胎孕。 莊子天運：「夫白鶂之相視，眸子不運而風化。」釋文引司馬彪云：「風化，相待風氣而化生也。」張華博物志：「白鷁雌雄相視則孕，或曰雄鳴上風則雌孕。」鷇（kòu叩）：鳥子欲出卵殼爲鷇。 雨鷇：鳥因雨孵化。 以上言山出珍奇之物。

〔一三五〕單：與殫同，盡也。 禦：與御同，用也。

此段寫成都城市物產之富及水運之便。

尒乃其裸〔一三六〕，羅諸圃畋〔一三七〕，緣畛黃甘〔一三八〕，諸柘柿桃〔一三九〕，杏李枇杷，杜樼栗㮈〔一四〇〕，棠梨離支〔一四一〕，雜以梴橙〔一四二〕，被以櫻梅〔一四三〕，樹以木蘭〔一四四〕，扶林禽，爚般關〔一四五〕，旁支何若，英絡其間〔一四六〕。 春机楊柳，褭弱蟬抄〔一四七〕，扶施連卷〔一四八〕，鉅貕蝳蛥〔一四九〕，子觿呼焉〔一五〇〕。

【注釋】

〔一三六〕祼：借爲蓏（luǒ祼），植物果實，在木曰果，在地曰蓏。　按下文多言在木之果，此處不當單出蓏字，疑上「其」字乃果字之誤。

〔一三七〕羅：布列。　諸：之於二字合音。　圃：果木園。　旼（kuāng匡）：圃之四圍。

〔一三八〕畛：畛域，範疇。　黄甘：即黄柑。

〔一三九〕諸柘：即甘蔗。

〔一四〇〕杜：杜梨。　樼：同榛，榛樹之果。　㮈：同柰，即花紅，亦名沙果。

〔一四一〕棠梨：甘棠梨。　離支：荔枝。

〔一四二〕梴（shān山）橙：橘類，俗名廣柑，或名黄果。

〔一四三〕櫻：櫻桃。　梅：梅子。

〔一四四〕木蘭：木名，果實如小柿，甘美。

〔一四五〕扶林禽二句：林禽本名來禽，似蘋果而小。　扶：謂駢生，其實相扶持。　爚（yuè月）：光彩貌。　般關：一種美梨的别稱。章樵引廣志曰：「關以西梨，多供御。」

〔一四六〕旁支二句：支：同枝。　何若：讀爲阿那，音近相通。阿那，柔弱貌，通作婀娜。　英絡其間：謂花朵絡織於其間。

〔一四七〕春机二句：春：春天。　机：木名，即榿樹，出蜀中。　褭：與嫋通。褭弱：柔弱。　蟬抄：章樵讀爲撣（chán 蟬）爰，相牽引也。按抄，原文當爲援，章注爰亦當有手旁，皆傳本脱誤。文選張衡南都賦：「垂條撣援。」李善注：「撣援，枝相牽引也。」

〔一四八〕扶施：即扶疏。施、疏一聲之轉。漢書司馬相如傳上林賦：「垂條扶疏。」師古曰：「扶疏，四布也。」　連卷：彎曲相連貌。

〔一四九〕⿰豸巨（jù 巨）豯（xī 奚）：蟲名，未詳何蟲。方言十一：「蜉蚢，秦晉之間謂之蟝蠪。」字亦作渠略，或即⿰豸巨。方言又云：「蛥蚗，齊謂之螇螰，楚謂之蟪蛄……自關而東謂之虭蟧，或謂之蝭蟧。」或即豯。　螗蛦：方言：「蟬，楚謂之蜩，宋衛之間謂之螗蜩。」郭璞注：「今胡蟬也，似蟬而小，鳴聲清亮，江南呼螗蛦。」　全漢文螗作糖。

〔一五〇〕子⿰鳥巂（guī 規）：即子規，亦名杜鵑。

此段寫成都果品，附及春夏榿柳蟲鳥。

　　尒乃五穀馮戎〔一五一〕，瓜瓠饒多，卉以部麻。往往薑梔〔一五二〕，附子巨蒜〔一五三〕，木艾椒蘺〔一五四〕，藹醬酴清〔一五五〕，衆獻儲斯〔一五六〕。盛冬育荀，舊菜增伽〔一五七〕。百華投春，隆隱芬芳〔一五八〕，蔓茗熒郁，翠紫青黄〔一五九〕，麗靡螭燭，若揮錦布繡〔一六〇〕，望芒兮無幅〔一六一〕。

【注釋】

〔一五一〕馮戎：富盛也。文選司馬相如長門賦作丰茸，云：「羅丰茸之遊樹兮。」

〔一五二〕卉以二句：卉：章樵注：「卉，古草字，一作艸。」部麻：麻有多種，此謂分區生長之麻。往往：猶言處處。薑梔：史記貨殖傳：「巴蜀亦沃野，地饒巵薑。」巵：同梔。梔：亦稱黄梔子，木材緻密，果實可製黄色染料。

〔一五三〕附子：即烏頭塊根，入藥，味辛，能回陽救逆。巨蒜：大蒜。

〔一五四〕木艾：未詳。椒：花椒。蘺：芎藭苗，亦名江蘺，香者名蘼蕪。

〔一五五〕蒟醬：枸楷醬。酴（tú涂）清：酴釀酒。

〔一五六〕儲：借爲藷，薯芋。斯：借爲蘄，字亦作菥，薺菜之大者。衆獻：意爲此物出産尤多，貢獻尤大。

〔一五七〕盛冬二句：荀：同筍。伽：同茄。言隆冬時筍已生，冬食舊菜時，已添了新茄子。

〔一五八〕百華二句：華：同花。隆隱：盛大貌。言春天百花盛開，香氣甚大。

〔一五九〕蔓茗二句：茗：疑茖字之誤，本作絡，因狀花草，故从艸。熒：借爲縈。蔓茖縈郁：狀衆花之茂。翠紫青黄：狀衆花之色。

〔一六〇〕麗靡二句：麗靡：美麗。螭：明刊本作螭，全漢文作摛。作摛是。摛義爲鋪陳。摛燭：意爲光彩鮮明廣布。文選班固西都賦：「茂樹蔭蔚，芳草被隄，蘭茝發色，曄曄猗猗，若摛錦布繡，燭燿乎其陂。」李善注引揚雄蜀都賦此文作「麗靡摛燭，若揮錦布繡」。

〔一六一〕望芒兮無幅：錢校云：「芒字當重。」今按藝文類聚作「望芒芒兮無幅」。舊本作「望芒芒兮於無疆」。太平御覽九百七十七又作「萬條榮翠，藻若丹黄，離錦布繡，望之無疆」。芒芒：同茫茫。　無幅：無邊幅。

此段寫成都農産五穀菜蔬之豐富美好。

尒乃其人，自造奇錦，紌繏緋緳〔一六二〕，縿緣盧中〔一六三〕，發文揚采，轉代無窮〔一六四〕。其布則細都弱折〔一六五〕，綿繭成衽〔一六六〕，阿麗纖靡，避晏與陰〔一六七〕。蜘蛛作絲，不可見風〔一六八〕，筩中黄潤，一端數金〔一六九〕。雕鏤釦器，百伎千工〔一七〇〕。東西鱗集，南北並湊，馳逐相逢，周流往來，方轅齊轂，隱軫幽輵〔一七一〕，埃教塵拂〔一七二〕，萬端異類，崇戎總濃般旋〔一七三〕，闠齊嗜楚，而喉不感槩〔一七四〕。萬物更湊，四時迭代〔一七五〕，彼不折貨，我罔之械，財用饒贍，蓄積備具〔一七六〕。

【注釋】

〔一六二〕紌（qiú求）、繏（xuàn渲）、緋（fēi匪）、緳（xié纈）：皆花色不同的蜀錦名。

〔一六三〕縿（shān衫）：絳色。　盧：黑色。　章樵注：「絳色緣其外，盧黑色居中，相合爲文。」

〔一六四〕以上四句：章樵云：「蜀錦名件不一，此其尤奇者，故轉於世間，無有窮已。」

〔一六五〕細都：都：絺之誤字，御覽八百二十作細絺，是也。細絺：細葛布。　弱折：亦布名。

〔一六六〕綿繭：指生絲。　袵：同紝（rèn壬），繒帛。禮記內則：「織紝組紃。」疏云：「紝爲繒帛。」

〔一六七〕阿麗二句：阿麗纖靡：皆柔軟細緻之貌。　晏：無雲而陰暗。　言極細纖，在陰暗中幾乎看不見，故須避陰就陽。

〔一六八〕蜘蛛二句：柔如蛛絲，弱不禁風，極言其精細。

〔一六九〕筩中二句：黄潤：筩中細布名。文選左思蜀都賦：「黄潤比筒（同筩），籝金所過。」劉逵注：「黄潤，筒中細布也。司馬相如凡將篇曰：『黄潤纖美宜制褌。』」　一端：一匹。漢時黄金一斤爲一金。

〔一七〇〕雕鏤二句：雕鏤：雕刻花紋。　釦（kòu叩）：以金銀緣器口曰釦。藝文類聚釦作鉛，御覽七百五十六作釦。　伎：同技。　此二句，舊本但存「雕刻釦」三字，缺「器百伎千工」五字，從藝文類聚補。

〔一七一〕方轅二句：方：並。　轅：車轅。　轂：車轂。　隱軫、幽輵（yà訝）：皆車聲。　文選西京賦注作隱隱軫軫。

〔一七二〕教：同勃。埃勃塵拂：塵埃瀰漫飄動。

〔一七三〕萬端二句：萬端異類：指人物、貨品種類繁雜。崇戎、總濃：皆盛多貌。般旋：即盤旋，輾轉往來貌。案據上下文四字句法，疑「般旋」上脱二字。或崇戎、總濃二語中衍一語，蓋二語音近義同，或爲不同寫本混而爲一者。

〔一七四〕闠齊二句：闠（huì會）：市外門。喈（tà沓）：聚語貌。闠齊喈楚：言蜀物豐羨，往來負販多齊楚之人，於市門内外對語争售。感槩：同感慨，意爲小氣。漢書季布傳贊：「夫婢妾賤人，感槩而自殺。」師古曰：「感槩，謂感念局狹爲小節。」

〔一七五〕萬物二句：更、迭：猶言輪換。言萬貨四時輪換不同。

〔一七六〕彼不四句：折貨：折價而售之貨。淮南子齊俗：「工無苦事，商無折貨。」械：章樵曰：「猶禁也。」按械爲桎梏，引伸爲禁制。言買賣繁盛，彼此既無折價之貨，亦無滯銷之物。備：全備。具：具有。

此段寫成都手工業和商業，言貨物精巧殷富，貿易發達，儲積豐盛。

若夫慈孫孝子，宗厥祖禰〔一七七〕，鬼神祭祀，練時選日〔一七八〕，瀝豫齊戒〔一七九〕，龍明衣〔一八〇〕，表玄穀〔一八一〕，儷吉日〔一八二〕，異清濁〔一八三〕，合疎明，綏離旅〔一八四〕。乃使有伊之徒〔一八五〕，調夫五味，甘甜之和，勺藥之羹〔一八六〕，江東鮐鮑〔一八七〕，隴西牛羊，糴米肥䐗〔一八八〕，麢麀不行〔一八九〕，鴻䴵獦乳〔一九〇〕，獨竹孤鶬〔一九一〕，炮鴞被紕之胎〔一九二〕，山麢隋腦，水遊之腴〔一九三〕，蜂豚應鴈，被鴳晨鳧〔一九四〕，戮鶂初乳，山鶴既交，春羔秋鼩〔一九五〕，膾鮻龜肴，秔田孺鶩，形不及勞〔一九六〕。五肉七菜〔一九七〕，朦猒腥臊〔一九八〕，可以練神養血腫者〔一九九〕，莫不畢陳。

【注釋】

〔一七七〕宗：朝見。　祖：祖廟。　禰（nǐ你）：父廟；生稱父，死稱考，入廟稱禰。

〔一七八〕練：通揀。練時選日：揀選吉日吉時。

〔一七九〕瀝：以酒滴地，表示敬意。　豫：預先，事前。　齊：讀爲齋，古齊齋爲一字。齋戒：如沐浴斷葷等。

〔一八〇〕龍：讀爲襲，古或省衣旁。襲：重也。　明衣：齋戒期間沐浴後穿的乾净内衣。穿明衣以表精潔。論語鄉黨：「齊（齋）必有明衣布。」

〔一八一〕表：外衣。　玄：黑色。　縠：爲縠之誤字。全漢文作縠。縠（hú胡），縐紗綢。玄縠：即用縐紗裁製的玄端。穀梁僖公三十一年范注：「玄端，黑衣，接神之道。」

〔一八二〕儷：偶；偶：配也。

〔一八三〕異清濁：分别酒之清濁。周禮酒正：「辨五齊之名：一曰泛齊，二曰醴齊，三曰盎齊，四曰緹齊，五曰沈齊。」又曰：「凡祭祀，以法共五齊三酒。」鄭玄注：「自醴以上尤濁，盎以下差清。……齊者，每有祭祀，以度量節作之。」

〔一八四〕合踈明二句：猶言會親疎，輯衆寡。 踈明：謂明辨親疎。 單言踈、不言親者，親祭祖廟，不言而喻。 綏：安。 離：指次位之别。 旅：衆，指賓客。

〔一八五〕有伊：指伊尹。史記殷本紀：「伊尹名阿衡，阿衡欲干湯而無由，乃爲有莘氏媵臣，負鼎俎以滋味説湯，致于王道。」枚乘七發：「於是使伊尹煎熬，易牙調和。」

〔一八六〕甘甜二句：和：五味調和之菜。 羹：五味調和之汁。 勺藥：有兩種讀法，音義不同：（一）音芍葯（sháo yào），義爲植物名，即芍藥。（二）音酌略（zhuó lüè），義爲調和五味。今按，賦文當讀後者。此詞亦見枚乘七發及司馬相如子虛賦。王引之曰：「勺藥之言適歷也。適歷，均調也。説文：『曆，和也，从甘麻。麻，調也。』周官遂師注：『曆者，適歷。』疏曰：『分布稀疏得所，名爲適歷也。』然則均調謂之適歷。聲轉則爲勺藥。楊雄蜀都賦：『乃使有伊之徒，調夫五味，甘甜之和，勺藥之羹。』論衡譴告篇：『釀酒於罌，烹肉於鼎，皆欲其氣味調得也；時或鹹苦酸淡不應口者，勺藥失其和也。』嵇康聲無哀樂論：『太羹不和，不極勺藥之味。』張協七命：『味重九沸，和兼勺藥。』皆其證矣。」（見王念孫讀書雜志）

〔一八七〕鮐：海魚。 鮑：鹽漬魚。

〔一八八〕賭：同豬，全漢文作豬。 羅：章樵云：「與滌通。周禮曰：『牲必在滌。』又『肥牛』注：『肥養於滌也。滌者，養牲之宮。』滌米，言養之以米，所以滌其穢。」按公羊傳宣公三年注：「滌，宮名，養帝牲三牢之處也。謂之滌者，取其蕩滌潔清。」

〔一八九〕⿸鹿隹（zhuī追）：一歲鹿。⿸鹿己（jǐ蟣）：與麂同，一種小型鹿。不行：謂小鹿乃打獵所得，無行販者。

〔一九〇〕⿰豸爽（shuǎng爽）、⿰犭亶（dǎn膽）：皆獸名，未詳何獸。鴻：大。乳：幼小。章樵注：「⿰豸爽貴大者，⿰犭亶貴初生。」

〔一九一〕竹：音屬（zhǔ主），屬玉，水鳥名。司馬相如上林賦郭璞注：「屬玉，似鴨而大，長頸赤目，紫紺色。」又云：「雌者生子善鬬，江東呼爲燭玉。」鶬：見司馬相如子虛賦。顏師古曰：「鶬，鴰也。今關西呼爲鴰鹿，山東通謂之鶬，鄙俗名錯落。」獨竹孤鶬：章樵曰：「不牝牡，則味全。」

〔一九二〕炮鴞：即鴞炙。莊子齊物論：「見彈而求鴞炙。」司馬彪云：「鴞，小鳩，可炙。」毛詩草木疏云：「大如斑鳩，緑色，其肉甚美。」被：同披。劈：開。紕：借爲貔，豹屬。按枚乘七發：「山梁之餐，豢豹之胎。」六韜云：「殷君陳玉杯象箸，玉杯象箸不盛菽藿之羹，必將熊蹯豹胎。」案據上下文四字句法，疑此脱二字，當爲兩句四字句。

〔一九三〕山麢二句：麢，大鹿。水遊：水族。隋：古髓字。腴：腹腴，腹上肥肉。章樵注：「山獸以髓腦爲珍，水族以腹腴爲美。」

〔一九四〕蜂豚二句：蜂：借爲封，大也。　應鴈：應候之雁。雁爲候鳥，春北秋南，南飛者肥美。　鴳（yàn晏）：亦作鷃。被鴳即莊子逍遥遊中之斥鷃，小鳥名。　晨鳧：晨飛之鳧。

〔一九五〕戮鶂三句：戮：借爲鶖，野鵝。　鶂（yì益）白孔六帖云：「高飛似雁，自相擊而孕，吐而生子。」　初乳：謂幼鳥。　交：交配。　鹠（liú留）：竹鼠，似鼠而大。亦作鼺。　按以上豚、鴈、鴳、鳧、鶂、鶴、羔，鹠，皆以時爲美味。

〔一九六〕膾鯵三句：膾：細薄切之曰膾。　鯵（sūo梭）：魚名。　肴：熟肉連骨曰肴。秔（gēng庚，語音jīng經）：同粳。　旱稻。　秔田：旱稻田。　鷩（bì敝）：錦雞。　孺鷩：錦雞雛。　形不及勞：謂錦雞雛尚不能飛，不勞而體肥。

〔一九七〕五肉：牛、羊、雞、犬、豕。　七菜：葱韭之屬。　荆楚歲時記：「正月七日爲人日，以七種菜爲羹，食之人無萬病。」

〔一九八〕朦：同蒙。　猒：同厭，讀爲壓。　言七菜之香遮蓋了五肉腥臊。　北堂書鈔引無此句。　見下注。

〔一九九〕可以練神養血脛者：按説文有脛字，解云：「瘕胝也，从肉垂聲。」瘕胝即脚跟之老繭，於文不可通。　北堂書鈔一百四十二引此文作「五肉七菜，百味六珍，可以頤精神、養血脈者」。嚴鐵橋以爲脈字俗作脉，誤作脈，又誤爲脛。　其説是也。　惟書鈔「百味六珍」、「頤精神」諸語淺近，似非雄文原貌。

此段言宗廟祭祀食品珍奇盛美。

尒乃其俗，迎春送臘〔二〇〇〕，百金之家，千金之公〔二〇一〕，乾池泄澳，觀魚于江〔二〇二〕。若其吉日嘉會，期於送春之陰，迎夏之陽〔二〇三〕。侯羅司馬，郭范畾楊〔二〇四〕，置酒乎滎川之閒宅〔二〇五〕，設座乎華都之高堂〔二〇六〕。延帷揚幕，接帳連岡〔二〇七〕。衆器雕琢，早刻將星〔二〇八〕。朱緣之畫，邠盼麗光〔二〇九〕。龍虵蜿蜷錯其中，禽獸奇偉髦山林〔二一〇〕。昔天地降生杜鄗密促之君，則荆上亡尸之相〔二一一〕。厥女作歌〔二一二〕，是以其聲呼吟靖領，激呦喝啾〔二一三〕，户音六成，行夏低徊〔二一四〕，胥徒入冥〔二一五〕。及廟噌吟，諸連單情〔二一六〕。舞曲轉節，踃馺應聲〔二一七〕。其佚則接芬錯芳，襜袩纖延〔二一八〕，蹁凄秋，發陽春〔二一九〕，羅儒吟，吴公連〔二二〇〕，眺朱顔，離絳脣，眇眇之態，吡噉出焉〔二二一〕。

【注釋】

〔二〇〇〕迎春送臘：古立春日有迎春祭，陰曆十二月行臘祭，即送臘。錢熙祚校曰：「九卷本送下脱一字。此章氏以意補也。按文選蜀都賦注引作迎春送冬，冬與下公江韻。」

〔二〇一〕百金二句：百金之家：指中産人家。千金之公：指富貴人家。

〔二〇二〕乾池二句：乾池：淘乾池塘。澳：水邊曲處。泄澳：泄出澳灣之水。觀魚：觀看捕魚者。魚，同漁。左傳隱公五年：「春，公將如棠觀魚者。」臧僖伯諫，不聽。此言送臘迎春之後，冰雪溶解，百姓於江河池塘之中緊張捕魚，富貴之家無不出遊觀看。蓋蜀中風俗如此。

〔二〇三〕期於送春之陰，迎夏之陽：九卷本作「期于倍□□春之陰，迎夏之陽」。此亦當是章氏以意删。倍：疑涪之誤字，缺文或爲「湔送」二字。此二句指明時間是春夏之交。

〔二〇四〕侯羅司馬郭范畾楊：七姓是成都大姓。

〔二〇五〕滎（yíng 縈）：小水。川：大水。閈宅：章樵注：「如司馬相如、嚴君平舊宅皆在成都。」

〔二〇六〕華：華美。都：也是華美的意思。

〔二〇七〕延帷二句：帷、幕、帳：都是臨時在野外搭的布棚之類。古文苑九卷本無「連」字。章注本蓋據文選顔延之曲水詩注補。

〔二〇八〕衆器二句：雕琢：指玉石之器。早：借爲藻。藻刻，指竹木之器。將星：當作將皇，古文苑九卷本作將皇。璀璨華美貌。

〔二〇九〕朱緣二句：朱緣之畫：器物上用朱漆緣邊的畫。邠（bīn 彬）盼（fēn 芬）：與繽紛同音，多文彩貌。麗光：美麗鮮明。

〔二一〇〕龍虵二句：虵：同蛇。蜿（yuān 寃）蜷（quán 拳）：屈曲貌。髦：讀去聲，如毛之分散。言畫中雜有龍蛇禽獸，四散分布於山林。

〔二一一〕昔天地二句：杜鄠(hù户)：即杜宇。揚雄蜀王本紀：「後有一男子，名曰杜宇，從天墮止。朱提有一女子名利，從江源井中出，爲杜宇妻。乃自立爲蜀王，號曰望帝，治汶山下邑曰郫。」又云：「望帝積百餘歲，荆有一人名鼈靈，其尸亡去，荆人求之不得。鼈靈尸隨江水上至郫，遂活，與望帝相見。望帝以鼈靈爲相。時玉山出水，若堯之洪水。望帝不能治，使鼈靈決玉山，民得安處。鼈靈治水去後，望帝與其妻通，慚媿，自以爲德薄不如鼈靈，乃委國授之而去，如堯之禪舜。鼈靈即位，號曰開明。」密促之君：謂其君在位年歲短促。按據蜀王本紀，蜀之先王有蠶叢、柏濩、魚鳧，此三代各數百歲，皆神化不死。至望帝，百餘歲而禪鼈靈，此後諸王在位年數皆少，故曰密促之君。

〔二一二〕厥女作歌：章樵注引成都古今記曰：「蜀王尚納五丁(原誤玉丁)之妹爲妃，不習水土，欲出。王固留之，爲作東平之歌。無幾，物故，王悲悼不已，乃作臾斜之歌、就歸之曲，而哀之。」(亦見華陽國志。見前注引)

〔二一三〕是以二句：靖領：章樵無注。蓋讀作清泠。激：讀爲噭(jiào叫)。噭，號呼聲。禮記曲禮上：「毋噭應。」孔疏：「謂聲響高急。」呦(yōu悠)：叫聲。喝(yè夜)：聲音幽咽。啾(jiū究)：説文：「小兒聲也。」

〔二一四〕户音二句：户：借爲濩。大濩，商湯之樂。成：樂曲一終爲一成。大濩有六成。夏：亦樂歌名。詩周頌時邁：「我求懿德，肆于時夏。」鄭注：「樂歌大者稱夏。」 行：猶奏。 低徊：舒徐貌。 言歌曲合乎商周之音。

〔二一五〕胥徒：周禮：樂師之下有胥徒，亦樂工之屬。 入冥：謂胥徒歌聲妙入幽冥。

〔二一六〕及廟二句：廟：指望帝鼈靈之廟。 華陽國志：成都「有蜀侯祠」。 噆吟：吟唱。 諸連：謂後世歌曲猶是前代之遺響，連年不斷。 單：同殫，盡。 單情：盡情。

〔二一七〕踃（xiāo 蕭）颭（sà 颯）：舞遲疾貌。 以上言蜀都士女出遊，謁望帝鼈靈之廟，依昔日之曲歌唱，按節舞蹈，其進退遲疾，與歌聲相應。

〔二一八〕其佚二句：佚：讀爲佾，舞隊之行列。 接芬錯芳：形容舞者美好。 襜（chān 攙）：繫在衣服前面下垂的圍腰。 袩（diān 掂）：衣服大襟下面的部分。 纖：細。 延：連延。 言舞者衣襟輕細，飄搖連延。

〔二一九〕躙淒秋二句：躙：當作躝（chǎn），足尖點地。 淒秋、陽春：皆歌曲名。

〔二二〇〕羅儒二句：羅儒、吳公：皆善歌謳者。 藝文類聚等書引劉向別録曰：「漢興以來，善雅歌者魯人虞公，發聲清哀，遠動梁塵，受學者莫能及也。」按漢時吳虞通用，虞公即吳公。 崔豹古今注曰：「陌上桑，秦氏女羅敷曲也。 羅敷採桑，趙王見而悦之，欲載以歸。 羅敷不從，作是曲以明意。」按儒讀作孺，羅孺指羅敷。

〔二二一〕眺朱顔四句：眺：讀爲挑（tiǎo 窕），仰起。 離：張開。 眇：與妙通用。 妙妙，美妙。後漢書邊讓傳：「妙舞麗於陽阿。」　吡（bǐ比）：鳥聲。　㘎（hǎn喊）：同𡁻，虎聲。吡㘎：形容歌聲由小漸大。

此段寫節日嘉會，成都富家飲宴及民間歌舞。

若其遊怠魚弋〔二二二〕，郤公之徒〔二二三〕，相與如平陽，瀕巨沼〔二二四〕，羅車百乘，期會投宿〔二二五〕。觀者方隄〔二二六〕，行船競逐〔二二七〕，偃衍檝曳〔二二八〕，絺索恍惚〔二二九〕。羅罠彌澥，蔓蔓沕沕〔二三〇〕。蘢睢瞗兮罧布列〔二三一〕，枚孤施兮纖繁出〔二三二〕，鶩雌落兮高雄蹷〔二三三〕，翔鵾挂兮奔縈畢〔二三四〕，俎飛膾沈，單然後別〔二三五〕。

【注釋】

〔二二二〕怠：與怡通。易雜卦：「而豫怠也。」釋文：「怠，虞作怡。」怡：悦也。　魚：通漁，捕魚。　弋：射獵。　文選左思蜀都賦劉注引此句無遊怠二字。

〔二二三〕郤（xì隙）：同郄，姓。文選左思蜀都賦：「若夫王孫之屬，郤公之倫，從禽于外，巷無居人。」劉注：「郤公，豪俠也。」

〔二二四〕如平陽瀕巨沼：錢熙祚校云：「文選南都賦注引『如乎陽瀕』，又蜀都賦注引『如乎巨野』，則此六字之中誤三字矣。野字與上徒字韻。」明刊章注本作「相與如平陽瀕臣沼」，注云：

「如，往也。平陽，猶平野。頩，疑是頫字，與俯同。一本作頻字。」今按，章本臣字誤刻。依上下文意，此處是寫豪家漁獵。漁于沼而獵于野，則「平陽」作「乎野」者是；蓋「野」字轉讀今音 yě 後，與「陽」聲同而誤也。頩字當依一本作「頻」，「頻」即「瀕」之省文，故南都賦注引逕作「瀕」。

〔二二五〕羅車二句：羅：列。期會投宿：言相約期於禽獸棲宿時而獵之，蓋謂徹夜射獵。章樵注曰：「遨遊既倦，日將暮矣，期於托宿，車馬同回。」恐非是。

〔二二六〕方隄：方：讀爲傍。言漁於巨沼，人皆傍隄岸而觀之。左思蜀都賦劉注引作「萬隄」，藝文類聚引作「方防」，似皆誤。

〔二二七〕船：明刊章注本、藝文類聚均作舡；文選左思吳都賦劉注引作舟。

〔二二八〕偃衍：雙聲兼疊韻聯綿詞，同衍衍。廣雅釋訓：「衍衍，行也。」方言作遂遂。㯿：字書所無。蓋撇之壞字。撇曳：疊韻聯綿詞，同蹩躠，説文：「莊子曰『蹩躠爲仁』，小行也。」

〔二二九〕絺索：雙聲聯綿詞，音與窸（xī 悉）窣（sū 蘇）近，物相摩擦聲。司馬相如子虛賦：「翕呷萃蔡。」張揖曰：「萃蔡，衣聲也。」蓋音小變耳。恍惚：雙聲聯綿詞，不分明、難分辨之意。楚辭九歌湘夫人：「荒忽兮遠望。」司馬相如子虛賦：「軋沕洸忽。」史記秦始皇本紀：「莫不怳忽失守。」皆字異而義同。以上二句，寫觀者傍隄，人物駢雜。

〔二三〇〕羅畏二句：畏：疑爲罔字之訛。羅罔即羅網。彌：滿。瀣（xiè 蟹）：史記司馬相如傳子虛賦：「浮勃瀣。」索隱：「海旁曰勃，斷水曰瀣。」蔓蔓：如草之蔓衍。汸汸（mì

密，又 wù 勿）：不分明貌。　言水上網罟之多。

〔二三一〕蘢：同籠，指筌笱等捕魚竹器。　睢（suī 雖）：張目視貌。　矆（huò 霍）：驚視貌。睢矆，狀籠之狀如衆目驚視。　罧（shèn 腎）：説文：「積柴水中以聚魚也。」　言水中布列捕魚之器甚多。

〔二三二〕枚：猶言單個。　孤：即罛（gū 孤）：舟上大魚網。　纖：細。　繁：繳之誤字，古文苑九卷本作繳，以絲繩繫矢而弋，其繩名繳（zhuó 酌）。

〔二三三〕蹷（jué 決）：倒斃。　言射鳥，射落了驚起的雌鳥和高飛的雄鳥。

〔二三四〕鶡：鶡雞，善飛。　奔：指奔走的禽獸。　畢：有長柄的獵網。　言善飛如鶡的鳥被網挂住，奔走的鳥獸縈繞於畢中。

〔二三五〕俎飛二句：俎：借爲菹（zū）：剁成肉醬。　膾：切成薄片。　飛：指鳥。　沈：指魚。　言將獵獲之物，烹製菜餚，大家享用，然後別去。

此段寫豪富遨遊漁獵之盛，結束全文。

甘泉賦　并序〔一〕

孝成帝時，客有薦雄文似相如者〔二〕。上方郊祀甘泉泰畤、汾陰后土，以求繼嗣〔三〕，召雄待詔承明之庭〔四〕。正月，從上甘泉。還，奏甘泉賦以風。其辭曰：

【注釋】

〔一〕甘泉賦，見漢書本傳、昭明文選、藝文類聚三十九。文選有序，即用漢書本傳文，本傳又用揚雄自序。文選李善注引七略曰：「甘泉賦永始三年（前一四）正月待詔臣雄上。」以爲漢書成帝紀永始三年無幸甘泉之文，疑七略誤。王先謙漢書補注曰：「按成帝紀，永始四年正月、元延二年正月、四年正月，俱有行幸甘泉事。據雄本傳下云：其三月將祭后土，其十二月羽獵，不別年頭，則爲一年以內事，奏甘泉賦當在元延二年，與紀文方合。」今按王説是。元延二年（前一一），揚雄四十三歲。太平御覽五百八十七引桓譚新論云：「余少時見揚子雲之麗文高論，不自量年少新進，而猥欲逮及。嘗激一事而作小賦，用精思太劇，而立感動發病，彌日瘳。子雲亦言，成帝時，趙昭儀方大幸，每上甘泉，詔令作賦，爲之卒（猝）暴，思精苦，賦成，遂困倦小臥，夢其五藏（臟）出在地，以手收而內之。及覺，病喘悸，大少氣，病一歲。由此言之，盡思慮，傷精神也。」（據嚴可均全漢文）甘泉，宮名，在今陝西省淳化縣西北甘泉山上，原爲秦林光宮，漢武帝于甘泉苑內外增建通天、高光、迎風、鳷鵲、露寒等宮，有泰畤，祀天神太一。至成帝，已近百年。成帝郊祀太一，又常帶着寵妃趙昭儀。揚雄受詔作賦，欲諫則非時，欲默則不能已，故誇張宮室之美，盛言車騎之衆，又言「屏玉女，却宓妃」，以示微諷。這是揚雄作賦時的心理，結果是勸百諷一。

本文據漢書補注本，校以昭明文選。

〔二〕客有句：客指尚書郎楊莊，相如指西漢大文學家司馬相如。揚雄答劉歆書云：「雄作縣邸銘、王佴頌、階闥銘及成都城四隅銘，蜀人有楊莊者，爲郎，誦之於成帝，以爲似相如，雄遂以此得見。」

〔三〕上方二句：甘泉泰畤：見注〔一〕。畤（zhì至），古時固定的祭神處。汾陰：在今山西省萬榮西南。后土：地神。漢武帝尊事天地，始營泰畤於甘泉，定后土於汾陰。成帝無子，故復祭禱以求繼嗣。

〔四〕承明：殿名，在長安未央宫。待詔：漢時，有才能的人，皇帝命在承明殿等候，有詔即見，故曰待詔。

惟漢十世，將郊上玄〔五〕，定泰畤，擁神休，尊明號〔六〕，同符三皇，録功五帝〔七〕，卹胤錫羨，拓迹開統〔八〕。於是迺命羣僚，歷吉日，協靈辰〔九〕，星陳而天行〔一〇〕。

【注釋】

〔五〕惟漢二句：十世：指成帝。自漢高帝、吕后、惠帝、文帝、景帝、武帝、昭帝、宣帝、元帝，至成帝爲第十世。郊，祭名。上玄，指天。

〔六〕定泰畤三句：宣帝時，罷甘泉泰畤，至此復祭，故曰定。雍：讀爲擁，聚。休，美。

明號，明神之號，指泰一神之號。言擁聚神靈之休美而尊泰一之神號。泰或作太，同。雍：文選五臣本作擁。

〔七〕同符二句：三皇：説法不一，史記秦始皇本紀：古有天皇地皇泰皇，泰皇最尊。泰皇即泰一。五帝：也有不同説法，世本、史記皆以爲即黄帝、顓頊、帝嚳、唐堯、虞舜。録：謂總領之。此言定泰畤，符合三皇名號，而五帝推尊之功並總而有之。

〔八〕卹胤二句：卹：憂念。胤：後嗣。錫：給予。羨：豐饒。拓：拓廣。迹：指王業。統：帝統。此言成帝憂念無嗣，故修祠泰畤，祈神多賜福祥，以拓廣基業，開張帝統。

〔九〕於是三句：迺：同乃。下文同。歷：選。協：合。靈：善。辰：時辰。此言命羣臣選擇吉日而行事。

〔一〇〕星陳：謂羣臣隨駕陳列如星宿。天行：謂天子出行如天之運行。此句領起下文，下文即以星爲喻。

此段敍成帝擇日出祭泰畤。

詔招搖與泰陰兮，伏鉤陳使當兵〔一一〕。屬堪輿以壁壘兮，梢夔魖而抶獝狂〔一二〕。八神奔而警蹕兮，振殷轔而軍裝〔一三〕。蚩尤之倫，帶干將而秉玉戚兮，飛蒙茸而走陸梁〔一四〕。齊總總撙撙其相膠葛兮，猋駭雲訊奮以方攘〔一五〕。駢羅列布，鱗以雜沓兮，柴虒參差，魚頡而鳥肸〔一六〕。翕赫曶霍，霧集蒙合兮，半散照爛，粲以成章〔一七〕。

【注釋】

〔一一〕詔招搖二句：招搖、太陰、鉤陳，皆星名。漢書天文志：「北斗……杓端有兩星，内爲矛招搖。」孟康曰：「近北斗者招搖，招搖爲天矛。」志又云：「房爲天府，曰天駟。」宋書天文志云：「房南二星爲太陽道，北二星爲太陰道。」又云：「北二星爲右驂，次下爲右服。」賦云：「詔招搖與太陰」，猶言詔天戈與天駟耳。鉤陳六星，在紫微宫中，星經云：鉤陳「主天子六軍將軍，又主三公」。禮記鄭注：「當，主也；主謂典領也。」

〔一二〕屬堪輿二句：屬（zhǔ 囑）：委託。堪輿：李善注引許慎曰：「堪，天道也。輿，地道也。」孟康以爲堪輿神名，造圖宅書者。梢、抶（chì 斥）：都是擊打的意思。夔魖、獝狂：皆惡鬼名。二句言使堪輿之神掌管壁壘，打退惡鬼，天地清肅。

〔一三〕八神奔二句：八神：指八方之神。天子出行，警戒非常，清道止行人，謂之警蹕。蹕，指天子車駕。振：奮起。殷轔：盛多。軍裝：武裝。言八方之神各奮起其衆，武裝奔走警戒。

〔一四〕蚩尤三句：蚩尤：傳説始以銅作兵器者，曾與黄帝戰於涿鹿之野。天上有蚩尤星，晝見則主伐。干將：寶劍名。秉：持。戚：是一種長柄斧，柄上飾玉爲玉戚。蒙茸：亂飛貌。陸梁，跳躍。此言使戰神蚩尤之輩帶劍執斧往來奔走於前後左右。喻衛士迅捷勇猛。

〔一五〕齊總總二句：總總、撙撙：聚集貌。膠葛：猶交加。猋：飈之省。訊：借爲迅，疾速。方攘：分散貌。此言衛士們分合迅疾，方聚集交加，忽如雲飛風飄分散奔離。撙撙：文選五臣本作蓴蓴。膠葛、雲訊，文選五臣本李善本都作膠轕、雲迅。

〔一六〕駢羅四句：駢：併。鱗：如魚鱗之次列。柴（cī疵）虒（zhì至）、參差：皆爲不整齊貌。魚頡鳥䀪：即魚頡鳥頏。詩經燕燕：「燕燕于飛，頡之頏之。」傳曰：「飛而上曰頡，飛而下曰頏。」漢書補注引王念孫曰：「䀪者肹之譌……借爲頡頏之頏，不知何時肉旁譌作目旁，而集韻十一唐遂收入䀪字矣，説文玉篇廣韻皆無䀪字。」此言衆神前後布列如魚鳥之飛而上飛而下。柴虒，文選五臣本作傑傂。

〔一七〕翕赫四句：翕（xī悉）赫、曶（hū忽）霍：顔師古曰：皆開合之貌。霧集蒙合：顔師古曰：「霧，地氣發也；蒙，天氣下也。如霧之集，如蒙之合也。」按蒙即濛之省。半散：與泮散同，詩經作泮奐，大雅卷阿：「泮奐爾游矣。」傳曰：「泮奐，廣大有文章也。」照爛：謂衛隊服色文章光明燦爛。粲：鮮明。照，文選李善本作昭。

此段寫成帝出行，兵衛衆盛嚴整。

於是乘輿迺登夫鳳皇兮翳華芝，駟蒼螭兮六素虯〔一八〕。蠖略蕤綏，灕虖幓纚〔一九〕。帥爾陰閉，霅然陽開〔二〇〕。騰清霄而軼浮景兮，夫何旟旐郅偈之旖柅也〔二一〕！流星旄以電燭兮，咸翠蓋而鸞旗〔二二〕。敦萬騎於中營兮，方玉車之千乘〔二三〕。聲駍隱以陸離兮，輕先疾雷而馺遺風〔二四〕。陵高衍之嵱嵷兮，超紆譎之清澄〔二五〕。登椽欒而羾天門兮，馳閶闔而入凌兢〔二六〕。

【注釋】

〔一八〕於是二句：鳳皇：車飾鳳皇，爲鳳皇之輿。翳：蔽。華芝：指華美的車蓋。螭、虯：龍子有角爲虯，無角爲螭，這裏比喻馬。蒼螭，蒼色馬。素虯，白色馬。駟：一車駕四馬。六：天子車駕六馬。時成帝與趙昭儀同來，故一駕六白馬，一駕四蒼馬。「翳華芝」上，文選李善本有而字。

〔一九〕蠖（huò獲）略蕤（ruí瑞陽平）綏，灕（lí離）虖幓（shēn申）纚（shī師）：顏師古曰：「蠖略蕤綏，虯螭貌也；灕虖幓纚，車飾貌也。」李善曰：「蠖略蕤綏，龍行之貌也；灕虖襂纚，龍翰下垂之貌也。」今按，司馬相如大人賦：「駕應龍象輿之蠖略委麗兮」，又云：「滂濞泱軋，麗以林離。」此皆圖寫車馬聲貌之形容詞，字異而訓同。虖，文選五臣本作乎。幓，文選李善本作襂。

〔二〇〕帥爾二句：帥爾：王先謙曰：「帥與率同，帥爾即率爾，猶言倏爾也。」霅（shà廈）然：王先謙曰：「猶颯然也。」按，帥與倏、霅與颯，古音聲同。倏爾、颯然皆迅疾之貌。又李善注引文子曰：「與陰俱閉，與陽俱開。」此蓋形容成帝車騎旌旗忽聚忽合，如陰陽之變化。

〔二一一〕騰清霄二句：騰：升。霄：天空。軼：超過。景：同影，指日光。旗上畫鳥隼曰旟，畫龜蛇曰旐。郅偈：形容竿杠森立之狀。旖柅：旌旗隨風飄揚貌，通作旖旎。此寫旌旗摇空，高過日影；旗竿森立，旗幟隨風飄揚。柅，文選李善本、五臣本均作旎。

〔二一二〕流星旄二句：星旄：張銑曰：「旄，以旄牛尾爲之，飾以星文，其光如電，懸於竿上，以指麾也。」李善引周書曰：「樓煩星旄者，羽旄也。」咸：皆。翠蓋，飾翠羽的車蓋。鸞旗：李善引蔡邕獨斷曰：「天子出，前驅有鸞旗者，編羽毛，列繫幢傍。」燭：照。文選五臣本作爥。

〔二一三〕敦萬騎二句：敦：借爲屯，屯，聚也。中營：營中。方：並，並排。玉車：飾玉之車，言其美。敦，文選五臣本作屯。

〔二一四〕聲駍隱二句：駍（pēng 烹）隱：車馬聲。陸離：參差也。馺（sà 颯）：疾馳而追。遺風：疾風。按遺借爲逸，逸，意爲奔跑。此言車騎行動有聲，其輕捷，能走在雷聲的前面，能追上疾速的風。

〔二一五〕陵高衍二句：陵：升。衍：廣大無邊。嵱（yǒng 永）嵷（sǒng 聳）：如淳曰：「上下衆多貌。」紆譎：孟康曰：「曲折也。」此言大駕車騎奔馳，如履平地，如行於清澄之處。

〔二一六〕登椽欒二句：椽欒：服虔曰：「椽欒，甘泉南山也。」玒（gòng 貢）：蘇林曰：「玒，至也。」閶闔：離騷：「吾令帝閽開關兮，倚閶闔而望予。」王逸曰：「閶闔，天門也。」凌兢：文選李善注：「恐懼貌。」張銑注：「寒涼之處。」今按，李、張説皆非是。近年發現的漢初簡帛書，境字作竟，或作兢。凌兢當即凌境，謂凌高的境界。

此段寫兵衛車騎擁護帝駕到達甘泉南之椽欒山，是爲甘泉之門。

是時未轃夫甘泉也，迺望通天之繹繹〔二七〕。下陰潛以慘廪兮，上洪紛而相錯〔二八〕。直嶢嶢以造天兮，厥高慶而不可虡疆度〔二九〕。平原唐其壇曼兮，列新雉於林薄〔三〇〕。攢并閭與茇苦兮，紛被麗其亡鄂〔三一〕。崇丘陵之駊騀兮，深溝嶔巖而爲谷〔三二〕。迣迣離宫般以相燭兮，封巒石關施靡虖延屬〔三三〕。

【注釋】

〔二七〕是時二句：轃：與臻同，至也。通天：臺名，在甘泉宫内，武帝元封二年作。漢舊儀云：高三十丈，能望見長安。繹繹：李周翰曰：「繹繹，高貌。言未至甘泉宫，望見通天臺繹繹然高也。」轃，文選五臣本作臻。

〔二八〕下陰潛二句：慘廪：寒貌。廪同凜。洪：宏大。紛：亂雜。錯：交互。此言臺高，其下陰潛不見，其上宏大，光彩交錯。廪，文選五臣本作懔。

〔二九〕直嶢嶢二句：嶢嶢（yáo 堯）：高貌。造：至。慶：發語詞，猶楚辭之羌。疆度：顔師古曰：「疆，境也。度，量也。言此臺至天，其高不可究竟而量度也。」按文選六臣本疆並作彌。李善曰：「爾雅曰：『彌，終也。』言高不可終竟而度量也。」亦通。虖，文選六臣本並作乎。下同。

〔三〇〕平原二句：平原：指甘泉之廣平地方。唐：白虎通：「唐，蕩蕩也。」形容廣大。壇曼：司馬相如子虛賦：「其南則有平原廣澤，登降陁靡，案衍壇曼。」司馬彪注曰：「壇曼，平博也。」新雉：文選五臣本作新荑。顔師古以爲即辛夷，一名新矧。沈欽韓曰：「本草綱目本經名新雉，拾遺名木筆。」按新雉即辛夷。辛夷，香木，其木枝葉皆香。楚辭涉江亂曰：「露申辛夷，死林薄兮。」王逸注曰：「叢木曰林，草木交錯曰薄。言重積辛夷，露而暴之，使死於林薄之中，猶言取賢明君子，棄之山野，使之顛墜也。」雄賦言「列辛夷於林薄」，蓋含有諷意。壇曼，文選五臣本作壇漫，張衡西京賦作澶漫，字異義同。

〔三一〕攢并閭二句：攢（cuán）：聚集。并閭：棕櫚也。張衡南都賦作栟櫚。茇苦：當讀（bóguó），即薄荷異名。被（pì 僻）麗：分散貌。王先謙曰：「被麗即披離之同音變字。」亡：讀爲無。鄂：垠。亡鄂猶無垠，意爲無邊際。言棕櫚薄荷之屬多而茂盛，一望無際。苦，文選六臣本並作菩。

〔三二〕崇丘陵二句：崇：高。駊（pǒ）騀（ě）：高大貌。嶔（qīn 欽）巖：深險貌。

〔三三〕迣迣二句：迣：古往字。往往，言所往之處則有之。般：分布。燭：照。言離宮彼此映照。封巒、石闕：皆宮名。三輔黄圖：甘泉有石闕觀、封巒觀。漢鐃歌遠如期「遊石闕，望諸國。」謂此。施（yǐ 已）靡：相連貌。延屬（zhǔ 煮）：相連接。燭，文選各本並作爥。爥同燭。

此段寫帝駕離開棫欒，經平原，越溝壑，途中所見甘泉外圍草木宮觀之狀。

於是大厦雲譎波詭，摧嶉而成觀〔三四〕。仰撟首以高視兮，目冥眴而亡見〔三五〕。正瀏濫以弘惝兮，指東西之漫漫〔三六〕。徒回回以徨徨兮，魂固眇眇而昏亂〔三七〕。據軨軒而周流兮，忽軮軋而亡垠〔三八〕。翠玉樹之青葱兮，壁馬犀之瞵㻞〔三九〕。金人仡仡其承鍾虡兮，嵌巖巖其龍鱗〔四〇〕。揚光曜之燎燭兮，乘景炎之炘炘〔四一〕。配帝居之縣圃兮，象泰壹之威神〔四二〕。洪臺掘其獨出兮，㨖北極之嶟嶟〔四三〕。列宿迺施於上榮兮，日月纔經於柍桭〔四四〕。雷鬱律而巖突兮，電倏忽於牆藩〔四五〕。鬼魅不能自還兮，半長途而下顛〔四六〕。

【注釋】

〔三四〕於是二句：譎（jué 決）、詭：皆怪異多變之意。言厦屋怪巧如雲氣水波之多變。摧嶉：即崔蓌、崔巍之同音字，高貌。觀：讀去聲，樓闕。

〔三五〕仰撟首二句：撟：舉。文選五臣本作矯。　冥：看不真切。　眴（xuàn 炫）：眼花。亡：同無。文選五臣本作無。

〔三六〕正瀏濫二句：瀏濫：即瀏攬，今通作瀏覽。　弘惝：即弘敞。　漫漫：無涯際之貌。

〔三七〕徒回回二句：回回、徨徨：形容舉止不寧，猶疑不定。　眇眇：形容神志不清。文選各本回回並作徊徊，李善本魂下無固字。五臣本作魂魄。　此言駭其深博而感到迷惑。

〔三八〕據軨軒二句：軨軒：軒爲欄板，其板或以軨作之。　軨同櫺。　周流：周回流觀。軮（yǎng 養）軋（yà 亞）：文選各本並作坱圠，廣大貌。　亡垠：無邊際。文選五臣本亡作無。

〔三九〕翠玉樹二句：玉樹：李善引漢武故事曰：「上起神屋，前庭植玉樹，珊瑚爲枝，碧玉爲葉。」　壁馬犀：馬犀者，馬腦（瑪瑙）及犀角也，以此二者飾殿之壁。　壁，文選各本均作璧，注曰：「作馬及犀爲璧飾。」與師古説不同，不知孰是。　瞵㻞（bīn 繽）：瞵，文選五臣本作璘。　璘㻞，猶今言斕斑，有文彩貌。

〔四〇〕金人二句：金人：鐘磬架，作銅人舉之。　仡（yì 奕）仡：勇健貌。　鍾虡（jù 據）：懸鐘的木架。鍾同鐘，文選五臣本作鐘。　嶔：開張貌。　龍鱗：似龍之鱗，謂鐘架雕有龍鱗。呂延濟曰：「嶔、巖巖，皆鱗甲開張貌。」

〔四一〕揚光曜二句：光曜：指宮觀華飾放着光亮。　燎：燃。　燭：照。　文選六臣本作爠，同。　乘，加上。　文選各本皆作垂，則爲下照之意。　景：同影，指日光。　炘炘：熱氣貌。此言宮觀華飾放光如火燃照耀，加上日光下射，感到有些發熱。

〔四二〕配帝居二句：帝：指上帝。　縣圃：即懸圃，一作玄圃。水經河水注引崑崙記曰：「崑崙之山三級，下曰樊桐，一曰板桐；二曰玄圃，一名閬風；三曰增城，一名天庭，是爲太帝之居。」　配：匹配，配得上。　此言此宮觀可與上帝的縣圃相匹配，是取象於泰壹天神所居的。泰壹，即泰一，或省作太一。

〔四三〕洪臺二句：洪臺：大臺。指郊祭泰一的祭臺。　掘：同崛，特出貌。文選各本作崛。　撽：至也，達到。　嶟嶟：山聳峭貌。

〔四四〕列宿二句：列宿：諸星宿。　迺：同乃。　榮：屋翼，就是屋簷伸出的部分。　柍桭：王念孫曰：「柍當作央，今作柍者，因桭字而誤加木旁耳。桭與宸同，説文：『宸，屋宇也。』今人所謂屋簷。央桭謂半簷也。日月纔經於半簷，極言臺之高也。……西京賦：『消雰埃於中宸，集重陽之清澂。』彼言中宸，猶此言央桭。」

〔四五〕雷鬱律二句：鬱律：形容雷聲小。律下而字，文選各本作於，是。　巖突：文選李善本作巖窔，五臣本作巖宎，宎是窔的異體。漢書作巖突，王先謙補注以爲突是誤字，當以文選作窔爲正。今按，突字不誤。漢稱廊爲巖廊，漢書董仲舒傳：「遊於巖廊之上。」顏注：「堂邊廡，巖廊謂巖峻之廊也。」又有官名巖郎，後漢百官志：「羽林郎，本注曰：無員，掌宿衞侍從，常選漢陽隴西安定北地上郡西河，凡六郡良家補。本武帝以便馬從獵，還宿殿陛巖下室中，故號巖郎。」是巖字本義爲高峻而變爲廊陛之稱。突，爾雅釋宮：「植謂之傳，傳謂之突。」一切經音義引三蒼云：「户旁柱曰植。」由此可知，巖突乃指廊陛户柱之屬。凡廊陛皆在殿下，賦文狀宮觀之高，故云雷在下而聲小鬱律也。至於文選作巖窔，注云「山之幽深處」，反似不順。倏忽：文選李善本作儵忽，五臣本作倏忽，字皆通借。倏忽猶今言閃忽，也是電光不大的意思。牆：土牆。藩：籬笆。

〔四六〕鬼魅二句：言宮殿之高，鬼物也不能上到頂端，走到半路就會顛墜下來。還，文選各本作逮。逮，及也。義長。逮古作遝，與還字形近致誤。

此段寫甘泉宮之華麗與泰一臺之高峻。

歷倒景而絶飛梁兮，浮蔑蠓而撇天〔四七〕。左欃槍右玄冥兮，前熛闕後應門〔四八〕。陰西海與幽都兮，涌醴汩以生川〔四九〕。蛟龍連蜷於東厓兮，白虎敦圉虖昆侖〔五〇〕。覽樛流於高光兮，溶方皇於西清〔五一〕。前殿崔巍兮和氏瓏玲〔五二〕。炕浮柱之飛榱兮，神莫莫而扶傾〔五三〕。閌閬閬其廖廓兮，似紫宮之崢嶸〔五四〕。駢交錯而曼衍兮，峩嵲隗虖其相嬰〔五五〕。乘雲閣而上下兮，紛蒙籠以掍成〔五六〕。曳紅采之流離兮，颺翠氣之宛延〔五七〕。襲琁室與傾宮兮，若登高妙遠、肅虖臨淵〔五八〕。

【注釋】

〔四七〕歷倒景二句：歷：過。倒景：即倒影。文選李善注：「張揖曰：『陵陽子明經曰：倒景氣去地四千里，其景皆倒在下。』如淳郊祀志注曰：『在日月之上，日月返從下照，其景倒。』」飛梁，晉灼曰：「浮道之橋也。」蔑蠓：文選各本作蠛蠓，蟲名，小於蚊，常羣飛如烟霧，故亦爲浮氣之稱。張衡思玄賦：「浮蔑蒙而上征。」撇：拂。

〔四八〕左欃槍二句：欃槍：彗星。玄冥：北方水神。熛闕：赤色之闕。南方之帝曰赤熛怒。應門：宮之正門曰應門。應門前有雙闕。此寫甘泉宮，以天堂爲比。

〔四九〕陰西海二句：陰，文選各本作蔭。西海：西方之海。幽都：北方絶遠之地。言闕之高，其陰影遮蔽到西海和幽都。醴：指甘泉。醴是甜酒，泉水味似之。汩：水流疾貌。

〔五〇〕蛟龍二句：連蜷：卷曲貌。敦圉：盛怒貌。文選五臣本敦作屯，虖作乎。服虔曰：「象崑崙山在甘泉宮中。」呂延濟曰：「崑崙山，天帝所居，左青龍，右白虎，此中象而爲之。」

〔五一〕覽樛流二句：樛流：王先謙曰：樛流與周流同意。高光：宮名，在甘泉苑中。溶，閒暇貌。方皇，文選五臣本作彷徨。（李善以爲宮名，非是。）西清：西廂清浄之處。

〔五二〕前殿：指正殿。崔巍：高貌。和氏：和氏璧。瓏玲：玉聲。文選李善本作玲瓏。孟康曰：「以和氏璧爲梁璧帶也，其聲玲瓏也。」按，揚雄法言五百篇云：「瓏瓏其聲者，其質玉乎。」瓏與玲同，據此，作瓏玲是。

〔五三〕炕浮柱二句：炕，同抗。文選五臣本作抗。抗：舉也。浮柱：梁上小柱。榱：屋椽。莫莫：詩經小雅楚茨：「君婦莫莫。」毛傳：「莫莫，言清靜而敬至也。」此言舉立浮柱而駕飛椽，其形危竦，似有神人小心地扶持，使不傾墜。

〔五四〕閌閬閬二句：閌（kàng抗）：高門。閬閬：門高之貌。廖廓：宏遠貌。文選各本作寥廓。紫宮：天有紫微宮，武帝象之作未央宮，中有紫微宮。峥嶸：高深貌。

〔五五〕騈交錯二句：騈：並列。曼衍：分佈。㟎（tuí退）：埤蒼：山長貌。嶵（zuì罪）隗（wěi尾）：猶崔嵬，高貌。嬰：繞。顔師古曰：「言宮室臺觀相連不絕。」

〔五六〕乘雲閣二句：乘：登。雲閣，言閣高入雲。蒙籠：不能分辨貌。劉良曰：「言上下蒙籠與山同體。」掍成：文選李善本作棍成，五臣本作混成，今通作渾成，言自然而成。老子曰：「有物混成。」

〔五七〕曳紅采二句：紅采：采同彩，亦作綵。文選五臣本作虹綵。流離：形容光色不定。颺，飄揚。冤延：文選各本作宛延。錢大昭曰：「冤延與蜿蜒同。」

〔五八〕襲琁室二句：襲：繼。琁室、傾宮：服虔曰：「桀作琁室，紂作傾宮。」晏子春秋内篇諫下：「及夏之衰也，其王桀背棄德行，作爲璿室玉門。殷之衰也，其王紂作爲傾宮靈臺。」琁、璿同。妙：借爲眇，文選各本作眇。眇，眺也。臨淵：警惕禍患之意。詩經小雅小旻：「戰戰兢兢，如臨深淵，如履薄冰。」文選李善本「若登高眇遠」句下有亡國二字，五臣本作「若登高眇而遠」。王先謙曰：「按言琁室傾宫，則臨淵之意自見，不當直言亡國，無二字是也。」

此段極寫臺觀高峻華貴如天宫，最後點出諷勸之意。

回猋肆其碭駭兮，翍桂椒鬱栘楊〔五九〕。香芬茀以穹隆兮，擊薄櫨而將榮〔六〇〕。薌呹肸以棍根兮，聲駍隱而歷鍾〔六一〕。排玉户而颺金鋪兮，發蘭惠與穹窮〔六二〕。帷弸環以拂汩兮，稍暗暗而靚深〔六三〕。陰陽清濁穆羽相和兮，若夔牙之調琴〔六四〕。般倕棄其剞劂兮，王爾投其鉤繩〔六五〕。雖方征僑與偓佺兮，猶仿佛其若夢〔六六〕。於是事變物化，目駭耳回〔六七〕，蓋天子穆然，珍臺閒館，琁題玉英，蜵蜎蠖濩之中〔六八〕。惟夫所以澄心清魂，儲精垂思〔六九〕，感動天地，逆釐三神者〔七〇〕。

【注釋】

〔五九〕回猋二句：猋：飇之省。回猋，回旋的大風。肆：放。碭：動。文選五臣本作盪。駭：驚動。翍：古披字。桂、椒：皆香木。鬱：聚。栘：唐棣樹。楊：楊樹。言回風勁吹，盪動衆樹，椒桂披散，栘楊鬱聚。文選各本椒下有而字。

〔六〇〕香芬茀二句：芬茀：即芬馥，香貌。窮隆：盛大貌。文選各本窮作穹。擊：拂擊。薄櫨：柱上方木，即斗拱。薄，文選五臣本作欂。將：送。榮，屋簷翹起的部分。言風挾香氣很大，一直送到屋簷上下。

〔六一〕薌呹肸二句：薌：借爲響。呹（chì斥）肸（xì系）；疾散貌。掍：振。根：猶株，指樹株。䬟隱：見注〔二四〕。鍾：同鐘。顏師古曰：「又言風之動樹聲響，振起衆根，合䬟隱而盛，歷入殿上之鐘也。」王先謙曰：「香風䬟殷，歷十二鐘而成聲，言諧合律吕也。」根，文選各本作批，李善注：「批，擊也。」亦通。

〔六二〕排玉户二句：金鋪：門上以黄金飾鋪首。鋪首，門上的獸面形帶環紐的底盤，用以銜門環。蘭惠：文選各本作蘭蕙。皆香草。穹窮：文選李善本作芎藭，五臣本作芎藭。芎藭爲本字，香草名。顏師古曰：「言風之所至，又排門揚鋪，擊動鍰鈕，回旋入宫，發奮衆芳。」

〔六三〕帷弸彋二句：帷：帳。文選五臣本作帷首。弸彋（hóng宏）：帷帳鼓動之聲。拂汨：帷帳鼓動之貌。暗暗：幽隱。靚：即静字。王先謙曰：「以上六句，言香風之深入。」

〔六四〕陰陽二句：穆羽：漢書補注引王引之曰：「穆變音也，羽正音也。淮南天文篇説律曰：『徵生宫，宫生商，商生羽，羽生角，角主姑洗，姑洗生應鐘，不比於正音，故爲和（讀和睦之和）。應鐘生蕤賓，不比於正音，故爲繆。』繆與穆同，和穆謂變宫變徵也。穆在變音之末，言穆而和可知矣。羽在正音之末，言羽而宮商角徵可知矣。變聲與正聲相應，故曰穆羽相和（讀唱和之和）。以律管言之，則變宮爲和，變徵爲穆。以琴弦言之，則當以少宮爲和，少商爲穆。琴有和穆二音，而風聲似之，故曰穆羽相和，若夔、牙之調琴也。」夔：人名，舜之典樂官。牙：春秋時俞伯牙，善鼓琴。

〔六五〕般倕二句：般：公輸般，戰國時巧匠。倕：古代相傳的巧匠名。剞（jī基）劂（jué決）：刻鏤用的刀和鑿。王爾：古之巧匠。鉤繩：木工用的曲尺墨繩。言宮殿構築雕飾之精美，連般、倕、王爾都不敢下手。

〔六六〕雖方二句：方：並行。征僑：仙人名。司馬相如大人賦作征伯僑，漢書郊祀志作正伯喬。偓佺：亦仙人名。列仙傳云：偓佺，槐里采藥父也，食松實，形體生毛數寸，能飛行，逮走馬。言雖使仙並行其上，猶驚異其精巧，而仿佛若夢也。仿佛，文選五臣本作髣髴。

〔六七〕於是二句：事變物化：事物變化，指上述宮觀雕飾之複雜變化。目駭：目視之則驚目。耳回：耳聞之則耳亂。回：回皇，聲亂貌。文選五臣本作迴。

〔六八〕蓋天子四句：穆然：莊嚴静默貌。琁題：玉飾的椽頭。琁，美玉。榱椽之頭曰題。玉英：玉有英華之色。蜎（yuān淵）蜎（yuán原）、蠖（huò霍）濩（hù户）：張晏以爲形容刻鏤之狀，顔師古以爲形容屋中廣深，未知孰是，説可兩存。蜎，文選五臣本作蟺，音蟬。

〔六九〕惟夫二句：惟：思。澄心清魂，使心神澄静。儲精垂思：意爲專精以待，冀神降福。思，文選李善本作恩。王先謙以爲不如思順。

〔七〇〕逆：迎。鼇：讀爲僖，古鼇、僖二字通用，福也。三神：指天、地、泰一。

此段寫宮中景物之繁美，天子排除耳目之擾，處珍臺閒館靜思祭神求福之事。

迺搜逑索耦，皋伊之徒冠倫魁能〔七一〕，函甘棠之惠，挾東征之意，相與齊虖陽靈之宮〔七二〕。靡薜荔而爲席兮，折瓊枝以爲芳〔七三〕。噏清雲之流瑕兮，飲若木之露英〔七四〕。集虖禮神之囿，登虖頌祇之堂〔七五〕。建光燿之長旓兮，昭華覆之威威〔七六〕。攀琁璣而下視兮，行遊目虖三危〔七七〕。陳衆車所東阬兮，肆玉釱而下馳〔七八〕。漂龍淵而還九垠兮，窺地底而上回〔七九〕。風傱傱而扶轄兮，鸞鳳紛其御蕤〔八〇〕。梁弱水之濎濴兮，躡不周之逶蛇〔八一〕。想西王母欣然而上壽兮，屏玉女而卻虙妃〔八二〕。玉女無所眺其清盧兮，虙妃曾不得施其蛾眉〔八三〕。方擥道德之精剛兮，眸神明與之爲資〔八四〕。

【注釋】

〔七一〕迺搜逑二句：逑：匹。詩周南關雎：「君子好逑。」毛傳：「逑，匹也。」耦：同偶。文選各本作偶。皋：皋陶，堯之大臣。伊：伊尹，湯之大臣。言選擇可以配得上皋陶伊尹的魁傑能臣。

〔七二〕函甘棠三句：函：當作含。　惠：文選李善本作恩。恩惠義同。　甘棠：詩召南篇名。詩序曰：「甘棠，美召伯也。召伯之教明於南國。」按召伯即召公奭，周初大臣。召伯循行南國以布文王之政，舍於甘棠之下，後人思其德，愛其樹不忍傷，作詩美之。　挾東征之意：東征，指周初周公旦東征管叔蔡叔武庚三監，平定天下事。　齊：讀爲齋。古齊齋同字，齋戒，洗心曰齋。　陽靈之宮：祭天之處，故稱陽靈。

〔七三〕靡薜荔二句：靡：李善注：「謂偃靡之藉地而爲席。」就是鋪平的意思。　薜荔：離騷：「貫薜荔之落蕊。」王逸注：「薜荔，香草也。」　瓊枝：離騷：「折瓊枝以爲羞。」補注：「瓊枝生崑崙西流沙濱，大三百圍，高萬仞，其華食之長生。」

〔七四〕噏清雲二句：噏：同吸，文選五臣本作吸。　瑕：借爲霞，日旁赤氣。文選五臣本作霞。　若木：離騷：「折若木以拂日兮。」王逸注：「若木在崑崙西極，其華照下地。」　英：花。露英，花之含露者。　顔師古曰：「言其齋戒飲食皆芳潔。」

〔七五〕集虖二句：禮神之囿：指祭天之處。　頌祇之堂：指祭地處。天神曰神，地神曰祇。

〔七六〕建光燿二句：旓：旌旗之斿，一名燕尾。　華覆：華蓋。　昭：鮮明。　威威：李善注：「猶葳蕤也。」按張衡西京賦：「羽蓋葳蕤。」指華蓋上翠羽衆多。

〔七七〕攀琁璣二句：琁璣：即魁星。　三危：尚書禹貢：「導黑水至于三危。」三危，山名，在極西的地方。

〔七八〕陳衆車二句：東阬：吕延濟曰：「東海也。」顏師古曰：「阬，大阜也，讀與岡同。」按東海非陳車之地，又言下馳，則顏讀岡是也。　玉釱（dì弟，又音dài代）：文選各本作軑，同。軑是車轄，用金屬作成，故字亦从金。　玉釱，玉飾的車轄。　離騷：「齊玉軑而並馳。」

〔七九〕漂龍淵二句：漂：浮。　龍淵：指大海。　還：讀旋，周遊。　九垠：九涯，指龍淵邊岸。九謂多數。　言從東阬下馳，溪龍淵，繞其涯岸，乃窺地底而上歸。　回，文選五臣本作迴。

〔八〇〕風從從二句：從（sǒng竦）從：文選各本作縱縱，風吹貌。　御，文選各本作銜，顏師古以爲俗人妄改。　蕤：纓綏。

〔八一〕梁弱水二句：梁：搭橋渡河。　弱水：山海經大荒西經：「昆侖之丘，其下有弱水之淵環之。」　濎（dǐng鼎）濴：小水貌。　濴，文選各本作濙。言弱水雖大，渡之若小水耳。　躡：履，踏。　不周：山名。　離騷：「路不周以左轉兮。」王逸注：「在崑崙西北。」山海經大荒西經：「西北海之外，大荒之隅，有山而不合，名曰不周。」　逶蛇，文選五臣本作逶迆。今通作逶迤，長而曲折貌。　按，以上十句皆祭祀時玄想之辭。

〔八二〕想西王母二句：西王母：神名。　山海經西次三經：「玉山，是西王母所居也。西王母其狀如人，豹尾虎齒而善嘯，蓬髮戴勝，是司天之厲及五殘。」海内北經：「西王母梯几而戴勝，其南有三青鳥爲西王母取食。在昆侖北。」傳説后羿請不死之藥于西王母，周穆王西行曾見西王母。玉女：神異經曰：「東荒中有大石室，東王公居之，常與玉女共投壺。」虙（fú伏）妃：即宓妃，洛水女神。屏（bǐng丙）、卻：都是退除的意思。按，玉女宓妃，喻美女。李善曰：「言既臻西極，故想西王母而上壽，乃悟好色之敗德，故屏除玉女及宓妃。亦以微諫也。」

〔八三〕玉女二句：眺：借爲挑，挑逗。盧：文選各本作矑。矑，瞳子也。蛾眉：詩衛風碩人：「螓首蛾眉。」言眉如蠶蛾之眉，形容其美。無，文選五臣本作亡。

〔八四〕方擥二句：擥：文選各本作攬，同字異體。説文：「擥，撮持也。」精剛：精微剛强。眸：借爲侔。文選各本作侔，李周翰曰：「侔，法也。言撮取道德精微之理，法神明以爲資用也。」

此段寫祭前齋戒，神遊天地，以屏玉女、卻宓妃爲微諷。

於是欽柴宗祈，燎熏皇天，招繇泰壹〔八五〕。舉洪頤，樹靈旗〔八六〕，樵蒸焜上，配藜四施〔八七〕。東燭倉海，西燿流沙，北爌幽都，南煬丹厓〔八八〕。玄瓚觩觺，秬鬯泔淡〔八九〕，肸蠁豐融，懿懿芬芬〔九〇〕。炎感黄龍兮，熛訛碩麟〔九一〕。選巫咸兮叫帝閽，開天庭兮延羣神〔九二〕。儐暗藹兮降清壇，瑞穰穰兮委如山〔九三〕。

【注釋】

〔八五〕於是三句：欽：敬也。　祡：祭名，積柴加牲玉其上而焚之，使氣味上升以歆天神。字通作柴，文選各本作柴。　宗：尊。　祈：求福。　熏：文選各本作薰。　招繇：文選李善本作皋摇，漢書如淳亦作皋摇。如淳曰：「皋，楔（桔）槔，積柴於招摇頭，致牲玉於其上，舉而燒之，欲其近天也。故曰皋摇。」按，賦文「燎熏皇天」爲動賓句，「皋摇泰壹」對舉，亦當爲動賓句，如淳説是。李善引張晏曰：「招摇、泰一，皆神名。」招摇雖爲神名，但其地位尚不足上配皇天與泰一。　文選五臣本此句作「招摇太一」。

〔八六〕舉洪頤二句：洪頤：旗名。　靈旗：漢書郊祀志云：武帝元鼎五年，「其秋，爲伐南越，告禱泰一，以牡荆畫幡日月北斗登龍，以象太一三星，爲泰一鋒旗，命曰靈旗。爲兵禱，則太史奉以指所伐國。」

〔八七〕樵蒸二句：樵蒸：指柴薪，大者曰薪，如木柴。小者曰蒸，如麻秆之類。　焜：火貌。文選李善本作昆。　配藜：猶披離，火四散貌。　四施：散佈於四方。

〔八八〕東燭四句：燭：照。文選各本作爥。　倉海：即滄海，文選各本作滄海。　爌：古晃字，文選各本作熿。字皆同，閃耀。　煬：方言曰：「煬，炙也。」郭璞注：「江東呼火熾猛爲煬。」流沙、幽都，見前注。　丹厓，丹水之涯。　吕氏春秋召類：「堯戰于丹水之浦，以服南蠻。」

〔八九〕玄瓚二句：瓚：是一種玉杓，用以灌酒，受五升，口徑八寸，以玄玉之圭爲柄，故稱玄瓚。觩䚞（qiú留）：玄瓚貌。秬鬯：用黑黍和香草釀造的一種香酒。泔（hān喊）淡：滿貌。

〔九〇〕肸嚮二句：肸嚮：文選各本作肸蠁，香氣散發貌。司馬相如上林賦：「郁郁菲菲，衆香發越，肸蠁布寫，晻薆咇茀。」豐融：香氣饒盛。懿懿芬芬：皆形容秬鬯香氣盛美。

〔九一〕炎感二句：炎：火光。文選或本作焱，義同。蕭該漢書音義作煙，則謂煙氣。熛：火飛。訛：動也。黃龍、碩麟：皆神物，漢代以爲祥瑞之應。此言火光熾盛，感動神物，出現爲瑞應。

〔九二〕選巫咸二句：巫咸：古神巫名。太平御覽七九引歸藏：「黃神與炎神爭鬬涿鹿之野，筮于巫咸。」山海經大荒西經：「大荒之中有靈山。巫咸巫即……十巫從此升降。」離騷亦云：「巫咸將夕降兮。」帝閽：離騷：「吾令帝閽開關兮。」王逸注：「帝，天帝；閽，主門者。」延：邀請。

〔九三〕儐暗藹二句：儐：儐相，掌接待賓客、引導贊禮。暗藹：形容神之形影隱隱綽綽。瑞：祥瑞、福瑞。穰穰：多貌。委：積。此言神降福瑞多如山丘。

此段寫祭祀的情景和天神降福。

於是事畢功弘，回車而歸〔九四〕。度三巒兮偈棠梨〔九五〕。天闔決兮地垠開，八荒協兮萬國諧〔九六〕。登長平兮雷鼓磕，天聲起兮勇士厲〔九七〕。雲飛揚兮雨滂沛，于胥德兮麗萬世〔九八〕。

【注釋】

〔九四〕回，文選各本作迴。

〔九五〕三巒、棠梨：二宮觀名。李善引晉灼曰：「黄圖無三巒，相如傳有封巒觀。」按司馬相如上林賦：「蹷石闕，歷封巒，過鳷鵲，望露寒，下棠梨，息宜春。」張揖曰：「封巒觀武帝建元中作，在雲陽甘泉宮外。棠梨宮在雲陽東南三十里。」棠梨即此棠梨。偈：即歇字，休息。

〔九六〕天閫二句：閫：門限。垠：疆界。決，亦開也。諧：和。言皇帝德澤普洽，没有極限，故八方萬國無不和諧。

〔九七〕登長平二句：長平：長平坂，在涇水上。雷鼓：六面鼓，聲如雷。磕（kē科）：大聲。文選各本作礚，音義同。天聲：如天雷之聲，指鼓聲。厲：嚴肅威猛。

〔九八〕雲飛揚二句：滂沛：雨大貌。文選五臣本作霶霈。于：曰，發語詞。胥：皆。李善曰：「言恩澤之多，若雲行雨施，君臣皆有聖德，故華麗至于萬世。」

此段寫祭畢回朝，最後以歌頌德澤作結。

亂曰：崇崇圜丘，隆隱天兮〔九九〕。登降峛崺，單埢垣兮〔一〇〇〕。增宮嵾差，駢嵯峨兮〔一〇一〕。岭巆嶙峋，洞亡厓兮〔一〇二〕。上天之縡，杳旭卉兮〔一〇三〕。聖皇穆穆，信厥對兮〔一〇四〕。倈祇郊禋，神所依兮〔一〇五〕。俳佪招摇，靈遅迡兮〔一〇六〕。煇光眩耀，隆厥福兮〔一〇七〕。子子孫孫，長亡極兮〔一〇八〕。

【注釋】

〔九九〕崇崇二句：崇崇：高貌。圜（yuán）：同圓。圜丘：祭天之壇。土之高者爲丘，造圓形的丘爲大壇，象天之圓，故曰圜丘。　隆：高。　隱：遮。

〔一〇〇〕登降二句：登：上。　降：下。　峛（lì利）崺（yǐ椅）：上下壇的道路。　單（chán蟬）：大貌。　埢（quán拳）垣：圓貌。

〔一〇一〕增宮二句：增：重。　嵾差：即參差，不齊貌。文選五臣本作參差。　駢：並列。　嵯峨：高貌。　言宮宇重重，並列而高。

〔一〇二〕岭巆二句：岭巆：深邃貌。　嶙峋：突兀貌。　洞：深。　亡厓：即無涯。文選各本亡作無。五臣本厓作涯。

〔一〇三〕上天二句：縡：讀與載同。詩大雅文王：「上天之載，無聲無臭。」載，事也。杳：高遠。　旭：明。　卉：借爲晦。　旭卉：意爲天道若明若暗，故李善曰：「幽昧之貌。」與詩「無聲無臭」意合。顏師古曰：「旭卉，疾速也。」不知何據。

〔一〇四〕聖皇二句：信：實。　對：配也，能爲天帝之配也。詩大雅皇矣：「帝作邦作對，自太伯王季。」就是説上帝作了周邦，又擇太伯王季等爲配，作爲地上的王。此句意同。

〔一〇五〕俠祇二句：俠：同來，文選李善本作倈，五臣本作來。　祇：敬。　禋（yīn因）：潔祀。郊禋即祭祀。　言恭敬地來舉行郊禋祭禮，天神就來依附。

〔一〇六〕徘佪：文選各本作徘徊，同。　招摇：這裏意爲彷徨。徘徊彷徨都是久留不去的意思。　靈：神。　遟迡，文選李善本作迉迡，五臣本作棲遲，字異義同。通作棲遲。詩小雅北山：「或棲遲偃仰。」毛傳：「棲遲，遊息也。」

〔一〇七〕煇光二句：煇光：指神的光輝。文選李善本作光輝。　隆：大。文選各本作降，不如隆字義長。

〔一〇八〕子子二句：亡：文選各本作無。　亡極：没有極限。　言神靈賜福隆盛，子子孫孫永享無極。

王逸離騷注釋「亂」曰：「亂，理也，所以發理詞指，總撮其要也。」此段亂辭，發理詞指，總撮其要，只有歌頌，而無諷諫之意，正所謂勸百諷一也。

河東賦　并序〔一〕

其三月，將祭后土，上迺帥羣臣横大河，湊汾陰〔二〕。既祭，行遊介山，回安邑，顧龍門，覽鹽池，登歷觀，陟西岳以望八荒，迹殷周之虛，眇然以思唐虞之風〔三〕。雄以爲臨川羨魚不如歸而結罔〔四〕，還，上河東賦以勸。其辭曰：

【注釋】

〔一〕河東賦，見漢書本傳、藝文類聚三十九。賦序即用本傳文，本傳又用揚雄自序。序言「其三月，將祭后土」，即成帝元延二年（前一一）三月。漢書成帝本紀：元延「二年春正月，行幸甘泉，郊泰畤。三月，行幸河東，祠后土」。通鑑即於是年書曰：「既祭，行遊龍門，登歷觀，陟西岳而歸。」是年，揚雄四十三歲，從行。正月甘泉之行，既作甘泉賦，三月河東之行，復作河東賦也。本文據漢書補注本。

〔二〕將祭三句：后土：土神，周秦爲社祭之，至漢武帝元鼎四年（公元前一一三）十一月甲子，立后土祠于汾陰脽上，帝親望拜如上帝禮。以後諸帝常祭如禮。成帝建始二年（公元前三一），一度移祠長安北郊，永始三年（公元前一五）恢復汾陰后土，至是復祭。　橫：橫渡。　大河：指黃河　湊：顏師古曰：「疾趣也。」　汾陰：漢縣名，屬河東郡。故城在今山西省萬榮縣廟前村北古城，其地有土堆，名脽（shuí誰）。如淳曰：「脽者，河之東岸特堆，掘（崛）長四五里，廣一里餘，高十餘丈，汾陰縣治脽之上，后土祠在縣西，汾在脽之北，西流與河合。」自長安至汾陰須渡黃河，故云「橫大河」。

〔三〕行遊八句：介山：水經汾水注：「汾水又南與石桐水合，即綿水也。水出介休縣之綿山，北流逕石桐寺西，即介子推之祠也。昔介子推逃晉文公之賞，而隱於綿上之山也。晉文公求之不得，乃封綿爲介子推田，曰：『以志吾過，且旌善人。』因名此山爲介山。故袁山松郡國志曰：介休縣有介山，綿上聚、子推廟。」漢之介休縣屬太原郡，即今山西省介休市，介山在今市東南。又漢書地理志，河東郡汾陰縣，本注曰：「介山在南。」此別一介山。而晉太康記及地道記、永初記並言子推所逃隱即此山，實際是不對的。汾陰縣北距介休縣六七百里，成帝無緣遠去介休，其所遊當是汾陰之介山，而亦誤以爲介之推所逃隱處。龍門：在今山西省河津市。水經河水注：「龍門口……昔者大禹導河積石，疏決梁山，謂斯處也，即經所謂龍門矣。魏土地記曰：『梁山北有龍門山，大禹所鑿，通孟津河口，廣八十步，巖際鐫迹，遺功尚存。』」鹽池：在今山西省運城市。歷觀：在今山西永濟市。水經河水注：「郡南有歷山，謂之歷觀，舜所耕處也。上有舜廟。」西岳，華山。華山高峻，故言以望八荒。殷都河内，周在岐豐，堯都平陽，舜都蒲坂，皆可望見，故云迹殷周之虚，思唐虞之風。

〔四〕臨川羨魚不如歸而結罔：罔：網之省。此爲古人成語，言有此思想不如有行動，喻思唐虞之風，不如行堯舜之政。董仲舒對策曰：「古人有言曰：『臨淵羨魚，不如退而結網。』」

伊年暮春，將瘞后土，禮靈祇，謁汾陰于東郊〔五〕，因兹以勒崇垂鴻，發祥隤祉，欽若神明者，盛哉鑠乎，越不可載已〔六〕！

【注釋】

〔五〕伊年四句：伊年：是年，指祠祀甘泉泰一之年，即成帝延光二年。瘞：埋，祭名，即將牲玉埋於地中。祭地用瘞禮，故曰瘞后土。東郊：后土祠在汾陰，汾陰在長安之東，故稱東郊。

〔六〕因兹五句：勒崇垂鴻：勒崇名而垂鴻業。勒，刻，刻誌。隤：降。祉：福。欽：敬。若：順。鑠：美。越：發語詞。已：語氣詞。言發祥降福、敬順神明，其事盛美，不可盡載。

此段引起，總敘祠后土的時間、地點和目的。

於是命羣臣，齊法服，整靈輿，迺撫翠鳳之駕，六先景之乘〔七〕；掉奔星之流旃，彏天狼之威弧〔八〕；張燿日之玄旄〔九〕，揚左纛，被雲梢〔一〇〕，奮電鞭，驂雷輜〔一一〕，鳴洪鍾，建五旗〔一二〕。羲和司日，顔倫奉輿〔一三〕，風發飆拂，神騰鬼趡〔一四〕，千乘霆亂，萬騎屈橋〔一五〕，嘻嘻旭旭，天地稠嶅〔一六〕。簸丘跳巒，涌渭躍涇〔一七〕。秦神下讋，跖魂負沴〔一八〕，河靈矍踼，爪華蹈衰〔一九〕。遂臻陰宮，穆穆肅肅，蹲蹲如也〔二〇〕。

【注釋】

〔七〕齊法服四句：法服：規定的衣冠服飾。　靈輿：天子之車。　撫：據。　翠鳳之駕：天子所乘車，作成鳳形，飾以翠羽。　六：天子車駕六馬。　先景：景同影，言馬跑得極快，追過光影。

〔八〕掉奔星二句：旃（zhān 霑）：一種旗，以通帛爲之，赤色，無文采。　奔星：言旃飄揚如流星之光。　彏（jué 決）：拉硬弓。　天狼：星名。晉書天文志：「狼爲野將，主侵掠。」此言車上懸着射天狼的硬弓。　弧：弓。

〔九〕玄：黑色。　旄：用旄牛尾注于旗之竿首，曰旄。

〔一〇〕揚左纛二句：左纛（dào 到）：天子乘輿，車衡之左有纛，謂之左纛。纛，古儀仗隊大旗，以犛牛尾爲之，大如斗。　被：通披。　梢：借爲旓。旓是旌旗之旒，雲旓，似雲之旓，喻大旗之高。

〔一一〕奮電鞭二句：電鞭：似電之鞭。　雷輜：輜是有帷幔載物的車，言輜車之聲似雷。顏師古曰：「淮南子云：『電以爲鞭策，雷以爲車輪。』故雄用此言也。」

〔一二〕鳴洪鍾二句：洪鍾：大鐘。鍾通鐘。尚書大傳云：「天子左右五鐘，天子將出，則撞黃鐘之鐘，左五鐘皆應；入則撞蕤賓之鐘，右五鐘皆應。」　五旗：漢舊儀云：「皇帝車駕建五旗，蓋謂五色之旗也。以木牛承其下，取其負重致遠。」沈欽韓曰：「漢舊儀：『清道建五旗。』晉輿服志：『以五牛建旗車，設五牛，青赤在左，黄在中，白黑在右。』又云：『豎旗於牛背，行則使人輿之。』牛之爲義，蓋取其負重致遠而安穩也。」

〔一三〕羲和二句：義和：當作羲和。羲和在神話中是給太陽駕車的人，離騷：「吾令羲和弭節兮。」補注云：「日乘車駕以六龍，羲和御之。」又是主管日月的人，山海經大荒南經郭璞注：「羲和蓋天地始生，主日月者也。」故此云「司日」。　顔倫：古之善駕車者。韓詩外傳二：「孔子曰：美哉顔無父之御也，至於顔淪而少衰，至於顔夷而衰矣。」顔淪即顔倫。　奉輿：侍車。

〔一四〕風發二句：飆：回旋的大風。　拂：擊。　趡（cāo 操）：廣雅：「騰趡，奔也。」

〔一五〕千乘二句：千乘霆亂：言上千輛車如雷霆之動而亂。　萬騎屈橋：言上萬匹馬矯健奔騰。屈橋即崛矯，形容馬壯健昂首奔騰之狀。

〔一六〕嘻嘻二句：嘻嘻、旭旭：自得之貌。　稠（tiáo 跳）嶅（áo 傲）：動摇貌。

〔一七〕簸丘二句：言車騎之盛，行動之威，致使丘巒簸摇，涇水渭水之波濤涌起。　由長安去汾陰要經涇渭二水，故此文提到二水。

〔一八〕秦神二句：秦神：蘇林曰：「秦文公時，庭中有怪，化爲牛，走到南山梓樹中。伐梓樹，後化入豐水。文公惡之，故作其象以厭焉，今之茸頭是也，故曰秦神。」王先謙曰：「秦神即怒特祠，如蘇林説。茸頭當爲旄頭。」按史記秦本紀：文公二十七年「伐南山大梓，豐大特」。正義引録異傳曰：「秦文公時，雍南山有大梓樹，文公伐之，輒有大風雨，樹生合不斷。時有一人病，夜往山中，聞有鬼語樹神曰：『秦若使人被髮以朱絲繞樹伐汝，汝得不困耶？』樹神無言。明日，病人語聞公，如其言伐樹，斷，中有一青牛出，走入豐水中。其後牛出豐水中，使騎擊之，不勝。有騎墮地，復上，髮解，牛畏之，入不出。故置髦頭。漢晉因之，武都郡立怒特祠，是大梓牛神也。」讋：同慴，恐懼。跖魂負沴：王先謙曰：「跖與蹠同字，說文：『楚人謂跳躍曰蹠。』言秦神讋懼，其靈魂跳躍遠避而負倚坻岸也。」沴（lì麗）：水不利，引伸爲阻水的高地。服虔曰：「沴，河岸之坻也。」

〔一九〕河靈二句：河靈：即巨靈，亦曰巨靈胡。水經河水注：「古語云：華岳本一山，當河，河水過而曲行。河神巨靈，手盪脚蹋，開而爲兩，今掌足之迹仍存。」引華巖開山圖曰：「有巨靈胡者，偏得坤元之道，能造山川，出江河，所謂巨靈贔屭，首冠靈山者也。」矍踢：踢爲踢之誤字。矍踢：顔師古謂驚動之貌。爪：古掌字。華：華山。衰：史記封禪書有衰山，徐廣云：「蒲坂有衰山。」漢書郊祀志作襄山，誤。此言巨靈大動，掌推華山，脚踏衰山，於是二山分而黄河通。

〔二〇〕遂臻三句：陰宮：汾陰之宮。穆穆：靜貌。肅肅：敬貌。蹲蹲：行有節也。

靈祇既鄉，五位時敍〔二一〕。絪縕玄黄，將紹厥後〔二二〕。於是靈輿安步，周流容與，以覽虖介山〔二三〕。嗟文公而愍推兮，勤大禹於龍門〔二四〕。灑沈菑於豁瀆兮，播九河於東瀕〔二五〕。登歷觀而遥望兮，聊浮游以經營。樂往昔之遺風兮，喜虞氏之所耕〔二六〕。瞰帝唐之嵩高兮，脈隆周之大寧〔二七〕。汩低回而不能去兮，行睨陔下與彭城〔二八〕。濊南巢之坎坷兮，易豳岐之夷平〔二九〕。乘翠龍而超河兮，陟西岳之嶢崝〔三〇〕。雲霏霏而來迎兮，澤滲灕而下降〔三一〕。鬱蕭條其幽藹兮，滃汎沛以豐隆〔三二〕。叱風伯於南北兮，呵雨師於西東〔三三〕。參天地而獨立兮，廓盪盪其亡雙〔三四〕。

【注釋】

〔二一〕靈祇二句：靈祇，指后土。地神曰祇。鄉，借爲饗，祭獻。五位，五方神之位。時，是。敍，秩敍，言已各安其位次。

〔二二〕絪縕二句：玄黄，指天地。絪縕，天地合氣。周易繫辭：「天地絪縕，萬物化醇。」坤文言曰：「玄黄者，天地之雜色也，天玄而地黄。」將，大。顔師古曰：「言天地之氣大興發於祭祀之後。」

〔二三〕於是三句：靈輿，天子之車。容與，閒暇自得貌。虖，同乎。介山：參注〔二〕。

〔二四〕嗟文公二句：文公，晉文公重耳。推：介之推，古書亦作介子推。春秋晉公子重耳因國難出亡，介之推從亡。及重耳復國爲晉文公，賞從亡者。介之推不受賞，説：晉文公之立，「天實置之，二三子（指從亡者）以爲己力，不亦誣乎？竊人之財，猶謂之盜，況貪天之功以爲己力乎？」遂與母逃隱。晉文公求之不得，乃以綿上爲之田。此事見左傳僖公二十四年、吕氏春秋介立篇、史記晉世家、新序節士篇、説苑復恩篇、水經汾水注。新序且謂：「求之不得，以謂焚其山宜出，及焚其山，遂不出而焚死。」愍：哀憐。勤：勞問、慰勞。龍門爲大禹所鑿，故慰勞之。

〔二五〕灑沈菑二句：灑（shī尸又音shāi）：又作釃，疏導。漢書溝洫志：「乃釃二渠，以引其河。」菑：當作葘，漢書官本作葘，葘是古災字。沈，同沉。沉災，指洪水之災。豁：開。瀆，指四瀆，江、淮、河、濟。播：分佈。九河：禹時黄河的九條支流，即徒駭、太史、馬頰、覆鬴、胡蘇、簡、絜、鉤盤、鬲津九河。東瀕：東海之濱。四瀆九河皆入東海，故云東瀕。顔師古曰：「禹分治洪水之災，通之四瀆，布散九河於東海之瀕也。」

〔二六〕登歷觀四句：歷觀是虞舜所耕處。經營：猶往來。楚辭九嘆怨思：「經營原野，杳冥冥兮。」王逸注：「南北爲經，東西爲營，言己放行山野之中。」後漢書馮衍傳：「疆理九野，經營五山。」李賢注：「經營猶往來。」虞氏：指舜。

〔二七〕瞰帝唐二句：帝唐：唐堯。嵩：借爲崇。言唐堯崇高。論語泰伯：「子曰：大哉堯之爲君也，巍巍乎唯天爲大，唯堯則之！」這裏是暗用其語。隆周：盛周，指周文武時。寧：安。詩大雅文王：「濟濟多士，文王以寧。」瞰、眽（mò末）：都是看的意思，瞰爲俯視，眽爲凝視。堯都平陽，周都豐鎬，此言望見其地而思其崇高偉大。

〔二八〕汩低回二句：汩：發語辭。低回：猶徘徊。行：且。睨：旁視。彭城：

項羽所都。　陔下：項羽敗處。

〔二九〕濊南巢二句：濊：同穢：污濁。意動用法。　南巢：夏桀無道，湯放之於南巢。　言望見南巢，想到夏桀被放，遭受坎坷，而以爲污濁。　易：樂。　豳：是公劉所居，周朝發祥的地方。　岐：是太王所都，周朝立國的地方。　言望見此二地，想到周先公政治清平，國家興盛，而感到快樂。

〔三〇〕乘翠龍二句：翠龍：指馬。　超河：過黃河。　陟西岳：登華山。　嶢崝（zhēng征）：高峻貌。　崝與崢同。

〔三一〕雲䨾䨾二句：䨾：同霏。　䨾䨾，雲起貌。　澤：指雨露。　滲灕：流貌。　言登上華山，雲霧來迎，雨露沾濕，似有神在，故下云叱風伯、呵雨師。

〔三二〕鬱蕭條二句：蕭條：冷落貌。　幽藹：模糊不明貌。　滃、汎、沛：皆雲雨之貌。　豐隆：雲多貌。

〔三三〕叱風伯二句：風伯：風神。　雨師：雨神。　呵叱之，言皆聽命。

〔三四〕參天地二句：廓：廣。　盪盪：大貌。　亡：同無。　言西岳之高峻，可以參天地而獨立無雙。

此段寫成帝祭後，遊觀各地，最後登上西岳華山。　語中帶有褒貶。

遵逝虖歸來，以函夏之大漢兮，彼曾何足與比功〔三五〕？建乾坤之貞兆兮，將悉總之以羣龍〔三六〕。麗鉤芒與驂蓐收兮，服玄冥及祝融〔三七〕。敦衆使神式道兮，奮六經以攄頌〔三八〕。隃於穆之緝熙兮，過清廟之雝雝〔三九〕。軼五帝之遐迹兮，躡三皇之高蹤〔四〇〕。既發軔於平盈兮，誰謂路遠而不能從〔四一〕？

【注釋】

〔三五〕遵逝三句：遵逝虖歸來：遵循原路而歸京師。　函：讀爲含。　函夏，包有諸夏。　彼：指堯舜殷周。　虖，同乎。

〔三六〕建乾坤二句：乾坤：周易二卦名。古以乾爲天，坤爲地。占卜時，依卦爻。周易乾卦六爻悉稱龍，如「初九，潛龍勿用」，「九二，見龍在田」等。龍又象徵皇帝或聖人，漢高帝就是以龍瑞稱帝的。這兩句的意思是，漢建立天下，羣龍爲帝，符合卦爻貞兆。

〔三七〕麗鉤芒二句：鉤芒，東方神名。　蓐收，西方神名。　玄冥，北方神名。　祝融，南方神名。　麗：或作儷，駕雙馬。　驂：駕三馬。　服：一車駕四馬，居中的兩馬叫服。　這兩句有誤文，宋祁曰：「驂字可删，服字當作驂。」王念孫曰：「宋説是也。麗鉤芒與蓐收，所謂兩服上襄也；驂玄冥及祝融，所謂兩驂雁行也。……今本驂誤作服，而上句又衍一驂字，則上句文不成義，且與下句不對矣。」（王引「兩服上襄」，「兩驂雁行」，見詩鄭風大叔于田）這兩句意爲四方俱皆役服。

〔三八〕敦衆使神二句：敦：勉。　式道：官名。漢書百官公卿表：「式道左右中候，候丞及左右京輔都尉、尉丞兵卒，皆屬焉。」注引應劭曰：「式道凡三候，車駕出還，式道候持麾至宫門，門乃開。」式，音織，表也。　六經：指易、詩、書、禮、樂、春秋。　攄：發抒。　頌：即風雅頌之頌，所以美盛德之形容者也。　此言使衆神或作式道候之事，或發其志讀六經，作頌以頌盛德。

〔三九〕隃於穆二句：隃：同踰，超過。　詩周頌清廟曰：「於穆清廟，肅雝顯相。濟濟多士，秉文之德，對越在天。駿奔走在廟，不顯不承，無射於人斯！」毛序：「清廟，祀文王也。」傳：「於，嘆辭。穆：美。　緝熙：光明貌。　雝：和。」周頌敬之：「學有緝熙于光明。」鄭箋：「且欲學于有光明之光明者，謂賢中之賢也。」　這兩句是説，衆神之頌超過了周頌清廟的光明與諧和。

〔四〇〕軼五帝二句：軼：超越。　遐：遠。　躡：追蹤。

〔四一〕既發軔二句：軔：止車之木。將行，則發去此木。　離騷：「朝發軔於蒼梧兮。」發軔，意爲出發。　平盈：平盈之地無高下坎坷。　二句言成帝既然是從平地出發，誰説因爲路遠而不能順道而行呢？　平地喻和平時期。

此段歌頌大漢統一天下，四方賓服，勸諫成帝上追三皇五帝之至治。成帝時，漢王朝開始走向衰落，故這種勸諫是有實際意義的。

羽獵賦　并序〔一〕

其十二月羽獵，雄從，以爲昔在二帝三王〔二〕，宫館臺榭，沼池苑囿，林麓藪澤〔三〕，財足以奉郊廟，御賓客，充庖廚而已〔四〕，不奪百姓膏腴穀土桑柘之地。女有餘布，男有餘粟〔五〕，國家殷富，上下交足〔六〕。故甘露零其庭，醴泉流其唐〔七〕，鳳皇巢其樹，黃龍游其沼，麒麟臻其囿，神爵棲其林〔八〕。昔者禹任益虞而上下和，屮木茂〔九〕；成湯好田，而天下用足〔一〇〕；文王囿百里，民以爲尚小，齊宣王囿四十里，民以爲大；裕民之與奪民也〔一一〕。武帝廣開上林，南至宜春、鼎胡、御宿、昆吾〔一二〕，旁南山而西，至長楊、五柞〔一三〕，北繞黃山，瀕渭而東，周袤數百里〔一四〕。穿昆明池，象滇河〔一五〕；營建章、鳳闕、神明、駁娑、漸臺、泰液，象海水，周流方丈、瀛洲、蓬萊〔一六〕。游觀侈靡，窮妙極麗。雖頗割其三垂以贍齊民〔一七〕，然至羽獵，田車戎馬，器械儲偫，禁禦所營，尚泰奢麗誇詡〔一八〕，非堯舜成湯文王三驅之意也〔一九〕。又恐後世復修前好，不折中以泉臺，故聊因校獵，賦以風〔二〇〕。其辭曰：

【注釋】

〔一〕羽獵賦，見漢書本傳、昭明文選、藝文類聚六十六。文選有序，即用漢書本傳文，僅改首語「其十二月」爲「孝成帝時」，末語「賦以諷」下加「之」字而已。今不取，復録本傳文，仍署「并序」。本傳云：正月從上甘泉，作甘泉賦；其三月祭后土於汾陰，還，上河東賦；其十二月羽獵，作校獵賦。王先謙謂稱月不別年頭，蓋爲一年以内之事。其年即成帝元延二年（見甘泉賦注

〔一〕)。 但十二月已至年終，此賦未必即成，其成當在明年，即元延三年（公元前一〇），時揚雄四十四歲。 傳文前稱「羽獵」而後稱「校獵」。 羽獵者，李善注引服虔曰：「士卒負羽也。」呂向注則曰：「羽，箭也，言使士卒負箭而獵。」新辭海用呂向説。 校獵者，舊有五説：〔一〕李善引李奇曰：「以五校兵出獵也。」（見上林賦善注）〔二〕李周翰曰：「校獵，謂出校隊而獵也。」（見同上）〔三〕如淳曰：「合軍聚衆，有幡校擊鼓也。周禮校人：『掌王田獵之馬。』故謂之校獵。」（見漢書成帝紀注）〔四〕顏師古曰：「此校謂以木自相貫穿爲闌校耳。校人職云：『六廄成校。』是則以遮闌爲義也。校獵者，大爲闌校以遮禽獸而獵取也。 軍之幡旗雖有校名，本因部校，此無豫也。」（見同上）〔五〕劉攽曰：「予謂校讀如『犯而不校』之校。 校，亦競也，競逐獵也。」按五説各有道理，王先謙漢書補注以劉攽説爲是，新辭海、新辭源則皆同顏師古説。 余謂劉攽説較長，揚雄長楊賦曰：「振師五柞，習馬長楊，簡力狡獸，校武票禽。」簡力、校武，正是校獵的意思了。 獵而或稱校，或稱羽，二者當有聯繫。 愚謂校獵本意既爲簡力校武，則令士卒負羽，蓋所以爲標誌，以別於餘徒也。 本文據漢書補注，校以文選。

〔二〕二帝：指帝堯帝舜。 三王：指夏禹商湯周文王。

〔三〕沼池二句：沼池：一般用以養魚種藕。 苑囿：一般用以種樹木，養禽獸。 林麓：森林和山脚，可以取材和打獵。 藪澤：草野和下濕之地，中多野禽魚蝦，可供漁獵。

〔四〕財足以三句：財：同纔，即今作副詞用的才字，僅也。 奉郊廟，指提供祭品。 御賓客：指欵待來賓。御：進。　充庖廚：指供給食品。　言古代帝王，池臺林藪僅足需用，並不多事羽獵。禮記王制篇：「天子諸侯無事，則歲三田（獵），一爲乾豆（豆盛乾肉），二爲賓客，三爲充君之庖。」即此意。

〔五〕女有二句：古代男耕女織，故女有布，男有粟。

〔六〕交：文選五臣本作充。

〔七〕故甘露二句：零：滴落。　醴泉：如甜酒之泉。　唐：爾雅：「廟中路謂之唐。」按禮記禮運：「故天降膏露，地出醴泉。」

〔八〕鳳皇四句：鳳皇、黄龍、麒麟、神爵：皆神物，天下太平則出。　爵：同雀。　神雀大如雞，斑文。　按禮記禮運：「鳳皇麒麟皆在郊棷，龜龍在宫沼。」

〔九〕昔者二句：益：人名，亦稱伯益。　虞：官名，主山澤。　舜禹時，益任虞官，掌管山澤草木鳥獸。　屮：古草字。文選各本作草。

〔一〇〕成湯二句：按湯好田事無聞。李善注引吕氏春秋曰：「湯見網置四面，湯拔其三面也。」查此事見吕氏春秋異用篇：「湯見祝網者置四面，其祝曰：『從天墜者，從地出者，從四方來者，皆離吾網！』湯曰：『嘻！盡之矣！非桀其孰爲此也？』湯收其三面，置其一面，更教祝曰：『昔蛛蝥作網罟，今之人學紓，欲左者左，欲右者右，欲高者高，欲下者下，吾取其犯命者。』漢南之國聞之曰：『湯之德及禽獸矣！』」（亦見史記殷本紀）從這故事看，好田之「好」，應訓善。田，通畋，打獵。言湯善於獵，不多傷害，故用足。

〔一一〕文王五句：囿：苑有牆爲囿。　裕：富饒。　奪：侵奪。　文選五臣本大上有泰字，民作人。　孟子梁惠王下：「齊宣王問曰：『文王之囿方七十里，有諸？』孟子對曰：『於傳有之。』曰：『若是其大乎？』曰：『民猶以爲小也。』曰：『寡人之囿方四十里，民猶以爲大，何也？』曰：『文王之囿方七十里，芻蕘者往焉，雉兔者往焉，與民同之，民以爲小，不亦宜乎？』」

〔一二〕武帝二句：上林：本秦舊苑，漢武帝擴大之。　宜春：宫名。　郭璞以爲在渭南杜縣。　鼎胡：文選各本作鼎湖，是。　三輔黄圖謂在藍田。　御宿：在樊川。　昆吾：地名。

〔一三〕旁南山二句：旁（bàng 棒）：靠近。　南山：終南山。　長楊、五柞：二宫名，在盩厔（今曰周至）。

〔一四〕北繞三句：黄山：在槐里。　瀕：同濱。　文選各本作濱，言沿渭水之濱。　衺：南北曰衺。

〔一五〕穿昆明池二句：李善引瓚曰：「西南夷有昆明國，又有滇池，故作昆明池以象之，以習水戰。」按滇池在今雲南昆明。

〔一六〕營建章三句：建章、鳳闕、神明、馺娑，皆宫殿名，已見前注。　泰液：池名，在建章宫北，其中有漸臺，高二十餘丈。　方丈、瀛洲、蓬萊：海上三神山名。　作泰液池，中有三山，象海周繞之。　泰液，文選李善本作太液。

〔一七〕垂：即陲，邊疆。三垂指西方南方東方少數民族地區。贍：供給。齊民：指中原有教化而齊整之民。言武帝侵割了三邊之地來贍給良民。

〔一八〕然至五句：田車：用以打獵的車。文選各本作甲車，則指兵車。戎馬：軍馬。儲偫（zhì志）：儲備。禁禦：指禁止人馬往來的設施。營：指造作。泰：過分。詡：大言。言羽獵所用的各種車馬用品，還過於浮誇浪費。

〔一九〕三驅：漢書五行志：「田狩有三驅之制。」顔師古曰：「三驅之禮，一爲乾豆，二爲賓客，三爲充君之庖也。」三驅即三田（已見注〔四〕）。獵時必驅，故稱田獵爲驅。

〔二〇〕又恐四句：好：讀喜好之好。泉臺：春秋時，魯莊公築泉臺，非禮也，至文公，毁之。公羊譏之云：「先祖爲之，而毁之，勿居而已。」意思是，先祖已經築成泉臺，不合禮法，廢而不用也就可以了，何必毁壞它呢？揚雄的意思也就是説：武帝時修建宫殿，舉行羽獵，已經是既成事實，成帝應以公羊所譏泉臺事爲折中，不再繼續修建舉行，也就是了。揚雄恐怕後世不以泉臺事件爲鑑，所以藉這次校獵，作賦諷諫。風：同諷。

或稱戲農，豈或帝王之彌文哉〔二一〕！論者云否，各亦並時而得宜，奚必同條而共貫〔二二〕？則泰山之封，烏得七十而有二儀〔二三〕？是以創業垂統者俱不見其爽，遐邇五三孰知其是非〔二四〕？遂作頌曰〔二五〕：麗哉神聖，處於玄宫，富既與地虖侔訾，貴正與天虖比崇〔二六〕。齊桓曾不足使扶轂，楚嚴未足以爲驂乘〔二七〕；陋三王之阸薜，嶠高舉而大興〔二八〕；歷五帝之寥廓，涉三皇之登閎；建道德以爲師，友仁義與爲朋〔二九〕。

【注釋】

〔二一〕或稱二句：戲：宓戲，即伏羲。文選各本戲作羲。農：即神農。按此二句，前人多有不同説法。李善曰：「假或人之意，言古之樸素而合禮者，咸稱羲農，是則豈或謂後代帝王彌加文飾而不合禮哉？」李周翰曰：「有人稱伏羲神農而樸素中禮，豈或後之帝王彌加文飾而得合禮也。」二李語意不明，一謂文飾合禮，一謂文飾不合禮，説有兩歧。顔師古漢書注非之，曰：「設或人云，言儉質者，皆舉伏戲神農爲之首，是則豈謂後代帝王彌加文飾乎？故論者答之於下也。論者，雄自謂也。彌，稍稍也。諸家之釋，皆不當意，徒爲煩雜，故無所取。」王念孫讀書雜誌又駁之曰：「師古以豈謂二字代豈或，非也。或者，有也。言伏羲神農豈有後世帝王之彌文哉？」（漢書補注引）今按王氏訓或爲有，其説似可通，然尚有別解；而且彌也不當訓「稍稍」，而應訓「滿」。彌文，即滿文，言文飾繁也。此處或當讀爲惑，或爲惑之借字。古書有其例證：孟子告子上：「無或乎王之不智也。」大戴禮記曾子制言：「貧賤吾恐其或失。」漢書霍去病傳：「別從東道，或失道。」皆借或爲惑。賦文蓋言，或人稱道羲農，是由于不理解帝王彌文的真義吧。語氣有以禮文的繁儉定高下的意思，故下文論者答云：高下不在於禮文的繁儉，而在於道德。正是打破這個惑字。

〔二二二〕論者云三句：論者：揚雄自指，託言論者。是説：不然，帝王即使同一時代，也各隨時而繁儉得宜，何必按同一條條辦事呢？ 奚：何。奚必同條共貫：意謂不必同爲儉樸才算合禮。

文選五臣本無各字。

〔二二三〕烏：何。文選各本作焉。 儀：禮儀。 管子封禪篇曰：「古者封泰山禪梁父者七十二家，而夷吾所記者十有二焉：昔無懷氏封泰山禪云云，虙羲氏封泰山禪云云，神農封泰山禪云云，炎帝封泰山禪云云，黄帝封泰山禪亭亭，顓頊封泰山禪云云，帝嚳封泰山禪云云，堯封泰山禪云云，舜封泰山禪云云，禹封泰山禪會稽，湯封泰山禪云云，周成王封泰山禪社首，皆受命然後得封禪。」按管子所記古帝王封禪，所禪不同，（梁父、云云、亭亭、會稽，社首，皆各地小山。）則知古帝七十二封禪，禮儀也不同。

〔二二四〕是以二句：創業垂統者：指帝王。 爽：差，差别。 遐：遠。 邇：近。 五三：五帝三王。 言古帝王之禮各有繁儉，但不見其優劣的差别；時代有遠近的五帝三王禮文不同，但不能説誰是誰非。

〔二二五〕頌：顔師古曰：「頌漢德。」

〔二二六〕麗哉四句：麗：壯麗。 神聖：指成帝。 玄宫：北方宫。古以五色配五方，東青，西白，南赤，北黑，中黄，故北方宫稱玄宫。 禮記月令：「季冬之月，天子居玄堂右个。」 侔：

相等。　呰：同貲，文選五臣本作貲。貲又同資，財貨。　崇：高。　言天子居玄宫，富貴比於天地。

〔二七〕齊桓二句：齊桓：齊桓公。　楚嚴：楚莊王。（東漢避明帝劉莊諱，改莊爲嚴。）二人都是春秋時的霸主。　扶轂：車行扶其轂，猶言跟車。　驂乘：即陪乘。　言天子尊貴，連不可一世的春秋五霸也不配跟車陪乘。

〔二八〕陿三王二句：陿：同狹，窄小。文選各本作狹。　三王：指夏商周。　阸：同阨，文選各本作阸。阸：通隘，窄狹。　薜：借爲僻，文選各本作僻。偏邪也。　嶠，借爲𤗆，高舉。文選五臣本作𤗆。　言漢之大，夏商周比之已覺太小，而且這個大漢正在高舉興起。

〔二九〕歷五帝四句：寥廓：空曠廣大貌。　登閎：高遠貌。　言從仁義道德方面將涉歷五帝，而達到三皇的偉大境界。　涉，文選五臣本作陟。

此段論國家政治優劣，不在于禮文形式之繁儉，而在于仁義道德之高下。因作頌頌漢德，點明全文主旨。

於是玄冬季月，天地隆烈，萬物權輿於内，徂落於外〔三〇〕。帝將惟田于靈之囿，開北垠，受不周之制，以終始顓頊玄冥之統〔三一〕。迺詔虞人典澤，東延昆鄰，西馳闔闔〔三二〕。儲積共偫，戍卒夾道〔三三〕，斬叢棘，夷野草，禦自汧渭，經營酆鎬〔三四〕，章皇周流，出入日月，天與地沓〔三五〕。爾迺虎路三嵕以爲司馬，圍經百里而爲殿門〔三六〕。外則正南極海，邪界虞淵〔三七〕，鴻濛沆茫，碣以崇山〔三八〕。營合圍會，然後先置虖白楊之南，昆明靈沼之東〔三九〕。賁育之倫，蒙盾負羽，杖鏌邪而羅者以萬計〔四〇〕。其餘荷垂天之畢，張竟壄之罘，靡日月之朱竿，曳彗星之飛旗〔四一〕。青雲爲紛，紅蜺爲繯，屬虖昆侖之虚〔四二〕。涣若天星之羅，浩如濤水之波，淫淫與與，前後要遮〔四三〕。欃槍爲闉，明月爲候，熒惑司命，天弧發射〔四四〕，鮮扁陸離，駢衍佖路〔四五〕。徽車輕武，鴻絧緁獵〔四六〕，殷殷軫軫，被陵緣阪；窮冥極遠者，相與迾虖高原之上〔四七〕；羽騎營營，昈分殊事，繽紛往來，轠轤不絶，若光若滅者，布虖青林之下〔四八〕。

【注釋】

〔三〇〕於是四句：玄冬：古以四季屬四方：東春、南夏、西秋、北冬。北方水，色黑，故曰玄冬。玄冬季月，指陰曆十二月，即成帝元延二年（公元前一一）十二月。隆烈：隆，高；烈，借爲冽，高寒也。權輿：爾雅：「始也。」大戴禮曰：「孟春百草權輿。」言十二月時萬物始萌於地內，草木凋落於外。文選各本徂作殂。

〔三一〕帝將四句：惟：語詞。田：借爲畋，獵也。靈之囿：即靈囿，周文王有靈囿，漢指上林苑。北垠：北邊。冬尚北，故云開北垠。不周：風名。西北風爲不周之風，其風主殺，故王者取以爲制法。　終始：猶云完成。　顓頊、玄冥：皆北方神名。禮記月令：「季冬之月，其日壬癸，其帝顓頊，其神玄冥。」古説顓頊以水德王天下，號高陽氏，死而爲北方水德之帝。玄冥，官名。少皞之子脩爲玄冥師，死而水神。　文選李善本「以」下有奉字。衍。

〔三二〕迺詔三句：虞人，掌山澤之官。　典澤：管理山澤。　昆鄰：昆明池之邊。　闉闔：門名，即閶闔。文選各本作閶闔。

〔三三〕儲積二句：儲：積蓄。積：糧堘。共：同供，供給。偫：備品。四者統言儲備之物品。　成卒：文選五臣本作戍卒。

〔三四〕禦自二句：禦：禁止。　汧渭：二水名，在今陝西省西部。　酆鎬：原爲西周故都，在今西安市西南。　言西至汧渭，東至酆鎬，皆爲獵場，禁止行人及禽獸逃出。

〔三五〕章皇三句：章皇：猶彷徨。　周流：周匝流行。　出入日月：言其廣大，日月似在其中出入。　杳：懸遠。天與地杳，謂天地之際杳然懸遠。　文選各本杳作沓，失韻，當是誤字。

〔三六〕爾迺二句：虎路：即虎落。以繩周繞之作爲藩籬，名虎落。　三嵕：山名。　言以繩虎落此山作爲司馬門。　司馬：即司馬門。軍營外門爲司馬門。　經：同徑。　殿門：在司馬門内。

〔三七〕外則二句：外：指軍營外。　極：至。　虞淵：傳説日所入處。　言營域廣大，正南望之，至於南海，斜與虞淵爲界。

〔三八〕鴻濛二句：鴻濛、沆茫：皆廣大貌。　碣：同揭，表也。文選李善本碣作揭。　崇山：高山。

〔三九〕營合三句：先置：張晏曰：「先置供見於前。」　虖：同乎。　白楊：觀名。文選五臣本作長楊。　昆明靈沼：李善引三秦記曰：「昆明池中有靈沼神池。」　言營圍既已會合，即將供具置於此，當白楊南靈沼東。

〔四〇〕賁育三句：賁：孟賁；育：夏育；皆古之勇士。尸子：「孟賁水行不避蛟龍，陸行不避兕虎。」史記蔡澤傳：「夏育太史噭叱呼駭三軍。」　鏌邪：寶劍名。一曰大戟。　羅：羅列遮禽。　鏌邪，文選五臣本作鏌鎁。　言有如孟賁夏育之勇士萬人，皆蒙盾持劍羅列遮截禽獸。

〔四一〕其餘四句：荷：肩扛。　畢：有長桿的網。其大垂於天邊，故曰垂天之畢。　壄：同野。　竟壄，全野。　罘（fú浮）：張掛地上捕兔的網。　靡：摩。　日月之朱竿：指太常（旗名）。太常旗上畫日月，竿用朱漆。　曳：拖。　彗星之飛旗：旗飛如彗星閃光。

〔四二〕青雲三句：紛：旗上旒，亦名燕尾。　繯：旗上的繫帶。　紅蜺：即虹蜺。文選五臣本紅作虹。　屬：連接。　虛：同墟。文選五臣本作墟。大丘爲墟。　言餘人持旗，其多連至西極昆侖之山，旗上飾物如青雲，如彩虹。　昆侖，文選各本作崑崙。

〔四三〕涣若四句：涣：散。　天星之羅：天上星辰羅佈，喻旗之衆多。　濤水之波：喻旗之廣大。　淫淫與與：往來之貌。　要遮：指堵截禽獸。

〔四四〕欃槍四句：欃槍：彗星别名。　闉：本義是城門外的女垣，引伸爲守護的意思。　候：候望敵情者。　熒惑：火星别名。古説：「熒惑執法。」又説：「出則有兵。」　司命：主天子之命。　天弧：星名，主弓矢。　欃槍走得快，故令守護。　明月光亮，故令候望。　熒惑執法，故令掌管天子命令。　天弧主弓矢，故令發射。　皆以喻獵隊中人材之精幹。

〔四五〕鮮扁二句：鮮扁：王先謙曰：「扁與媥同，鮮扁言鮮明而媥爛，與陸離爲對文。」　陸離：參差錯綜貌。　駢衍：相連貌。　佖：顔師古曰：「次比也。一曰滿也。」按訓滿義長，佖路言滿路也。

〔四六〕徽車二句：徽車：有徽誌之車。　輕武：輕快武健。　鴻絧（tóng 慟）：相連貌。　緁獵：相次貌。

〔四七〕殷殷四句：殷殷、軫軫：車聲盛貌。　陵：山陵。　阪：山坡。　冥：幽深。文選李善本冥作夐，夐亦遠也。　迾：同列。文選各本作列。　言衆車走上山陵山坡，走得極遠的列於高原之上。

〔四八〕羽騎六句：羽騎：騎士負羽曰羽騎。　營營：往來貌。　昈（hù 户）：文彩貌。　轠轤：環轉貌。　若光若滅：猶言乍明乍暗，或乍隱乍顯。　此言騎士服飾，因所事不同而文彩殊異，奔馳於青色樹林之下，時隱時顯。

此段寫羽獵從準備、部署到軍士陣容及其活動情況。寫得極火辣熱烈。

於是天子迺以陽鼂出虖玄宮〔四九〕，撞鴻鍾，建九流，六白虎，載靈輿〔五〇〕，蚩尤並轂，蒙公先驅〔五一〕。立歷天之旂，曳捎星之旃〔五二〕，辟歷列缺，吐火施鞭〔五三〕。萃傱允溶，淋離廓落，戲八鎮而開關〔五四〕；飛廉雲師，吸嚊潚率〔五五〕。鱗羅布列，攢以龍翰〔五六〕。秋秋蹌蹌〔五七〕，入西園，切神光，望平樂，徑竹林，蹂惠圃，踐蘭唐〔五八〕。舉烽烈火，轡者施披，方馳千駟，校騎萬師〔五九〕。虓虎之陳，從橫膠輵〔六〇〕，猋泣雷厲，驞駍駖磕，洶洶旭旭，天動地岋〔六一〕。羡漫半散，蕭條數千萬里外〔六二〕。

【注釋】

〔四九〕陽鼂：即陽朝。鼂，文選李善本作晁，五臣本作朝。陽朝，陽明的早晨，顏師古曰：「日出之後也。」

〔五〇〕撞鴻鍾四句：鴻：大。鍾：同鐘。天子將出，則撞黃鐘之鐘。流：當作旒。文選各本作旒，漢書南監本、閩本、官本亦並作旒。九流：天子龍旗九旒。六白虎：指駕六匹白馬：甘泉賦：「駟蒼螭兮六素虬。」甘泉在京師東，東爲青龍，天子向東，故稱馬爲龍。（螭虬皆龍屬。）此次羽獵在京師西，西方屬白虎，天子向西，故稱馬爲虎。天子駕用白馬，故彼稱「素虬」而此稱「白虎」。靈輿：指帝駕。

〔五一〕蚩尤二句：蚩尤：見甘泉賦注〔一四〕。並：讀爲傍。並轂猶今言幫車。蒙公：如淳曰：「髦（旄）頭也。」

〔五二〕立歷天二句：歷：經。　旂：文選五臣作旗。　曳：拖。　捎：拂。　旃：赤色曲柄旗。　歷天、捎星，言旗之高。

〔五三〕辟歷二句：辟歷：即霹靂。文選各本作霹靂。　列缺：閃電。文選李善本作烈缺。吐火：狀電光。　施鞭：狀雷聲。　言天子之威德，役使雷電吐火施鞭以開道。

〔五四〕萃從三句：萃從：王先謙曰：「猶萃聚也。」今按萃從當即甘泉賦之「從從」，急進之貌。萃與從音小變耳。文選五臣本從作蓯。　允溶：盛多貌。　淋離：長貌。嚴忌哀時命：「冠崔嵬而切雲兮，劍淋離而從橫。」文選五臣本離作灕。　廓落：廣大貌。　戲：讀爲麾，古音同。　麾，指揮。　八鎮：八方。應劭曰：「四方四隅爲八鎮。」此指八方之神，令其開關以便暢行也。

〔五五〕飛廉二句：飛廉：風神。離騷：「後飛廉使奔屬。」王逸注：「飛廉，風伯也。」雲師：雲神。　吸嚊、潚率：李善注曰：「吸，喘息。嚊，喘息聲。潚率，吸嚊之貌。」按，此句承上句，吸嚊蓋指風伯喘息；潚率蓋寫雲師之狀，而非吸濞之貌。

〔五六〕鱗羅二句：鱗羅布列：若魚鱗之羅列。文選各本列作烈，誤。　攢：聚。　文選五臣本攢作欑。　龍翰：李善據尚書大傳鄭注「翰，毛之長大者」訓爲龍毛，張銑訓爲龍翼，都很勉强。今按，禮記檀弓上：「殷人尚白……戎事乘翰。」注云：「翰，白色馬也。」這兩句是寫羣神羅列左右如魚鱗之有序，而以白馬聚之。白馬者，天子車駕也，言唯天子馬首是瞻也。

〔五七〕秋秋：同啾啾，衆聲也。文選各本作啾啾。　蹌蹌：飛躍奔騰貌。

〔五八〕切神光五句：切：近。　神光：宫名。　平樂：平樂館，在上林中。　竹林：盧文弨云：漢書東方朔傳，長門園有萩竹，太后（按：當作太主）獻爲宫，即此竹林。　惠圃：蕙草之圃。文選各本惠作蕙。　蘭唐：漢有唐中，在建章宫西，舊址在今陝西西安市西北，其地多生蘭，故稱蘭唐。

〔五九〕舉𤋱四句：𤋱：即烽，烽火。文選李善本作熢，五臣本作烽。　烈：燃。　轡者：執轡御車者。　拔：是誤字，當作技。文選李善本作技，五臣本作伎。　轡者施技言御者施展其御車之技能。　方馳：併驅也。　校騎：騎士而爲部校者。文選各本作狡騎，恐誤。　師：部隊之稱。　萬師，言其多。文選各本作帥，也是錯的。

〔六〇〕虓虎二句：虓（xiāo 肖），虎怒吼。　陳：同陣。文選五臣本作陣。　言軍士奮怒如虎而爲軍陣也。　從横：同縱横。　膠輵：交錯。文選各本輵作轕。

〔六一〕猋泣四句：猋：飈之省。　泣：鄧展音粒；文選作拉，風吹聲。　厲：猛烈。　驞駍駖磕：形容各種聲音。　洶洶旭旭：鼓動之聲。　岋：動摇貌。　言軍陣如風發，如雷震，發出各種聲音，使天地爲之動摇。文選各本磕作礚，五臣本驞作繽。

〔六二〕羨漫：散漫貌。　半散：已見甘泉賦，分佈貌。　蕭條數千萬里外：王念孫曰：

「萬字後人所加。」按文選李善本無萬字，五臣本作蕭條數千里之外，無萬字而多一之字。蕭條：安逸貌。言車馬廣佈各處，安逸不亂，遠達數千里外。

此段寫成帝出獵的威儀和從獵車馬士卒軍陣盛況。

若夫壯士忼慨，殊鄉別趣，東西南北，騁耆奔欲〔六三〕。拕蒼豨，跋犀犛，蹶浮麋，斮巨狿，搏玄蝯〔六四〕，騰空虛，歫連卷，踔夭蟜，娭澗門，莫莫紛紛，山谷爲之風猋，林叢爲之生塵〔六五〕。及至獲夷之徒〔六六〕，蹶松柏，掌疾棃，獵蒙蘢，轔輕飛，履般首，帶修蛇，鉤赤豹，摼象犀，跇巒阬，超唐陂〔六七〕。車騎雲會，登降闇藹〔六八〕，泰華爲旒，熊耳爲綴〔六九〕。木仆山還，漫若天外，儲與虖大溥，聊浪虖宇內〔七〇〕。

【注釋】

〔六三〕若夫四句：忼慨：形容壯士情緒高昂。鄉：借爲向。文選五臣本作向。趣：同趨。耆：借爲嗜。文選五臣本作嗜。言壯士情緒高昂，各隨所欲四處奔取獵物。

〔六四〕拕蒼豨五句：拕：文選各本作拖，即今拖字。蒼豨：黑色野猪。文選李善本豨作狶。跋：扭住反轉。犛：牦的異體字，長毛牛。蹶：跌倒，這裡意爲擊倒。浮：過。浮麋：從面前跑過的大鹿。斮（cuò錯）：斬。狿（yán延）：長身獸名。蝯：同猨。文選各本作猨。

〔六五〕騰空虚七句：騰空虚：指獵者馳走騰空。 岠：同距。文選李善本作距。謂爲超距之距，意爲跳過。 連卷：指草木連蜷。 踔：同趠，騰越。 夭蟜：文選五臣本作夭蹻，指草木枝柯高張。 娭：同嬉，文選五臣本作嬉，遊戲。 澗門：狀兩山相向如門户。文選李善本作澗間，亦通。五臣本作間間，讀上間字去聲、下間字平聲。按，娭澗門，言在澗谷之間娭戲也。 莫莫紛紛：塵埃亂起貌。 猋：同飈，暴風。

〔六六〕獲夷之徒：漢書補注引劉敞曰：「獲，烏獲；夷，夷羿。」按烏獲，古勇士；夷羿，古善射者。言獵陣中如烏獲夷羿之人。

〔六七〕蹶松柏十句：蹶：當讀如決，折斷曰決。松柏堅木，能折斷之。 掌疾棃：疾棃，文選李善本作蒺藜，五臣本作蒺藜。同。蒺藜是一種植物，蔓生遍地，其果堅硬有刺，常礙行路。掌，疑是脚掌之掌，言其能踏蒺藜而走也。 蒙蘢：草木所蒙蔽之處。言能在叢薄中打獵。 轔：車輪輾壓。言能馳車壓住輕獸飛禽。 履般首：履：文選各本作屨，屨亦履，履，踏也。般：讀如斑，斑首指虎頭。 帶修蛇：敢以長蛇爲腰帶。 鉤赤豹：鉤，張銑訓牽引。按上句言帶長蛇，此鉤當訓帶鉤，言能捕赤豹而以其骨爲帶鉤。 摼：同牽，文選五臣本作牽。 跐（yǐ意）：跨越。 阬：同岡，大坂。 唐陂：即陂塘。

〔六八〕車騎二句：登降：登巒岡，降陂唐。 闇藹：不分明。言車騎如雲，或上或下，不分明也。

〔六九〕泰華二句：泰華：華山。熊耳：熊耳山。旒：旗下懸垂之飾物。綴：懸旌之繩。言遠望華山與熊耳山，僅如一旒一繩。

〔七〇〕木仆四句：還：旋，迴旋。儲與：舒徐。溥：同浦，水涯。文選李善本作浦。聊浪：放蕩。言車騎如履平地，樹木彷彿盡倒，高山爲之迴旋，若在天外，實則是在宇内，如奔馳於大浦之上。

此段寫車騎軍士在山野間奔馳打獵的情況。

於是天清日晏，逢蒙列眥，羿氏控弦〔七一〕。皇車幽輵，光純天地，望舒彌轡，翼乎徐至於上蘭〔七二〕。移圍徙陳，浸淫蹵部，曲隊堅重，各按行伍〔七三〕。壁壘天旋，神抶電擊，逢之則碎，近之則破，鳥不及飛，獸不得過〔七四〕。軍驚師駭，刮野掃地〔七五〕。及至罕車飛揚，武騎聿皇〔七六〕，蹈飛豹，絹嘄陽，追天寶，出一方，應駍聲，擊流光〔七七〕。壄盡山窮，囊括其雌雄，沈沈容容，遥噱虖紭中〔七八〕。三軍芒然，窮冘閼與〔七九〕，亶觀夫票禽之紲隃，犀兕之抵觸，熊羆之挐攫，虎豹之淩遽〔八〇〕，徒角搶題注，蹴竦讋怖，魂亡魄失，觸輻關脰〔八一〕。妄發期中，進退履獲〔八二〕，創淫輪夷，丘累陵聚〔八三〕。

【注釋】

〔七一〕於是三句：晏：無雲。 逢蒙：人名，善射。孟子離婁下：「逢蒙學射於羿，盡羿之道。」 弈氏：即后羿，善射。 列：裂的本字。 眥：眼眶。 裂眥，言張大眼睛而視。 控弦：拉弓。 言天晴無雲，使此二人視物開弓。

〔七二〕皇車四句：皇車：天子之車。 幽輵：王先謙曰：「幽輵即轇輵，東京賦注：轇輵，廣大貌。」 純：王念孫曰：「純讀曰焞。焞，明也。光焞天地猶言光耀天地也。」 望舒：月御，即給月亮駕車的人。 離騷：「前望舒使先驅兮。」 彌轡：即弭轡。 文選五臣本作弭。 弭轡，按轡徐行。 翼：肅敬貌。 上蘭：觀名，在上林中。

〔七三〕移圍四句：移圍徙陳：陳同陣，謂調動軍陣，改換圍獵的地方。 浸淫：逐漸。 蹵：同促，縮。 部：軍之部伍。 曲：古軍隊編制名，部下有曲。 堅重：堅强穩重。 言使散開的軍隊逐漸縮聚起來，使曲隊保持堅强穩重，各按行伍次序歸隊。

〔七四〕壁壘六句：壁壘，星名。 人間之壁壘亦取象焉。 壁壘隨天體旋轉，以喻帝命移圍徙陣。 士卒皆如神打電擊，遇之者無不碎破，故鳥不及飛，獸不得過。

〔七五〕軍驚二句：言軍威之盛，動如驚駭，殺獲皆盡，如刮野掃地一般。

〔七六〕及至二句：罕：捕鳥的網，也叫畢。 天上有罕車星，即畢宿，天子出獵象之，以車載罕，名罕車。 晉書天文志上：「昴畢間爲天街，天子出，旄頭罕畢以前驅。」 聿皇：輕疾貌。

〔七七〕蹈飛豹六句：蹈：踏。飛豹：其走如飛之豹。絹：文選各本作羂，通罥，用繩套取。鴞陽：山海經海内南經：「梟陽國，在北朐之西，其爲人，人面長脣，黑身有毛，反踵，見人笑亦笑。」郭璞謂即狒狒。天寶：即陳寶。史記秦本紀正義引晉太康地志云：「秦文公時，陳倉人獵得獸，若彘，不知名，牽以獻之。逢二童子，童子云：此名爲媦，常在地中食死人腦。即欲殺之，拍捶其首，媦亦語曰：『二童子名陳寶，得雄者王，得雌者霸。』陳倉人乃逐二童子，化爲雉，雌上陳倉北阪爲石，秦祠之。」史記封禪書云：「其神或歲不至，或歲數來。來也，常以夜，光輝若流星，從東南來，集于祠城，則若雄雞。」按此乃神物，故賦改曰天寶。一方：指天寶來處之一方。駍聲：指天寶來時有聲。流光：指天寶來時之光。此云聞其聲，見其光，則逐擊之。

〔七八〕壄盡四句：壄：同野。囊括其雌雄：天寶有雌雄，得雄者王，得雌者霸，今併而執之，暗喻天子德威。沈沈容容：文選各本作沇沇溶溶。按，沈是誤字。沇沇溶溶即上文「萃從允溶」之允溶重言，盛多貌。見注〔五四〕。噱：晉灼曰：「口之上下名爲噱。」紭：綱。文選各本作紘。言衆多的禽獸奔走倦極，皆遥遥張口喘息於紘網之中。

〔七九〕三軍二句：芒：通茫。芒然，盛多貌。窮冘閼與：按，冘、與二文相對。冘（yín淫），行也。與，通豫。豫，猶豫未定也。閼（è遏）：遏止。窮冘閼與：言三軍獵獸，窮追其行者，遏止其猶豫未定者。冘，文選五臣本作冗，誤。

〔八〇〕亶觀四句：亶：同但。文選五臣本作但。票禽：輕疾之禽。票，文選李善本作剽，五臣本作猽，皆假借。票是正字，其後加火旁爲熛。　紲踰：同跇踰，跨越，言欲跨出網羅。文選五臣本隃作踰。　挐：拽拉。　攫：搏持。　挐攫形容張牙舞爪争鬭之狀。　凌：戰慄貌。　遽：急。

〔八一〕徒角四句：徒：徒然。　角搶：用角亂刺。　題注：用額亂碰。　蹶：同蹷，迫急。　竦：震懼貌。　讋、怖：皆懼怕也。　觸輻關脰：脰，頸。言自觸車輻而被卡住頸子。　以上八句寫野獸被捕掙扎之狀。

〔八二〕妄發二句：言箭雖隨便射出，而必有所中。進則履之（用脚踏住），退則獲之（抓在手裡）。

〔八三〕創淫二句：淫：流貌。創淫：蓋指受創流血者。　夷：傷。　輪夷：指被車壓傷者。　丘累陵聚：言獲禽獸之多，累聚如丘陵。

此段寫天子親獵，神威所至，妄發期中，所獲如山，即使輕疾凶猛之禽獸亦無所逃。

於是禽殫中衰，相與集於靖冥之館，以臨珍池。灌以岐梁，溢以江河，東瞰目盡，西暢亡厓〔八四〕。隨珠和氏，焯爍其陂〔八五〕。玉石嶜崟，眩燿青熒〔八六〕。漢女水潛，怪物暗冥，不可殫形〔八七〕。玄鸞孔雀，翡翠垂榮，王雎關關，鴻鴈嚶嚶，羣娭虖其中，噍噍昆鳴〔八八〕。鳧鷖振鷺，上下砰磕〔八九〕，聲若雷霆。乃使文身之技，水格鱗蟲〔九〇〕。凌堅冰，犯嚴淵，探巖排碕，薄索蛟螭〔九一〕，蹈獱獺，據黿鼉，抾靈蠵〔九二〕。入洞穴，出蒼梧，乘鉅鱗，騎京魚〔九三〕。浮彭蠡，目有虞〔九四〕。方椎夜光之流離，剖明月之珠胎〔九五〕，鞭洛水之虙妃，餉屈原與彭胥〔九六〕。

【注釋】

〔八四〕於是七句：殫：盡。中：讀去聲。言禽獸已盡，不能再射。　靖冥：清閒。　珍池：王先謙引梁章鉅曰：「黄圖：昭帝始元年穿琳池，廣千步，池南起桂臺以望遠，東引太液之水。昭帝有琳池歌。玉海以爲臨珍池即此。」　岐梁：二山名。岐山在今陝西省岐山縣北；梁山在今陝西省乾縣西北。引岐梁二山之水下注池中，故曰灌以岐梁。　江河：指岐梁山下之水。　東瞰、西暢：指在桂臺上遠望。　亡厓：無崖岸，文選李善本作無崖。

〔八五〕隨珠和氏：隋侯珠、和氏璧，是最名貴的明珠和玉璧。　焯爍：光貌。　陂：障水之堤岸。

〔八六〕玉石二句：嶜崟：石玉高貌。　眩燿青熒：言放着耀眼青熒的光彩。

〔八七〕漢女三句：漢女：漢皋神女。顔師古引應劭曰：「漢女，鄭交甫所逢二女，弄大珠，大如荆雞子。」按劉向列仙傳云：「鄭交甫至漢皋臺下，見二女，佩兩珠，大如荆雞卵，二女解與之。既行，反顧二女不見，佩珠亦失。」　不可殫形：不可盡述其形狀。　言珍池中潛有神女和珍怪之物，但暗冥不見，不能盡述其形狀。

〔八八〕玄鸞六句：玄鸞：黑色鸞鳥。翡翠垂榮：翡翠鳥垂着耀光的羽毛。王雎關關：此用詩關雎：「關關雎鳩。」毛傳：「關關，和聲也。雎鳩，王雎也。」娭，同嬉，戲樂。文選李善本作娭。五臣本作嬉。嚶嚶、噍噍：皆鳥鳴聲。昆：同。

〔八九〕鳧鷖二句：鳧鷖振鷺：皆水鳥。詩大雅鳧鷖：「鳧鷖在涇。」鳧即野鴨，鷖，鳧屬。又周頌振鷺：「振鷺于飛，于彼西雝。」毛傳：「振，羣飛貌。」上下：或飛而上，或飛而下。砰磕：鳥翼擊水聲。文選各本磕作礚。

〔九〇〕乃使二句：文身：身上刺花。禮記王制疏曰：「越俗斷髮文身，以辟蛟龍之害，故刻其肌，以丹青涅之。」格：格鬭。言使文身的技人表演入水與水族格鬭。技，文選五臣本作伎。

〔九一〕凌堅四句：凌堅冰：走在堅冰上。嚴淵：可怕的深淵。嚴，言可畏。巖：水中巖石。碕：水岸曲折處。薄：迫近。索：求索。蛟：龍類的水中動物。螭：龍無角曰螭。

〔九二〕蹈獱三句：蹈：踏。獺：水獺；獱：小獺；在水中食魚之獸。黿：大鼈，頭有疙瘩，俗稱癩頭黿。鼉：猪婆龍，即揚子鱷。抾（qū去）：挹取。蠵（xī希）：大龜，雄曰毒冒（玳瑁），雌曰觜蠵。

〔九三〕入洞穴四句：洞穴：深穴。李善曰：「郭璞山海經注曰：『吴縣南太湖中有包山，包山下有洞庭道也。』言潛行水底，無所不通也。」按此言入此洞穴，無所不通，故下文言出蒼梧、浮彭蠡，又至洛水、湘、江。　蒼梧：漢有蒼梧郡，郡治在今廣西梧州市。郡中有蒼梧山，即九嶷山。山海經海内經曰：「南方蒼梧之丘、蒼梧之淵，其中有九嶷山，舜之所葬。」　鉅鱗：大魚。文選李善本鉅作巨。　京魚：即鯨魚，大魚也。文選五臣本京作鯨。

〔九四〕浮彭蠡二句：彭蠡：即今江西省鄱陽湖。　目：看。　有虞：指虞舜。舜葬蒼梧，此言由彭蠡而望蒼梧也。

〔九五〕方椎二句：言剖蚌取珠。　方：且。　椎：椎擊。　流離：即琉璃，本指天然的有光寶石，後指人工製造的彩色玻璃，漢書西域傳：「罽賓國出璧流離。」注引魏略曰：「大秦國出赤白黑黄青緑縹紺紅紫十種流璃。」　這裡指蚌殼如琉璃者。　珠生蚌殼中，如人懷胎，故曰珠胎。言椎擊夜光如琉璃之蚌殼，剖取其中的明月之珠。

〔九六〕鞭洛水二句：虙妃：通作宓妃，洛水女神。　屈原自沉於汨羅。　彭：彭咸，亦水死。　胥：伍子胥，被吴王所殺，投尸於長江。　鞭虙妃，即甘泉賦「屏玉女而卻虙妃」之意（見甘泉賦注〔八二〕）。　餉：同饗。　屈原彭咸伍子胥皆忠臣賢士，故饗之。　暗示應摒退女色，而求賢以自輔。

此段寫圍獵已畢，至靖冥之館，臨珍池之上，觀賞水禽飛翔和鳴，又使技人表演水戲。文中全用暗喻歌頌和樂景象，並表示諷勸摒女色、求賢士之意。

於茲虖鴻生鉅儒，俄軒冕，雜衣裳，修唐典，匡雅頌，揖讓於前〔九七〕。昭光振燿，蠁曶如神，仁聲惠於北狄，武義動於南鄰〔九八〕。是以旃裘之王，胡貉之長，移珍來享，抗手稱臣〔九九〕前人圍口，後陳盧山〔一〇〇〕。羣公常伯，楊朱墨翟之徒，喟然稱曰〔一〇一〕：「崇哉乎德，雖有唐虞大夏成周之隆，何以侈茲！太古之覲東嶽，禪梁基，舍此世也，其誰與哉？」〔一〇二〕。

【注釋】

〔九七〕於茲虖六句：虖：同乎。　鴻生鉅儒：學識淵博的儒生。　俄：昂也。　軒冕：卿大夫的服飾。軒，有藩蔽的馬車；冕，大冠。　雜衣裳：衣和裳各有不同的顏色。　修唐典：行唐堯之典禮。　匡雅頌：言以周之禮樂爲正。　雅頌，即詩經雅頌，原用於禮樂。匡，正也。　揖讓於前：言按古法舉行朝拜之禮，公卿大儒皆揖讓於帝前。

〔九八〕昭光四句：昭光振燿：指禮義之光輝燿發起來。　蠁：借爲響，文選五臣本作響，指影響。　曶：同忽，文選五臣本作忽，疾速也。　仁聲、武義：對文互言見意，言北方南方都感到仁、武的力量。　義，文選各本作誼。　北狄、南鄰：對北方和南方少數民族地區的泛稱。

〔九九〕是以四句：旃裘之王、胡貉之長：指少數民族的君長。旃，借爲氈；裘，皮衣。漢代其人不耕織，以氈裘爲衣。貉：即貊，漢代東北方民族之一。移：如淳曰：「以物與人曰移。」珍：珍奇之物。享：貢獻食物曰享。抗手：舉手，合掌。其俗不跪拜，故合掌爲禮。

〔一〇〇〕前入二句：圍口：獵營門口。盧山：匈奴單于南庭山。言稱臣奉獻的人絡繹不絕，前面的人已到圍口，後面的人還在盧山。

〔一〇一〕羣公三句：羣公：指公卿。常伯：指侍中。楊朱墨翟是戰國諸子，這裏代指賢達之士。喟：嘆氣聲。

〔一〇二〕崇哉七句：是借羣公衆人之口稱頌漢德。侈：大。侈茲，大於此。覲東嶽、禪梁基：即封泰山禪梁甫。舍：同捨。舍此世也，其誰與：言除漢世外，還有誰能和太古的封禪大禮相比類？

此段寫獵後講禮，四夷賓服，借他人口吻，讚頌漢德。

上猶謙讓而未俞也〔一〇三〕，方將上獵三靈之流，下決醴泉之滋，發黃龍之穴，窺鳳皇之巢，臨麒麟之囿，幸神雀之林〔一〇四〕；奢雲夢，侈孟諸，非章華，是靈臺〔一〇五〕，罕徂離宮而輟觀游，土事不飾，木功不雕〔一〇六〕；承民乎農桑，勸之以弗迨，儕男女使莫違〔一〇七〕。恐貧窮者不徧被洋溢之饒，開禁苑，散公儲，創道德之囿，弘仁惠之虞〔一〇八〕。

馳弋乎神明之囿，覽觀乎羣臣之有亡〔一〇九〕；放雉菟，收罝罘，麋鹿芻蕘與百姓共之，蓋所以臻茲也〔一一〇〕。於是醇洪鬯之德，豐茂世之規，加勞三皇，勗勤五帝，不亦至乎〔一一一〕！迺祇莊雍穆之徒，立君臣之節，崇賢聖之業，未皇苑囿之麗，遊獵之靡也〔一一二〕，因回軫還衡，背阿房，反未央〔一一三〕。

【注釋】

〔一〇三〕俞：答允之詞。尚書堯典：「俞，予聞，如何？」

〔一〇四〕方將六句：獵：取。三靈：日月星垂象之應。流：顏師古曰：「言其和液下流。」按，漢代認爲日月星辰垂象，醴泉湧出，黃龍、鳳皇、麒麟、神雀的出現，都是瑞應，即德治所感的徵象。上段羣公頌説漢德已超過唐虞夏商周，而上比於上古。這裏接着説天子謙讓，没有同意，正要進一步修德，以取得各種瑞應徹底顯現，故曰「獵三靈之流……」云云。

〔一〇五〕奢雲夢四句：言以雲夢孟諸爲奢侈，以楚靈王章華之臺爲非，以周文王靈臺爲是。雲夢：楚之藪澤。左傳昭公三年：「鄭伯如楚，子産相，楚子（楚靈王）享之。……既享，子産乃具田備（打獵用具），王以田江南之夢。」孟諸，宋之藪澤。左傳文公十年：「楚穆王欲伐宋。宋華御事「道之以田孟諸（引導之往孟諸田獵）」。章華：臺名，楚靈王造。左傳昭公七年：「楚子成章華之臺，願與諸侯落之。」靈臺：周文王之臺，詩大雅靈臺：「經始靈臺，經之營之。」鄭箋：

「觀臺而曰靈者，文王化行似神之精明，故以名焉。」

〔一〇六〕罕徂三句：罕：稀少。　徂：往。　輟：止。　土事不飾：所居宮室土牆不修飾，木材不雕刻。　言天子注意修德，很少去離宮別館遊覽，所居宮室土木皆不雕飾。　雕：文選各本作彫。

〔一〇七〕承民乎三句：承：文選各本作丞。承、丞皆拯字之假借。説文：「拯，上舉也。」言舉民于農桑，鼓勵之使不懈怠。　迨，借爲怠。文選各本作怠。　儕：偶。　莫違：不違婚時。意爲不使有怨男曠女。　文選五臣本民作人，蓋避唐諱改。

〔一〇八〕恐貧窮者五句：公儲：公家的積儲。　創：文選五臣本作制。創亦制也。虞：虞人，掌山澤禁民獵採之官。　言怕貧窮者不能普徧沾受恩惠，所以開放禁苑，散發公儲，使禁苑成爲道德之苑，使虞官成爲仁惠之官。

〔一〇九〕馳弋二句：弋：射。以繩繫箭而射曰弋。　囿：也就是苑。　此以獵爲喻，言馳射於神明德惠之苑，觀察羣臣之有無而加恩惠。　亡：同無。

〔一一〇〕放雉菟四句：罝、罘：都是捕獸的網，這裏泛指獵網。　芻蕘：指柴薪牛草等。言雉兔不獵，罝罘不用，打柴割草與百姓共之。　臻：至。　兹：此。指上文所説德隆唐虞夏商周而與太古比類的境界。

〔一一一〕於是五句：醇：通純，精純。這裏使動用法，使之精純。　洪：大。　鬯：同暢。

豐：豐富，使動用法。　茂世：盛世。　規：規法，規制。　加：更加。　勗：勉。　勞、勤：互文，即勤勞。　言加純大暢之德，豐富盛世之規制，勉爲勤勞超過三皇五帝，不就達到至德的境界了嗎？

〔一一二〕迺祗莊五句：祗莊：敬也。　雍穆：和也。　皇：暇也。文選各本作遑。　靡：侈靡。　言敬慎和美之徒可以立君臣之節儀，崇賢聖之大業，無暇做那些漂亮的苑囿和遊獵侈靡之事。

〔一一三〕因回軫三句：回、還：讀爲迴旋。文選五臣本回作迴。　軫：車後橫木，人登車後即以此木欄之。　衡：轅前橫木，所以套馬。　阿房：秦宮，覆壓三百餘里，即在漢之上林苑中。　未央：漢宮，王朝所在。　言將車轉回頭，離開獵所，反回王朝。

此段假天子意旨，意存諷諫。言將停止遊獵，開放禁苑，勉力修德，以期達到太古聖人之治。最後旋車回朝，作結。

長楊賦　并序〔一〕

明年，上將大誇胡人以多禽獸，秋，命右扶風發民入南山，西自褒斜，東至弘農，南敺漢中〔二〕，張羅罔罝罘〔三〕，捕熊羆豪豬虎豹狖玃狐菟麋鹿，載以檻車，輸長楊射熊館〔四〕。爲周阹，從禽獸其中〔五〕，令胡人手搏之，自取其獲，上親臨觀焉〔六〕。是時，農民不得收斂〔七〕。雄從至射熊館，還，上長楊賦，聊因筆墨之成文章，故藉翰林以爲主人，子墨爲客卿，以風〔八〕。其辭曰：

【注釋】

〔一〕長楊賦：見漢書本傳、昭明文選。文選有序，即用漢書本傳文，本傳又出於揚雄自序也。首標「明年」。據本傳，明年即元延三年。然漢書成帝本紀云：「（元延）二年冬，行幸長楊宮，從（縱）胡客大校獵。」通鑑考異正之曰：「揚雄傳：祀甘泉河東之歲，十二月羽獵，雄上校獵賦，明年從上射熊館，還，上長楊賦，然則縱胡客校獵當在三年，紀因去年冬有羽獵事，致此誤耳。」按，羽獵與縱胡客搏獸，本是兩回事，一在元延二年，一在元延三年，揚雄本傳敘次分明，所以錢大昕也説：「此傳皆取子雲自序，與本紀敘事多相應。如上文云『正月從上甘泉』，即紀所書『元延二年正月行幸甘泉郊泰畤』也；云『其三月將祭后土，上迺帥羣臣横大河湊汾陰』，即紀所書『三月行幸河東，祠后土』也；云『其十二月羽獵』，即紀所書『冬行幸長楊宮，從胡客大校獵』也。此年冬，復幸長楊射熊館，則本紀無之。蓋行幸近郊射獵。但書最初一次，餘不盡書耳。但二年校獵，無從胡客事，至次年乃有之，并兩事爲一，則紀失之也。」戴氏震以本紀元延三年無長楊校獵事，斷爲傳誤，不知羽獵長楊二賦，元非一時所作，獵在元延二年之冬，長楊則三年之秋，子雲自序必不誤也。」（廿二史考異）又，沈欽韓曰：「羽獵長楊二賦，均是二年冬事，而傳次一在當年，一在明年，蓋以上賦先後爲次也。」（漢書疏證）按，沈説作賦上賦時間不同，是也；但斷長楊賦於元延三年上，則不確。長楊事，元延三年秋始命民捕獸，其縱胡客手搏必在其冬，揚雄從上長楊，還而作賦，又必成於明年（元延四年）。李善引七略曰：「長楊賦，綏和元年上。」綏和元年上年即元延四年，又過一年殺青上賦，亦合情理，則知七略説可信。綏和元年（公元前八），揚雄四十六歲。長楊：宮名。三輔黄圖：「長楊宮在今盩厔縣東南三十里，本秦舊宮，至漢修飾之，以備行幸。宮中有垂楊數畝，因爲宮名。」射熊館在長楊宮中，爲皇帝射獵之所。揚雄從至長陽宮射熊館，因題賦曰長楊賦。　本文據漢書補注本，校以文選。

〔二〕上將六句：上：指成帝，帝在上位，故稱上。　右扶風：漢於京師長安左右各置一郡，東曰左馮翊，西曰右扶風，與長安並稱曰三輔。　南山：即終南山。　褒斜：道名，是古川陝之間的交通要道，南口褒谷，北口斜谷，沿褒斜二水河谷全長四百七十里。　弘農：郡名，治所在今河南省靈寶市北。　漢中：郡名，治所在今陝西省漢中市。　敺：同驅，驅趕。文選五臣本作驅。

〔三〕罔：同網，文選五臣本作網。　羅罔：捕鳥的網。　罝罘：捕獸的網。

〔四〕捕熊羆三句：羆：一種大熊，俗稱人熊。　豪豬：箭猪。　狖：長尾猿。　玃：一種大猴。　菟：同兔。文選各本作兔。　檻車：有木籠的車。　輸：送。

〔五〕爲周阹二句：阹：圍獵禽獸的圍欄，或以竹木，或因山谷，圍之使不能逃。周阹：指封閉的圍欄。從：讀爲縱，放。文選各本從作縱，罔作網。

〔六〕令胡人三句：搏：擊。言令胡人徒手任擊其獸，獲則歸己，帝自臨望之。

〔七〕收斂：指收割莊稼。收割莊稼一般在陰曆八九月份，民皆捕輸禽獸，不得收割。

〔八〕故藉三句：藉：通借。翰：毛長者曰翰，指筆。翰林：寓意於能文筆者如林。風：讀爲諷。文選五臣本作諷。

子墨客卿問於翰林主人曰：「蓋聞聖主之養民也，仁霑而恩洽，動不爲身〔九〕。今年獵長楊，先命右扶風，左太華而右褒斜〔一〇〕，椓截嶭而爲弋，紆南山以爲罝〔一一〕，羅千乘於林莽，列萬騎於山隅〔一二〕，帥軍踤阹，錫戎獲胡〔一三〕。搤熊羆，拕豪豬〔一四〕，木雍槍纍，以爲儲胥〔一五〕，此天下之窮覽極觀也。雖然，亦頗擾于農民。三旬有餘，其廑至矣，而功不圖〔一六〕，恐不識者，外之則以爲娱樂之遊，内之則不以爲乾豆之事，豈爲民乎哉〔一七〕！且人君以玄默爲神，澹泊爲德〔一八〕，今樂遠出以露威靈〔一九〕，數摇動以罷車甲〔二〇〕，本非人主之急務也，蒙竊或焉〔二一〕。」

翰林主人曰：「吁，謂之兹邪〔二二〕？若客，所謂知其一未睹其二，見其外不識其内者也。僕嘗倦談，不能一二其詳〔二三〕，請略舉凡，而客自覽其切焉〔二四〕。」

客曰：「唯唯！〔二五〕」

【注釋】

〔九〕仁霑二句：霑、洽：猶言滋潤。言仁恩如雨露普及滋潤，行動不是爲自己打算。

〔一〇〕左太華：太華即華山，華山有太華少華二峯。太華在弘農，猶序所言「東至弘農」。在長安東，故言左。右褒斜：褒斜道在長安西，故言右。

〔一一〕椓截嶭二句：截，文選各本作巀。巀嶭：過去注家都説是山名，即嵯峨山，在長安北；故此二字又音嵯峨。與南山對舉，言其地廣。椓：敲擊。弋：木橛。紆：繫，垂。言山上都立橛繫網。

〔一二〕羅千乘二句：言千車萬騎布列山林捕捉禽獸。

〔一三〕帥軍二句：踤（zú足）：蹵踏，踢。文選五臣本作萃。萃，聚也。按二字皆可通。錫戎獲胡：意爲阹中之獸，賜予戎胡，讓他們自由手搏獲取。

〔一四〕搤熊羆二句：搤：同扼。拕：同拖，曳也。

〔一五〕木雍二句：雍：借爲擁。槍：削木如槍。纍：以繩連結。儲胥：木柵欄。言擁木槍以繩連結爲柵欄，以蓄禽獸。按儲胥，古書多異名，或曰扶胥，或曰扶蘇，又名拒馬，又名拒馬槍，又名槍柵，形制略有異，故名稱不同，軍事上行營圍守多用之。

〔一六〕三旬三句：三旬：一個月。　廑：古勤字，勞也。　文選五臣本作勤。　不圖：李善曰：「凡人之所爲，皆有所圖，今則百姓甚勞，而無所圖，言勞而無益也。」

〔一七〕恐不識者四句：外之：從外表上看。　内之：從内容上看。　乾豆之事：古天子田獵有三個目的：一爲乾豆，二爲賓客，三爲充庖廚。乾豆，就是用豆盛乾肉以祭神，爲民祈福（參甘泉賦注〔四〕）。　言恐怕不識的人對這次遊獵，從外表看就是娛樂，從内容上看，又不是爲了取野味作祭品，哪裏是爲了人民呢？

〔一八〕且人君二句：玄默爲神：精神幽恬静默，不妄動。　澹泊爲德：性格淡泊寬虚，不妄求。

〔一九〕露：暴露。　威靈：指皇帝的精神面貌。

〔二〇〕數摇動：多次出動。　罷：讀曰疲。　文選五臣本作疲。　車甲：指車馬士兵。

〔二一〕蒙：子墨客卿謙稱自己，猶言蒙昧幼稚的我。　竊：自謙之詞，猶言私下。　或：借爲惑，言迷惑不明。　文選各本作惑。

〔二二〕吁：歎詞，表示疑怪。　謂之兹邪：猶言何爲如此耶。　兹，此。　邪，同耶。　文選李善本此句作「客何謂之兹耶？」五臣本作「客何謂兹邪？」王先謙曰：「無之字，是。　難蜀父老云：『烏謂此乎？』此擬其語也。　客字又後人妄加。」

〔二三〕僕嘗二句：僕：翰林主人謙稱自己。倦談：懶於談話。文選五臣本作「倦其談」。一二其詳：詳：悉也。王先謙曰：其詳乃具詳之誤。

〔二四〕請略舉二句：文選各本舉下有其字。凡：大指、大概。切：要也。言爲客略舉大指，客自觀覽其要義可也。

〔二五〕唯唯：表示順從的應答詞。此段設爲主客問答，客人子墨客卿對長楊之獵提出疑問，翰林主人不同意，説要舉其大凡，以引起下文。下文分四節言之。

主人曰：「昔有彊秦，封豕其士，窫窳其民，鑿齒之徒相與摩牙而争之〔二六〕，豪俊麋沸雲擾，羣黎爲之不康〔二七〕。於是上帝眷顧高祖，高祖奉命，順斗極，運天關〔二八〕，横鉅海，票昆侖〔二九〕，提劍而叱之，所麾城摲邑，下將降旗〔三〇〕，一日之戰，不可殫記〔三一〕。當此之勤，頭蓬不暇疏〔三二〕，飢不及餐，鞮鍪生蟣蝨，介胄被霑汗〔三三〕，以爲萬姓請命虖皇天〔三四〕。迺展民之所詘，振民之所乏〔三五〕，規億載，恢帝業〔三六〕，七年之間，而天下密如也〔三七〕。

【注釋】

〔二六〕封豕三句：封豕、窫窳、鑿齒，皆惡怪名。前二者喻强秦貪殘，害其士民。鑿齒，喻六國。封豕：大猪。左傳昭公二十八年：「貪惏無饜，忿纇無期，謂之封豕。」楚辭天問作封豨。窫窳：爾雅作猰貐，淮南子作猰貐。高誘曰：「猰貐，獸名也。狀若龍首，或曰似狸，善走而食人。」山海經北山經：「其狀如牛而赤身人面馬足。」鑿齒：山海經海外南經郭璞注：「鑿齒，亦人也，齒如鑿，長五六尺。」淮南子高誘注：「鑿齒，獸名，齒長三尺，其狀如鑿，下徹頷下，而持戈盾。」淮南子本經：「堯之時……猰貐、鑿齒、九嬰、大風、封豨、脩蛇皆爲民害。」故本賦取以爲喻。

摩牙：文選五臣本作磨牙。摩與磨通。

〔二七〕豪俊二句：麋：當作糜。文選各本亦作糜，並誤。糜：粥也。糜沸，如粥煮沸。

黎：衆。康：安。

〔二八〕高祖三句：高祖，指漢高帝劉邦。命：天命。順斗極，運天關：李善引雒書曰：「聖人受命，必順斗極。」又引爾雅曰：「北極謂之北辰。」又引天官星占曰：「北辰一名天關。」言高祖奉天命平天下，如斗極天關之運轉，莫能改易。

〔二九〕横鉅海二句：横：横阻。鉅：大。文選五臣本作巨。票：同漂，摇蕩。文選各本作漂。言高祖兵威東阻大海，西摇昆侖。

〔三〇〕所麾二句：麾：本是一種旗。以旗招之亦曰麾。摲：此字字書所無，諸家皆謂摲字之誤。攕（chàn懺）：芟除，引伸爲攻取。　降旗：言使之打出投降之旗。

〔三一〕一日二句：言戰之多，不可盡記。　殫：盡。

〔三二〕頭蓬：頭髮蓬亂。　疏：同梳，梳理。文選各本作梳。

〔三三〕鞮鍪二句：鞮鍪：即兜鍪，頭盔。　蟣：蝨之卵。　介：甲。　冑：盔。　霑：同沾。

〔三四〕虖：同乎。淮南子曰：「高皇帝奮袂執鋭，以爲百姓請命于皇天。」語與此同。

〔三五〕迺展民二句：展：伸展。　詘：古屈字。　振：救。

〔三六〕規億載二句：規：規畫。　億載：千萬年。千萬爲億。　恢：張大。　言高帝規畫張大千萬年的帝王事業。

〔三七〕七年二句：漢高帝五年（公元前二〇二）滅項羽，自六年（公元前二〇一）至十二年（公元前一九五）崩，凡七年。　密：静。　密如：猶静然。

此段頌漢高帝荷天之命，勤勞征戰，滅秦平項，建立漢業之功。

「逮至聖文，隨風乘流，方垂意於至寧，躬服節儉〔三八〕，綈衣不敝，革鞜不穿，大夏不居，木器無文〔三九〕。於是後宮賤瑇瑁而疏珠璣〔四〇〕，卻翡翠之飾，除彫瑑之巧〔四一〕，惡麗靡而不近，斥芬芳而不御〔四二〕，抑止絲竹晏衍之樂〔四三〕，憎聞鄭衛幼眇之聲〔四四〕，是以玉衡正而太階平也〔四五〕。

【注釋】

〔三八〕逮至四句：逮：及。聖文：指漢文帝。垂意：注意。至寧：極安寧。言漢文帝順從高祖的流風，留意天下安寧，親自實行節儉。

〔三九〕綈衣四句：綈：粗厚平滑無花紋的絲綢。革鞜：生皮做的鞋。大夏：即大厦。文選各本夏作厦。不敝、不穿：言没穿破不换新的。漢書東方朔傳：東方朔曰：「孝文帝之時，當世耆老皆聞見之，貴爲天子，富有四海，身衣弋綈，足履革舄，以韋帶劍，莞蒲爲席，兵木無刃，衣緼無文，集書囊以爲殿帷。」

〔四〇〕疏：遠。珠璣：圓者爲珠，不圓之珠爲璣。

〔四一〕瑑：玉器上雕的凸紋，文選各本作琢。

〔四二〕斥：排斥，却退。御：用。

〔四三〕絲竹：指管絃。晏衍：邪聲。文選五臣本衍作衎。

〔四四〕鄭衛：春秋兩國名。禮記樂記：「鄭衛之音，亂世之音也。」又：「魏文侯問於子夏曰：『吾端冕而聽古樂，則唯恐卧；聽鄭衛之音，則不知倦。』」後鄭衛之音成爲壞音樂的代名詞。幼眇：同窈眇，楚辭九歌湘君作要眇，一本作要妙，王逸注：「要眇，好貌。」

〔四五〕是以句：李善引春秋元命苞曰：「常一不易，玉衡正，太階平。」按，北斗七星，第五星名玉衡。太階：或作泰階，星名，即三臺星；上臺、中臺、下臺，共六星，兩兩並排斜上如階梯，故名。晉張載說：「泰階者，天之三階也……三階平則陰陽和，風雨時，歲大登，民人息，天下平，是謂太平。」

此段頌文帝節儉之德，文治致天下太平。

「其後熏鬻作虐，東夷橫畔〔四六〕，羌戎睚眦，閩越相亂〔四七〕，遐萌爲之不安，中國蒙被其難〔四八〕。於是聖武勃怒，爰整其旅〔四九〕，迺命票衞〔五〇〕，汾沄沸渭，雲合電發，猋騰波流，機駭蠭軼，疾如奔星，擊如雷霆〔五一〕，砰轒輼，破穹廬，腦沙幕，髓余吾。遂獵乎王廷〔五二〕。敺橐它，燒熐蠡，分梨單于，磔裂屬國〔五三〕，夷阬谷，拔鹵莽，刊山石〔五四〕，蹂屍輿厮，係累老弱〔五五〕，兗鋋瘢耆、金鏃淫夷者數十萬人〔五六〕，皆稽顙樹頷，扶服蛾伏〔五七〕，二十餘年矣，尚不敢惕息〔五八〕。夫天兵四臨，幽都先加〔五九〕，回戈邪指，南越相夷〔六〇〕，靡節西征，羌僰東馳〔六一〕。是以遐方疏俗殊鄰絕黨之域，自上仁所不化，茂德所不綏，莫不蹻足抗手，請獻厥珍〔六二〕，使海內澹然，永亡邊城之災，金革之患〔六三〕。

【注釋】

〔四六〕其後二句：熏鬻：匈奴本名。漢書禮樂志郊祀歌朝隴首：「圖匈虐，熏鬻殛。」注引應劭曰：「熏鬻，匈奴本號也。」東夷：李善以爲指東越，王先謙以爲指朝鮮。畔：同叛。文選五臣本作叛。

〔四七〕羌戎二句：羌戎：都是我國古代西方民族。睚眦：瞋目貌，借指小怨不和。閩越：我國古代東方民族，漢武帝時閩越王興兵擊南越王，故曰相亂。

〔四八〕遐萌二句：遐：遠。萌：同氓，文選五臣本作氓，李善本作甿，他書亦作甿，音同通用。遐萌：指邊遠之民。中國：指内地。言邊遠之民既不安，内地也蒙受災難。

〔四九〕聖武二句：聖武：指漢武帝。爰整其旅：詩大雅皇矣句。鄭箋：「整其軍旅而出。」

〔五〇〕迺命句：票：同驃，文選各本作驃。指驃騎將軍霍去病，武帝時六次出擊匈奴。衛：衛青，字仲卿，爲大將軍，凡七次出擊匈奴。

〔五一〕汾沄六句：汾沄沸渭：衆盛貌。汾沄：即紛紜，文選五臣本作紛紜。沸渭：王先謙謂猶薈蔚。一説：如渭水沸騰。雲合：言其衆多。電發：言其疾速。猋騰波流：狀其源源不斷而勢不可當。猋，同飈，大風。機：弩機。駭：狀其突然扣發如驚駭而出。遙：同蜂，文選五臣本作蜂。軼：後車超過前車曰軼，引伸爲過。言箭出若蜂聚飛而過。以上六句寫軍隊之壯盛勇武。

〔五二〕碎轒轀五句：碎：文選各本作碎，是。漢書揚雄傳作砰，誤，應改正。轒轀：攻城車。孫子謀攻杜牧注：「轒轀，四輪車，排大木爲之，上蒙以生牛皮，下可以容十人，往來運土填塹，木石所不能傷，今所謂木驢是也。」 穹廬：匈奴所居之氈帳。 沙幕：即沙漠。 文選五臣本作沙漠。 余吾：水名。 髇：即髓，文選五臣本作髓。 獵：通躐。 文選李善本作躐，注曰：「躐，踐也。」 言破其大車，壞其氈帳，斬其頭，腦塗沙漠，折其骨，髓流水中，並踐踏匈奴王庭。

〔五三〕 敺橐它四句：敺：同驅，文選五臣本作驅。 橐它：即駱駝。 文選各本作橐駝。 爑（mí密）蠡：前人有四説：張晏謂乾酪母；張揖謂山名；呂向謂聚落；沈欽韓謂爑當爲罿，言酪之甘如蜂蜜也；迄無定論。 愚謂當是二物，爑即鼏，有蓋之鼎；蠡，瓠瓢也；皆爲炊具。 燒之，言壞其生活用具。 上文破穹廬是毁其居，此言驅橐駝，燒鼏蠡，毁其行與食耳。 録疑備考。 分梨：文選李善本梨作勢，五臣本作黎，通行本又作剺。 剺是正字，餘皆假借。 分剺，分割也。 單于：匈奴王公。 屬國：隸屬匈奴之國。 磔（zhé折）：車裂之刑。 言分割單于之尸，車裂屬國之君。

〔五四〕 夷阬谷三句：夷：平。 阬：讀爲岡。 文選五臣本作坑，則讀kēng，指凹陷地。 鹵莽：鹹地草莽。 刊：削。 言剷平其岡谷，使無藏身之處；拔光其鹹草莽，使不能牧獵；刊削其山石，使道路暢通。 拔：文選五臣本作跋。 非。

〔五五〕 蹂屍二句：蹂屍：蹂踐其屍體。 輿廝：服賤役的人。 輿：輿隸。 廝：廝徒。 係累：用繩捆綁。 言賤徒則殺而踐其屍，年老者幼弱者則捆綁爲俘虜。

〔五六〕兖鋋二句：兖鋋瘢耆句中有錯字，文選李善本兖作晼，五臣本作吮，亦誤。舊注據誤字爲説，不能通。今按，兖當爲兊之誤，蓋原簡文上句有鉤誌作∨，因誤成兖。兊即鋭之省，臨沂銀雀山漢簡孫臏兵法鋭作兊可證。耆：當是耇字之誤。説文：「耇，老人面如點也。从老省，占聲。」（此字即今㾀字）蓋寫者老字不省而誤作耆也。鋋：鐵柄小矛。淫夷：意爲重創。淫，過也，甚也。夷，即痍，創傷。兊鋋瘢耇：指尖矛所刺舊傷瘢痕。金鏃淫夷：指箭鏃所射新的重傷。言戰爭中匈奴未死而負新傷舊傷者有數十萬人。

〔五七〕皆稽顙二句：顙：額頭。叩頭至地曰稽顙。頷：下巴。文選各本作頜，義同。樹頷：下巴樹於地上。扶服：音義同匍匐，趴在地上。蛾：古蟻字。蟻伏：伏者如蟻之多。

〔五八〕二十餘二句：二十餘年：指武帝征伐二十多年。文選五臣本無矣字。惕息：恐懼不敢喘大氣。息：呼吸。

〔五九〕夫天兵二句：天兵：指漢兵。四臨：四向征伐。幽都：朔方，即北方。尚書堯典：「宅朔方，曰幽都。」這裏代指匈奴。先加：先加以兵。

〔六〇〕回戈二句：回：迴轉。文選各本作迴。邪：亦回也。夷：平定。漢書西南夷兩粤朝鮮傳：武帝元鼎五年，南粤（越）反。六年，遣伏波將軍路博德、樓船將軍楊僕等討之，「南粤已平，遂以其地爲儋耳珠崖南海蒼梧鬱林合浦交阯九真日南九郡」。

〔六一〕靡節二句：靡節：即弭節。弭：止。節：步伐整齊之節拍。離騷：「吾令羲和弭節兮，望崦嵫而勿迫。」弭節意爲緩步而行。羌僰：我國古代西方的兩民族名。羌在今甘肅南境，僰在今四川境。東馳：東來入朝。

〔六二〕是以五句：遐、疏、殊、絶：都是遠的意思。綏：安。蹻足：舉足走來。抗手：舉手合十爲禮。厥：相當於「其」字。珍：珍貴物品。言那些絶遠的遠方民族，自來大仁大德所不能感化安撫的，今皆願歸服漢朝，並走來朝拜，獻納珍貴貢品。抗手，文選李善本作抗首。

〔六三〕使海内三句：澹然：安定貌，平安無事。亡：同無。文選五臣本作無。金：謂兵刃。革：指甲胄。金革泛指戰爭。

此段寫漢武帝征討四方、使海内安定的武功。

「今朝廷純仁，遵道顯義，并包書林，聖風雲靡〔六四〕；英華沈浮，洋溢八區，普天所覆，莫不沾濡〔六五〕；士有不談王道者，則樵夫笑之〔六六〕。故意者以爲事罔隆而殺，物靡盛而不虧，故平不肆險，安不忘危〔六七〕。迺時以有年出兵，整輿竦戎〔六八〕；振師五莋，習馬長楊，簡力狡獸，校武票禽〔六九〕。迺萃然登南山，瞰烏弋，西厭月䠶，東震日域〔七〇〕。又恐後世迷於一時之事，常以此取國家之大務，淫荒田獵，陵夷而不禦也〔七一〕，是以車不安軔，日未靡旃，從者彷彿，骫屬而還〔七二〕；亦所以奉太宗之烈，遵文武之度，復三王之田，反五帝之虞〔七三〕；使農不輟耰，工不下機，婚姻以時，男女莫違〔七四〕；出愷弟，行簡易，矜劬勞，休力役〔七五〕；見百年，存孤弱，帥與之同苦樂〔七六〕。然後陳鐘鼓之樂，鳴鞀磬之和，建碣磍之虡，拮隔鳴球，掉八列之舞〔七七〕；酌允鑠，肴樂胥〔七八〕；聽廟中之雍雍，受神人之福祜，歌投頌，吹合雅〔七九〕。其勤若此，故真神之所勞也〔八〇〕。方將俟元符，以禪梁甫之基，增泰山之高，延光于將來，比榮乎往號〔八一〕，豈徒欲淫覽浮觀，馳騁秔稻之地，周流梨栗之林，蹂踐芻蕘，誇詡衆庶，盛狖玃之收，多麋鹿之獲哉〔八二〕！且盲不見咫尺，而離婁燭千里之隅〔八三〕，客徒愛胡人之獲我禽獸，曾不知我亦已獲其王侯〔八四〕。」

【注釋】

〔六四〕今朝廷四句：道：王道。義：正義。書林：指學術文化。聖風雲靡：呂向曰：「聖人之風如雲靡靡而進。」

〔六五〕英華四句：英華：草木之美者，喻成帝美德。沈浮：猶上下，言帝德佈滿上下。八區：八方地區。沾濡：指沾受德惠。

〔六六〕樵夫：謂山野之人。

〔六七〕故意者四句：意者：猶言想到。文選各本意字上無故字。罔、靡：皆訓無。隆：盛。殺：減。虧：損。肆：服虔曰：「肆，棄也。」顔師古曰：「肆，放也。」然而不棄險、不放險，於義皆有未安。肆字當爲㥆字之訛。肆古作𨽿，與㥆形近而誤。王念孫曰：「𨽿讀曰㥆，廣雅：『㥆，忘也。』又曰：『㥆，緩也。』淮南精神篇高誘注：『𨽿，緩也。』𨽿與㥆同。」㥆（tuì退），亦忘也。

〔六八〕迺時二句：迺時：猶言向時。迺，文選各本作乃。有年：有收成之年，即豐年。因豐年而出兵也。整輿：整頓兵車。竦戎：勸勵軍事。竦，勸；戎，指軍事。

〔六九〕振師四句：振：整。五莋：即五柞，宮名。在盩厔，三輔黄圖曰：「五柞宮，漢離宮也。」張晏曰：「有五柞樹，因以名宮也。」簡力狡獸，校武票禽：言以校獵禽獸來檢閲武力。簡：檢閲。校：比試，校量。票：輕疾。參羽獵賦注〔八〇〕。文選五臣本作彯。

〔七〇〕迺萃然四句：萃：集。指人馬集聚登於南山。烏弋：地名，屬山離國。漢書西域傳：「烏弋山離國，王去長安萬二千二百里……大國也。」補注引西域圖考云：「在今波斯國南境給爾滿法爾斯古爾斯丹剌郡四部地。」按即今伊朗南部。厭：凌壓。文選五臣本作壓。䖼：同窟。文選五臣本作窟。服虔曰：「月䖼，月所生也。」震：漢書官本作震，是。作征者，誤。顔師古曰：「日域，日初生之處也。」

〔七一〕又恐四句：迷：迷惑。取：文選各本作爲。禦：禁止。田獵：文選五臣本作畋獵。呂向曰：「言主上既出獵，欲以示兵於外國，乃一時之事耳，又恐後代子孫迷惑不知，反以國之大務荒淫畋獵，遂至陵夷，亦不能禁禦。此雄微諷之詞矣。」

〔七二〕是以四句：軔：止輪之木。車不安軔：言不卸車（税駕）。旃：一種曲柄紅旗，用以招大夫。日未靡旃：李善注曰：「言日未移旌旗之影也。」今按，靡無移義。左傳文公十年：「吾視其轍亂，望其旗靡。」靡，意爲倒下。此言招大夫之旃尚未放倒，指大夫方至，就委屬而還。言時間之短暫也。日，指時間。彷佛：文選五臣本作髣髴，同。從者彷佛：言隨從者只彷佛做做樣子。骩：古委字。文選五臣本作委。委：任使也。還：讀爲旋，回轉。委屬而還：言任使從者隨所屬之車而回轉。

〔七三〕亦所以四句：太宗：文選各本作太尊。齊召南漢書考證曰：「案太宗，文選作太尊，謂高祖也。下句文武之度，指文帝武帝，於理甚順。若此文作太宗，則下句爲重出矣。」今按，齊説是也，應據正。烈：業也。度：法度。田：畋獵。反：即返。虞：虞人，掌山澤之官。三王之田：謂如文王三驅。三驅解見羽獵賦注〔一九〕。五帝之虞：謂如尚書舜典：「帝曰：『俞，咨益，汝作朕虞。』」

〔七四〕使農四句：耰：古農具，形似木椎，用以碎土平田覆種。這裏泛指種田。工：女功。機：織布機。莫違：言男女以時婚嫁，各自順心，不違其志。

〔七五〕出愷弟四句：愷弟：文選李善本作凱弟，五臣本作愷悌。同。通作愷悌，和樂簡易也。左傳僖公十二年：「愷悌君子。」杜注：「愷，樂也。悌，易也。」矜：憐憫。劬勞：辛勤勞苦。劬：勤勞。力役：徭役。荀子曰：「罕興力役，無奪農時。」

〔七六〕見百年三句：百年：指百歲老人。存：慰問。帥：同率。言存問老人和孤弱者，悉與之同憂樂。

〔七七〕後五句：鐘鼓之樂：文選五臣本作鐘鼓之懸。鞀（táo 逃）：同鼗，有柄的小鼓。碣磍（jiá 夾）之虡（jù 巨）：虡，懸鐘鼓的木架，横木曰簨，直木曰虡。虡刻猛獸爲之，其狀碣磍。碣磍，盛怒貌。

拮隔鳴球：尚書益稷語。尚書有今古文之分，「拮隔」是今文，古文則作「戛擊」。拮隔，戛擊，古音相同。拮隔，謂擊打柷敔（樂器名）。球：玉也，指磬。鳴球：擊磬。掉：動也。八列：即八佾，舞者八行，行八人，八八六十四人，名八佾之舞，是天子之樂舞。論語八佾篇：「孔子謂季氏八佾舞於庭。」譏季氏不該用天子之樂舞。

〔七八〕酌允鑠二句：酌：酌酒。允：信。鑠：美。酌允鑠：言酌信美以當酒。肴：同餚。胥：皆。肴樂胥：言食上下皆樂以爲餚。詩小雅車攻：「允矣君子，展也大成。」周頌酌：「於爍王師，遵養時晦。」小雅桑扈：「君子樂胥，受天之祜。」本賦用之以爲言。（樂胥：孔疏引孫毓曰：「與天下皆樂。樂之大者，天子四海之内無違命，則天子樂矣；諸侯四封之内無違命，外内無故，則諸侯樂矣；大夫官府之内無違命者，謟謀行於上，則大夫樂矣；士進以禮，退以義，則士樂矣；庶人耕稼樹藝，以養父母，刑罰不加於身，則庶人樂矣。」）

〔七九〕聽廟中四句：雍雍：詩大雅思齊：「雍雍在宫，肅肅在廟。」毛傳：「雍雍，和也。」祜：詩小雅桑扈：「受天之祜。」鄭箋：「祜，福也。」投：合。

〔八〇〕其勤二句：詩大雅旱麓：「愷弟君子，神所勞矣。」此用之。神：天神。勞：讀勞來之勞，去聲，猶言勸勉。

〔八一〕方將五句：元：大。符：符瑞。古天子行封禪之禮，要封泰山，禪梁甫，於山上加土。故曰禪梁甫之基，封泰山之高。往號：指往古三皇五帝之號。言將等待有大的符瑞出現，就舉行封禪，使光輝榮耀上比三五，而下延傳將來。

〔八二〕豈徒七句：徒：猶言白白地。淫覽浮觀：言一味遊觀取樂。稉：同秔，不黏的稻。文選各本作秔。周流：即周遊。芻：牛馬所食草。蕘：柴薪。詡：大言。

〔八三〕且盲二句：文選各本盲下有者字，是。咫：八寸曰咫。咫尺：言其近。離婁：人名。孟子離婁上：「離婁之明，公輸子之巧。」趙岐注：「離婁，古之明目者，蓋以爲黄帝之時人也……能視於百步之外，見秋毫之末。」燭：照。文選五臣本作爥。千里之隅：千里外之角落。

〔八四〕客徒二句：徒：徒然。愛：捨不得。言你只知捨不得禽獸讓胡人獲取而去，却不知道胡人王侯已經被我們獲取而來了。意思是通過遊獵，胡人沾受恩惠，羡慕大漢禮義，其王侯便歸附，常來朝拜，實際爲我們所獲了。

此段述當今成帝仁德，舉行遊獵不是爲了淫覽浮觀，而是爲了檢閲武力，顯示禮樂，化胡來歸。實際成帝施政並未達到這種地步，只不過是揚雄暗示諷諫罷了。

言未卒，墨客降席再拜，稽首曰：「大哉體乎！允非小子之所能及也。迺今日發矇，廓然已昭矣〔八五〕。」

【注釋】

〔八五〕言未卒七句：未卒：未畢。降席：下席。古人席地而坐，拜時離席，表示恭敬。體：王先謙曰：「體，謂禮也，言大哉此田獵之禮乎。」允：信，誠然。小子：墨客自謙之辭。文選各本作小人。矇：眼不能見爲矇，承上文「盲不見咫尺」而言。文選五臣本作蒙，謂蒙暗，意同。李善引禮記曰：「昭然若發矇。」按見禮記仲尼燕居篇。廓：清除。昭：明。此段寫子墨客卿悟到田獵的道理，表示同意，作結。

覈靈賦〔一〕

自今推古，至于元氣始化，古不覽今，名號迭毁，請以詩春秋言之〔二〕。太平御覽一

太易之始，太初之先，馮馮沈沈，奮搏無端〔三〕。太平御覽一

河出龍馬，雒貢龜書〔四〕。文選陸倕石闕銘注

世有黄公者，起于蒼州，精神養性，與道浮游〔五〕。文選謝朓之宣城出新林浦向版橋詩注作檄靈賦

二子規遊矩步〔六〕。文選陸機樂府長安有狹邪行注

文王之始起，浸仁漸義，會賢儹智〔七〕。文選江淹詣建平王上書注

枝附葉從，表立景隨〔八〕。文選陳琳檄吴將校部曲文注，又蔡邕郭有道碑文序注

【注釋】

〔一〕覈靈賦：本傳未載，古文苑不録，嚴輯全漢文，共得七條。七條以意排列，原序不明，作期亦不可知。　覈：説文：「覈，實也，考事而笮邀遮，其辭得實，曰覈。」張衡西京賦：「何以覈諸？」李注：「驗也。」東京賦：「研覈是非。」李注：「實也。」漢代常借核字爲之，如漢書刑法志：「其審核也。」顔注：「核，究其實也。」文選馬融長笛賦：「精核數術。」李善曰：「核與覈古字通。」　覈靈：應即覈驗考實神靈之意。　文選謝朓之宣城詩注引作「檄靈」，檄，亦曉喻責討之意。揚雄言玄理，不信神靈，故有此賦，唯殘文闕略，其詳難明矣。

〔二〕自今五句：意思説，從今天上推古代，至於荒古元氣開始分化即開天闢地的時候，因爲

古人不會看到後代，（没有給後代留下記録。）他們的名號（經長期的時間推移），先後毁滅了。（我們現在）只好根據詩經和春秋等書所記來討論。　這段話透露揚雄不迷信鬼神。

〔三〕太易四句：太易：周易繫辭上：「易有太極，是生兩儀，兩儀生四象，四象生八卦。」太易即太極，指混沌未分之時。　馮馮（píng平）：盛滿貌。　沈沈（dān耽）：深沉貌。　奮搏：言元始混沌之氣氤氳撞擊。

〔四〕河出二句：周易繫辭上：「河出圖，洛出書，聖人則之。」漢書五行志：「劉歆以爲虙羲氏繼天而王，受河圖，則而畫之，八卦是也。禹治洪水，賜洛書，法而陳之，洪範是也。」書顧命僞孔傳：「天球河圖在東序。河圖，八卦。伏犧王天下，龍馬出河，遂則其文以畫八卦，謂之河圖。」水經洛水注：「黄帝東巡河，過洛，備壇沈璧，受龍圖於河，龜書於洛，赤文緑色。」雒：同洛。即今河南洛陽之洛河。

〔五〕世有四句：蒼州：按文選謝朓詩云：「既懽懷禄情，復協滄洲趣。」李善引此賦注之，然則蒼州即滄洲，泛指濱水之處。　黄公：因下文殘缺，未能確考。按西京雜記卷三：「有東海人黄公，少時爲術，能制虎御蛇……立興雲霧，坐成山河。」舊題西京雜記爲劉歆撰，歆與雄同時，不知此黄公是否即「精神養性，與道浮游」之黄公。若是，則蒼州即指東海了。

〔六〕二子句：文選陸機樂府長安有狹邪行：「規行無曠迹，矩步豈逮人？」五臣張銑注曰：「若行步中乎規矩，不可致曠遠之迹而逮及前人者，矩行以正直之道將求仕進，亦如此矣。」李善則引雄賦以證之。二子：當指詩邶風二子乘舟。其本事見左傳桓公十六年：衛宣公爲太子伋（左傳作急）娶於齊而美，宣公奪爲己妻，生二子曰壽曰朔。宣公欲廢太子而立朔，乃使伋使於齊，而令盜於中途刺殺之。壽知之，告伋使逃走，伋不聽，曰：「棄父之命，惡用子矣！」壽乃用酒灌醉他，載其旌先行，被盜刺死。伋後至，説：「本來該刺我，壽無罪，殺死我吧！」盜併殺。衛人傷而思之，作二子乘舟。這件事説明循規蹈矩而行，不知避禍，害及自己。

〔七〕文王三句：文王：周文王。　儹：同攢，積攢。

〔八〕表：標竿。　景：同影。

太玄賦〔一〕

觀大易之損益兮，覽老氏之倚伏〔二〕。省憂喜之共門兮，察吉凶之同域〔三〕。曒曒著乎日月兮，何俗聖之暗燭〔四〕！豈愒寵以冒災兮，將噬臍之不及〔五〕。若飄風不終朝兮，驟雨不終日〔六〕。雷隆隆而輟息兮，火猶熾而速滅〔七〕。自夫物有盛衰兮，況人事之所極。奚貪婪於富貴兮，迄喪躬而危族〔八〕。

【注釋】

〔一〕太玄賦：見古文苑，又昭明文選李善注引數條。作期不明。從本篇的内容看，其寫作時間，約與解嘲解難相先後，時雄五十多歲。　漢書本傳云：「雄以爲賦者，將以風（諷）也。……勸而不止……又頗似俳優淳于髡優孟之徒，非法度所存賢人君子詩賦之正也，於是輟不復爲。」不復爲者，僅歌頌諷諭之賦耳，若解嘲解難及本篇，實皆賦體，並未輟筆。　按古文苑，唐人所集自東周至南齊詩賦箴銘二百餘篇，傳爲宋孫洙得之佛龕，至南宋淳熙間韓元吉次爲九卷；紹定中章樵取漢晉文史所遺若干篇，爲二十一卷，並加注釋；清錢熙祚據章本重加校勘。以上三種皆有刊本，兹據叢書集成錢校本整理。　蜀都賦逐貧賦同。

〔二〕觀大易二句：易有損、益二卦。雜卦云：「損益，盛衰之始也。」韓康伯注：「極損則益，極益則損。」　老子五十八章：「禍兮福之所倚，福兮禍之所伏。」

〔三〕省憂喜二句：省：察。　鶡冠子曰：「憂喜聚門，吉凶同域。」賈誼鵩鳥賦亦云：「禍兮福所倚，福兮禍所伏；憂喜聚門兮，吉凶同域。」

〔四〕曒曒二句：曒：同皦。曒曒：明貌。　燭：照，看明白。　言禍福吉凶之理顯著如日月，奈何俗人昧而不見，而聖人見之甚明。

〔五〕豈愒二句：愒（kài 欬）：貪。　左傳昭公元年：「趙孟將死矣，主民，翫歲而愒日，其與歲何！」杜注：「翫、愒，皆貪也。」　章樵云：愒「一作怙」。按，怙：恃也。　冒：犯。　噬：齧。噬臍：喻後悔無及。　秦滄浪左傳校本云：「或云獵者捕麝以取其臍，麝急，自噬破其臍，則人不取之。若就縶，雖欲噬臍，亦無及矣。」

〔六〕若飄風二句：飄風：旋風。按此二語見老子二十三章。

〔七〕雷隆隆二句：隆隆：雷聲。章樵云：「一作隱，非。」息：止。猶：章樵讀爲酋。按酋：聚也。雄解嘲曰：「炎炎者賊，隆隆者絶，觀雷觀火，爲盈爲實。」可互參。

〔八〕奚貪婪二句：奚：何。貪婪：離騷：「衆皆競進以貪婪兮。」王注：「愛財曰貪，愛食曰婪。」迄：至。解嘲曰：「攫挐者亡，默默者存；位極者宗危，自守者身全。」

此段言自然之理，物極必衰，禍福無常，俗人不識，聖人能明。

豐盈禍所棲兮，名譽怨所集〔九〕。薰以芳而致燒兮，膏含肥而見焫〔一〇〕。翠羽媺而殃身兮，蚌含珠而擘裂〔一一〕。聖作典以濟時兮，驅蒸民而入甲〔一二〕。張仁義以爲綱兮，懷忠貞以矯俗。指尊選以誘世兮，疾身殁而名滅〔一三〕。

【注釋】

〔九〕豐盈二句：棲、集：鳥類息止曰棲，羣鳥止於樹上曰集。引伸其義，棲，居；集，聚也。

〔一〇〕薰以芳二句：薰：香草名，又名蕙草。焫（rè熱）：同爇。説文：「爇，燒也，或作焫。」漢書龔勝傳：「薰以香自燒，膏以明自銷。」又莊子人間世：「山木自寇也，膏火自煎也。」又御覽引蘇子曰：「蘭以芳自燒，膏以明自焫。」二語乃古人常語，雄賦略變之。

〔一一〕翠羽二句：翠：翠鳥。　孅：古美字。　擘：剖，分開。

〔一二〕聖作典二句：典：章樵云：「一作禮。」　蒸民：衆民，百姓。蒸：衆。　甲：令甲。漢時法令編次，第一號稱令甲，第二號稱令乙，第三號稱令丙。漢書宣帝本紀：地節四年，「令甲：死者不可生，刑者不息。」文穎曰：「蕭何承秦法所作爲律令，律經是也。天子詔所增損，不在律上者爲令。令甲者，前帝第一令也。」後令甲亦作律令的通稱。　章樵云：「甲，一作用。」按作用誤。　言聖人制定典章禮法作爲補救，等於驅趕百姓納入法令之中。

〔一三〕張仁義四句：尊：指尊以爵位。　選：選舉才能。　言提倡仁義爲綱，以忠貞爲高，設爵位選舉誘導世人，於是世俗貪名，以身死無名爲毛病。

此段言世俗既昧於盛衰之理，貪圖富貴而不顧亡身之禍，聖人乃制禮作法，提倡仁義，設置爵位考選，以爲補救，却使天下更貪名了。

豈若師由聃兮，執元（玄）静於中谷〔一四〕；納僞禄於江淮兮，揖松喬於華岳〔一五〕。升崑崙以散髮兮，踞弱水以濯足〔一六〕。朝發軔於流沙兮，夕翱翔乎碣石。忽萬里而一頓兮，過列仙以託宿〔一七〕。役青要與承戈兮，舞馮夷以作樂〔一八〕。聽素女之清聲兮，觀宓妃之妙曲〔一九〕。茹芝英以禦餓兮，飲玉醴以解渴〔二〇〕。排閶闔以窺天庭兮，騎騂騩以蜘蝃。載羨門與儷游兮，永覽周乎八極〔二二〕。

【注釋】

〔一四〕豈若二句：由：許由，上古高士。堯讓天下於許由，許由不受。堯又召爲九州長，許由不欲聽，洗耳於潁水。聃：老子。中谷：谷中。老子二十八章：「知其榮，守其辱，爲天下谷。爲天下谷，常德乃足，復歸於樸。」六章：「谷神不死，是謂玄牝。」王弼注：「谷中央無谷也。無形無影，無逆無違，處卑不動，守静不衰，谷以之成，而不見其形。」言不若以許由老聃爲師，執守玄静，處虚下之谷中。

〔一五〕納僊禄二句：納：納拜。僊禄：二神仙名。江淮：僊禄得道處。揖：作揖爲禮，猶言拜見。松：赤松子，仙人，傳説神農時爲雨師，能隨風雨上下，至崑崙山，常入西王母石室。喬：王子喬，亦稱王喬，傳説即周太子晉，得道成仙，常居嵩高山。華岳：即華山。漢武帝起集靈宫於華山下，冀以召致仙人。

〔一六〕升崑崙二句：崑崙：神話中之仙山，在西方，爲帝之下都。弱水：山海經大荒西經：「昆侖之丘……其下有弱水之淵環之。」散髮、濯足：都是自由自在的表現。

〔一七〕朝發軔四句：發軔：謂開始出發。軔是止車木，車行則撤去，謂之發軔。流沙：山海經海内西經：「流沙出鍾山，西行又南行出昆侖之虚，西南入海。」碣石：在東海旁。一頓：一次停頓。謂停一次已經走了萬里的路程。託宿：投宿。

〔一八〕役青要二句：青要：淮南子天文：「至秋三月，青女乃出，以降霜雪。」高注：「青女，青要玉女，主霜雪。」承戈：章樵云：「一作承弋。」按，又作乘弋。漢書司馬相如傳：「載玉女而與之歸。」顔注引張晏曰：「玉女：青要乘弋等也。」是玉女非一人。馮夷：即河伯。楚辭遠遊：「使湘靈鼓瑟兮，令海若舞馮夷。」司馬相如大人賦：「使靈媧鼓琴而舞馮夷。」

〔一九〕聽素女二句：素女：古神女。史記孝武本紀：「泰帝使素女鼓五十絃瑟，悲。帝禁不止，故破其瑟爲二十五絃。」楚辭九懷：「聞素女兮徽歌。」宓妃：伏犧之女，死而爲洛水之神。司馬相如上林賦：「青琴宓妃之徒，絶殊離俗。」參甘泉賦注〔八二〕。

〔二〇〕茹芝英二句：茹：吃。英：精華。醴：甜酒。

〔二一〕排閶闔四句：閶闔：天門。騂（xīng星）：紅色馬。騩（guī歸）：淺黑色馬。蜘蟵：同踟躕，來回走動。羨門：古仙人。史記秦始皇本紀：「始皇至碣石，使燕人盧生求羨門高誓。」集解引韋昭曰：「古仙人。」亦稱羨門高或羨門子高。儷：偕，結伴。八極：八方極遠的地方。言上至天庭，下到碣石，與羨門高共載，同遊於無窮。

此段用幻想筆法描寫出太玄境界。

亂曰：甘餌含毒，難數嘗兮〔二二〕。麟而可羈，近犬羊兮〔二三〕。鸞鳳高翔，戾青雲兮。不掛網羅，固足珍兮〔二四〕。斯錯位極，離大戮兮〔二五〕。屈子慕清，葬魚腹兮〔二六〕。

伯姬曜名，焚厥身兮〔二七〕。孤竹二子，餓首山兮〔二八〕。斷跡屬婁，何足稱兮〔二九〕。辟此數子，智若淵兮〔三〇〕。我異於此，執太玄兮。蕩然肆志，不拘攣兮〔三一〕。

【注釋】

〔二二〕數（shuò朔）：頻繁。嘗：同嚐。

〔二三〕麟而二句：賈誼惜誓：「使麒麟可得羈而係兮，又何以異虖犬羊。」

〔二四〕鸞鳳四句：戾：至。喻高人不被聖人之網所掛縶，是可貴的。

〔二五〕斯錯二句：斯：指李斯。錯：指鼂錯。離：遭。李斯爲秦丞相，鼂錯爲漢景帝御史大夫，皆位極三公，終被誅戮。

〔二六〕屈子二句：屈子：屈原。慕清：楚辭漁父：「屈原曰：『舉世皆濁我獨清，衆人皆醉我獨醒。』」

〔二七〕伯姬二名：伯姬：宋伯姬，魯女，嫁宋共公。左傳襄公三十年：「宋大災，宋伯姬卒，待姆也。」公羊傳記此事云：「宋災，伯姬存焉。有司復曰：『火至矣，請出。』伯姬曰：『不可。吾聞之也，婦人夜出，不見傅、母，不下堂。』傅至矣，母未至也，逮乎火而死。」言伯姬守禮而焚死，徒炫虛名。

〔二八〕孤竹二句：孤竹二子：孤竹：殷時國名。孤竹君有二子伯夷叔齊，聞西伯昌賢，往歸焉。至則西伯已死，武王起兵伐紂。伯夷叔齊叩馬而諫，武王不聽，滅殷立周。伯夷叔齊以爲武王不孝不仁，義不食周粟，隱於首陽山，餓死。

〔二九〕斷跡二句：斷跡：絶跡。屬婁：劍名。史記伍子胥傳作屬鏤。吴王夫差信越伐齊，伍子胥諫，不聽，賜子胥以屬鏤之劍，令自殺。子胥既死，吴王取其尸，盛以鴟夷革，浮之江中。

〔三〇〕辟此二句：辟：讀作譬。數子：指上述李斯鼂錯屈原伯姬伯夷叔齊伍子胥諸人。諸人智若淵深，終不得其死。

〔三一〕我異四句：蕩然：空廓貌。肆：放。拘攣：束縛，約束。

此段總括全篇，揭示要旨。例舉諸子，絓入聖人之網，盡忠盡禮，講仁講義，終不得其死。不若執守太玄，自由自在，無拘無束之爲得也。

逐貧賦〔一〕

揚子遁居，離俗獨處〔二〕。左鄰崇山，右接曠野。鄰垣乞兒，終貧且窶〔三〕。禮薄義弊，相與羣聚。惆悵失志，呼貧與語：

「汝在六極，投棄荒遐。好爲庸卒，刑戮相加〔四〕。匪惟幼稚，嬉戲土砂〔五〕。居非近鄰〔六〕，接屋連家。恩輕毛羽，義薄輕羅。進不由德，退不受呵。久爲滯客，其意謂何？人皆文繡，余褐不完〔七〕。人皆稻粱〔八〕，我獨藜飧〔九〕。貧無寶玩，何以接歡？宗室之燕〔一〇〕，爲樂不槃〔一一〕。徒行負笈〔一二〕，出處易衣〔一三〕。身服百役，手足胼胝〔一四〕。或耘或耔〔一五〕，霑體露肌〔一六〕。朋友道絶，進官凌遲〔一七〕。厥咎安在〔一八〕？職汝爲之〔一九〕！舍汝遠竄，崑崙之顛。爾復我隨，翰飛戾天〔二〇〕。舍爾登山，巖穴隱藏〔二一〕。爾復我隨，陟彼高岡〔二二〕。捨爾入海，汎彼柏舟〔二三〕。爾復我隨，載沈載浮〔二四〕。我行爾動，我静爾休〔二五〕。豈無他人〔二六〕？從我何求？今汝去矣，勿復久留！」

貧曰：「唯唯。主人見逐，多言益嗤〔二七〕。心有所懷，願得盡辭！昔我乃祖，宗其明德。克佐帝堯，誓爲典則〔二八〕。土階茅茨，匪彫匪飾〔二九〕。爰及季世，縱其昏惑〔三〇〕。饕餮之羣，貪富苟得〔三一〕。鄙我先人〔三二〕，乃傲乃驕。瑶臺瓊榭，室屋崇高〔三三〕。流酒爲池，積肉爲崤〔三四〕。是用鵠逝，不踐其朝〔三五〕。三省吾身，謂予無諐〔三六〕。處君之家〔三七〕，福禄如山。忘我大德，思我小怨。堪寒能暑，少而習焉〔三八〕。寒暑不忒〔三九〕，等壽神仙。桀跖不顧，貪類不干〔四〇〕。人皆重蔽，予獨露居〔四一〕。人皆怵惕，予獨無虞〔四二〕。」

言辭既罄〔四三〕，色厲目張。攝齊而興〔四四〕，降階下堂：「誓將去汝，適彼首陽〔四五〕。孤竹二子，與我連行！」

余乃避席，辭謝不直〔四六〕：「請不貳過，聞義則服〔四七〕。長與汝居，終無厭極〔四八〕！」貧遂不去，與我遊息。

【注釋】

〔一〕逐貧賦：見古文苑，藝文類聚三十五，初學記十八，太平御覽四百八十五。嚴可均全漢文收録。雄自序（即漢書本傳文）云：「爲人簡易佚蕩，口吃不能劇談……不汲汲於富貴，不戚戚於貧賤，不修廉隅以徼名當世。家産不過十金，乏無儋石之儲，晏如也。」此賦蓋以文爲戲，作期不能確定。本文據嚴輯全漢文重校。

〔二〕揚子二句：居：類聚、古文苑皆作世。　獨：類聚作隱。

〔三〕終貧且寠（jù據）：詩邶風北門：「終寠且貧。」毛傳：「寠者，無禮也。貧者，困於財。」

〔四〕汝在六極四句：尚書洪範：「六極：一曰凶短折，二曰疾，三曰憂，四曰貧，五曰惡，六曰弱。」孔疏：「極，謂窮極惡事。」貧居第四，故曰汝在六極。　庸：同傭，僱傭。　卒：差役。相加：古文苑作是加。　言貧是六極之一，所以把你加以刑罰，投棄在荒遠地方（指左鄰崇山右接曠野的地方），作個僱傭奴役。

〔五〕匪惟二句：匪：同非。言你不是玩弄泥沙的幼稚小孩。砂：類聚作沙。
〔六〕居非近鄰：類聚居作亦。
〔七〕褐：粗麻布衣，貧人所着。完：完整。
〔八〕粱：類聚作糧。
〔九〕飧：古文苑作湌，類聚作餐。皆餐之别體。
〔一〇〕燕：類聚作宴。
〔一一〕槃：快樂。詩衛風考槃：「考槃在澗。」毛傳：「槃，樂也。」類聚槃作期，誤。
〔一二〕徒行：謂無車馬。負笈：古文苑作負賃，章樵云：「一作笈。」負笈：背書箱遊學。負賃：打短工。皆可通。
〔一三〕出：出門。處：在家。易衣：言在家穿着極簡陋，有事外出得换衣裳。
〔一四〕身服二句：百役：指各種勞役。胼胝：老繭。
〔一五〕耘：除草。耔：以土壅禾根。詩小雅甫田：「或耘或耔。」
〔一六〕霑體露肌：古文苑作露體霑肌。霑：雨濕。
〔一七〕凌遲：通作陵遲或陵夷，意爲逐漸下降，走下坡路。
〔一八〕咎：罪過。
〔一九〕職：主。

〔二〇〕翰飛戾天：詩小雅小宛：「宛彼鳴鳩，翰飛戾天。」毛傳：「翰，高；戾，至也。」此賦借用。

〔二一〕巖：古文苑作巖。類聚作嵒。同。

〔二二〕陟彼高岡：詩周南卷耳：「陟彼高岡，我馬玄黃。」毛傳：「山脊曰岡。」此賦借用首句。

〔二三〕汎彼柏舟：借用詩邶風柏舟「汎彼柏舟，亦汎其流」句。毛傳：「汎，流貌。」

〔二四〕爾復二句：載沈載浮：借用詩小雅菁菁者莪「汎汎楊舟，載沈載浮」句。言我沈爾沈，我浮爾浮，緊隨不舍。

〔二五〕我静爾休：爾：類聚作汝。

〔二六〕豈無他人：此亦詩句，見鄭風褰裳，唐風杕杜、羔裘。

〔二七〕多言益嗤：嗤：笑。言話説多了，越發使人嗤笑。章樵曰：「貧謙辭以對。」嗤：類聚作蚩。同。

〔二八〕昔我四句：明：光明。德：德行。言我的祖先身心潔白，不事曖昧，抱其明德，輔佐帝堯，使之成爲後世典範。宗：類聚、古文苑均作宣。

〔二九〕土階二句：極言質樸節儉。韓非子五蠹：「堯之王天下也，茅茨不翦，采椽不斲，糲粢之食，藜藿之羹，冬日麑裘，夏日葛衣。」史記李斯傳：「堯之有天下也，堂高三尺，采椽不斲，茅茨不翦。」漢書司馬遷傳：「曩者亦上（尚）堯舜，言其德行曰：堂高三尺，土堦三等，茅茨不翦，采椽不斲，飯土簋，歠土刑，糲粱之食，藜藿之羹，夏日葛衣，冬日鹿裘。」 匪彫匪飾：宫室牆柱不雕刻，不修飾。以儉示天下。

〔三〇〕爰及二句：爰：語首助詞。 季世：末世。古文苑作世季。縱：放縱，放任。 昏惑：昏庸不智。

〔三一〕饕餮二句：饕餮：傳説中一種貪食無厭的惡獸，亦因以之號貪食冒貨之人。左傳文公十八年：「縉雲氏有不才子，貪于飲食，冒于貨賄，侵欲崇侈，不可盈厭，聚斂積實，不知紀極，不分孤寡，不恤窮匱，天下之民以比三凶，謂之饕餮。」杜預注：「貪財爲饕，貪食爲餮。」 犖：言其多。 苟得：得非正道。

〔三二〕鄙：鄙視，看不起。

〔三三〕瑶臺二句：瓊榭：類聚作瓊室。 室屋：類聚作華屋。

〔三四〕崤：山名。類聚作肴。崤山在今河南省西部，延伸黄河洛河之間，主峯在靈寶市東南。按桀紂爲瑶臺、瓊室、傾官、鹿臺、酒池、肉林。

〔三五〕是用二句：鵠：天鵝。 貧言：後世皇帝驕奢貪婪，所以我如鴻鵠高飛而去，不趨走於其朝廷。

〔三六〕三省二句：諐：同愆，過錯。 貧言：我幾次反省，我没有過錯。

〔三七〕處君之家：類聚作處君之所。

〔三八〕堪寒二句：堪：禁住，受得住。　能：讀爲耐。　貧言：禁得住寒暑，從小已成習慣。

〔三九〕忒：差誤。

〔四〇〕桀跖二句：桀：夏桀。　跖：人名，古農奴起義領袖，古書誣稱盜跖。　貪類：貪得之徒。　干：干犯。

〔四一〕人皆二句：二予字，類聚、古文苑均作子。作子義較長。　蔽：指房屋箱籠鎖鑰等。言富盛之家懼有所失而重重掩蔽防護，你却露居無所畏懼。　重蔽：類聚作重閉。

〔四二〕人皆二句：怵惕：戒懼。　虞：憂慮。

〔四三〕罄：盡，完。

〔四四〕攝齊：齊（zī 兹）：本字从衣从齊。齊爲省文。論語鄉黨：「攝齊升堂。」趙注：「衣下曰齊，攝齊者，摳衣也。」　按謂升堂時兩手撩起衣裳下面的邊。　類聚作齋，誤。　興：起身。

〔四五〕誓將二句：誓：類聚作逝。　適：往。　首陽：首陽山，孤竹君之二子伯夷叔齊隱居餓死處。　詩魏風碩鼠：「逝將去汝，適彼樂土。」此賦套用。　誓、逝音同通借。

〔四六〕余乃二句：避席：起立下席。古人席地而坐，起立下席表示恭敬。　不直：曲，理曲。

〔四七〕請不二句：論語雍也：「不貳過。」謂不重犯錯誤。　服：行。

〔四八〕厭：厭煩。　極：窮盡。

酒賦　并序〔一〕

漢孝成皇帝好酒，雄作酒賦以諷之〔二〕。

【注釋】

〔一〕酒賦：見漢書游俠陳遵傳、北堂書鈔一百四十八、藝文類聚七十二、初學記二十六、太平御覽七百五十八，嚴輯全漢文收録。

按賦題，漢書陳遵傳作「酒箴」，太平御覽引漢書則題曰「酒賦」，各書引皆作「酒賦」，惟北堂書鈔作「都酒賦」。嚴鐵橋曰：「都酒者，酒器名。驗文，當以『都酒』爲長。」愚謂嚴説非是，據陳遵傳云：「其文爲酒客難法度士。」則可知賦文内容是設爲酒客與法度士相辯難，漢書陳遵傳不過僅摘取其中比物一段，而此段正好有箴規之意，故題爲「酒箴」；嚴氏又見此段專賦瓶，而曰「當以『都酒』爲長」，是以一斑爲全貌，錯誤是明顯的。今故依各本定題爲「酒賦」。後至三國曹植作酒賦，猶曰：「余覽揚雄酒賦，辭甚瑰瑋，頗戲而不雅。」

〔二〕此序文，御覽八十九引，乃後人所附。漢書陳遵傳云：「先是，黄門郎揚雄作酒箴，以諷諫成帝，其文爲酒客難法度士，譬之於物，曰（賦文略）。遵大説（悦）之，常謂張竦，吾與爾猶是矣。」當爲此序所本。按漢成帝好微行淫遊，鴻嘉永始中常與私奴客烏集醉飽吏民之家，王音、劉向、谷永等都曾上書切諫（見漢書五行志）。揚雄於永始初年由蜀到京師，因大司馬車騎將軍王音薦爲郎，給事黄門，故稱黄門郎。約四年後元延二年，雄隨成帝祠甘泉，奏甘泉羽獵等賦以諷。此酒賦當作於此時前後，時揚雄四十三歲左右。

子猶瓶矣〔三〕，觀瓶之居，居井之眉〔四〕。處高臨深，動常近危。酒醪不入口〔五〕，臧水滿懷〔六〕。不得左右，牽於纆徽〔七〕。一旦叀礙，爲甃所轠〔八〕。身提黄泉，骨肉爲泥〔九〕。自用如此，不如鴟夷〔一〇〕。鴟夷滑稽，腹如大壺〔一一〕。盡日盛酒，人復借酤〔一二〕。常爲國器，託於屬車〔一三〕。出入兩宫，經營公家〔一四〕。繇是言之，酒何過乎〔一五〕？

【注釋】

〔三〕子猶瓶矣：瓶：古代以繩繫之汲水之器，即陶製的瓦罐。太平御覽瓶作缾，異體而音義同。據漢書陳遵傳，賦文内容是設爲酒客與法度士辯難（見前引）。酒客指飲酒之人，法度士指講求法度主節酒之士。這裏是酒客以汲水之瓶比法度士。子：酒客對法度士的敬稱。

〔四〕眉：邊沿，與湄同，指井邊。

〔五〕醪：古用米釀酒，熟後濾去渣滓爲酒，帶渣爲醪。瓶不盛酒，故説酒醪不入口。

〔六〕臧：與藏同，貯藏。

〔七〕纆徽：原意爲捆綁囚犯的黑色繩索，這裏指繫瓶的繩子，以形容瓶如囚犯不得自由左右。

〔八〕一旦二句：叀（zhuān 專）：古代撚綫以重物繫於綫端，其物名叀，故叀有懸義。撚綫時，叀則邊轉邊摇，有似於懸瓶打水。　瓽（dàng 蕩）：古以磚甃井，井壁之磚名瓽。　轠：碰擊。御覽作櫑，隸書車旁與木旁同。

〔九〕身提二句：提：音義同擲，抛擲。御覽引作投。　黄泉：原意爲人死深埋之處。這裏雙關言瓶碎抛擲井底，如人死深埋地下，骨肉化爲泥。

〔一〇〕鴟夷：皮製的口袋，用以盛酒。言打水瓶之用如此，不如盛酒的皮口袋。

〔一一〕鴟夷二句：滑稽：古代一種流酒器，史記滑稽列傳索隱云：「能轉注吐酒，終日不已。」這裏用如動詞，言鴟夷如滑稽之吐酒不絶，又雙關喻圓滑無害。　腹如大壺：北堂書鈔、藝文類聚、初學記皆作腹大如壺。

〔一二〕酤：買酒。

〔一三〕常爲二句：國器：貴重之器，指天子所用之器。　屬車：皇帝出行時隨從之車，如有祭祀等事，則載酒而行。

〔一四〕出入二句：兩宫：指天子及皇太后之宫。經營：猶往來。楚辭九歎怨思：「經營原野，杳冥冥兮。」王逸注：「南北爲經，東西爲營。」後漢書馮衍傳：「疆理九野，經營五山。」李賢注：「經營，猶往來。」公家：公侯之家。家：古音如姑。

〔一五〕繇是二句：繇：同由。過：過錯。言酒能使鴟夷貴重，而水常使瓶撞碎，故酒無過錯。

此段是酒客爲酒辯護之辭，其前後還當有法度士質難之辭，才算完滿。可知此段只是酒賦全篇的節文，非全文也。

反離騷〔一〕

雄怪屈原文過相如〔二〕，至不容，作離騷，自投江而死，悲其文，讀之未嘗不流涕也。以爲君子得時則大行，不得時則龍蛇〔三〕，遇不遇，命也，何必湛身哉〔四〕？迺作書，往往摭離騷文而反之〔五〕，自峪山投諸江流〔六〕，以弔屈原，名曰反離騷。又旁離騷作重一篇，名曰廣騷〔七〕。又旁惜誦以下至懷沙一卷，名曰畔牢愁〔八〕。畔牢愁廣騷文多不載，獨載反離騷。其辭曰：

【注釋】

〔一〕反離騷：見漢書本傳、藝文類聚五十六。序文又見初學記六，係節録漢書本傳文，不全。今則全録之。班固作揚雄傳，全用雄自序，所以這段傳文，可視爲本賦序文。後段又作廣騷、畔牢愁等語亦録之者，備作參考可也。李善昭明文選注引此篇，凡有三稱：曰反騷，曰反離騷，曰釋愁。如左太沖魏都賦注、嵇叔夜贈秀才入軍詩注、李令伯陳情表注、趙景真與嵇茂齊書注、李蕭遠運命論注、劉孝標辨命論注引皆稱反騷；而王簡棲頭陁寺碑文注引獨稱反離騷，陸士衡弔魏武帝文注引又稱釋愁。王念孫根據這種情況認爲漢書正題當作「反騷」，而作「反離騷」者，離字涉上下文而衍。他説：「後書梁竦傳：『感悼子胥屈原以非辜沈身，乃作悼騷賦。』應奉傳：『追愍屈原，因以自傷，著感騷三十篇。』篇名皆省一離字，義與此同也。文選頭陁寺碑文注引作『反離騷』，離亦後人依誤本漢書加之。其魏都賦注、贈秀才入軍詩注、陳情表注、與嵇茂齊書注、運命論注、辨命論注，皆引作反騷。又江水注、後漢書馮衍傳注、舊本北堂書鈔藝文部八、藝文類聚雜文部二、白帖六十五、八十六、御覽文部十二、百卉部三、亦皆引作反騷。」（見讀書雜志）今按，王説頗似有理，但也不是絶對的，蓋古人引書，往往省文以取簡捷，班書作反離騷，王謂離字是衍文，實無根據，其父班彪有悼離騷，見藝文類聚五十八，就没有省去離字。至于弔魏武帝文注又作釋愁，未悉其故，或係李善誤記。反離騷的寫作年代，本傳未載。本文有言：「漢十世之陽朔兮，招摇紀于周正。正皇天之清則兮，度后土之方貞。圖纍承彼洪族兮。又覽纍之昌辭。」就是說，漢朝第十世皇帝陽朔年十一月裏，他看了屈原離騷。十世皇帝就是成帝，陽朔是成帝第三個年號，前面的年號是河平。漢書成帝紀：「河平四年，山陽火生石中，改元爲陽朔。」顔師古曰：「以火生石中，言陽氣之始。」陽朔元年爲公元前二十四年，舊曆十一月冬至一陽生，也正是陽氣之始。當此雙陽之日，有感於屈原不該因失意而自沈，故作反離騷而反其意也。是年，揚雄三十歲，尚在蜀郡故鄉，故本傳言：「自崏山投諸江，以弔屈原。」按崏山即岷山，在今四川北部，爲岷江的發源地。岷江自岷山南流，經今四川松潘縣，至都江堰，過郫都、成都，至樂山，入大渡河，至宜賓併入長江。所以「自崏山投諸江」，實際乃是自郫都投諸岷江。岷江下通長江，長江又通湘江，其用意亦遠矣。

〔二〕揚雄最服膺的是屈原和司馬相如。屈原（約公元前三四〇——約公元前二七八），早於揚雄約二百五十年，其離騷諸章爲漢代賦家所宗。司馬相如（公元前一七九——公元前一一八），早於揚雄七八十年，作賦宏麗温雅，揚雄常擬之。

〔三〕以爲二句：大行：大行其道。龍蛇：如龍蛇之蟄。言暫静待動。周易繫辭下：「龍蛇之蟄，以存身也。」疏：「龍蛇之蟄以存身者，言静以求動也。龍蛇初蟄，是静也；以此存身，是後動也。」

〔四〕遇不遇三句：遇：際遇。湛：同沈。湛身：指沈江而死。

〔五〕往往，猶言處處。摭：拾取。

〔六〕嶓山：即岷山。江：指岷江。俱見注〔一〕。揚雄家在岷山之陽曰郫，岷江所自出。

〔七〕旁：通傍，依也。下旁字同。

〔八〕惜誦懷沙：屈原九章篇名。王逸九章序曰：「九章者，屈原之所作也。屈原放於江南之壄，思君念國，憂心罔極，故復作九章。」

有周氏之蟬嫣兮，或鼻祖於汾隅。靈宗初諜伯僑兮，流于末之揚侯〔九〕。淑周楚之豐烈兮，超既離虖皇波〔一〇〕。因江潭而浗記兮，欽弔楚之湘纍〔一一〕。惟天軌之不辟兮，何純絜而離紛〔一二〕？紛纍以其淟涊兮，暗纍以其繽紛〔一三〕。

【注釋】

〔九〕有周氏四句：蟬嫣：連綿不絕。汾隅：汾水之旁。靈宗：揚氏出自有周，爲神靈之後裔，故曰靈宗。諜：同牒，譜牒。隋書經籍志有揚雄家牒，今佚。伯僑：揚雄始祖名。揚侯：揚雄的五世祖。這四句是揚雄自述家世。言揚氏出於周王，始祖居晉之汾水流域，家譜最早自伯僑譜起，後裔子孫有揚侯。漢書揚雄傳曰：「揚雄，字子雲，蜀郡成都人。其先出自有周伯僑者，以支庶初食采於晉之楊，因氏焉，不知伯僑周何別也。楊在河汾之間，周衰而楊氏或稱侯，號曰楊侯。會晉六卿争權，韓魏趙興而范中行智伯弊。當是時，偪（逼）楊侯。楊侯逃於楚巫山，因家焉。楚漢之興也，楊氏遡江上，處巴江州。而楊季官至廬江太守。漢元鼎間避仇復遡江上，處岷山之陽曰郫，有田一壥，有宅一區，世世以農桑爲業。自季至雄，五世而傳一子，故雄亡（無）它楊於蜀。」按，傳文也是揚雄自述，較賦爲詳，録備參考。又按，雄自言系出周氏而食采於楊，以邑爲氏，故姓楊。不知何時改楊爲揚。漢書各本从木从扌通作。今依習慣，通改爲从扌之揚。

〔一〇〕淑周楚二句：淑：善。豐烈：美業。超：遠。虖：同乎。皇波：大水，指黄河長江。言本善周楚之王業，先居河汾之間，後居江旁巫山，但終於離開那裏，遷到蜀中。

〔一一〕因江潭二句：江：指岷江。潭：水邊，與潯音義同。浲：同往。記：書記，指本弔文。欽：敬。纍：李奇曰：「諸不以罪死曰纍。」屈原赴湘自沈，非以罪死，故曰湘纍。

〔一二〕惟天軌二句：惟：思。天軌：猶天道。辟：讀爲闢，開也。絜：同潔。離：讀爲罹，遭也。紛：亂。言天道不開，使此純善貞潔之人遭此變亂。易坤文言：「天地閉，賢人隱。」

〔一三〕紛纍二句：紛：亂。纍：湘纍之簡稱，指屈原。下同。淟涊（niǎn 輦）：污濁。繽紛：謂讒慝交加。言小人以其污濁的東西污亂屈，讒慝交加，使之暗然無光。

此段敍傾慕周楚美業，遠在蜀中，有感於屈原被放，失意自沈，因作文弔其生不逢辰。

漢十世之陽朔兮，招摇紀于周正〔一四〕。正皇天之清則兮，度后土之方貞〔一五〕。圖纍承彼洪族兮，又覽纍之昌辭〔一六〕。帶鉤矩而佩衡兮，履欃槍以爲綦〔一七〕。素初貯厥麗服兮，何文肆而質䭻〔一八〕！資娵娃之珍髢兮，鬻九戎而索賴〔一九〕。鳳皇翔於蓬陼兮，豈駕鵞之能捷〔二〇〕？騁驊騮以曲囏兮，驢騾連蹇而齊足〔二一〕。枳棘之榛榛兮，蝯貁擬而不敢下。靈修既信椒蘭之唼佞兮，吾纍忽焉而不蚤睹〔二二〕？

【注釋】

〔一四〕漢十世二句：十世：數高帝、吕后至成帝，爲十代。陽朔：見注〔一〕。招摇：北斗第七星，在杓柄頂端。周正：周朝以夏曆十一月爲正月。此言招摇星正指十一月。按夏曆十一月有冬至，冬至一陽生，亦爲陽氣之始。蘇林曰：「言己以此時弔屈原也。」然則揚雄此語，意爲此時陰盡陽生，是清明之時，非復屈原當年陰氣盛也。

〔一五〕正皇天二句：清則：清明有法則。方貞：方正。貞：正。言此時值漢世之隆，天清地正，非比舊時。

〔一六〕圖纍二句：圖：思。洪：大。屈原與楚王同族，故稱洪族。覽：省視。昌：美。昌辭：指離騷。言想到無辜之屈原是楚族的後代，省視他美麗的離騷。自此以下論屈原而反離騷之意。

〔一七〕帶鉤矩二句：鉤：圓規。 矩：矩尺。 衡：天秤。 欃槍：彗星。 綦：脚印，履跡。 言身佩方圓平正之物，却踏着彗星的足跡，喻屈原品格方正，不能遠害而像彗星一般逝去。

〔一八〕素初二句：素：平素。 貯：積存。 厥：語詞。 麗服：美麗的服飾，如離騷「扈江離與辟芷，紉秋蘭以爲佩」之類。 肆：放。 䞶(xiè懈)：應劭訓「狹也」。 按此二句乃以麗服爲喻，言麗服花紋放盛，但質地鬆解；以謂屈原「好修以爲常」，但不能堅韌退居以待時。 凡布經緯不緊密，謂之解(xiè)。 故知䞶是解(xiè)之借字。

〔一九〕資娵娃二句：資：同齎，猶言販運。 娵(jū居)娃：孟康曰：「閭娵、吴娃。」按皆古之美女。 髢(dí笛)：假髮。 鬻：賣。 九戎：九州外的戎狄，指遠方民族。 索：求。 賴：利。 利、賴雙聲通借。 言販運假髮去九戎求利，但九戎人皆披髮，髢雖珍美，無所用，必不得利。言屈原以高行仕楚，亦猶以髢賣於九戎，必不得志。

〔二〇〕鳳皇二句：陼：同渚。 蓬陼：蓬草雜生之洲渚。 駕鵞：野鵞。 言鳳皇飛到亂草洲渚，還不如野鵞敏捷。

〔二一〕騁驊騮二句：騁：奔馳。 驊騮：駿馬名。 囏：同艱。 曲囏：曲折艱困的地方。 連蹇：行步艱難貌。 言使駿馬跑在曲折多礙的地方，也和驢騾一樣走不動。

〔二二〕枳棘四句：枳：如橘樹，枝上多刺。 棘：小棗樹，也多刺。 蝯：同猨。 狖：

似猴而長尾。靈修：指楚王，離騷稱楚王爲靈修。椒蘭：指令尹子蘭和司馬子椒。唼：同接，接與捷同。詩小雅巷伯：「捷捷幡幡，謀欲譖言。」捷捷上章作緝緝，皆聲同互借，口舌聲也。唼佞，指壞人説小説小話。蚤：借爲早。言樹木多枳棘，連猨猴都不敢下，楚王既寵信子蘭子椒，你爲什麽輕忽而不早見呢？

此段開始反騷，責屈原品高而無遠見。凡設六個比喻，最後説楚王既信椒蘭，事不可爲，應早有預見，保身待時。

衿芰茄之緑衣兮，被夫容之朱裳。芳酷烈而莫聞兮，固不如襞而幽之離房〔二三〕。閨中容競淖約兮，相態以麗佳。知衆嫭之嫉妒兮，何必颺纍之蛾眉〔二四〕？

【注釋】

〔二三〕衿芰茄四句：衿：結上。芰：菱。茄：荷莖。夫容：即芙蓉，荷花。襞：疊衣裳。離房：别房。離騷云：「製芰荷以爲衣兮，集芙蓉以爲裳。」此略作變動而反之，言以花爲衣裳，芳香酷烈，但無人來聞，不如收疊起來幽藏於别房。

〔二四〕閨中四句：容：容貌。競：猶比賽。淖約：同綽約，美貌。莊子逍遥遊：「綽約若處子。」相態以麗佳：競爲姿態以比佳麗。嫭：美貌。颺：同揚。蛾眉：詩衛風碩人：

「螓首蛾眉。」這裏代指美貌。　離騷云：「衆女嫉余之蛾眉兮。」此反之，言既知閨中衆女競爲美態互相嫉妒，又何必自己也揚露蛾眉，令衆女嫉妒呢。

懿神龍之淵潛，竢慶雲而將舉。亡春風之被離兮，孰焉知龍之所處〔二五〕？愍吾纍之衆芬兮，颺燁燁之芳苓。遭季夏之凝霜兮，慶夭顇而喪榮〔二六〕。

【注釋】

〔二五〕懿神龍四句：懿：美。　竢：同俟，等待。　慶：讀爲羌，古音同，今漢書亦有作羌者。羌，楚人發語詞。下慶字同。　亡：同無。　被離：風吹物分散貌。　言神龍潛藏深淵中，待雲起而飛舉，雲又待春風而起；既無春風之被離，則無雲之飛起，龍當伏處深藏，不令人知其處。　離騷云：「爲余駕飛龍兮，雜瑶象以爲車。」又云：「駕八龍之婉婉兮，載雲旗之委蛇。」此反其意。

〔二六〕愍吾纍四句：愍：憐憫。　燁燁：同曄曄，光盛貌。　苓：香草名。　季夏：指秋前。　慶：讀與羌同。　顇：同悴。　此揚雄憐憫屈原之光香，未到秋天而遭霜打零落了。

橫江湘以南湝兮，云走乎彼蒼吾。馳江潭之汎溢兮，將折衷虖重華〔二七〕。舒中情之煩或兮，恐重華之不纍與。陵陽侯之素波兮，豈吾纍之獨見許〔二八〕？

【注釋】

〔二七〕横江湘四句：横：横渡。浾：同往。蒼吾：即蒼梧，舜所葬處。山海經海内經：「南方蒼梧之丘，蒼梧之淵，其中有九嶷山，舜之所葬。」潭：讀同潯，水邊。折衷：取其中正，無所偏頗。重華：舜名。離騷云：「濟沅湘以南征兮，就重華而陳詞。」

〔二八〕舒中情四句：或：借爲惑，迷惑不解。與：猶許。論語述而：「惟我與爾有是夫。」皇疏：「與，許也。」陽侯：屈原九章哀郢：「凌陽侯之氾濫兮，忽翺翔之焉薄？」應劭曰：「陽侯，古之諸侯也，有罪自投江，其神爲大波。」按，舜父瞽瞍與弟象謀殺舜，舜終於逃出，避害全身。（見史記五帝本紀、劉向列女傳）此言屈原不知避害，又襲陽侯投江之非，而欲求舜折衷，未必獨見然許也。

精瓊靡與秋菊兮，將以延夫天年。臨汨羅而自隕兮，恐日薄於西山〔二九〕。解扶桑之總轡兮，縱令之遂奔馳。鸞皇騰而不屬兮，豈獨飛廉與雲師〔三〇〕？

【注釋】

〔二九〕精瓊四句：精：細。瓊：美玉。靡：粉末。或作靡。離騷云：「折瓊枝以爲羞兮，精瓊靡以爲粻。」王注曰：「精鑿玉屑以爲儲糧。」離騷又云：「朝飲木蘭之墜露兮，夕餐秋菊之落英。」「日薄西山：薄，迫近。離騷云：「老冉冉其將至兮。」又云：「日忽忽其將暮。」又云：「恐年歲之不吾與。」皆此意也。顏師古曰：「此又譏屈原云，瓊靡秋菊，將以延年，崦嵫勿迫，喜於未暮，何乃自投汨羅，言行相反？」

〔三〇〕解扶桑四句：扶桑：神木，生於東海暘谷。淮南子天文：「日出於暘谷，浴於咸池，拂於扶桑。」總轡：離騷云：「飲余馬於咸池兮，總余轡乎扶桑。折若木以拂日兮，聊逍遥以相羊。」王注：「總，結也。結我車轡于扶桑，以留日行，幸得不老，延年壽也。」鸞鳥騰：離騷云：「前望舒使先驅兮，後飛廉使奔屬。鸞皇爲余先戒兮，雷師告余以未具。吾令鳳鳥飛騰兮，繼之以日夜。」此隱括離騷語，言已縱其轡，使之奔馳，其行之速，鸞皇、鳳鳥、飛廉、雷師都跟不上了。譏屈原自隕汨羅與總轡扶桑以留日行之意是矛盾的。飛廉：風神。雲師：雲神。

卷薜芷與若蕙兮，臨湘淵而投之；棍申椒與菌桂兮，赴江湖而漚之〔三一〕。費椒稰以要神兮，又勤索彼瓊茅，違靈氛而不從兮，反湛身於江皋〔三二〕。

【注釋】

〔三一〕卷薜芷四句：卷：同捲，收起。薜、芷、若、蕙：皆香草名。薜即薜荔；芷即芳芷；

若即杜若，亦名杜蘅；蕙，俗名佩蘭。 申椒、菌桂：皆香木。 以上香草香木，屈原皆以自喻德行芬芳。 離騷云：「扈江離與辟芷。」又云：「雜申椒與菌桂。」又云：「雜杜衡與芳芷。」又云：「貫薜荔之落蕊。」又云：「矯菌桂以紉蕙。」九歌湘君云：「采芳洲之杜若。」棍：顔師古曰：「大東也。」錢大昭曰：「棍，疑當作掍，方言：『掍，同也。』」 漚：漚麻之漚，漬也。 此譏屈原何爲將香草香木自投江湘，而喪其芳香乎？

〔三二〕費椒稰四句：稰：亦作糈，精米。 雜以花椒曰椒稰，用以祭神。 離騷云：「巫咸將夕降兮，懷椒糈而要之。」 靈氛：通神之人。 索：取。 瓊茅：亦作藑茅，用以占卜的靈草。 離騷云：「索藑茅以筳篿兮，命靈氛爲余占之。」 按，離騷敍屈原兩次占卜，第一次靈氛告曰：「勉遠逝而無狐疑兮，孰求美而釋女（汝）。」第二次神告曰：「勉陞降而上下兮，求矩矱之所同。」 湛：同沈，見前注。 此責屈原既費了精米而求神示，又取藑茅而占卦，神皆告以應遠逝求合，何以不聽從吉占，反而自沈江中呢？

纍既𠬞夫傅説兮，奚不信而遂行〔三三〕？徒恐鷤鴂之將鳴兮，顧先百草爲不芳〔三四〕。

【注釋】

〔三三〕纍既二句：𠬞：師古曰：「𠬞，古攀字。」 傅説：殷朝人，遭遇刑罰，操版築於傅巖。殷高宗武丁舉以爲相。離騷曰：「説操築於傅巖兮，武丁用而不疑。」 此言屈原既攀引傅説，何以不信其因德才見用，而遂去之自沈耶？

〔三四〕徒恐二句：鷤鴂：即鵜鴂，一名買鵤，一名子規，一名杜鵑。顔師古曰：「常以立夏鳴，鳴則衆芳皆歇。」 離騷云：「恐鵜鴂之先鳴兮，使夫百草爲之不芳。」 此譏屈原自沈，乃恐其將鳴，而先自隕吾芳，爲徒然無益也。

初纍棄彼虙妃兮，更思瑶臺之逸女〔三五〕。 抨雄鴆以作媒兮，何百離而曾不壹耦〔三六〕。 乘雲蜺之旖柅兮，望昆侖以樛流。 覽四荒而顧懷兮，奚必云女彼高丘〔三七〕？

【注釋】

〔三五〕初纍二句：離騷云：「吾令豐隆乘雲兮，求宓妃之所在。」又云：「望瑶臺之偃蹇兮，見有娀之佚女。」 顔師古曰：「此又譏其執心不定。」 虙妃：離騷作宓妃，字之異體。王逸曰：「宓妃，神女，以喻隱士。」文選五臣注以爲「喻賢臣」。五臣説是。 逸女：離騷作佚女。佚，美。

〔三六〕抨雄鴆二句：抨：沈欽韓曰：「抨當爲伻。伻，使也。」 鴆：漢書江南本作鳩，監本作鴆。離騷云：「吾令鴆爲媒兮，鴆告余以不好。雄鳩之鳴逝兮，余猶惡其佻巧。」先言鴆而後言雄鳩，皆爲媒不成，故曰百離曾不壹耦。 壹，爲一的繁體。 耦：同偶，合也。 此文變言雄鳩，與離騷原文不合，當依江南本作雄鳩。

〔三七〕乘雲蜺四句：蜺：同霓。　旖柅：同旖旎。　輕盈柔順貌。漢書景祐本、官本皆作旖旎，越本作旖柅。　樛流：猶周流。離騷云：「揚雲霓之晻藹。」又云：「登閬風而緤馬。」又云：「覽相觀於四極兮，周流乎天余乃下。」又云：「忽反顧以流涕兮，哀高丘之無女。」　高丘之女，喻賢君。　譏屈原既找不到楚之賢君，又何必急於仕楚？

既亡鸞車之幽藹兮，焉駕八龍之委蛇〔三八〕？臨江瀕而掩涕兮，何有九招與九歌〔三九〕？

【注釋】

〔三八〕既亡二句：亡：同無。　幽藹：猶晻藹，蓊鬱蔽日貌。　焉：漢書官本無焉字，引宋祁曰：「古本駕字上有焉字。」　離騷云：「駕八龍之婉婉兮，載雲旗之委蛇。」　言既無晻藹之鸞車，何得有八龍之駕？譏屈原言辭誇張，不符實際。

〔三九〕臨江二句：瀕：同濱。　離騷云：「攬茹蕙以掩涕兮，霑余襟之浪浪。」又云：「奏九歌而舞韶兮，聊假日以媮樂。」　九招：即韶。韶是舜樂。九歌是禹樂。　顏師古曰：「此又譏其哀樂不相副也。」　按，舜禹之樂是太平之樂，屈原遭遇坎坷，故謂不相副。

以上十節，就離騷分節而反之。

夫聖哲之不遭兮，固時命之所有。雖增欷以於邑兮，吾恐靈修之不纍改〔四〇〕。昔仲尼之去魯兮，斐斐遲遲而周邁。終回復於舊都兮，何必湘淵與濤瀨〔四一〕！溷漁父之餔歠兮，絜沐浴之振衣〔四二〕。棄由聃之所珍兮，蹠彭咸之所遺〔四三〕！

【注釋】

〔四〇〕夫聖哲四句：不遭：漢書官本無不字，浙本作「聖哲之不遭兮」，句前無夫字。時命：指時運與天命。增：重。欷：歔欷，嘆氣。於邑：猶嗚咽，東方朔七諫作於悒，短氣貌，哽咽。靈修：指楚王。不纍改：不爲屈原而改變態度。離騷云：「曾歔欷余鬱邑兮，哀朕時之不當。」雄言自古聖哲皆有不遇，屈原生不逢時，雖自嘆於邑，而楚王終不改悟。

〔四一〕昔仲尼四句：仲尼：孔子名丘字仲尼。斐斐：往來貌，猶言徘徊。遲遲：徐徐而行。邁：遠行。濤：大波。瀨：急流。言孔子不爲季桓子所用，遲遲系戀，去其本邦，心裏始終懷念故都；及季康子召之，就回到魯國。屈原何不顧念鄢郢，可去可歸，而必赴湘江大波以自沈呢？

〔四二〕溷漁父二句：溷：同混，混濁。絜：同潔，清潔。楚辭漁父篇：屈原行吟澤畔，漁父曰：「衆人皆醉，何不餔其糟而歠其釃？」屈原曰：「新沐者必彈冠，新浴者必振衣，安能以身之察察，受物之汶汶者乎！」餔：吃。歠（chuò輟）：飲。釃：薄酒。或作醨，音義同。言屈原以餔歠糟釃爲汙濁，以沐浴振彈爲高潔。

〔四三〕棄由聃二句：由：許由，堯時高士。堯讓天下於許由，許由不受，隱耕於箕山。聃（dān丹）：老子，名耳字聃。周之柱下史。周衰，老子騎牛出關而去。著道德經五千言（即老子）。蹠：蹈。彭咸：殷時賢大夫，諫君不聽，投水而死。離騷云：「雖不周於今之人兮，願依彭咸之遺則。」顏師古曰：「此又非屈原不慕由聃高蹤，而遵彭咸遺蹟。」

此段引儒家聖人孔子系念本邦，能去能歸，因時而動，以譏屈原但慕高潔，不能待時，至於水死之非，作結。全文摭離騷之文而反之，故題爲反離騷。

文

解嘲 并序〔一〕

哀帝時，丁傅董賢用事，諸附離之者或起家至二千石〔二〕。時雄方草太玄，有以自守，泊如也〔三〕。或嘲雄以玄尚白〔四〕，而雄解之，號曰解嘲。其辭曰：

【注釋】

〔一〕解嘲，見漢書本傳，昭明文選設論類，藝文類聚二十五。文選有序，即用本傳文，本傳又采自揚雄自序，故文選之序，視爲揚雄自作亦可。惟文選之序視本傳略有改動。如本傳「或起家至二千石」，文選無或字；「而雄解之」，文選無而字之類。漢書文選皆久經傳鈔，究竟孰爲原文，不可知。兹以本傳爲主，校以文選，故并序亦改用漢書本。序言「哀帝時」，則知本篇應爲哀帝時所作。哀帝於綏和二年四月即位，元壽二年六月崩，在位凡七年（公元前七——公元前一）。即位之第三年，始寵董賢。第五年封董賢列侯，明年十二月董賢爲大司馬衛將軍，權與人主侔矣。

再明年，即元壽二年，六月帝崩，董賢自殺。解嘲中提到「行非孝廉，舉非方正」，即指附離董賢者之事，可知解嘲之作，約在董賢之死的前後。董賢自殺之年，揚雄五十三歲。

〔二〕丁傅董賢用事：丁：定陶丁姬，哀帝母。兄丁明爲大司馬驃騎將軍。丁氏一門凡侯者二人，大司馬一人，將軍、九卿、二千石六人，侍中諸曹十餘人。傅：傅太后，哀帝祖母。哀帝封后父傅晏爲孔鄉侯，傅氏一門凡侯者四人，大司馬二人，九卿、二千石六人，侍中諸曹亦十餘人。一二年間，丁傅暴興寖盛（見漢書外戚傳）。董賢：字聖卿，哀帝爲太子時，賢爲太子舍人。及即位，寵幸日甚，拜黄門郎，轉駙馬都尉侍中，出則參乘，入御左右；免大司馬丁明，以賢代爲大司馬衞將軍，封高安侯，食邑二千户，賢父、弟及妻父親屬皆爲大官。哀帝甚至要效堯舜禪位於賢。董氏親屬侍中諸曹奉朝請，出入宫闈，權勢顯赫，在丁傅之右（見漢書佞幸董賢傳）。離：著。言附著其勢者起家爲二千石之官。

〔三〕時雄三句：方草太玄：文選各本草下有創字。泊如：淡泊不動心。

〔四〕或嘲雄以玄尚白：文選李善本此句作人有嘲雄以玄之尚白。之字衍。五臣本無之字。玄：本義爲黑色，言作黑未成，仍然是白的，雙關作太玄而未得禄位。

客嘲揚子曰：「吾聞上世之士，人綱人紀〔五〕，不生則已，生則上尊人君，下榮父母〔六〕，析人之圭，儋人之爵〔七〕，懷人之符，分人之禄〔八〕，紆青拕紫，朱丹其轂〔九〕。

今子幸得遭明盛之世，處不諱之朝，與羣賢同行〔一〇〕，歷金門，上玉堂，有日矣〔一一〕，曾不能畫一奇，出一策，上說人主，下談公卿。目如燿星，舌如電光，壹從壹衡，論者莫當〔一二〕，顧而作太玄五千文，支葉扶疏，獨說十餘萬言〔一三〕，深者入黄泉，高者出蒼天，大者含元氣，纖者入無倫〔一四〕，然而位不過侍郎，擢纔給事黄門〔一五〕。意者玄，得毋尚白乎？何爲官之拓落也〔一六〕？」

【注釋】

〔五〕人綱人紀：人之綱紀，即人生的要領。尚書伊訓：「先王肇修人紀。」孔安國曰：「言湯修爲人綱紀也。」

〔六〕生則上尊二句：尊人君：謂忠。榮父母：謂孝。生則上尊人君，文選各本生則作生必。

〔七〕析人二句：析：分。圭：玉圭，作長條形，上尖下平，是王侯朝聘祭祀所執的玉器。文選各本作珪，同。儋：荷擔。爵：爵位。

〔八〕懷人二句：符：符節之符，貴人所執，如大將軍有虎符。禄：俸禄。如侯有食邑，公卿萬石、二千石等。

〔九〕紆青二句：紆：繫結。拕：同拖。文選各本作拖。青、紫：漢代丞相金印紫綬，比二千石以上皆銀印青綬，皆繫綬懸印于腰際，故曰紆曰拖。朱丹其轂：漢代公卿貴人所乘的馬車，車轂、車輪、兩轓皆朱丹漆成紅色，以示尊貴。以上六句言人應該取得高官厚禄，上尊人君，下榮父母。

〔一〇〕處不諱二句：不諱之朝：指時代清明，無所避忌。行：行列。

〔一一〕歷金門三句：金門：金馬門，漢宫門名。門旁有銅馬，故謂之金馬門。徵召才能優異之士，則待詔金馬門。玉堂：三輔黄圖：「建章宫南有玉堂……階陛皆玉爲之。」有日矣：猶言已久。揚雄經待詔，爲侍郎，故言歷金門，上玉堂。

〔一二〕壹從二句：壹從壹衡：文選各本作一從一横。從，讀爲縱；衡，與横通。當：敵。言辭縱横而生，諸論説者無人能敵也。

〔一三〕顧而三句：文選各本顧下有默字。王先謙曰：「有默字是，顧而，文不成義。」支葉扶疏：文選各本作枝葉扶踈。支與枝同，疏、踈爲異體。扶疏：四佈貌。以樹爲喻，言文章豐茂。漢書補注引王鳴盛曰：「今太玄經具存，晉范望叔明所注，共十卷，正文大約與五千文之數合。法言凡十三篇，分爲十卷，正文不及萬言，此云十餘萬言，不可解。」按文選各本作數十餘萬言，爲數更大。蓋揚雄太玄正在草創，尚未删定，故枝葉扶疏，至於數十萬言耳。

〔一四〕大者二句：元氣：大氣。纖者入無倫：文選李善本作細者入無間，五臣本作細者入無倫，而張銑注云：「纖，小也。」則其别本細又作纖。各本文字有異，但語意無别。顔師古漢書注曰：「纖，微之甚，無等倫。」

〔一五〕然而二句：侍郎：漢書百官公卿表：侍郎，秩比四百石，掌守門户，出充車騎。給事黄門：加官。黄門，官署名。加此官號，得給事於黄門之内，親近皇帝。擢：提拔。言其位不過侍郎，經過提拔才至於黄門郎。

〔一六〕拓落：不偶，不諧合。

此段設爲客問，提出爲什麼不求禄位而默作太玄的問題，以引起下文。

揚子笑而應之曰：

「客徒欲朱丹吾轂，不知一跌將赤吾之族也〔一七〕！往者周罔解結，羣鹿争逸〔一八〕，離爲十二，合爲六七〔一九〕，四分五剖，並爲戰國〔二〇〕。士無常君，國無定臣，得士者富，失士者貧〔二一〕，矯翼厲翮，恣意所存〔二二〕，故士或自盛以橐，或鑿坏以遁〔二三〕。是故騶衍以頡亢而取世資〔二四〕，孟軻雖連蹇，猶爲萬乘師〔二五〕。

【注釋】

〔一七〕客徒欲二句：李善注：「赤，謂誅滅也。」顔師古曰：「跌，足失厝（措）也。見誅殺者必流血，故云赤族。」王念孫曰：「顔説是也。上言朱丹，下言赤，其義一也。猶云客徒欲赤吾之轂，不知一跌將赤吾之族耳。赤字正指血色言之。」

〔一八〕往者二句：往者：文選李善本作往昔。　罔：同網。文選各本作網。　周網：指周之政教。　解結：謂政教敗亂。　羣鹿：喻諸侯。　逸：逃走，謂不受約束。　言東周政教敗壞，諸侯各行其是。

〔一九〕離爲二句：離爲十二：東周春秋時，五霸迭興，大國有十二，魯、齊、晉、秦、楚、宋、衛、陳、蔡、曹、鄭、燕，太史公作十二諸侯年表（史記）。　合爲六七：諸侯互相吞併，至戰國合爲七國，即秦、齊、楚、燕、魏、趙、韓。但强秦處西方，東制諸侯，故別言之爲六國，並秦言之則爲七國。

〔二〇〕四分二句：文選五臣張銑曰：「天下喪亂，諸侯各保山河，故四瀆五嶽，各爲分剖。」按四瀆爲江淮河濟，五嶽爲嵩岱華衡恆。但解爲四方五方亦通。四方東西南北，五方則加中。

〔二一〕士無四句：言遊説之士，朝秦暮楚，得士者國强民富，失士者國弱民貧。

〔二二〕矯翼二句：矯：舉。　厲：振。　翮（hé禾）：羽莖，代指鳥翼。　言遊士如鳥，舉翼振翮而飛，恣意擇其所存慕者而事之。

〔二三〕故士二句：橐：囊無底曰橐。　坏（péi陪）：屋的後牆。　應劭曰：「自盛以橐，謂范睢也。鑿坏，謂顏闔也。」按史記范睢傳無自盛以橐事。沈欽韓曰：「秦策，范睢説昭王云：『伍子胥橐載而出昭關。』」此文或連類及之。　顏闔：淮南子齊俗：「顏闔，魯君欲相之，而不肯，使人以幣先焉，鑿培而遁之。」培與坏同。

〔二四〕是故騶衍句：騶衍：文選各本作鄒衍。戰國齊人。著書言天事，閎大不經，齊人號曰「談天衍」。歷遊各國，至燕，燕昭王爲築碣石宮而師事之。頡亢：文選各本作頡頏。顏師古云：「頡亢，上下不定也。」李善云：「頡頏，奇怪之辭。」張銑云：「頡頏，猶詭異也。」言騶衍著書爲奇怪之辭，尚被世人取資以爲師。

〔二五〕孟軻二句：孟軻，戰國鄒人，受業於子思門人。連蹇：往來皆難也。孟子適齊，齊宣王不能用；適梁，梁惠王不能用；往來皆難，著孟子七篇，終爲王者師。萬乘：指大國。

此段言先秦列國時代士（知識分子）的重要作用，得士者興，失士者危，故統治者莫不用士以爲師。

「今大漢左東海，右渠搜，前番禺，後陶塗〔二六〕。東南一尉，西北一候〔二七〕，徽以糾墨，製以質鈇〔二八〕，散以禮樂，風以詩書〔二九〕，曠以歲月，結以倚廬〔三〇〕。天下之士，雷動雲合，魚鱗雜襲，咸營于八區〔三一〕，家家自以爲稷契，人人自以爲咎繇〔三二〕，戴縰垂纓而談者，皆擬於阿衡〔三三〕，五尺童子羞比晏嬰與夷吾〔三四〕。當塗者入青雲，失路者委溝渠，旦握權則爲卿相，夕失埶則爲匹夫〔三五〕。譬若江湖之雀，勃解之鳥，乘雁集不爲之多，雙鳧飛不爲之少〔三六〕。昔三仁去而殷虛，二老歸而周熾〔三七〕，子胥死而吳亡，種蠡存而粵伯〔三八〕，五羖入而秦喜，樂毅出而燕懼〔三九〕，范睢以折摺而危穰侯，蔡澤雖噤吟而笑唐舉〔四〇〕。故當其有事也，非蕭曹子房平勃樊霍則不能安〔四一〕；當其亡事也〔四二〕，章句之徒相與坐而守之〔四三〕，亦亡所患。故世亂，則聖哲馳騖而不足；世治，則庸夫高枕而有餘〔四四〕。

【注釋】

〔二六〕今大漢四句：渠搜：古西戎國名，在葱嶺之西。書禹貢：「織皮崐崙、析支、渠搜，西戎即敘。」漢書地理志作渠叟。番禺：南越王都，漢爲南海郡，即今廣州市。陶塗：北方國名。文選李善本作椒塗。顏師古曰：「騊駼馬出北海上，今此云後陶塗，則是北方國名也。本國出馬，因以爲名。今書本陶字有作椒者，流俗所改。」

〔二七〕東南二句：東南一尉：沈欽韓曰：「御覽二百四十一臨江記曰：『漢元鼎五年，立都尉府於候官，以鎮撫二粵。』所謂東南一尉也。」按以後分置東部都尉、南部都尉、西部都尉，皆在今浙江福建一帶。都尉：武官，典兵事。西北一候：孟康曰：「敦煌玉門關候也。」候，官名，掌伺候遠國來朝之賓客。此二句言邊防外事。

〔二八〕徽以二句：徽：束。（從王念孫説。）糾：繩三合也。墨：同纆，繩兩股也。製：同制，制裁。質：砧。文選各本作鑕。鈇：斧類。言有罪則繫以繩索，尤惡者則斬以斧質。此二句言刑法。

〔二九〕散以二句：風：風化。言以詩書禮樂教化之。

〔三〇〕曠以二句：倚廬：孝子守喪所住的房子。墨子節葬：「處倚廬，寢苫枕凷（塊）。」禮喪服大記：「父母之喪，居倚廬，不塗。」疏：「居倚廬者，謂於中門之外東牆下，倚木爲廬。……不塗者，但以草夾障，不以泥塗之也。」按古人最重喪禮，漢律：不爲親行三年服，不得選舉。服喪三年，故曰曠以歲月。以上自「東南一尉」以下，是説邊防鞏固，四方安定，刑罰嚴明，禮義普施，天下太平。

〔三一〕天下四句：文選李善本天下上有是以二字。魚鱗：魚與鱗。鱗指有鱗的動物。雜：交雜。襲，重疊。喻士人之多。八區：八方。言八方之士如魚成羣活動起來。

〔三二〕家家二句：稷契咎繇：皆古時大賢，爲舜臣。尚書舜典：「帝曰：『俞！咨禹，汝平水土，惟時懋哉！』禹拜稽首，讓于稷契暨皋陶。帝曰：『俞！往欽哉！』帝曰：『棄，黎民阻飢，汝后稷播時百穀！』帝曰：『契！百姓不親，五品不遜，汝作司徒，敬敷五教在寬。』帝曰：『皋陶！蠻夷猾夏，寇賊姦宄，汝作士，五刑有服。』」咎繇：即皋陶，字異音同，文選李善本作皋陶。言家家人人自以爲才能如古人之賢也。

〔三三〕戴縰二句：縰（xǐ璽）：同纚，文選五臣本作纚，束髮之黑帛，古人束髮成髻，蒙以縰，然後戴冠。纓：冠纓，冠上之組繩繫於頦下兩端作繐下垂者。縰纓是官人的裝飾。阿衡：官名，即伊尹，商湯的大臣，名摯。商湯依以取平，故官名阿衡。言衣冠之徒高談闊論，皆自比於伊尹。

〔三四〕五尺童子：猶言小兒　晏嬰：字平仲，春秋齊景公的宰相，以節儉力行，名顯天下。夷吾：管夷吾，字仲。春秋初期相齊桓公，主張通貨積財，富國强兵，九合諸侯，一匡天下，使齊桓公成爲五霸之首。

〔三五〕當塗四句：塗：同途，文選五臣本作途。　青雲：指官位極高。　溝渠：指地位極低。　言走對了路子的做高官；走錯了路子的就如被棄溝渠，無人一顧；有的早上當權而爲卿相，晚上失勢而成匹夫。　埶：同勢，文選各本作勢。

〔三六〕譬若四句：顔師古曰：「雀字或作厓，鳥字或作島，島，海中山也，其義兩通。」宋祁曰：「勃解字旁宜安水。」　按文選各本雀作厓或崖，鳥作島，勃解作渤澥。文選各本是也。渤澥，史記司馬相如列傳子虛賦作「勃澥」，裴駰集解引漢書音義曰：「海別枝名也。」司馬貞索隱：「案齊都賦云，海旁曰勃，斷水曰澥也。」一説即渤海，海、澥古音同。至厓島二字，王念孫引臧玉林經義雜記云：「古島字有通借作鳥者，書禹貢『鳥夷』，孔讀鳥爲島，可證。此言江湖之厓，勃解之島，其地廣闊，故鴈鳧飛集不足形其多少。子雲借鳥爲島，淺者因改厓作雀以配之，師古不能定，因謂其義兩通也。若此文先言雀鳥，則下文之乘鴈雙鳧爲贅語矣。」　王念孫又曰：「應劭以乘鴈爲四鴈，非也。雙鳧當爲隻鳧，乘鴈隻鳧謂一鴈一鳧也。子雲自言生逢盛世，羣才畢集，有一人不爲多，無一人不爲少，故以一鳥自喻，不當言四鴈雙鳧。乘之爲數，其訓不一：有訓爲四者，今言乘馬、乘禽、乘矢、乘壺、乘皮之屬是也。有訓爲二者，廣雅：『雙、耦、匹、乘，二也。』淮南泰族篇：『關雎興於鳥，而君子美之，爲其雌雄之不乘居也（今本乘譌作乖）。』列女仁智傳：『夫雎鳩之鳥，猶未見其乘居而匹處也。』是乘又訓爲二也。有訓爲一者，方言：『絓、挈、㒀、介，特，楚曰㒀，晉曰絓，秦曰挈，物無耦曰特，獸無耦曰介，飛鳥曰隻（今本隻作雙，乃後人所改），鴈曰乘。』廣雅：『乘、壹，弌也。』是乘又訓爲一也。乘鴈隻鳧，即方言所謂飛鳥曰隻、鴈曰乘矣。應（劭）但知乘之訓爲四，而不知其又訓爲一，故以乘鴈爲四鴈，後人又改隻鳧爲雙鳧以配四鴈，殊失子雲之旨。文選作雙鳧，亦誤。」 今按王説甚晰，有關訓詁，故并録之。

〔三七〕昔三仁二句：三仁：指微子箕子比干。論語微子篇：「微子去之，箕子爲之奴，比干諫而死。孔子曰：『殷有三仁焉。』」殷紂王無道，不用忠諫，故三人或去或死，而殷亡，成爲廢墟。虚：同墟。文選各本作墟。 二老：指姜太公和伯夷。孟子離婁上：「伯夷辟紂，居北海之濱，聞文王作興，曰：『盍歸乎來！吾聞西伯善養老者。』太公辟紂，居東海之濱，聞文王作興，曰：『盍歸乎來！吾聞西伯善養老者。』二老者，天下之大老也，而歸之，是天下之父歸之也。」熾：盛。

〔三八〕子胥二句：子胥：伍員字子胥。春秋時吳王夫差不用子胥，賜以屬鏤之劍而死，後吳終被越亡滅（見史記吳世家）。 種：大夫種。 蠡：范蠡。 越王勾踐用此二人終滅吳。乃引兵北渡淮，會齊晉諸侯於徐州，致貢於周。周元王使人賜勾踐胙，命爲伯。勾踐回國，諸侯畢賀，號稱霸王（見史記越世家）。存：文選五臣本作在。粵：同越，文選各本作越。伯：讀霸，文選各本作霸。

〔三九〕五羖二句：羖（gǔ股）：黑色公羊。五羖：指百里奚。原爲虞國大夫。晉滅虞，被虜，作爲奴隸陪嫁到秦。他從秦逃走到宛，被楚人拘留。秦穆公知其賢，欲贖之，恐楚人不與，請與五張黑羊皮，乃許。穆公與語，大悦，授以國政，號曰五羖大夫。樂毅：燕昭王使爲上將軍，大破齊。昭王死，子惠王立，信間，乃使騎劫代將而召回樂毅。樂毅畏誅奔趙，惠王恐趙用樂毅伐燕，復以樂毅子樂間爲昌國君。

〔四〇〕范睢二句：摺，古拉字，文選五臣本作拉。范睢：戰國魏人，事魏中大夫須賈。須賈疑其通齊，告魏相魏齊（人名）。魏齊大怒，笞擊睢，折脅摺齒，復以簀卷睢，置厠中，賓客飲醉便溺之。守者救睢出，乃更姓名曰張禄而入秦。時秦昭王母宣太后弟魏冉爲秦相，封穰侯。范睢説昭王廢太后，逐穰侯。而范睢爲相，封應侯。蔡澤：燕人，游學不遇，從唐舉相。唐舉戲之曰：「聖人不相，殆先生乎！」蔡澤曰：「富貴吾所自有，吾所不知者壽也，願聞之。」唐舉曰：「先生之壽，從今以往者四十三歲。」蔡澤入秦，説秦相應侯范睢謝病歸相印，秦昭王以蔡澤爲相。居秦十餘年，事昭王孝文王莊襄王，卒事始皇。使於燕，使燕以太子丹質於秦。噤吟：邊説邊笑的樣子。雖：文選各本作以。

〔四一〕蕭：蕭何。　曹：曹參。　子房：張良。　平：陳平。　勃：周勃。　樊：樊噲。　霍：霍光。　言非此諸人不能安國家。

〔四二〕亡：同無。下亡字同。文選各本兩亡字皆作無。

〔四三〕章句之徒：指小儒。

〔四四〕故世亂四句：馳騖：猶奔走。　庸夫：平庸之人。　言世亂，聖哲不能獨濟，仍需借助於賢士，故云不足。世治，庸夫賢者皆高枕而閒，故云有餘。

此段言大漢一統，四方安定，士人很多，雖然有的上來，有的下去，但因世治，却和庸夫一樣高枕有餘。

「夫上世之士，或解縛而相〔四五〕，或釋褐而傅〔四六〕，或倚夷門而笑〔四七〕，或横江潭而漁〔四八〕，或七十説而不遇〔四九〕，或立談間而封侯〔五〇〕，或枉千乘於陋巷〔五一〕，或擁帚彗而先驅〔五二〕。是以士頗得信其舌而奮其筆，窒隙蹈瑕，而無所詘也〔五三〕。當今縣令不請士，郡守不迎師，羣卿不揖客，將相不俛眉〔五四〕；言奇者見疑，行殊者得辟〔五五〕，是以欲談者宛舌而固聲，欲行者擬足而投迹〔五六〕。鄉使上世之士處虖今，策非甲科，行非孝廉，舉非方正〔五七〕，獨可抗疏，時道是非，高得待詔，下觸聞罷，又安得青紫〔五八〕？

【注釋】

〔四五〕解縛而相：謂管仲。齊襄公卒，公子糾與公子小白争位。管仲與鮑叔牙爲友，而管仲事公子糾，鮑叔事小白。管仲將兵截擊小白，射中小白帶鉤。及小白立爲桓公，公子糾死，管仲囚。鮑叔進管仲於齊桓公，及堂阜而脱桎梏，桓公厚禮以爲大夫，相齊九合諸侯，一匡天下。

〔四六〕釋褐而傅：謂傅説。墨子曰：「傅説被帶索庸築傅巖，武丁得之，舉以爲三公。」褐：粗麻編織之衣，賤者所服。

〔四七〕倚夷門而笑：謂侯嬴。侯嬴爲魏夷門監者。秦伐趙，趙求救於魏。魏公子信陵君約車騎百餘乘，欲赴秦軍，與趙俱死。過侯生，侯生笑曰：「欲赴秦軍，譬如以肉投餒虎，何功之有哉！」乃與公子設計奪晉鄙軍擊秦軍，秦軍解去（見史記信陵君傳）。

〔四八〕横江潭而漁：顔師古曰：「漁父也。」按當謂太公吕尚。史記齊太公世家：「吕尚蓋嘗窮困，年老矣，以魚釣奸周西伯。……於是周西伯獵，果遇太公於渭之陽。」

〔四九〕七十説而不遇：謂孔子。王先謙曰：「孔歷聘七十二君，説見莊子天運篇、淮南泰族、説苑善説、史記十二諸侯年表，漢書儒林傳序仍之。吕覽遇合篇謂孔子周流海内，所見八十餘君。論衡儒增篇謂孔子所至不能十國。王充執後疑前，固非達論也。」

〔五〇〕立談間而封侯：文選李善本無間字。謂虞卿。史記虞卿傳：「虞卿者，游説之士也，躡蹻擔簦，説趙孝成王，一見賜黄金百鎰、白璧一雙，再見爲趙上卿，故號爲虞卿。」

〔五一〕枉千乘於陋巷：呂氏春秋下賢：「齊桓公見小臣稷，一日三至，弗得見。從者曰：『萬乘之主見布衣之士，一日三至而弗得見，亦可以止矣。』桓公曰：『不然，士驁（傲）禄爵者，固輕其主；其主驁霸王者，亦輕其士；縱夫子驁禄爵，吾庸敢驁霸王乎？』遂見之不可止。」按千乘，指大國之君。此文又誇言萬乘。

〔五二〕擁帚彗而先驅：謂鄒衍。李善注引七略曰：「方士傳言：鄒子在燕，其遊，諸侯畏之，皆郊迎擁篲。」按，彗同篲，即帚。言先驅持帚清道。文選各本無帚字。

〔五三〕是以三句：信：同伸。窒：塞。隙：裂痕，指過錯。瑕：毛病。詘：同屈，文選五臣本作屈。呂向曰：「言塞補人君之過，雖蹈履其過，終無見屈。謂賢士用忠故也。」

〔五四〕當今四句：言今天下太平，没有列國，縣令郡守公卿將相不再禮賢下士。俛：同俯。俛眉：低眉，謙恭的表示。

〔五五〕言奇二句：辟：罪。言：言談。行：行步。李善曰：「言世尚同而惡異。」

〔五六〕是以欲談二句：宛：曲。文選各本作卷。固：當作同，文選各本作同。行：文選各本作步。擬：比量。言欲談者曲舌不言，待别人發而同其聲；欲行者舉足比量着，待别人走過而踏其迹。李善曰：「言不敢奇異。」

〔五七〕鄉使四句：鄉：同曏，往時。虖：同乎，文選各本作乎。對策甲科：漢代考選辦法，皇帝出問，舉子對策，甲科爲第一，補郎中；乙科爲太子舍人。賢良、方正：是考選科目，也是考選標準，由地方推舉，入京對策，每年一次。文選各本今下有世字。

之聞罷。〔五八〕獨可五句：抗疏：上疏直言。聞罷：上疏有所觸犯或不合，報聞皇帝而罷之，謂以上九句言上士才若處於漢代，他們既不是賢良方正，又不是對策獲甲科，他們只能依漢代制度上疏言事，説些是非，好了僅得待詔，不好，聞罷了事，哪能紆青拖紫？

此段答客紆青拖紫的話，言漢世與古不同，時移事變，只能隨聲附和，不能施展才能，立談封侯，已不可能。

「且吾聞之，炎炎者滅，隆隆者絶；觀雷觀火，爲盈爲實，天收其聲，地藏其熱〔五九〕。高明之家，鬼瞰其室〔六〇〕。攫挐者亡，默默者存；位極者宗危，自守者身全〔六一〕。是故知玄知默，守道之極；爰清爰静，游神之廷；惟寂惟寞，守德之宅〔六二〕。世異事變，人道不殊，彼我易時，未知何如〔六三〕。今子迺以鴟梟而笑鳳皇，執蝘蜓而嘲龜龍，不亦病乎〔六四〕！子徒笑我玄之尚白，吾亦笑子之病甚，不遭臾跗、扁鵲〔六五〕，悲夫！」

【注釋】

〔五九〕吾聞七句：文選五臣本之下有也字。炎炎：火光。隆隆：雷聲。漢書補注引李光地云：「此段全釋豐卦義，炎炎者火也，隆隆者雷也；當其炎炎隆隆，以爲盈且實也。然豐卦雷居上，則是天收其聲；火居下，則是地藏其熱；此其盛不可久、而滅且絶之徵也。豐之義如此，故卦爻俱發日中之戒，至窮極，則曰『豐其屋，蔀其家，闚其户，闃其無人』，即揚子所謂『高明之家，鬼瞰其室』也。揚子是變易辭象以成文，自王輔嗣以來，未有知之者。」按，周易豐卦䷶，離下震上，離爲火，震爲雷。其上六曰：「豐其屋，蔀其家，闚其户，闃其無人，三歲不覿，凶。」象曰：「豐其屋，天際翔也。闚其户，闃其無人，自藏也。」

〔六〇〕高明二句：高明之家：指富貴之家，言如雷之高，如火之明。鬼瞰其室：室亦家也。李奇曰：「鬼神害盈而福謙。」言鬼瞰望其家而害其滿盈之志。

〔六一〕攫挐：争奪。宗：宗族。文選李善本作高。何焯曰：「此言丁傅董賢方將顛仆，何足慕也。」

〔六二〕是故六句：道之極：最高最純的道。淮南子曰：「天道玄默，無容無則。」又曰：「清静者，德之至也。」廷、宅：謂精神道德之所居處。文選各本廷作庭。

〔六三〕世異四句：言古今世異事變，人道大體不殊，若使古人處今，我處古時，未必不能勝之。

〔六四〕今子迺三句：蝘蜓：壁虎。荀子賦篇：「天下幽險，恐失世英，螭龍爲蝘蜓，鴟梟爲鳳皇。」

〔六五〕子徒三句：文選各本徒作之，病上有之字，遭作遇，跗下有與字，鵲下有也字。臾跗：即俞跗，亦作俞拊、俞附、踰跗。文選各本作俞跗。臾跗、扁鵲：皆古代名醫。此段進一步説盛必有衰，位極者宗危，遭今之世，不如守道全身。

客曰：「然則靡玄無所成名乎？范蔡以下何必玄哉〔六六〕？」

揚子曰：「范雎，魏之亡命也，折脅拉髂，免於徽索，翕肩蹈背，扶服入橐，激卬萬乘之主，界涇陽抵穰侯而代之，當也〔六七〕。蔡澤，山東之匹夫也，顉頤折頞，涕涶流沫，西揖彊秦之相，搤其咽，炕其氣，附其背而奪其位，時也〔六八〕。天下已定，金革已平，都於雒陽〔六九〕。婁敬委輅脱輓，掉三寸之舌，建不拔之策，舉中國徙之長安，適也〔七〇〕。五帝垂典，三王傳禮，百世不易〔七一〕。叔孫通起於枹鼓之間，解甲投戈，遂作君臣之儀，得也〔七二〕。甫刑靡敝，秦法酷烈，聖漢權制，而蕭何造律，宜也〔七三〕。故有造蕭何律於唐虞之世，則誖矣〔七四〕。有作叔孫通儀於夏殷之時，則惑矣。有建婁敬之策於成周之世，則繆矣〔七五〕。有談范蔡之説於金張許史之間，則狂矣〔七六〕。蕭規曹隨，留侯畫策，陳平出奇〔七七〕，功若泰山，響若阺隤〔七八〕；唯其人之贍知哉，亦會其時之可爲也〔七九〕。故爲可爲於可爲之時，則從〔八〇〕；爲不可爲於不可爲之時，則凶。夫藺先生收功於章臺〔八一〕，四皓采榮於南山〔八二〕，公孫創業於金馬〔八三〕，票騎發迹於祁連〔八四〕，司馬長卿竊訾於卓氏〔八五〕，東方朔割名於細君〔八六〕。僕誠不能與此數公者並，故默然獨守吾太玄〔八七〕。」

【注釋】

〔六六〕客曰二句：靡：無。　言無太玄經就不能成名嗎？范蔡諸人無太玄而居卿相之位了。

〔六七〕范睢九句：魏之亡命也：文選五臣本無魏字，也上有者字。　拉：文選李善本作摺。　髂（qià恰）：腰骨。　徽索：繩索，刑具。　翕：斂。　扶服：與匍匐音義同，伏地爬行。　激卬：即激昂。　界：文選各本作介，離間。　抵（zhǐ紙）：側擊。　涇陽：秦涇陽君，秦昭王同母弟。　穰侯，秦昭王母宣太后之長弟，姓魏名冉。　言范睢在魏被打折肋骨和腰骨，幸未被囚繫；改名張禄，得秦使者王稽把他裝進口袋，匍匐車上，偷運到秦。在秦王面前激昂陳辭，離間秦王兄弟，而代穰侯爲相。　這是適當其會。

〔六八〕蔡澤九句：山東：蔡澤，燕人，戰國時稱崤山以東諸國爲山東。　顉頤：下巴歪曲。文選各本作顩頤，漢書官本作頷頤。　王念孫曰：「作顉者正字，作顩者借字，作頷者譌字也。玉篇：『顉，音欽，曲頤也。』……上文『蔡澤雖噤吟』，師古曰：『噤吟，顉頤之貌。』其字正作顉，故知此頷字爲鎖之譌。文選作頷，周燮傳『欽頤折頞』，皆鎖之借字。」頞（è遏）：鼻梁。涶：同唾，唾液。沫（huì惠）：漢武帝悼李夫人賦：「洿沫悵兮。」晉灼曰：「沫音水沫面之沫，言涕淚洿集覆於面下也。」按史記蔡澤傳：唐舉相之，孰視而笑曰：「先生曷鼻、巨肩、魋顔、蹙齃、膝攣。」此變史文言其醜陋也。搤：通扼，掐住。炕：文選各本作亢，斷絶。附其背：意爲隨其背後而就相位。文選各本附作拊。言蔡澤不過是山東的一個平常人，其貌不揚，西入强秦，説秦相范睢以功成身退禍福之機，言談辯利，使范睢喉不能言，氣不能出，因歸相印，薦蔡澤以自代。這時正值范睢任鄭安平王稽，皆有重罪，范睢内慚之時。

〔六九〕天下三句：金：指兵器。革：指甲胄。雒陽：文選各本作洛陽，即今河南洛陽市。漢高帝五年，既滅項羽，定天下，甲兵不用，初議建都洛陽。婁敬説上都洛陽不便，乃西都長安。

〔七〇〕婁敬五句：輅：大車前面的横木。大車一人推之，二人挽之，置此横木以便人挽。輓：同挽，拉車。婁敬：齊人，爲戍卒戍隴西。輓車過洛陽，脱輓輅，見高帝，説上都關中。後封關内侯，號建信君。建不拔之策：指都關中事，漢氏以興，堅固不拔也。適：適合政治情勢。

〔七一〕五帝三句：五帝：一般指伏犧神農黄帝堯舜（見易繫辭下）。史記五帝本紀則從大戴禮作黄帝、顓頊、帝嚳、堯、舜。垂典：傳下典章。三王：指夏禹商湯周文武。傳禮：傳下禮儀。　言由五帝三王傳流下來的典章制度，世世代代没有改易。下文叔孫通依之制定漢儀。

〔七二〕叔孫通五句。枹：鼓槌。枹鼓：戰陣所用，借指戰事。　叔孫通：魯薛人，曾爲秦博士，亡走薛，從項梁起義。漢二年，率弟子百餘人降漢。高帝已定天下，爲制朝禮，拜奉常。九年，拜太子太傅。　漢家禮儀由叔孫通興。　得也：得其時。　漢書叔孫通傳贊曰：「叔孫通舍枹鼓而立王之儀，遇其時也。」

〔七三〕甫刑五句：甫刑：又作吕刑。文選各本作吕刑。尚書有吕刑篇，周穆王命吕侯據夏禹贖刑之法更從輕，布告天下。因吕侯後代爲甫侯，故又稱甫刑。　靡敝：爛壞。　蕭何造律：漢書刑法志曰：「高祖初入關，約法三章……其後四夷未附，兵革未息，三章之法不足以禦姦，於是相國蕭何攈摭秦法，取其宜於時者，作律九章。」　宜也：宜於時。

〔七四〕故有二句：文選李善本律上有之字。　誖：同悖，悖謬。　文選李善本作悂，服虔曰：「悂，猶繆（謬）也。」

〔七五〕有建二句：文選五臣本建上脱有字。　成周：指東周。　繆：同謬，謬亂。　文選各本作乖。乖亦謬也。　東周避犬戎之亂而東遷洛陽，若建議復歸豐鎬，則乖謬矣。

〔七六〕有談二句：金張許史：指漢代的金日磾張安世許廣漢史恭史高，皆貴盛勢高之家，若如范睢蔡澤之流游談其間，奪其勢位，則必是瘋狂之徒了。

〔七七〕蕭規三句：蕭規曹隨：漢初蕭何爲相國，定律令制度。何死，曹參繼爲相國，事事不變，百姓歌之曰：「蕭何爲法，講若畫一，曹參代之，守而勿失。載其清静，民以寧壹。」留侯：張良。出奇：陳平曾六出奇計，例如離間項羽君臣，解滎陽之圍，誘擒韓信，解平城之圍等，史記太史公自序稱爲六奇。文選各本蕭規上有夫字。

〔七八〕功若二句：嚮：同響。文選各本作響。阺：旁突的山崖。文選各本作坻。隤（tuí頹）：崩塌。言其功高而名聲遠大。

〔七九〕唯其二句：唯：讀爲雖，古唯雖通。文選各本作雖。贍：豐富。文選李善本作贍，乃傳寫之誤，朱一新曰：「文選東方朔畫像贊『贍知宏才』、馬汧督誄『才博知贍』，李善注均引此文作贍。」言彼建立功名，雖因其才智豐富，但亦因適逢其會，君臣不相違疑。

〔八〇〕從：言聽計從。

〔八一〕夫藺句：文選各本夫上有若字，李善本藺先生作藺生。生，即先生。此指藺相如完璧歸趙事。秦王坐章臺見相如，相如以計完璧脱歸。秦宫章臺在今陝西長安區故城西南隅。

〔八二〕四皓句：四皓：即東園公綺里季夏黄公甪里先生，四人隱居商山，義不爲漢臣，年皆八十餘，鬚眉皓白，故稱商山四皓。漢高帝召之不至。後高帝欲廢太子。吕后用留侯計迎四皓，使輔太子。一日四皓侍太子見高帝，高帝曰：「羽翼成矣！」遂不廢太子。榮：草木之英華，喻榮名。言四皓以隱商山採取榮名。

〔八三〕公孫句：公孫：公孫弘，菑川薛人。少爲獄吏，罪免，牧豕海上。年六十，以賢良徵爲博士，使匈奴，不合意，罷歸。後國人復推弘爲賢良，至太常對策第一，復拜爲博士，待詔金馬門。遷左内史，官至丞相。

〔八四〕票騎句：票：同驃，文選各本作驃。票騎將軍：霍去病。武帝元狩三年爲票騎將軍，將萬騎出隴西，有功。其夏，出北地，至祁連山，捕首虜甚多，益封五千四百户。由此去病日益親貴。

〔八五〕司馬句：司馬相如，字長卿，蜀郡成都人。貧，依臨邛令王吉，因識臨邛富人卓王孫。卓王孫女文君，夜亡奔相如，相與馳歸成都，賣酒爲生。卓王孫不得已，分與文君僮百人、錢百萬及衣被財物。天子讀相如賦而悦之，拜相如爲郎，奉使巴蜀，作諭巴蜀檄，拜爲中郎將，通西南夷。　訾：同貲，資財。文選各本作貲。　竊訾於卓氏：言相如以卓氏財資發迹。

〔八六〕東方朔句：東方朔，字曼倩，平原厭次人。武帝初即位，朔上書自譽，待詔公車，以滑稽爲常侍郎。伏日，詔賜從官肉。朔獨拔劍割肉，懷之去。太官奏之。朔入，上曰：「昨賜肉，不待詔，以劍割肉而去之，何也？」朔免冠謝。上曰：「先生起自責也！」朔再拜曰：「朔來，朔來！受賜不待詔，何無禮也！拔劍割肉，壹何壯也！割之不多，又何廉也！歸遺細君，又何仁也！」上笑曰：「使先生自責，迺反自譽。復酒一石，肉百斤，歸遺細君。」

〔八七〕僕：揚雄對客謙稱自己。　並：比。

此段列舉故事，説明士之發迹，雖然因本身有豐富的才智，但也靠時機際遇。爲可爲於可爲之時，則言聽計從；爲不可爲於不可爲之時，則凶不可料。意謂當今哀帝之時是不可爲之時，故不如守我太玄。

解　難〔一〕

雄以爲經莫大于易，故作太玄〔二〕。客有難玄大深，衆人之不好也，雄解之，號曰解難。其辭曰：

【注釋】

〔一〕解難：見漢書揚雄本傳，昭明文選李善注散引之，嚴可均全漢文著録全文。本傳云：雄作太玄，「玄文多，觀之者難知，學之者難成，客有難玄大深，衆人之不好也，雄解之。」是知此文作在太玄成書之後。太玄初成，在哀帝建平二年（公元前五），時揚雄四十九歲，則解難應是五十歲以後所作。　本文據漢書本傳，以文選李注校之。

〔二〕太玄乃仿周易而作。

客難揚子曰：「凡著書者，爲衆人之所好也。美味期乎合口，工聲調於比耳〔三〕，今吾子迺抗辭幽說，閎意眇指〔四〕，獨馳騁於有亡（無）之際，而陶冶大鑪，旁薄羣生〔五〕。歷觀者茲年矣，而殊不寤〔六〕，亶費精神於此，而煩學者於彼〔七〕。譬畫者畫於無形，弦者放於無聲，殆不可乎〔八〕？」

【注釋】

〔三〕工：樂工。工聲：樂工演奏之聲。比：師古曰：「和也。」

〔四〕今吾子二句：抗：高。幽：深奥。閎：大。眇：同妙，玄妙。指：旨意。

〔五〕獨馳三句：有亡（無）之際：有生於無，故曰有無之際。旁薄：混同。亦作旁礴、磅礴、旁魄。羣生：指有生命之物。

〔六〕歷觀二句：茲：借爲滋，益也。茲年：言久也。寤：同悟。不寤：不曉其意。

〔七〕亶費二句：亶：讀爲但。上句言作太玄者費精神，下言學太玄者多煩勞，故言彼此。

〔八〕譬畫二句：文選曹植七啓李注引作「譬若畫者放於無形，絃者放於無聲」。放：讀爲仿。殆：近，幾於。

此假客提出太玄難懂的問題，以引起下文。

揚子曰：「俞。若夫閎言崇議，幽微之塗，蓋難與覽者同也〔九〕。昔人有觀象於天，視度於地，察法於人者，天麗且彌，地普而深，昔人之辭，乃玉乃金〔一〇〕。彼豈好爲艱難哉？勢不得已也。獨不見夫翠虯絳螭之將登虖（乎）天，必聳身於倉梧之淵〔一一〕；不階浮雲，翼疾風，虛舉而上升，則不能撠膠葛，騰九閎〔一二〕。日月之經不千里，則不能燭六合，燿八紘〔一三〕；泰山之高不嶕嶢，則不能浡滃雲而散歊烝〔一四〕。是以宓犧氏之作易也，緜絡天地，經以八卦，文王附六爻，孔子錯其象而彖其辭，然後發天地之臧，定萬物之基〔一五〕。典謨之篇，雅頌之聲，不温純深潤，則不足以揚鴻烈而章緝熙〔一六〕。蓋胥靡爲宰，寂寞爲尸〔一七〕；大味必淡，大音必希〔一八〕；大語叫叫，大道低回〔一九〕。是以聲之眇者不可同於衆人之耳，形之美者不可棍於世俗之目，辭之衍者不可齊於庸人之聽〔二〇〕。今夫弦者，高張急徽，追趨逐耆，則坐者不期而附矣〔二一〕；試爲之施咸池，揄六莖，發蕭韶，詠九成，則莫有和也〔二二〕。是故鍾期死，伯牙絶弦破琴而不肯與衆鼓〔二三〕；玃人亡，則匠石輟斤而不敢妄斲〔二四〕。師曠之調鍾，竢知音者之在後也〔二五〕；孔子作春秋，幾君子之前睹也〔二六〕。老聃有遺言，貴知我者希，此非其操與〔二七〕！」

【注釋】

〔九〕俞三句：俞：答允之詞，猶言是。　閎：大。　崇：高。　塗：同途。　言高深的言論是幽深微妙之道，難與觀覽者同道。

〔一〇〕昔人七句：象、度、法：謂天地人活動的法度、規律。　麗：附著，天爲日月星辰所附著。　彌：廣。　普：遍。乃玉乃金：言昔人研究天地人之規律而後寫出的著作，正實美麗，如金玉之不可破。

〔一一〕獨不見二句：虯、螭：龍屬。　倉梧之淵：謂南海。漢書官本倉作蒼。淮南子覽冥曰：「今夫赤螭青虯之游冀州也……至于玄雲之素朝，陰陽交争，降扶風，雜凍雨，扶揺而登之，威動天地，聲震海内。」

〔一二〕不階五句：階：以爲階梯。　翼：以爲羽翼。　撠（jǐ戟）：接觸。　膠葛：清輕上浮的雲氣。　閎：高門。九閎：九天之門。　言藉浮雲疾風而上升，才能接觸清氣而達天門，比喻不藉高深的文字，不能表達高深的道理。

〔一三〕日月三句：文選劉楨贈徐幹詩李注引此三句，同。燭、燿：照也。　六合：上下四方謂之六合。　八紘：八方之極。紘：繩網。古人想象八方極處有八個繩網維繫着天和地。

〔一四〕泰山二句：嶕嶢：高聳貌。　浡：涌出。　滃：雲涌起貌。　歊（xiāo 消）：熾熱。　烝：同蒸。　歊烝：熱氣。

〔一五〕是以七句：宓犧氏：即伏羲。　緜絡：猶包羅。　北堂書鈔十七引作「伏羲作易，緜絡天地」。　臧：同藏。　古傳周易之完成，伏犧作八卦；周文王重爲六十四卦，每卦六爻；孔子作十翼，有象辭彖辭等，揭開了天地之奧秘，奠定了萬物的基本理論。

〔一六〕典謨四句：典謨：指尚書。　雅頌：指詩經。　鴻：大。　烈：業。　章：彰明。　緝熙：光明。　言詩書文辭温純深潤，彰明了易的光輝。

〔一七〕蓋胥靡二句：胥靡：空無所有。　宰：主宰。　寂寞：空静。　尸：主。　古代祭祖，祖無形像，以孫代之受祭，稱爲尸。　引伸爲主。　言虚無空寂是天地主宰。

〔一八〕大味二句：淡：師古曰：「無至味也。」　希：不繁雜。

〔一九〕大語二句：叫叫：遠聲。　低回：紆迴廣衍。

〔二〇〕是以三句：眇：同妙。　棍：同混。　棍，亦同也。　衍：富實。

〔二一〕今夫四句：弦：文選張協七命李注引作絃。　弦者：指彈琴之人。　徽：琴徽，繫弦的繩，所以調節弦的鬆緊。　急徽，謂弦緊調高。　追趨：追隨世俗趨向。　耆：同嗜，愛好。　逐耆：隨其所好。　期：約。　言琴曲專隨世俗衆所好，則衆人不約而來坐聽。

〔二二〕試爲之五句：咸池、六莖、蕭韶：皆古樂名。　傳説咸池，黄帝之樂；六莖，顓頊之樂；蕭韶，蕭當作簫，舜樂。　九成：樂奏一曲爲一成，其曲多次變化爲九成。　和：讀去聲，唱和。　揄：引。　古人認爲古樂是最美的樂，此言多次演奏最美的樂，無人來唱和。

〔二三〕是故二句：鍾期：鍾子期。　伯牙：俞伯牙。　鍾子期，春秋楚人，精音律。　伯牙鼓琴，志在高山流水，鍾子期聞而知之，伯牙引爲知音。　子期死，伯牙謂世無知音者，乃絶弦破琴，終身不復鼓。（見淮南子脩務。）

〔二四〕獿人二句：獿（nào 鐃）（此字有異寫異音，今取舊説）人：服虔曰：「獿，古之善塗壁者也，施廣領大袖以仰塗，而領袖不汙。有小飛泥誤著其鼻，因令匠石揮斤而斲。知匠石之善斲，故敢使之也。」按，塗壁即抹牆泥。斤即斧。此事亦見莊子徐無鬼：「郢人堊慢（漫）其鼻端，若蠅翼，使匠石斲之。匠石運斤成風，聽而斲之，盡堊而鼻不傷，郢人立不失容。宋元君聞之，召匠石曰：『嘗試爲寡人爲之。』匠石曰：『臣則嘗能斲之；雖然，臣之質（對手）死久矣；自夫子之死也，吾無以爲質矣！』」郢人即獿人，傳聞有異也。

〔二五〕師曠二句：師曠：春秋晉之樂師。鍾：同鐘。吕氏春秋長見：「晉平公鑄爲大鐘，使工聽之，皆以爲調矣。師曠曰：『不調，請更鑄之。』平公曰：『工皆以爲調矣。』師曠曰：『後世有知音者，將知鐘之不調也，臣竊爲君恥之！』至於師涓，而果知鐘之不調也。是師曠欲善調鐘以爲後世之知音者也。」竢：同俟，等待。三國吴陸績述玄引此二句作「師曠之調鐘，俟知音之在後」。

〔二六〕孔子二句：幾：讀爲冀，期望。陸績述玄引此二句作「孔子作春秋，冀君子之將睹。」史記孔子世家曰：「至於爲春秋，筆則筆，削則削，子夏之徒不能贊一辭。弟子受春秋，孔子曰：『後世知丘者以春秋，而罪丘者亦以春秋。』」

〔二七〕老聃二句：老聃（dān 丹）：即老子，著道德經五千言，通稱老子。老子曰：「知我者希，則我貴矣。」其：揚雄自指。揚雄言我操守的不正是老子這句遺言嗎？

此段揚雄答客難，舉比喻，引事實，説明太玄講的是高深的道理，所以難以使人理解，但後世總會有知音者。惟其高深，所以知之者希；惟知之者希，因而可貴。

劇秦美新 并序〔一〕

諸吏中散大夫臣雄稽首再拜皇帝陛下〔二〕：臣雄經術淺薄，行能無異，數蒙渥恩〔三〕，拔擢倫比與羣賢並〔四〕，媿無以稱職〔五〕。臣伏惟陛下以至聖之德〔六〕，龍興登庸，欽明尚古〔七〕，作民父母，爲天下主，執粹清之道〔八〕，鏡照四海，聽聆風俗，博覽廣包，參天貳地〔九〕，兼並神明〔一〇〕，配五帝，冠三王〔一一〕，開闢以來〔一二〕，未之聞也。臣誠樂昭著新德，光之罔極〔一三〕。往時司馬相如作封禪一篇〔一四〕，以彰漢氏之休〔一五〕。臣常有顛眴病〔一六〕，恐一旦先犬馬填溝壑〔一七〕，所懷不章，長恨黄泉〔一八〕，敢竭肝膽，寫腹心，作劇秦美新一篇，雖未究萬分之一，亦臣之極思也〔一九〕。臣雄稽首再拜以聞。曰：

【注釋】

〔一〕劇秦美新：見昭明文選，藝文類聚十，嚴輯全漢文收録。文選李善注引李充（晉人）

翰林論曰：「揚子論秦之劇，稱新之美，此乃計其勝負，比其優劣之義。」善曰：「王莽潛移龜鼎，子雲進不能辟戟丹墀，亢辭鯁議，退不能草玄虛室，頤性全真，而反露才以耽寵，詭情以懷禄，素餐所刺，何以加焉？抱朴方之仲尼，斯爲過矣。」李周翰曰：「劇，甚也。王莽篡漢位，自立爲皇帝，國號新室。是時雄仕莽朝，見莽數害正直之臣，恐己見害，故著此文，以秦酷暴之甚，以新室爲美，將悦莽意，求免於禍，非本情也。」今按，班固爲雄作傳，贊曰：「王莽時，劉歆甄豐皆爲上公。莽既以符命自立，即位之後，欲絶其原，以神前事，而豐子尋、歆子棻復獻之。莽誅豐父子，投棻四裔，辭所連及，便收不請。時雄校書天禄閣上，治獄使者來欲收雄，雄恐不能自免，廼從閣上自投下，幾死。莽聞之曰：『雄素不與事，何故在此？』間請問其故，廼劉棻嘗從雄學作奇字，雄不知情，有詔勿問。」是當時雄確懷恐懼，而撰此文，故班史無譏，李周翰之説是也。　又按傳贊曰：雄「爲郎，給事黄門，與王莽劉歆並哀帝之初，又與董賢同官。當成哀平間，莽賢皆爲三公，權傾人主，所薦莫不拔擢，而雄三世不徙官。及莽篡位，談説之士，用符命稱功德，獲封爵者甚衆，雄復不侯。以耆老久次轉爲大夫，恬於勢力廼如是」。　按王莽傳，始建國二年（公元一〇）十一月收捕甄豐父子。雄自投閣當在此時，則其懼禍而獻劇秦美新，亦當在是年，文中所言，皆是年以前事，可證。時雄六十三歲，故序中推有顛眴病，又言「恐一旦先犬馬填溝壑」。

〔二〕中散大夫：揚雄傳：年四十餘至京師，歲餘除爲郎，給事黄門，時爲成帝元延二年（公元前一一）。歷十八年，至王莽篡位（公元九），以久次遷爲大夫。　漢書百官公卿表：郎爲郎中令屬官，有議郎、中郎、侍郎、郎中。其中議郎、中郎比六百石，侍郎比四百石，郎中比三百石。又有大夫，掌論議，有太中大夫、中大夫、諫大夫，皆無員，多至數十人。武帝時諫大夫比八百石。揚雄由郎轉大夫，是升官。但他不任專務，故稱中散大夫。諸吏：漢時下級官員通稱諸吏。

〔三〕渥（wò沃）：沾潤。恩：文選五臣本作惠。

〔四〕拔擢二句：比：類。文選五臣本並下有位字。言蒙受恩惠，拔於倫類，與羣臣並列。

〔五〕媿：同愧。稱：讀去聲，當。言自愧無才以當職事。

〔六〕惟：思。以至聖之德：文選五臣本無以字。

〔七〕龍興二句：龍興：易乾卦九五：「飛龍在天。」喻登帝位。登庸：尚書堯典：「疇咨若時登庸。」僞孔傳：「庸，用也。將登用之。」欽明：尚書堯典：「欽明文思安安。」僞孔傳：「欽，敬也。言堯放上世之功化，而以敬明文思之四德，安天下之當安者。」尚古：同上古，即上世。李周翰曰：「尚，庶幾也。言敬明之德庶幾於古道。」亦通。

〔八〕執粹清之道：文選五臣本清作精。

〔九〕參天貳地：周易説卦：「參天兩地而倚數。」文選五臣注劉良曰：「參，合也。言明德方於天，厚德比於地，如更有一地，故云貳地也。」以合釋參。按參，三也，謂與天地爲三，與地並爲二。

〔一〇〕兼並神明：周易繫辭下：「以體天地之撰，以通神明之德。」

〔一一〕五帝：黃帝、顓頊、帝嚳、堯、舜。（據史記五帝本紀。） 三王：夏禹、商湯、周文王武王。

〔一二〕開闢：開天闢地。

〔一三〕臣誠二句：昭著：猶彰明。 光：猶發揚。 罔極：無窮。

〔一四〕司馬相如作封禪一篇：文選五臣本禪下有文字。 史記司馬相如傳：相如已死，武帝使所忠往其家取其遺書，得遺札，言封禪事。傳中具載其文。

〔一五〕休：美。

〔一六〕臣常有顛眴病：文選五臣本常作嘗。 顛眴（xuàn 眩）病：李善曰：「眩，惑也。眴與眩古字通。」張銑曰：「顛眴，謂風疾也。」按即眩暈症。

〔一七〕犬馬：揚雄自謙言賤比莽所養之犬馬。 填溝壑：言如犬馬死而埋於溝壑之中。

〔一八〕所懷二句：懷：懷抱的意願。 章：表現。 黃泉：指地下。人死而埋於地下，天玄地黃，故曰黃泉。

〔一九〕究：盡。 極思：最後的想法。

右序。

權輿天地未祛〔二〇〕，睢睢盱盱〔二一〕，或玄而萌，或黃而牙〔二二〕，玄黃剖判，上下相嘔〔二三〕。爰初生民，帝王始存〔二四〕，在乎混混茫茫之時，疊聞罕漫而不昭察，世莫得而云也〔二五〕。

【注釋】

〔二〇〕權輿：爾雅釋詁：「權輿，始也。」祛（qū驅）：開。

〔二一〕睢睢（suī雖）、盱盱（xū虚）：質樸貌。王延壽魯靈光殿賦：「鴻荒樸略，厥狀睢盱。」

〔二二〕或玄二句：玄、黄：易坤文言：「玄黄者，天地之雜也，天玄而地黄。」牙：同芽。言天地未分，玄黄矇朧而生萌芽。

〔二三〕玄黄二句：嘔（yǔ宇）：通傴，爲聯綿詞傴煦省文。傴煦亦可作煦傴，意爲撫育。禮記樂記：「天地訢合，陰陽相得，煦嫗覆育萬物。」言玄黄之氣，上下互相傴育。

〔二四〕爰初二句：言於是開始產生人民，這才有帝王的存在。

〔二五〕在乎三句：混混茫茫、疊聞罕漫：皆模胡不明之貌。言當其時，萬物混茫不可明察，後世之人不得言説其實際情況。文選五臣本混混茫茫作混茫混茫，疊作疊，昭作照。劇秦美新開頭從開天闢地説起，這一段説邃古之初，混茫一片，人民初生，誰也弄不清楚，後世不可得而言傳了。

厥有云者〔二六〕，上罔顯於羲皇〔二七〕，中莫盛於唐虞〔二八〕，邇靡著於成周〔二九〕。仲尼不遭用，春秋困斯發〔三〇〕，言神明所祚，兆民所託，罔不云道德仁義禮智〔三一〕。獨秦屈起西戎邠荒岐雍之疆〔三二〕，因襄文宣靈之僭迹〔三三〕，立基孝公，茂惠文，奮昭莊〔三四〕，至政破縱擅衡，並吞六國，遂稱乎始皇〔三五〕，盛從鞅儀韋斯之邪政，馳鶩起翦恬賁之用兵〔三六〕，剗滅古文，刮語燒書，弛禮崩樂，塗民耳目〔三七〕，遂欲流唐漂虞，滌殷蕩周〔三八〕，㸚除仲尼之篇籍，自勒功業，改制度軌量，咸稽之于秦紀〔三九〕。是以耆儒碩老，抱其書而遠遜，禮官博士，卷其舌而不談〔四〇〕。來儀之鳥，肉角之獸，狙獷而不臻〔四一〕。甘露嘉醴，景曜浸潭之瑞潛〔四二〕，大茀經貫，巨狄鬼信之妖發〔四三〕。神歇靈繹，海水羣飛，二世而亡，何其劇與〔四四〕！帝王之道，兢兢乎不可離已〔四五〕。

【注釋】

〔二六〕厥有云者：文選五臣本無此句。

〔二七〕罔：無。　顯：明。　羲皇：即伏羲，伏羲爲三皇之一，故稱羲皇。文選五臣本羲作犧。言有可云者，上古無有明於伏羲者。

〔二八〕唐虞：唐堯虞舜。　言中古堯舜最盛。

〔二九〕邇：近。　靡：無。　著：盛。　言近古周朝最盛。

〔三〇〕仲尼二句：仲尼：孔子字。　言至春秋時，聖人孔子不見任用，故窮困修春秋以發思。文選五臣本困作因。藝文類聚亦作因。

〔三一〕言神明三句：言：春秋所言。　祚：福。　罔：無。　三句意爲春秋説的神明所賜福者、兆民所依託者，無不云是有道有德行仁義禮智之君，唯秦棄此而用暴政。

〔三二〕屈：崛字省文。文選五臣本作崛，藝文類聚亦作崛。崛起西戎：史記秦本紀：秦之先莊公，周宣王使伐西戎，破之，封爲西垂大夫。　邠：今陝西彬州。　岐：今陝西岐山縣。　雍：今陝西鳳翔區。　周平王封莊公弟襄公爲諸侯，賜之岐以西之地，曰：「秦能破諸戎，即有其地。」襄公於是始建國。

〔三三〕襄文宣靈：即秦之先祖秦襄公、文公、宣公、靈公。他們逐漸强大，漸漸不安本分。僭：超越分位。　言秦始皇因此迹而起。

〔三四〕立基孝公三句：文選五臣本無立字，藝文類聚同。　茂：盛。　奮：起。　史記秦本紀：獻公卒，子孝公立，在位二十四年，西霸戎狄，地廣千里，用商鞅變法，開阡陌，置縣，遷都咸陽，天子致伯，奠定了秦國基礎。　孝公卒，子惠文君立，敗楚魏，收巴蜀，始稱王。　惠文王卒，子武王立。　武王卒，異母弟立，是爲昭襄王。　昭襄王卒，子孝文王立。　立三日而卒，子莊襄王立。　昭莊時，定蜀亡周，破六國，置郡縣，武功最盛，國益富强。

〔三五〕至政三句：莊襄王四年卒，子秦王政立，滅六國，統一天下，稱始皇帝。　縱衡：即縱橫。擅：專。戰國時有合縱連横之説：合縱，合六國以拒秦，蘇秦主之；連横，説六國以奉秦，張儀主之。秦用張儀，破合縱而成連横，終於吞併六國。文選五臣本縱作從，始皇作皇帝。藝文類聚同五臣本。

〔三六〕盛從二句：商鞅張儀吕不韋李斯皆秦相，主張以法治國，不法先王，故曰邪政。白起王翦蒙恬王賁皆秦將，白起拔楚鄢郢，王翦拔趙邯鄲，王賁破定燕齊，蒙恬北拒匈奴，匈奴不敢犯，諸人皆馳騁疆場，故云用兵。

〔三七〕刬滅四句：指焚書坑儒事。刬：削。古文：指儒經。刮：除。語：指百家語。弛：廢。崩：毁。塗：塞，欲使民愚。

〔三八〕遂欲二句：流、漂、滌、蕩：謂除之如洗。唐、虞、殷、周：指四代禮法。

〔三九〕艱除四句：艱：古然字，即燃字。勒：記。稽：述。秦紀：史記秦本紀：「（秦文公）十三年（公元前七五三），初有史以紀事。」言燒除孔子所傳之書，而自爲秦紀記其功業，改制度軌量等亦皆記述之。文選六臣本勒作勤，功作公。

〔四〇〕是以四句：耆：舊。碩：大。逐：逃。博士：秦有博士，屬禮官。

〔四一〕來儀三句：來儀之鳥：指鳳皇。尚書益稷：「簫韶九成，鳳皇來儀。」言鳳皇來而有容儀。肉角之獸：指麒麟。公羊傳哀公十四年：「麟者仁獸也。」注：「麟如麕，一角而戴肉，設武備而不爲害，所以爲仁也。」狙獷：咬人的惡犬。臻：至。言鳳皇麒麟都以秦爲惡狗，不可親近，故不至也。

〔四二〕甘露：可飲之露。　嘉醴：美好如酒的泉。　景曜：景星。　浸潭：滋液浸潤。　潛：潛藏。　以上四物出現，漢人以爲是祥瑞，秦政暴虐，所以祥瑞都潛藏不出。

〔四三〕大茀（pèi佩）：妖星，即彗星。　史記秦始皇本紀：「七年，彗星先出東方，見北方。五月，見西方。」又：「九年，彗星見，或竟天。」　經：正常出没的星。　霣：同隕，落。　史記秦始皇本紀：「三十六年，熒惑守心，有墜星下東郡，至地爲石。」　巨狄：漢書五行志下：「秦始皇帝二十六年，有大人，長五丈，足履六尺，皆夷狄服，凡十二人，見于臨洮。天戒若曰：勿大爲夷狄之行，將受其禍。」　鬼信：史記秦始皇本紀：「三十六年，使者從關東夜過華陰平舒道，有人持璧遮使者曰：『爲吾遺滈池君。』因言曰：『今年祖龍死。』使者問其故，因忽不見，置其璧去。使者奉璧以聞。始皇默然良久，曰：『山鬼固不過知一歲事也。』」

〔四四〕神歇四句：繹：李善曰：「猶緒也。」神歇靈繹：謂神停歇靈驗之舊緒，不復降福祐祥瑞於秦。　文選五臣本繹作液，則爲福澤之意。　海水：喻萬民。　羣飛：喻農民起義。　二世：胡亥。　劇：借爲遽，急促，驟然。　與：同歟，表感歎。　藝文類聚作歟。

〔四五〕帝王二句：帝王之道：指仁義道德。　行仁義爲王道，而非霸道。　兢兢：小心謹慎貌。　言帝王之道是須臾不可離的，要小心謹慎地警惕着。

此段言秦離開仁義禮智，不行帝王之道，神不降瑞，終於二世而亡。

夫能貞而明之者窮祥瑞，回而昧之者極妖慝〔四六〕。上覽古在昔，有憑應而尚缺，焉壞徹而能全〔四七〕？故若古者稱堯舜，威侮者陷桀紂〔四八〕。況盡汛埽前聖數千載功業，專用己之私，而能享祐者哉〔四九〕。

【注釋】

〔四六〕夫能二句：貞：正。窮、極：皆極言其多。回：邪。昧：不明。妖慝：怪異罪咎。言爲君主者對帝王之道能正而且明，則祥瑞皆至；若邪而不明，則怪異罪咎全都出現。李善注：昧，或作蔑。藝文類聚回作困，妖作妭。

〔四七〕有憑應二句：應：指瑞應。有善政，上天會降祥瑞以應之，叫做瑞應。徹：猶廢。意爲撤去善政而不爲。言古帝王有依憑瑞應而尚有毀缺者，哪有行壞廢之道而能保全的？呂向曰：「此亦徵有意，言漢有仁義之德尚缺矣。」

〔四八〕故若古二句：若：順。威侮：威虐侮慢。尚書甘誓：「有扈氏威侮五行，怠棄三正。」鄭玄曰：「威侮，暴逆之。」言順古帝行仁義，則比於堯舜；行暴之道，則陷於桀紂之倫。

〔四九〕汛：文選五臣本及藝文類聚皆作訊，音信；李善本作汛，云：「汛與洒同，所買切（shǎi）。」引詩大雅抑：「洒埽庭內。」毛傳：「洒，灑也。」按李善說是。洒埽爲古人常語，唐宋猶用之，如新唐書肅宗章敬皇后傳：「顧廷宇不汛埽，樂器塵蠹。」即洒埽也。埽：同掃。祐：藝文類聚作祜。祜，福。五臣劉良注：「專用己之私以爲酷暴，安能享福久遠者乎！」似五臣本原亦作祜。　又按，此數句暗指秦始皇。

此段言順古行仁義則爲堯舜，否則爲桀紂，暴棄壞徹則滅亡，指出秦所以速亡的原因，表明劇秦之意。

會漢祖龍騰豐沛，奮迅宛葉〔五〇〕，自武關與項羽戮力咸陽〔五一〕，創業蜀漢，發迹三秦，尅項山東而帝天下〔五二〕，擿秦政慘酷尤煩者，應時而蠲〔五三〕，如儒林刑辟歷紀圖典之用稍增焉〔五四〕。秦餘制度，項氏爵號，雖違古而猶襲之〔五五〕。是以帝典闕而不補，王綱弛而未張。道極數殫，闇忽不還〔五六〕。

【注釋】

〔五〇〕漢祖：指漢高祖劉邦。　豐沛：劉邦爲沛豐邑人，爲亭長，被推爲沛令，稱沛公，起義應陳涉，故曰龍騰豐沛。豐沛即今江蘇豐沛二縣地。　宛葉：漢南陽郡二縣，在今河南平頂山市與南陽市一帶。劉邦經此入武關下咸陽，故曰奮迅宛葉。

〔五一〕武關：在今陝西丹鳳東南，戰國秦置，劉邦由此入秦。　史記項羽本紀：劉邦至鴻門，謝項羽曰：「臣與將軍戮力而攻秦，將軍戰河北，臣戰河南，不自意能先入關破秦，得復見將軍於此。」戮力，猶努力。　咸陽：即今陝西咸陽，秦都。　項羽：文選五臣本、藝文類聚項下無羽字。

〔五二〕創業三句：蜀漢：漢指漢中，即今陝西漢中市。秦時屬蜀，故稱蜀漢。史記項羽本紀：滅秦後，項羽立劉邦爲漢王，王巴蜀漢中，都南鄭。而三分關中，立章邯爲雍王，王咸陽以西，都廢丘；立司馬欣爲塞王，王咸陽以東至河，都櫟陽；立董翳爲翟王，王上郡，都高奴：是爲三秦，以距塞漢王。　漢元年（公元前二〇六），劉邦出漢中，定三秦，與項羽戰山東，漢五年（公元前二〇二），滅項羽，即皇帝位於汜水之陽。

〔五三〕擿秦政二句：擿：與摘通，摘取。　蠲：音義通捐，除去。　應時而蠲：隨時除去。

〔五四〕儒林：指學校。　刑辟：刑法。辟：法也。文選五臣本刑作形。　歷紀：歷代之紀。　圖典：圖書經典。　秦始皇焚書坑儒，非秦紀皆燒之，所不去者只有醫藥卜筮種樹之書，學法令，以吏爲師，學校圖典禁毀殆盡，至是而稍益有所增興。

〔五五〕秦餘二句：爵號：官爵名號。　言雖知秦政制度、項羽爵號不合於古，但還是因襲下來。

〔五六〕是以四句：闕：同缺。　弛：廢。　殫：盡。　闇忽：暗昧不明。　還：猶言回頭。　言秦項變古，漢又因之，因此古帝典章缺而不補，王道綱紀廢而未興，以致道路走到盡頭，氣數已經完結，帝王之道暗昧不明，已經不能回頭。

此段論漢承秦項，王道不振，氣數已盡，應上文「有憑應而尚缺」句，爲劇秦之餘響。　以上劇秦。

逮至大新受命，上帝還資，后土顧懷〔五七〕。玄符靈契，黄瑞涌出〔五八〕，滭浡沕潏，川流海渟〔五九〕。雲動風偃，霧集雨散，誕彌八圻，上陳天庭〔六〇〕。震聲日景，炎光飛響，盈塞天淵之間，必有不可辭讓云爾〔六一〕。於是乃奉若天命，窮寵極崇〔六二〕，與天剖神符，地合靈契，創億兆，規萬世〔六三〕，奇偉倜儻譎詭，天祭地事〔六四〕。其異物殊怪，存乎五威將帥，班乎天下者，四十有八章〔六五〕，登假皇穹，鋪衍下土，非新家其疇離之〔六六〕？卓哉煌煌，真天子之表也〔六七〕。

【注釋】

〔五七〕逮至三句：大新：王莽篡位，國號新。上帝：天。后土：地。資：資助。顧：眷顧。懷：懷愛。

〔五八〕玄符二句：玄、黄：天玄地黄。按王莽利用符瑞迷信登實，居攝時衆人就僞造符瑞以邀官爵。公元前九年即皇帝位，改國號曰新，自以爲黄帝虞舜之後，繼漢火德爲土德，服色尚黄，於是黄瑞大興，靈符臻至。是年策曰：「予前在攝時，神祇報況（貺），或光自上復于下，流爲烏，或黄氣熏蒸，昭燿章明，以著黄虞之烈。」又遣五威將王奇等十二人班符命四十二篇於天下：

德祥五事，符命二十五，福應十二。（見漢書王莽傳。）

〔五九〕滭浡二句：滭浡：泉水涌出貌。　沕（mì密）潏（yù聿）：水盛出貌。　按史記司馬相如傳上林賦作「滭浡滵汩」，與此聲義同。　渟：水停貯。　言祥瑞出現之多如川流海貯。

〔六〇〕雲動二句：風偃：風吹草偃。　誕：大。　彌：廣。　八圻：八方。　言祥瑞出現之廣如雲如風，遍及八方，上至天庭。

〔六一〕震聲四句：震聲：雷聲。　日景（影）：日光。　炎光：指日。　飛響：指雷。　言祥瑞衆多而普遍，使聲威如雷聲日光充滿天淵之間，故受命代漢不可辭讓了。

〔六二〕於是二句：若：順。　窮寵極崇：指至尊之位。

〔六三〕與天四句：剖：分。　億兆：指久遠。　言與天分符，與地合契，受天地之命爲王，創億兆之始，爲萬世之規。

〔六四〕奇偉二句：倜儻：卓異。　譎詭：變化多端。　祭：際之省文，文選五臣本作際。廣雅釋詁：「際，合也。」淮南子精神訓：「與道爲際。」注：「際，合也。」　言祥瑞出現，奇偉卓異多變化，乃由天合地作。

〔六五〕其異物四句：按漢書王莽傳：「（始建國元年）秋，遣五威將王奇等十二人，班符命四十二篇於天下。」已見前注〔五八〕。　此云四十有八章，蓋篇與章有不同。

〔六六〕登假三句：登：升。　假：讀爲格，金文作各，至也。　皇穹：上天。　疇：誰。

離：李善注：「應也。」言符瑞之美，上登於天，下鋪於地，若非新朝，誰能應之？

〔六七〕表：儀表。文選五臣本表下無也字。

此段歌頌新莽符瑞之盛，言其繼漢稱帝，乃秉受天命，爲美新之第一段。

若夫白鳩丹烏，素魚斷蛇，方斯蔑矣〔六八〕。受命甚易，格來甚勤〔六九〕。昔帝纘皇，王纘帝，隨前踵古，或無爲而治，或損益而亡，豈知新室委心積意，儲思垂務〔七〇〕，旁作穆穆，明旦不寐，勤勤懇懇者，非秦之爲與〔七一〕？夫不勤勤，則前人不當，不懇懇，則覺德不愷〔七二〕。是以發祕府，覽書林，遥集乎文雅之囿，翺翔乎禮樂之場〔七三〕，胤殷周之失業，紹唐虞之絶風〔七四〕。懿律嘉量，金科玉條，神卦靈兆，古文畢發，焕炳照曜，靡不宣臻〔七五〕。式輶軒旂旗以示之〔七六〕，揚和鸞肆夏以節之〔七七〕，施黼黻衮冕以昭之〔七八〕，正嫁娶送終以尊之〔七九〕，親九族淑賢以穆之〔八〇〕。夫改定神祇，上儀也〔八一〕；欽修百祀，咸秩也〔八二〕；明堂雍臺，壯觀也〔八三〕；九廟長壽，極孝也〔八四〕；制成六經，洪業也〔八五〕；北懷單于，廣德也〔八六〕。若復五爵，度三壤〔八七〕，經井田，免人役〔八八〕，方甫刑〔八九〕，匡馬法〔九〇〕，恢崇祗庸爍德懿和之風〔九一〕，廣彼搢紳講習言諫箴頌之塗〔九二〕，振鷺之聲充庭〔九三〕，鴻鸞之黨漸階〔九四〕，俾前聖之緒，布濩流衍而不韞韣〔九五〕，郁郁乎焕哉，天人之事盛矣〔九六〕。鬼神之望允塞〔九七〕，羣公先正，罔不夷儀〔九八〕；姦宄寇賊，罔不振威〔九九〕。紹少典之苗，著黄虞之裔〔一〇〇〕。帝典闕者已補，王綱弛者已張〔一〇一〕，炳炳麟麟，豈不懿哉〔一〇二〕！

【注釋】

〔六八〕若夫三句：白鳩：李善注曰：「吴録曰：『孫策使張紘與袁紹書曰：殷湯有白鳩之祥。』然古者此事未詳其本。」丹烏：李善引尚書帝驗曰：「太子發渡河，中流，火流爲烏，其色赤。」按尚書大傳泰誓亦云：「武王伐紂，觀兵於孟津，有火流於王屋，化爲赤烏，三足。」史記封禪書：「周得火德，有赤烏之符。」素魚：白魚。史記周本紀：「武王渡河，中流，白魚躍入王舟中，武王俯取以祭。」集解馬融曰：「魚者介鱗之物，兵象也。白者殷家之正色，言殷之兵衆與周之象也。」斷蛇：漢高帝爲亭長時，夜行澤中，前有大蛇當徑，高帝拔劍擊斬蛇，蛇分爲兩，徑開。後一老嫗哭曰：「吾子，白帝子也，化爲蛇當道，今爲赤帝子斬之。」（見史記高祖本紀。）方：比。蔑：小。言湯有白鳩之瑞，周有丹烏白魚之祥，漢高有斬蛇之應，比之於此，爲輕小矣。

〔六九〕受命二句：格：至。勤：多。言莽德盛，故受天命甚易，祥瑞來現甚多。

〔七〇〕昔帝七句：纘：繼承。踵：追。論語衛靈公：「無爲而治者，其舜也與！」又爲政：「殷因於夏禮，所損益可知也。」委：亦積。儲思：意同委心積意。言古帝王相繼，皆追隨前代，舜則無爲而治，殷則因於夏禮而有所增損，後至紂而亡，豈如新室處心積慮垂拱治事也。　文選五臣本亡作已，豈知作豈如。

〔七一〕旁作四句，尚書洛誥：「惟公德明，光于上下，勤施于四方，旁作穆穆迓衡，不迷文武勤教。」原意是，周公營洛邑成，將引退，成王留之，説：你的明德光于天地之間，勤懇施政于四方，四方之人旁來恭恭敬敬以迎接太平，而對文王武王的教化不生迷惑。……揚雄以周公比王莽，此四句稱頌王莽，早晨不睡懶覺，勤懇施政，如周公之明德，使四方旁來爲恭敬之道以迎太平。這種做法，不正是以秦爲非，而欲修德政嗎？　文選五臣本明旦下有也字。

〔七二〕夫不四句：前人：指先王（古哲王）。當：相當，比得上。覺：悟，自覺。愷：和。　言不勤奮即與先王不相當。不誠懇則自覺之德不和調。

〔七三〕是以四句：秘府：王家藏書的地方。遥集：猶逍遥。言提倡讀書，以文雅爲園囿，以禮樂爲場圃，而逍遥翱翔於其間。

〔七四〕胤殷周二句：胤：續。言唐虞殷周之禮樂法度有所失絶者，皆繼續之。

〔七五〕懿律六句：懿律：律曆。懿，美。嘉量：斗斛。金科玉條：法令。金玉言其貴重。神卦靈兆：卜筮之事。古文：先王典籍。李周翰曰：「此諸事，於國政之要皆美而正之，均而平之，崇而行之，古文前典盡發而明之。炳焕照耀，明德也，言如此明德宣之無所不至。」文選五臣本焕炳作炳焕，藝文類聚作焕爛。

〔七六〕式：用。　軨軒：有棚窗的車。　旂旗：旗上畫交龍爲旂，畫熊虎爲旗，這裏泛指各種旗。　言車服有差，以示百官有節。

〔七七〕和鸞：鸞，鸞鈴。大駕車鈴曰和、鸞。　埤雅：「乘車和在衡，鸞在軾。」　肆夏：樂名。大戴禮曰：「行以和鸞，趨中肆夏。」車行鈴響必中肆夏之節奏。

〔七八〕袞冕：袞衣和冕是皇帝及上公的禮服。　黼黻：古代袞衣上的花紋。　昭：謂昭明貴賤。　漢書王莽傳：始建國元年，改定官制，自卿下至庶士爲九等，車服黻冕各有差品。

〔七九〕尊：重。　正婚喪之禮，以重人倫。

〔八〇〕親九族：按尚書堯典：「克明俊德，以親九族。」漢書王莽傳：始建國元年，「封王氏齊縗之屬爲侯，大功爲伯，小功爲子，緦麻爲男，其女皆爲任。」又以姚嬀陳田王五姓皆黄虞苗裔，乃同宗室，令上名秩宗，世世無有所與。　淑賢：指淑賢之人。　如封黄帝少昊顓頊帝嚳堯舜夏禹皋陶伊尹等先聖先賢的後人爲公、侯、伯、子、賓、恪，封舊恩戴崇金涉箕閎楊並等子皆爲男。

〔八一〕夫改定二句：改定神祇：改定神位及祭禮。　上儀：崇尚禮儀。

〔八二〕欽修二句：欽：敬。　百祀：各種祭祀。　咸秩：皆有秩序。

〔八三〕明堂二句：明堂：布政之室。　雍臺：辟雍和靈臺。　文選五臣本作辟雍。　辟雍爲講藝之所，靈臺爲觀象之臺。　漢書王莽傳：元始三年，「莽奏起明堂辟雍靈臺，爲學者築室萬區。」

〔八四〕九廟二句：九廟：李善注：「九廟：一曰黄帝，二曰虞帝，三曰陳王，四曰齊敬王，五曰濟北愍王，六曰濟南伯王，七曰元城孺王，八曰陽平頃王，九曰新都顯王。」按漢書王莽傳：始建國元年莽策曰：「自黄帝至於濟南伯王，而祖世氏姓有五矣。黄帝二十五子，分賜厥姓十有二氏，虞帝之先，受姓曰姚，其在陶唐曰嬀，在周曰陳，在齊曰田，在濟南曰王。……其立祖廟五，親廟四，后夫人皆配食。」自五以上爲五祖廟，六以下爲四親廟。莽自述爲楚項所封濟北王田安之後。田安失國，齊人謂之王家，因姓王，故自此以後爲親廟也。長壽：宫名。漢書孝元皇后傳：孝元皇后爲王莽之姑。王莽篡漢，改元后爲新室文母，以示與漢斷絶，並墮毁元帝廟以爲文母篹（饌）食堂，既成，名曰長壽宫。

〔八五〕制成二句：漢書王莽傳：元始三年，莽爲宰衡太傅大司馬，「奏請起明堂辟雍靈臺，爲學者築室萬區。……立樂經，益博士員經各五人，徵天下通一藝、教授十一人以上及有逸禮、古書、毛詩、周官、爾雅、天文、圖讖、鍾律、月令、兵法、史篇文字，通知其意者，皆詣公車。」漢本有五經博士，今立樂經，故此云六經。

〔八六〕北懷二句：莽傳：「莽念中國已平，唯四夷未有異，乃遣使者齎黄金幣帛重賂匈奴單于，使上書言：『聞中國譏二名，故名囊知牙斯，今更名知，慕從聖制。』又遣王昭君女須卜居次入侍。所以誑耀媚事太后。」

〔八七〕復五爵，度三壤：莽傳：居攝三年上奏曰：「實考周爵五等，地四等。……臣請將帥當爵邑者，爵五等，地四等。」奏可。於是封者高爲侯伯，次爲子男，當賜爵關内侯者，更名曰附城，凡數百人。　按注引蘇林曰：「爵五等，公侯伯子男也；地四等，公一等，侯伯二等，子男三等，附城四等。」　壤：即地。

〔八八〕經井田，免人役：莽傳：始建國元年，莽曰：「古者設廬井八家，一夫一婦田百畝，什一而税，則國給民富而頌聲作。……予前在大麓始令天下公田口井。……今更名天下田曰王田，奴婢曰私屬，皆不得賣買。其男口不盈八而田過一井者，分餘田予九族鄰里鄉黨，故無田今當受田者，如制度。」

〔八九〕方甫刑：方：仿。　甫刑：即呂刑，尚書篇名，周穆王命呂侯所頒發有關刑罰的文告。呂侯後爲甫侯，故又稱甫刑。　言王莽制刑法以比之。

〔九〇〕匡馬法：匡：正。　馬法：司馬穰苴兵法，省稱司馬法。司馬穰苴，齊田完之苗裔。戰國齊威王使大夫追論古兵法，而附穰苴於其中，内容言兵革之事。王莽正而行之，指始建國元年莽立四將及五威將軍等事。

〔九一〕恢：大。　崇：高。　祗：敬。　庸：用。　爍：盛。　懿：美。　言崇賢良，敬而用之，此盛德美和之風也。

〔九二〕搢紳：指儒生。　言廣用儒生，講習經義，以爲箴規諷誦之道。　塗：同途，道。

〔九三〕振鷺：指賢人。　詩周頌振鷺：「振鷺于飛，于彼西雝。我客戾止，亦有斯容。」詩以振飛之白鷺來至西澤，喻來賓之純潔。　充庭：充滿朝廷。

〔九四〕鴻鸞：亦喻賢人。易漸卦上九：「鴻漸于陸，其羽可用爲儀，吉。」象曰：「漸之進也。」詩小雅庭燎：「君子至止，鸞聲將將。」

〔九五〕俾前聖二句：俾：使。　布濩：分散貌。　衍：廣。　韣（dú讀）：文選五臣本作櫝，藝文類聚作韇，論語作匱，皆同字異體。小箱櫃。　韞韣：喻收藏。論語子罕：「子貢曰：『有美玉於斯，韞匵而藏諸？求善賈而沽諸？』子曰：『沽之哉！沽之哉！』」　言使前聖之緒業分散流廣，興行於時而不藏。

〔九六〕郁郁乎二句：郁郁乎焕哉：論語八佾：「子曰：周監於二代，郁郁乎文哉，吾從周。」又泰伯：「子曰：大哉堯之爲君也……巍巍乎其有成功也，焕乎其有文章！」　天人之事：天命與人事。

〔九七〕允：信。　塞：滿。　言誠能滿足鬼神之希望。

〔九八〕羣公二句：羣公先正：詩大雅雲漢：「羣公先正。」毛傳：「先正，百辟卿士也。」　羣公：指諸侯。　罔：無。　夷儀：言有常儀。

〔九九〕姦宄二句：姦宄（guǐ詭）：犯法作亂的人。　尚書舜典：「寇盜姦宄。」僞孔傳：「羣行攻劫曰寇，殺人曰賊，在外曰姦，在内曰宄。」　振：與震通，恐懼。無不震恐德威。

〔一〇〇〕紹少典二句：紹：繼。　少典：黄帝之先祖。史記五帝本紀：「黄帝者，少典之子，姓公孫，名軒轅。」索隱以爲黃帝乃少典氏之子孫。　黃虞：黃帝與虞舜。　王莽自以爲是黃帝和虞舜的後代，見前注〔八四〕，故此言少典黃虞之苗裔。　著：盛也。

〔一〇一〕帝典二句：上文言漢承秦項，帝典王綱缺而不補，此言新莽已補。　文選五臣本前已字作以，後已字作既，藝文類聚作既。

〔一〇二〕炳炳二句：麟：借爲燐。炳炳麟麟，盛明貌。　文選五臣本、藝文類聚麟麟均作煒。　懿：美。

此段分節歌頌新莽勤於政治文教，以及禮樂制度祭祀田畝之盛，德威廣布，賢人滿朝，帝典王綱，完美無缺。　以上美新。

厥被風濡化者，京師沈潛，甸内匝洽，侯衞厲揭，要荒濯沐〔一〇三〕。而術前典，巡四民，迄四嶽，增封泰山，禪梁甫，斯受命者之典業也〔一〇四〕。蓋受命，日不暇給，或不受命，然猶有事矣〔一〇五〕。況堂堂有新，正丁厥時〔一〇六〕，崇嶽渟海通瀆之神，咸設壇場，望受命之臻焉〔一〇七〕。海外遐方，信延頸企踵，回面内嚮，喁喁如也〔一〇八〕。帝者雖勤，惡可以已乎〔一〇九〕？宜命賢哲，作帝典一篇，舊三爲一襲〔一一〇〕，以示來人，摛之罔極〔一一一〕。令萬世常戴巍巍，履栗栗〔一一二〕，臭馨香，含甘實〔一一三〕，鏡純粹之至精，聆清和之正聲〔一一四〕。則百工伊凝，庶績咸喜〔一一五〕，荷天衢，提地釐〔一一六〕，斯天下之上則已〔一一七〕，庶可試哉〔一一八〕！

【注釋】

〔一〇三〕厥被五句：甸、侯、衞、要、荒：皆五服之名。古代王畿外分五等地帶，謂之五服。王畿爲京師所在方千里，其外五百里爲甸服，再外五百里爲侯服，再外五百里爲綏服，再外五百里爲要服，再外五百里爲荒服。（見尚書益稷僞孔傳。）本文的衞，即綏服。這裏以水喻風化，言沾濡風化者，王畿之人最深，如沈浸水底；甸服次之，如水沾濕全身；侯服衞服次之，如涉水水僅及膝腰；要服荒服最淺，如以水洗手洗頭。沈潛：沈潛於水底。匝洽：周身沾濕。文選五臣本匝作帀。厲揭：詩邶風匏有苦葉：「深則厲，淺則揭。」毛傳：「以衣涉水爲厲，謂由帶以上也。揭，褰衣也。」濯：洗手足。沐：沐髮。總言風化所被，近者深而遠者漸淺，但都沾受了。

〔一〇四〕而術六句：術：借爲述，文選五臣本、藝文類聚均作述，順舊行之之意。四民：指士農工商。迄四嶽：嶽，同岳。尚書舜典：「歲二月東巡守，至于岱宗。……五月南巡守，至于南岳。……八月西巡守，至于西岳。……十一月朔巡守，至于北岳。」據僞孔傳，岱宗即泰山，南岳即衡山，西岳即華山，北岳即恆山。增封泰山，禪梁甫：文選五臣本及藝文類聚禪字上均有廣字。史記封禪書曰：「古者封泰山禪梁父者七十二家，而夷吾所記者十有二焉，昔無懷氏封泰山，禪云云；虙羲封泰山，禪云云；神農封泰山，禪云云；炎帝封泰山，禪云云；黄帝封泰山，禪亭亭；顓頊封泰山，禪云云；帝嚳封泰山，禪云云；堯封泰山，禪云云；舜封泰山，禪云云；禹封泰山，禪會稽；湯封泰山，禪云云；周成王封泰山，禪社首；皆受命然後得封禪。」又曰：「而孔子論述六藝傳，略言易姓而王，封泰山，禪乎梁父者七十餘王矣。」　以上巡狩、封禪，即所謂「前典」。

〔一〇五〕蓋受命四句：受命：謂漢高帝。高帝有斬蛇之瑞，故爲皇帝，但其時四方未寧，無暇舉行封禪。不受命：指秦始皇。始皇東至泰山，從陽道至巔，立石頌德，從陰道下，禪於梁父。中阪遇暴風雨，百姓訛言始皇爲暴風雨所擊，所謂無其德而用事者也。　言高帝受命而不封禪，始皇不受命而有事於泰山，俱失也。

〔一〇六〕況堂堂二句：堂堂：盛大貌。　正丁厥時：正當其時。丁：當。厥：其。

〔一〇七〕崇嶽三句：崇嶽：高山。　渟海：大海。渟：水多而不流貌。　通瀆：大河。古以江、淮、河、濟爲四瀆。　壇場：祭神之處。　言莽既受命，故嶽瀆之神皆設壇場而望來祭。文選五臣本望下無受字。

〔一〇八〕海外四句：遐：遠。　延頸：伸長頸子。　企踵：翹起脚跟。　嚮：同向。文選五臣本作向。　喁喁：衆人低語聲，形容衆人喜悦向慕之狀。

〔一〇九〕帝者二句：帝者：指王莽。　勤：勞。　文選五臣本及藝文類聚勤下有讓字，作勤讓，則勤當訓多次。　惡（wū烏）：何。　已：止。　言天下傾心希望，作爲皇帝雖然勤勞，何可以止而不事封禪之禮呢？

〔一一〇〕宜命三句：賢哲：有道德學問的人。舊三爲一襲：一襲，猶言一套。舊有堯典舜典二典，今作帝典一篇，與堯典舜典共三篇爲一套也。司馬相如封禪文：「猶兼正列其義，祓飾厥文，作春秋一藝，將襲舊六爲七，攄之無窮。」言爲一經，將繼舊六經以爲七經，與此意同。文選劉良注讀襲屬下，釋曰襲行於時，非也。藝文類聚帝典作典引。

〔一一一〕摛：傳播。罔極：無窮。

〔一一二〕令萬世二句：巍巍：高大貌。論語泰伯：「子曰：大哉堯之爲君也！巍巍乎唯天爲大，唯堯則之，蕩蕩乎民無能名焉，巍巍乎其有成功也，焕乎其有文章！」栗栗：恐懼戒謹貌。吕氏春秋本生：「上爲天子而不驕。」注：「常戰栗也。故堯戒曰：戰戰栗栗，日慎一日。」言使萬世之後常戴荷其巍巍之德，履行其謹敬之道。

〔一一三〕臭馨香二句：臭：同嗅。馨香：喻名譽。甘實：甘美的果實，喻實惠。言使天下常聞其美名而受其德惠。

〔一一四〕鏡純粹二句：鏡：鑒，照。聆：聽。純粹之至精：指帝典體現的純粹道德可以永以爲鑒。清和之正聲：以雅頌爲喻，言帝典如雅頌正聲，體現着文武至治。

〔一一五〕則百工二句：伊：與惟通，是。凝：成。尚書皋陶謨：「百僚師師，百工惟時，撫于五辰，庶績其凝。」僞孔傳：「凝，成也。衆工皆成。」咸喜：文選五臣本作咸熙。按喜與熙通。尚書堯典：「允釐百工，庶績咸熙。」僞孔傳：「熙，廣也。百官衆工皆廣。歎其善。」

言上荷天道之亨通，下統地土之至治。

〔一一六〕荷天衢二句：天衢：天道。釐：治。太平曰治。地：指臣道。提：統也。

〔一一七〕上則：最上的法則。言封禪盛事，爲天下之最高法則。

〔一一八〕庶可試哉：庶幾可以試爲之吧。庶：庶幾，接近。

此段以大功告成，建議封禪而名揚萬世作結。頌揚無以復加，極盡諂諛之能事，蓋雄求免禍，不得不然。

琴清英〔一〕

昔者神農造琴，以定神，禁婬僻，去邪欲，反其真者也〔二〕。舜彈五絃之琴而天下治，堯加二絃，以合君臣之恩也〔三〕。（通典一百四十四、御覽五百七十七）

尹吉甫子伯奇至孝，後母譖之〔四〕，自投江中，衣苔帶藻，忽夢見水仙，賜其美藥，思惟養親，揚聲悲歌。船人聞之而學之。吉甫聞船人之聲，疑似伯奇，援琴作子安之操〔五〕。（水經注江水一、御覽五百七十八）

雉朝飛操者，衛女傅母之所作也〔六〕。衛侯女嫁于齊太子，中道聞太子死，問傅母曰：「何如〔七〕？」傅母曰：「且往當喪。」喪畢，不肯歸，終之以死。傅母悔之，取女所自操琴，于冢上鼓之，忽有二雉俱出墓中。傅母撫雉曰：「女果爲雉邪？」言未畢，俱飛而起，忽然不見。傅母悲痛，援琴作操，故曰雉朝飛。（藝文類聚九十、御覽五百七十八、九百十七，又見郭茂倩樂府詩集）

晉王謂孫息曰〔八〕：「子鼓琴能令寡人悲乎？」息曰：「今處高臺邃宇，連屋重户，藿肉漿酒〔九〕，倡樂在前〔一〇〕，難可使悲者。」乃謂：「少失父母，長無兄嫂，當道獨坐，暮無所止（文選魏武帝苦寒行注作當道獨居暮無所宿），于此者，乃可悲耳。」乃援琴而鼓之。晉王酸心哀涕，曰：「何子來遲也〔一一〕。」（御覽五百七十七）

祝牧與妻偕隱〔一二〕，作琴歌云：「天下有道，我黼子佩〔一三〕；天下無道，我負子戴〔一四〕！」（馬驌繹史）

【注釋】

〔一〕琴清英：嚴氏收五條，馬國翰玉函山房輯佚書同。兹照録。馬國翰曰：「清英猶言菁華，昭明文選序云：『略其蕪穢，集其清英。』亦此義。」按漢書藝文志儒家揚雄所序三十八篇，本注：「太玄十九，法言十三，樂四，箴二。」樂四篇均佚，琴清英可能是其中的一篇。文獻通考樂書琴瑟論曰：「至玉牀、響泉、韻磬、清英、怡神之類，名號之別也。」據此，「清英」乃琴名，其名或因於揚雄琴清英。

〔二〕昔者五句：世本作篇：「神農作琴。」説文：「琴，禁也，神農所造。」婬：同淫。嬖：寵愛。御覽此句作齊婬僻。路史引桓譚新論曰：「神農氏繼而王天下，於是始削桐爲琴，繩絲爲絃，以通神明之德，合天人之和。」按桓譚與揚雄同時。

〔三〕舜彈三句：五絃：禮記樂記：「昔舜作五絃之琴以歌南風。」廣雅曰：「神農氏琴長三尺六寸六分，上有五絃，曰宮、商、角、徵、羽；文王增二絃，曰少宮、少商。」説文亦云：周時加二絃。」與此不同。

〔四〕尹吉甫：周宣王大臣。譖：進讒言。

〔五〕操：樂府詩集琴曲歌辭引琴論曰：「憂愁而作，命之曰操，言窮則獨善其身，而不失其操也。」子安之操爲琴操之一。

〔六〕傅母：保姆。

〔七〕如：往。

〔八〕晉王：指春秋晉獻公。獻公未稱王，此王字當爲主字之誤。下同。孫息：即荀息。孫、荀二字古或通，如荀卿亦作孫卿，蓋皆避漢宣帝劉詢名諱。荀息，晉獻公大夫，曾請獻公假道於虞以伐虢。

〔九〕藿：當作臛，音同通借。臛，肉羹。

〔一〇〕倡：倡優。

〔一一〕何子來遲：當亦琴操名。

〔一二〕祝牧：人名，未詳何時人。

〔一三〕黼：古代官服上黑白相間的花紋，這裏代指官服。　言天下有道，我做大官輔政，你可以佩玉飾爲夫人。

〔一四〕負：肩扛東西。　戴：頭頂東西。　言天下無道，我們就退隱，自過勞動生活。孟子梁惠王上：「頒白者不負戴於道路矣。」

連珠〔一〕

臣聞明君取士，貴拔衆之所遺〔二〕；忠臣薦善，不廢格而（疑當作之）所排〔三〕。是以巖穴無隱〔四〕，而側陋章顯也〔五〕。（藝文類聚五十七）

臣聞天下有三樂，有三憂焉。陰陽和調，四時不忒〔六〕；年豐物遂〔七〕（一作年穀豐遂），無有夭折；災害不生，兵戎不作，天下之樂也。聖明在上，禄不遺賢，罰不偏罪〔八〕；君子小人，各處其位，衆人（一作衆臣）之樂也。吏不苟暴〔九〕，役賦不重；財力不傷，安土（一作女工）樂業：民之樂也。亂則反焉，故有三憂〔一〇〕。（御覽四百六十八，又四百

六十九）
兼聽獨斷，聖王之法也。（文選干寶晉紀總論注）
古之令主所以統天者〔二〕，不遠焉。（文選陸機五等論注）

【注釋】

〔一〕揚雄連珠：見藝文類聚、太平御覽、昭明文選注，嚴輯全漢文收録，共存殘文四條，四條孰爲先後，已不能明，依嚴輯本照録。文選陸機演連珠，李善引傅玄敍連珠曰：「所謂連珠者，興於漢章之世，班固賈逵傅毅三子受詔作之。其文體辭麗而言約，不指説事情，必假喻以達其旨，而覽者微悟，合於古詩諷興之義，欲使歷歷如貫珠，易看而可悦，故謂之連珠。」（亦見藝文類聚五十七）五臣張銑注亦云：「連珠者，假託衆物陳義以通諷諭之道。連，貫也；言穿貫情理，如珠之在貫焉。漢章帝時班固賈逵已有此作，機復引舊義以廣之。」按以上釋連珠甚明，惟皆未提及揚雄，爲可怪。至沈約注制旨連珠表始云：「竊尋連珠之作，始自子雲，放易象論，動模經誥，班固謂之命世，桓譚以爲絶倫。」劉勰文心雕龍雜文篇亦曰：「揚雄覃思文闊（閣），業深綜述，碎文瑣語，肇爲連珠，其辭雖小，而明潤矣。」是則連珠一體，實創自揚雄，而至東漢章帝時始盛也。徐師曾文體明辨序説：「蓋自揚雄綜述碎文，肇爲連珠，而班固賈逵傅毅之流受詔繼作，傅玄乃云興於漢章之世，誤矣。」

〔二〕衆之所遺：衆士中所遺漏者。謂拔士貴無遺漏。

〔三〕格：指規格標準之類。而：當是之字之誤。排：排除。言薦善士，不拘一格。

〔四〕巖穴：山窟，古代隱士常避居山窟，稱巖穴之士。

〔五〕側陋：指微賤之人。章：同彰。章顯，謂表彰而顯其名。

〔六〕忒：差誤。周易豫卦：「日月不過，四時不忒。」

〔七〕遂：順利，引伸爲成長、成功。

〔八〕禄不二句：禄：官禄。言官禄應給賢人，刑罰公正不偏。

〔九〕苟暴：苟且暴虐。

〔一〇〕亂則二句：言昏亂則與三樂相反，而成三憂。

〔一一〕令：善，美。令主：好的君主。統天：謂繼天統。左傳成公八年：「三代之令王，皆數百年保天之禄。」令王，猶令主。

難蓋天八事〔一〕

其一云：日之東行，循黄道〔二〕，晝〔夜〕中規〔三〕，牽牛距北極北（當作南）百一十度，東井距北極南七十度，並百八十度，周三徑一，二十八宿周天當五百四十度〔四〕，何也？

其二曰：春秋分之日正出在卯，入在酉〔五〕，而晝漏五十刻，即天蓋轉，夜常倍晝。今夜亦五十刻，何也。

其三曰：日入而星見，日出而不見，即斗下見日六月，不見日六月。北斗亦當見六月，不見六月。今夜常見，何也？

其四曰：以蓋圖視天河〔六〕，起斗而東入狼弧間〔七〕，曲如輪。今視天河，直如繩，何也？

其五曰：周天二十八宿，以蓋圖視天〔八〕，星見者當少，不見者當多。今見與不見等，何出入無冬夏，而兩宿十四星常見，不以日長短故見有多少，何也？

其六曰：天至高也，地至卑也。日託天而旋，可謂至高矣。縱人目可奪，水與影不可奪也〔九〕。今從高山之上，設水平以望日，則日出水平下，景上行，何也？若天體常高，地體常卑，日無出下之理，于是蓋天無以對也。

其七曰：視物近則大，遠則小。今日與北斗近我而小，遠我而大〔一〇〕，何也？

其八曰：視蓋橑與車輻間〔一一〕，近杠轂即密，益遠益疏〔一二〕。今北極爲天杠轂，二十八宿爲天橑輻，以星度度天，南方次地星間當數倍〔一三〕。今交密，何也？

【注釋】

〔一〕難蓋天八事：見隋書天文志上、開元占經二，嚴輯全漢文收録。我國古代天文學家關於天體的學説，約有三派：一派持蓋天説，認爲天圓如張蓋，地方如棋局，天蓋以北極星爲軸，斜倚蓋地而自轉，半在地上，半在地下。天蓋左行如推磨，日月右行，譬之蟻行磨上，磨速而蟻遲，故人視之日月仍似左行。另一派持渾天説，認爲天地之體如鳥卵，天包地外，如卵之裹黄，圓如彈丸，周旋無端，其形渾渾然，故曰渾天。第三派持宣夜説，認爲天了無質，仰而瞻之，高遠無極，眼瞀精絶，故蒼蒼然。日月衆星浮于虚空之中，伏見無常，進退不同，由於無所根繫，故各異，惟辰極常居其所。以上三説，宣夜説漢代絶無師法，惟蓋天、渾天兩派争論激烈。蓋天説出於周髀，來源甚古，西漢時頗占勢力，西漢末期渾天説漸漸抬頭，揚雄這篇難蓋天八事記録了當時發難情況，從此渾天説占了上風。到東漢章帝時，賈逵造太史黄道銅儀，安帝時張衡造漏轉渾天儀，蓋天、渾天的争論才算基本平息。原先，揚雄也是主張蓋天説的，嚴輯全後漢文桓譚新論離事第十一有一段記載：

通人揚子雲因衆儒之説天，以天爲如蓋轉，常左旋，日月星辰隨而東西，乃圖畫形體行度，參以四時麻數昬晝夜，欲爲世人立紀律以垂法後嗣。余難之曰：「春秋晝夜欲等平，旦日出於卯正東方，暮日入於西正西方，今以天下人占視之，此乃人之卯酉，非天卯酉。天之卯酉，當北斗極，北斗極天樞，樞，天軸也。猶蓋有保斗矣。蓋雖轉而保斗不移。天亦轉周帀，而斗極常在，知爲天之中也。仰視之，又在北，不正在人上。而春秋分時，日出入乃在斗南，如蓋轉，則北道近，南道遠，彼晝夜刻漏之數何從等平？」子雲無以解也。後與子雲奏事待報，坐白虎殿廊廡下，以寒故，背日曝背，有頃，日光去背，不復曝焉。因以示子雲曰：「天即蓋轉而日西行，其光影當照此廊下而稍東耳，無乃是反應渾天家法焉。」子雲立壞其所作。則儒家以爲天左轉，非也。

由這段記載看來，可知揚雄原主蓋天説，其轉變而作難蓋天八事，乃受桓譚影響。當然，古人不知地球繞日，無論蓋天、渾天都不能正確解釋自然天象。不過，任何學説都是有發展過程的，揚雄此文標誌着我國天體觀由蓋天説到渾天説一個發展轉折。

〔二〕黄道：人視太陽在恆星間漸次移動一年内所走的一周天大圓，稱爲黄道。

〔三〕晝下原脱夜字，今據校點本隋書補。　中：讀去聲。　規：圓。

〔四〕二十八宿：古天文家將全天分爲三垣二十八宿，共三十一天區，每區以一垣或一宿爲主體，並包含其他多少不等的星官。計算黄道，即以二十八宿爲標準。二十八宿是，東方青龍七宿：角、亢、氐、房、心、尾、箕；北方玄武七宿：斗、牽牛、須女、虚、危、營室、東壁；西方白虎七宿：奎、婁、胃、昴、畢、觜、參；南方朱鳥七宿：東井、輿鬼、柳、星、張、翼、軫。上文牽牛、東井即二十八宿之二。

〔五〕春秋：謂春分、秋分，晝夜平。　卯、酉：古人將一晝夜分爲十二時，以子丑寅卯等十二支爲代號。卯正相當於今鐘表早六點，酉正相當於晚六點。

〔六〕蓋圖：根據蓋天説畫的天體圖。

〔七〕狼、弧：二星名。

〔八〕視：猶言對照。

〔九〕水與影不可奪也：奪：猶言改變。古從盆水反映中觀察太陽。以盆水觀日，則日在水平面的下邊，日光上射。

〔一〇〕今日二句：此言正午日在天頂，與我近，而視之小；日斜在東西，距我遠，而視之大。若天如蓋，則保斗近我，邊緣遠我，何以近我反小，遠我反大耶？

〔一一〕橑：車蓋弓。　車輻：車輪之輻條。

〔一二〕杠：車蓋柄。　轂：車輪中心穿軸之木。　此以車蓋車輻爲喻，言蓋弓近柄端處密，車輻近轂頭處密，弓、輻皆由柄、轂處散出，愈遠愈疏。

〔一三〕次地：近地處。　星間：星與星的間隔。　蓋天説以天如蓋，以北極爲軸斜倚地上，南方距軸最遠，其星間隔應較近極之星疏闊數倍。但實際觀察，其密度却和近極之星一樣，因以證明蓋天説不合理。

蜀王本紀

蜀之先，稱王者有蠶叢、柏濩、魚鳬、（文選蜀都賦劉注引下有蒲澤二字。）開明。是時人萌椎髻左衽〔一〕，不曉文字，未有禮樂。從開明已上至蠶叢，積三萬四千歲。（案御覽引作凡四千歲。）（文選蜀都賦劉注、魏都賦劉注、王元長三月三日曲水詩序注、御覽一百六十六）

【注釋】

〔一〕萌：通氓，民也。　椎髻：謂束髮爲髻而無冠飾。　左衽：謂袒右，衣襟在左。

蜀王之先，名蠶叢，後代名曰柏濩，後者名魚鳬。（初學記八、藝文類聚六、御覽一百六十六引作次曰柏雍，又次曰魚鳬。）此三代各數百歲，皆神化不死。其民亦頗隨王化去。魚鳬田于湔山〔二〕，得仙，今廟祀之于湔。時蜀民稀少。（御覽一百六十六、又九百一十三）

【注釋】

〔二〕湔山：即玉壘山，在今四川都江堰市西北。　按晉常璩華陽國志蜀志曰：「次王曰柏灌，次王曰魚鳬。王田於湔山，忽得仙道。蜀人思之，爲立祠。」

後有一男子，名曰杜宇。（案史記三代世表索隱引作朱提有男子杜宇。）從天墮，止朱提〔三〕。有一女子名利，從江源井中出，爲杜宇妻。乃自立爲蜀王，號曰望帝。（案御覽一百六十六引下有移居邦邑四字。）治汶下邑曰郫〔四〕，化民往往復出〔五〕。（文選思玄賦注、御覽一百六十六、又八百八十八）

【注釋】

〔三〕朱提：古縣名，故地在今雲南昭通。

〔四〕汶下：岷山下。汶，與岷古音同通用。郫：即今四川郫都。

〔五〕化民：以前隨王化去之民。按華陽國志蜀志曰：「後有王曰杜宇，教民務農，一號杜主。時朱提有梁氏女利，遊江源，宇悦之，納以爲妃，移治郫邑，或治瞿上。」又曰：「七國稱王，杜宇稱帝，號曰望帝，更名蒲卑。自以功業高諸王，乃以褒斜爲前門，熊耳靈關爲後户，玉壘峨眉爲城郭，江潛綿洛爲池澤，以汶山爲畜牧，南中爲園苑。」

望帝積百餘歲，荆有一人名鼈靈〔六〕，（案後漢書注、文選注引作鼈令。）其尸亡去，荆人求之不得。鼈靈尸隨江水上至郫，遂活，與望帝相見。望帝以鼈靈爲相。時玉山出水〔七〕，若堯之洪水〔八〕。望帝不能治，使鼈靈決玉山，民得安處。鼈靈治水去後，望帝與其妻通，慚媿，自以德薄，不如鼈靈，乃委國授之而去，如堯之禪舜。鼈靈即位，號曰開明帝。帝生盧保，亦號開明。（後漢書張衡傳注、文選思玄賦注、御覽八百八十八、又九百二十三、事類賦注六）

【注釋】

〔六〕荊：荊楚。長江三峽外爲楚地。

〔七〕玉山：玉壘山。

〔八〕堯之洪水：堯時洪水，大禹治之。按華陽國志蜀志曰：「會有水災，其相開明決玉壘山，以除水害。帝遂委以政事，法堯舜禪授之義，遂禪位於開明，帝升西山隱焉。時適二月，子鵑鳥鳴，故蜀人悲子鵑鳥鳴也。巴亦化其教而力農務，迄今巴蜀民農時先祀杜主君開明。（原注：當重有開明二字。）位號曰叢帝。叢帝生盧帝。盧帝攻秦至雍。生保子帝。」

望帝去時，子鴂鳴〔九〕，故蜀人悲子鴂鳴而思望帝。望帝，杜宇也，從天墮。（御覽九百二十三）

【注釋】

〔九〕子鴂：杜鵑鳥，即子鵑，亦作子規，或曰子嶲（音規）。華陽國志序志曰：「子鵑鳥，今

云是巂，或曰巂周。」舊校云：「今按説文云：『蜀王望帝婬其相妻，慙，亡去爲子巂鳥。故蜀人聞

子巂鳴，皆起云望帝。』……爾雅亦云：『巂周，子巂鳥也，出蜀中。』」

開明帝下至五代，有開明尚，始去帝號，復稱王也。（後漢書張衡傳注）

天爲蜀王生五丁力士，能徙蜀山。王无（死）〔一〇〕，五丁輒立大石，長三丈，重千鈞，號曰石牛，千人不能動，萬人不能移。（藝文類聚七、御覽八百八十八）

【注釋】

〔一〇〕无：誤文。當是死字或薨字的殘壞。華陽國志作薨。按華陽國志蜀志曰：「九世有開明帝，始立宗廟，以酒曰醴，樂曰荆，人尚赤。帝稱王時，蜀有五丁力士，能移山，舉萬鈞。每王薨，輒立大石，長三丈，重千鈞，爲墓志，今石笥是也，號曰笥里。未有謚列，但以五色爲主，故其廟稱青、赤、黑、黄、白帝也。」

蜀王據有巴蜀之地，本治廣都樊鄉〔一一〕，徙居成都〔一二〕。秦惠王遣張儀司馬錯定蜀，因築成都而縣之〔一三〕。成都在赤里街，張若徙置少城内〔一四〕，始造府縣寺舍，今與長安同制。（御覽八百八十八、寰宇記七十二）

【注釋】

〔一一〕廣都：故城在今四川成都東南。　樊鄉：鄉名。

〔一二〕成都：即今四川成都市。

〔一三〕張儀司馬錯定蜀：見史記秦本紀。

〔一四〕赤里街、少城：皆在成都城内。　張若：秦時蜀郡太守。

按華陽國志蜀志曰：「開明王自夢郭移，乃徙治成都。」

秦惠王時，蜀王不降秦，秦亦無道出于蜀。蜀王從萬餘人東獵褒谷〔一五〕，卒見秦惠王〔一六〕。秦王以金一笥遺蜀王〔一七〕。蜀王報以禮物，禮物盡化爲土，秦王大怒。臣下皆再拜賀曰：「土者，地也。秦當得蜀矣。」（御覽三十七、又四百七十八、又八百十一、又八百七十二、又八百八十八、事類賦注九）

【注釋】

〔一五〕褒谷：褒水河谷，在今陝西勉縣南。

〔一六〕卒：通猝，突然，偶然。

〔一七〕笥：竹編小箱。

按華陽國志蜀志曰：「周顯王之世，蜀王有褒漢之地。因獵谷中，與秦惠王遇。惠王以金一笥遺蜀王，王報珍玩之物，物化爲土，惠王怒。羣臣賀曰：『天承有矣，王將得蜀土地！』」

秦惠王本紀曰：秦惠王欲伐蜀，乃刻五石牛，（案御覽八百八十八引作秦王恐無相見處，乃刻五石牛。）置金其後。蜀人見之，以爲牛能大便金。牛下有養卒〔一八〕，以爲此天牛也，能便金。蜀王以爲然，即發卒千人，使五丁力士拖牛成道，致三枚於成都。秦道得通，石牛之力也。後遣丞相張儀等，隨石牛道伐蜀焉。（北堂書鈔一百十六、藝文類聚九十四、白帖九十六、御覽三百五、又八百八十八）

【注釋】

〔一八〕養卒：養牛之兵卒。

按華陽國志蜀志曰：「惠王喜，乃作石牛五頭，朝瀉金其後，曰：『牛便金。有養卒百人。』蜀人悦之，使使請石牛。惠王許之。乃遣五丁迎石牛，既不便金，怒，遣還之。乃嘲秦人曰東方牧犢兒。秦人笑之曰：『吾雖牧犢，當得蜀也。』」

又水經沔水注引蜀論曰：「秦惠王欲伐蜀而不知道，作五石牛，以金置尾下，言能屎金。蜀王負力，令五丁引之，成道。秦使張儀、司馬錯尋路滅蜀，因曰石牛道。」

武都人有善知蜀王者〔一九〕，將其妻女適蜀。居蜀之後，不習水土，欲歸。蜀王心愛其女，留之，乃作伊鳴之聲六曲以舞之。（案北堂書鈔引作乃作東平之歌以樂也。）（北堂書鈔一百六、御覽八百八十八。）

武都丈夫化爲女子，（案御覽八百八十八引武都上有或曰前三字。）顏色美好，蓋山之精也。蜀王娶以爲妻。（案藝文類聚作夫人。）不習水土，疾病欲歸。蜀王留之，無幾物故〔二〇〕。蜀王發卒至武都擔土，于成都郭中葬之，蓋地三畝，高七丈，號曰「武擔」。（案開元占經引作人怨之號曰武擔。）以石作鏡一枚，表其墓，徑一丈，高五尺。（後漢書任文公傳注、三國志蜀先主傳注、北堂書鈔九十四、又一百三十六、初學記五、藝文類聚六、又七十、開元占經一百十三、御覽五十二、又七百十七、又八百八十八、事類賦注七）

【注釋】

〔一九〕武都：故地在今甘肅武都區。

〔二〇〕物故：亡故，死。

按華陽國志蜀志曰：「武都有一丈夫化爲女子，美而豔，蓋山精也。蜀王納爲妃。不習水土，欲去。王必留之，乃爲東平之歌以樂之。無幾物故。蜀王哀之，乃遣五丁，之武都擔土，爲妃作冢，蓋地數畝，高七丈，上有石鏡。今成都北角武擔是也。後王悲悼，更作臾邪（之）歌、隴歸之曲。

其親埋作冢者，皆立方石，以志其墓。成都縣内有一方折石，圍可六尺，長三丈許；去城北六十里，曰毗橋，亦有一折石，亦如之。長老傳言：五丁士擔土擔也。」

于是秦王知蜀王好色，乃獻美女五人于蜀王。蜀王愛之，遣五丁迎女。還至梓潼〔二二〕，見大蛇入山穴中，一丁引其尾不出，五丁共引蛇，山乃崩，壓五丁。五丁踏地大呼秦王，五女及迎送者皆上山化爲石。蜀王登臺望之不來，因名五婦候臺。蜀王親埋作冢，皆致萬石，以誌其墓。（初學記五、藝文類聚七、又九十六、白帖五、御覽五十二、又三百八十六、又八百八十八、又九百三十四、事類賦注二十八）

【注釋】

〔二二〕梓潼：即今四川梓潼縣。

按華陽國志蜀志曰：「周顯王二十二年。蜀侯使朝秦。秦惠王數以美女進，蜀王感之，故朝焉。惠王知蜀王好色，許嫁五女於蜀。蜀遣五丁迎之，還到梓潼，見大蛇入穴中，一人攬其尾，掣之不禁，至五人相助，大呼拽蛇，山崩，時壓殺五人及秦五女，并將從，而山分爲五嶺。直頂上有平石，蜀王痛傷，乃登之，因命曰五婦冢山。川（舊校當作穿，屬下讀。）平石上爲望婦堠，作思妻臺。今其山或名五丁冢。」

又水經梓潼水注：「故廣漢郡，公孫述改爲梓潼郡……縣有五女，蜀王遣五丁迎之，至此，見大蛇入山穴，五丁引之，山崩，壓五丁及五女，因氏山爲五婦山，又名五婦候。」

秦惠王遣張儀司馬錯伐蜀，王開明拒戰，不利，退走武陽〔二二〕，獲之。（寰宇記七十二）

張儀伐蜀，蜀王開明戰不勝，爲儀所滅。（史記秦本紀索隱）

【注釋】

〔二二〕武陽：在今四川彭州東。

按華陽國志蜀志曰：「周慎王五年秋，秦大夫張儀司馬錯都尉墨等從石牛道伐蜀。蜀王自於葭萌拒之，敗績，王遯走，至武陽，爲秦軍所害。其相（宰相）傅（太傅）及太子退至逢鄉，死於白鹿山，開明氏遂亡。」

蜀王有鸓武舟。（初學記二十五、御覽一百三十七）

秦爲太白船萬艘〔二三〕，欲以攻楚。（本注曰：太白，船名。）（初學記二十五）

秦爲舶舡萬艘〔二四〕，欲攻楚。（御覽七百六十九、事類賦注十六）

【注釋】

〔二二三〕太白船：疑即下條之舶舡。白，當爲舶字之省。太字乃大字之誤。大舶，大船也。

〔二二四〕舶（bó）：大船。舡：即船字别體，草書所變。

按華陽國志蜀志：「秦惠王方欲謀楚，羣臣議曰：『夫蜀。西僻之國，戎狄爲鄰，不如伐楚。』司馬錯、中尉田真黄曰：『蜀有桀紂之亂，其國富饒，得其布帛金銀，足給軍用；水通於楚，有巴之勁卒，浮大舶船以東向楚，楚地可得；得蜀則得楚，楚亡則天下并矣。』」

又曰：「秦惠王封子通國爲蜀侯，以陳壯爲相。……陳壯反，殺蜀侯通國。秦遣庶長甘茂張儀司馬錯復伐蜀，誅陳壯，封子惲爲蜀侯。司馬錯率巴蜀衆十萬、大舶船萬艘、米六百萬斛，浮江伐楚，取商於之地爲黔中郡。」

秦王誅蜀侯惲後，迎葬咸陽，天雨三月，不通〔二二五〕，因葬成都。蜀人求雨，祠蜀侯，必雨。（御覽十一）

【注釋】

〔二二五〕不通：謂因雨道路不通。

按華陽國志蜀志：「周赧王十四年，蜀侯惲祭山川，獻饋於秦孝文王。惲後母害其寵，加毒以進王。王將嘗之，後母曰：『饋從二千里來，當試之。』王與近臣，近臣即斃。文王大怒，遣司馬錯賜惲劍，使自裁。惲懼，夫婦自殺。秦誅其臣郎中令嬰等二十七人。蜀人葬惲郭外。十七年，聞惲無罪冤死，使使迎喪入葬郭內。初則炎旱三月，後又霖雨七月，車溺不得行，喪車至城北門，忽陷入地中。蜀人因名北門曰咸陽門，爲蜀侯惲立祠。其神有靈，能興雲致雨，水旱禱之。」

秦襄王時，宕渠郡獻長人〔二六〕，長二十五丈六尺。（法苑珠林八、御覽三百七十七）

【注釋】

〔二六〕宕渠：漢書地理志：宕渠屬巴郡，在今四川渠縣。按漢書五行志：「秦始皇帝二十六年，有大人，長五丈，足履六尺，皆夷狄服，凡十二人，見于臨洮。」與此相類。

禹本汶山郡廣柔縣人〔二七〕，生于石紐，其地名痢兒畔。禹母吞珠孕禹，拆副而生于縣塗山〔二八〕，娶妻生子名啓。于今塗山有禹廟，亦爲其母立廟。（史記夏本紀正義、初學記九、御覽八十三、又五百三十一）

【注釋】

〔二七〕廣柔：漢屬蜀郡，故城在今四川理縣西北。

〔二八〕拆副（pì僻）：裂開。詩大雅生民：「誕彌厥月，生生如達。不拆不副，無菑無害。」拆副，謂裂傷母體，難産也。

按水經沬水：「沬水出廣柔徼外。」注云：「縣有石紐鄉，禹所生也。今夷人共營之。地方百里，不敢居牧。有罪逃野，捕之者不逼，能藏三年，不爲人得，則共原之。言大禹之神所祐之也。」又劉昭續漢郡國志注、史記夏本紀張守節正義並引華陽國志，與水經注略同。又史記夏本紀正義引帝王世紀亦云：「禹父鯀，妻脩己見流星貫昴，夢接意感，又吞神珠薏苡，胸拆而生禹，名文命，字密，身九尺二寸長，本西夷人也。」又元和志：「至今其地名刳兒坪。」據此，則「痢兒畔」當作刳兒坪。

老子爲關令尹喜著道德經〔二九〕，臨别，曰：「子行道千日後，于成都青羊肆尋吾。」今爲青牛觀是也〔三〇〕。（御覽一百九十一、寰宇記七十二）

【注釋】

〔二九〕關令尹喜：亦稱關尹，春秋時道家，曾爲函谷關尹，名喜。相傳周末老子騎青牛出函谷關，見關尹，爲之作道德經五千言。

〔三〇〕青牛觀：當作青羊觀。今四川成都城南有青羊宫。

江水爲害〔三一〕，蜀守李冰作石犀五枚，二枚在府中，一枚在市橋下，二枚在水中，以厭水精，因曰石犀里也。（北堂書鈔三十九、藝文類聚九十五、御覽八百九十）

李冰以秦時爲蜀守，謂汶山爲天彭闕，號曰天彭門，云亡者悉過其中〔三二〕，鬼神精靈數見。（寰宇記七十三）

〔湔氐道〕縣前有兩石，對如闕，號曰彭門。（續漢郡國志補注）

【注釋】

〔三一〕江：指岷江（汶江）。

〔三二〕亡者悉過其中：迷信的説法，人死魂靈皆從天彭門中過去。

按華陽國志蜀志：「秦孝文王以李冰爲蜀守。冰能知天文地理，謂汶山爲天彭門；乃至湔氐縣，見兩山對如闕，因號天彭闕。」

又云：「冰乃壅江作堋，穿郫江檢江別支流雙過郡下，以行舟船。……外作石犀五頭，以厭水精。穿石犀溪於江南，命曰犀牛里。後轉置犀牛二頭，一在府市橋門，今所謂石牛門是也，一在淵中。乃自湔堰上分穿羊摩江灌江，西於玉女房下白沙郵，作三石人，立三水中。與江神要：水竭不至足，盛不没肩。」

宣帝地節中，始穿鹽井數十所。（御覽八百六十五）

【注釋】

按華陽國志蜀志云：「孝宣帝地節三年，罷汶山郡，置北部都尉。時又穿臨邛蒲江鹽井二十所，增置鹽鐵官。」按李冰時已在廣都穿鹽井，蓋宣帝地節中在臨邛蒲江始穿也。

書　上書

答劉歆書〔一〕

雄叩頭：賜命謹至〔二〕，又告以田儀事〔三〕，事窮竟白，案顯出，甚厚甚厚！田儀與雄同鄉里，幼稚爲鄰，長艾相更〔四〕，視覬動精采〔五〕，似不爲非者，故舉至之〔六〕，雄之任也。不意淫迹汙暴於官朝〔七〕，令舉者懷赧而低眉〔八〕，任者含聲而冤舌〔九〕，知人之德，堯猶病諸〔一〇〕，雄何慚焉！叩頭叩頭。

【注釋】

〔一〕答劉歆書：見方言、古文苑、藝文類聚八十五，嚴輯全漢文收録。此書乃揚雄答劉歆來書從取方言而作，兩書俱附傳本方言之後。書前有小序五十二字：「雄爲郎一歲，作繡補靈節龍骨之銘詩三章，及天下上計孝廉，雄問異語，紀十五卷，積二十七年，漢成帝時劉子駿與雄書，從取方言曰。」宋洪邁曾因此序疑兩書爲僞作，其言曰：「世傳楊子雲輶軒使者絶代語釋别國方言凡十三卷，郭璞序而解之，其末又有漢成帝時劉子駿與雄書從取方言，及雄答書。以予考之，殆非也。雄自序所爲文，初無所謂方言，觀其答劉子駿書，稱『蜀人嚴君平』，按君平本姓莊，漢顯宗諱莊，始改曰嚴，法言所稱『蜀莊沈冥』、『蜀莊之才之珍』、『吾珍莊也』（按俱見法言問明篇。蜀莊指嚴君平），皆是本字，何獨至此書而曰嚴？又子駿只從之求書，而答云：『必欲脅之以威，陵之以武，則縊死以從命也。』何至是哉？既云成帝時子駿與雄書，而其乃云『孝成皇帝』，反覆牴牾。又書稱『汝潁之間』，先漢人無此語也，必漢魏之際好事者爲之。」（見容齋隨筆）四庫提要方言提要駁之曰：「考書首成帝時云云，乃後人題下標注之文，傳寫舛譌，致與書連爲一，實非歆之本詞，文義尚釐然可辨。書中載楊莊之名，不作嚴字，實未嘗預爲明帝諱，其嚴君平字，或後人傳寫追改，亦未可知，皆不足斷是書之僞。」戴震方言疏證亦云：「洪邁不察『漢成帝時』四字，係後人序入此二書者之妄……執後人增入者之妄以疑古，疎謬甚矣。今删去緣起五十二字，以免滋惑。」從此以後，僞作之疑遂止。　此書之寫作年代，可據書中自述推算。書云：「雄爲郎之歲，自奏……願不受三歲之奉……後一歲，作繡補靈節龍骨之銘詩三章，成帝好之，遂得盡意，故天下上計孝廉及内郡衛卒會者，雄常把三寸弱翰，齎油素四尺，以問其異語，歸即以鉛摘次之於槧，二十七年於今矣。」按漢書本傳：「奏羽獵賦，除爲郎，給事黄門。」成帝元延二年（公元一一）行幸長楊宫，從胡客大校獵，時揚雄四十三歲，獻羽獵賦。下推二十七年，爲王莽天鳳三年（公元一六），時雄六十九歲。原與王莽劉歆同爲郎官，至此莽爲帝而歆爲國師矣。

〔二〕賜命謹至：意爲你給我的命令已經接到。

〔三〕田儀事：見劉歆來書，五官中郎田儀與官婢陳徵駱驛等私通，盜刷越巾，有罪；帝使劉歆鞫問。田儀：見華陽國志益梁寧三州先漢以來士女目録，自注：「侍郎田儀無善事在中也。」即指此事。

〔四〕艾：禮記曲禮：「五十曰艾。」方言六：「艾：長老也。東齊魯衞之間，凡尊老謂之叟，或謂之艾。」更：互相替换。言交情親密，做事可互相代替。古文苑更作愛。

〔五〕視：觀察。覬：相望，意圖。精采：精神風采。

〔六〕故舉至之：言所以保舉他到朝廷。古文苑章樵注：「按文至字合作任。」

〔七〕不意句：淫迹：指田儀勾搭官婢犯罪事。古文苑迹下無汙字。

〔八〕令舉者：戴震校云：「令，各本訛作今，據文義改正。」今按古文苑各本亦訛作今。

〔九〕冤舌：捲舌。言無話可説。古文苑赧作赧。懷赧：抱愧。因羞愧而臉紅。

〔一〇〕知人二句：尚書皋陶謨：「知人則哲。」又曰：「惟其難之。」論語雍也：「堯舜其猶病諸。」

又敕以殊言十五卷〔一一〕，君何由知之？謹歸誠底裏，不敢違信。雄少不師章句，亦於五經之訓所不解。嘗聞先代輶軒之使〔一二〕，奏籍之書，皆藏於周秦之室。及其破也，遺棄無見之者。獨蜀人有嚴君平〔一三〕、臨邛林閭翁孺者〔一四〕，深好訓詁，猶見輶軒之使所奏言〔一五〕。翁孺與雄外家牽連之親，又君平過誤有以私遇〔一六〕，少而與雄也〔一七〕。君平財有千言耳〔一八〕，翁孺梗概之法略有〔一九〕。翁孺往數歲死，婦蜀郡掌氏，無子而去。而雄始能草文，先作縣邸銘、王佴頌、階闥銘及成都城四隅銘〔二〇〕。蜀人有楊莊者〔二一〕，爲郎，誦之於成帝，成帝好之，以爲似相如〔二二〕，雄遂以此得外見〔二三〕。此數者，皆都水君嘗見也〔二四〕。雄爲郎之歲，自奏：少不得學，而心好沈博絕麗之文，願不受三歲之奉〔二五〕，且休脱直事之徭〔二六〕，得肆心廣意，以自克就〔二七〕。有詔可，不奪奉，令尚書賜筆墨錢六萬，得觀書於石室〔二八〕。如是後一歲，作繡補、靈節、龍骨之銘詩三章〔二九〕，成帝好之，遂得盡意。故天下上計孝廉及内郡衞卒會者〔三〇〕，雄常把三寸弱翰〔三一〕，齎油素四尺〔三二〕，以問其異語，歸即以鉛摘次之於槧〔三三〕，二十七歲於今矣。而語言或交錯相反，方復論思詳悉集之，燕其疑〔三四〕。張伯松不好雄賦頌之文，然亦有以奇之，常爲雄道，言其父及其先君憙典訓〔三五〕，屬雄以此篇目煩示其成者〔三六〕。伯松曰：「是縣諸日月，不刊之書也。」又言：「恐雄爲太玄經，由鼠坻之與牛場也，如其用，則實五稼，飽邦民；否則爲牴糞棄之於道矣〔三七〕。」而雄般之〔三八〕。伯松與雄，獨何德慧〔三九〕，而君與雄，獨何譖隙〔四〇〕，而當匿乎哉？其不勞戎馬高車，令人君坐帷幕之中，知絕遐異俗之語〔四一〕，典流於昆嗣〔四二〕，言列於漢籍〔四三〕，誠雄心所絕極至精之所想遘也〔四四〕。夫聖朝遠照之明，使君宋此〔四五〕，如君之意，誠雄散之之會也〔四六〕，死之日，則今之榮也，不敢有貳〔四七〕，不敢有愛〔四八〕。少而不以行立於鄉里，長而不以功顯於縣官，著訓於帝籍〔四九〕，但言詞博覽〔五〇〕，翰墨爲事〔五一〕，誠欲崇而就之〔五二〕，不可以遺〔五三〕，不可以怠〔五四〕。即君必欲脅之以威，陵之以武，欲令入之於此〔五五〕，此又未定，未可以見〔五六〕；令君又終之〔五七〕，則縊死以從命也〔五八〕。而可且寬假延期〔五九〕，必不敢有愛。雄之所爲，得使君輔貢於明朝〔六〇〕，則雄無恨，何敢有匿？惟執事圖之，長監於規繡之就死以爲小〔六一〕，雄敢行之！謹因還使，雄叩頭叩頭。

【注釋】

〔一一〕敕：自上命下之詞。殊言：指方言。

〔一二〕嘗：戴震校云：各本訛作常。惟文選謝瞻王撫軍庾西陽集別詩李善注引此句作嘗，不訛。按古文苑各本亦訛作常，今正。輶軒：是一種輕車，使臣所乘。風俗通序：「周秦常以歲八月遣輶軒之使，求異代方言。」

〔一三〕嚴君平：華陽國志十：嚴遵，字君平，成都人也。雅性澹泊，學業加妙，專精大易，耽於老莊。常卜筮於市，假蓍龜以教。得百錢則閉肆下簾，授老莊，著指歸，爲道書之宗。揚雄少師之，稱其德。年九十卒。　按嚴遵即莊遵，漢明帝諱莊，始改爲嚴。揚雄法言問明篇「蜀莊沈冥」、「蜀莊之才之珍也」，即指君平。本書稱嚴君平，蓋後人妄改。

〔一四〕林閭翁孺：華陽國志十：林閭，字公孺（公同翁），臨邛人也，善古學。古者天子有輶車之使，自漢興以來，劉向之徒但聞其官，不詳其職。惟閭與嚴君平知之，曰：「此使考八方之風雅，通九州之異同，主海内之音韻，使人主居高堂知天下風俗也。」揚雄聞而師之，因此作方言。閭遯世莫聞也。　按廣韻，林閭氏出自嬴姓，則林閭乃複姓，而華陽國志以爲姓林名閭，舛訛互異。

〔一五〕奏：古文苑作奉，字誤。

〔一六〕私遇：私交。

〔一七〕與：許。

〔一八〕財：借爲纔。

〔一九〕梗概：大概。梗概之法，言有所概括。

〔二〇〕隅：古文苑作堣。　按以上諸作，今皆不傳。

〔二一〕楊莊：華陽國志益梁寧三州先漢以來士女目録，作楊壯，云：「尚書郎楊壯，成都人也，見楊子方言。」按莊之爲壯，蓋避諱所改。

〔二二二〕相如：司馬相如。　漢書揚雄傳：「孝成帝時，客有薦雄文似相如者。」客即楊莊。

〔二二三〕見：讀爲現。外見，表現於外。　文選甘泉賦李善注：「雄作成都四隅銘，蜀人有楊莊者，爲郎，誦之於成帝，以爲似相如，雄遂以此得見。」五臣李周翰注云：「揚雄家貧好學，每製作，慕相如之文。嘗作綿竹頌，成帝時，直宿郎楊莊誦此文。帝曰：『此似相如之文。』莊曰：『非也。此臣邑人揚子雲。』帝即召見，拜爲黄門侍郎。」　按綿竹，蜀縣名，頌即銘。綿竹頌蓋即縣邸銘之一。

〔二二四〕都水君：指劉歆父劉向。劉向曾官中郎使護三輔都水，故此稱官以示敬。　按揚雄爲黄門郎獻甘泉賦時，雄年四十三，劉向年六十七。再過五年，劉向七十二卒，至雄答書時，劉向卒已幾二十年。

〔二二五〕奉：同俸，俸禄。

〔二二六〕且：古文苑各本作旦，誤。　休脱：猶言停止或解除。　直：同值。直事：猶言當值或值班。　徭：役。

〔二二七〕得肆心二句：言能放心學習，有所成就。

〔二二八〕石室：各本作石渠，古文苑各本亦作石渠。　戴震曰：「室，各本譌作渠，蓋後人所改。左思魏都賦：『闕玉策於金縢，案圖籙於石室。』劉逵注云：揚雄遺劉歆書曰：『得觀書於石室。』

文心雕龍事類篇曰：『夫以子雲之才，而自奏不學，及觀書石室，乃成鴻采，表裏相資，古今一也。』今據以訂正。」按石室即石渠閣。三輔故事：石渠閣在未央殿北，藏書之所。

〔二九〕古文苑章樵注曰：「繡補，疑是裀褥之類，加繡其上。靈節，靈壽杖也。漢書靈壽杖注：木似竹，有枝節，長不過八九尺，圍三四寸，自然合杖制，不須削治。龍骨，水車也。禁苑池沼中或用以引水。銘詩今亡，不可復考。」

〔三〇〕古文苑章樵注：「四方所舉孝廉與上計者偕，及諸郡兵士來衛京師。」按漢制：每年年終，郡國派人會京師會計一年施政情況，如有所舉，即同來，名曰計偕。

〔三一〕弱翰：毛筆。

〔三二〕油素：用桐油油過的白綢。寫上字，可以擦掉。　齎（zī資）：持。

〔三三〕鉛：用鉛作筆。　槧（qiàn欠）：削平可以書寫的木片。西京雜記三：「揚子雲好事，常懷鉛提槧，從諸計吏訪殊方絶域四方之語，以爲裨補輶軒所載。」

〔三四〕而語言三句：燕：安也。古文苑章樵注：「會集所未聞，使疑者得所安。」按古文苑方復作覆方，則覆字應屬上讀，但句意無變。

〔三五〕張伯松四句：張伯松，名竦。父張吉，祖父張敞。文中父，即指張吉；先君，即指張敞。張敞精小學，漢書藝文志：「蒼頡多古字，俗師失其讀，宣帝時徵齊人能正讀者張敞，從受之。傳至外孫之子杜林，爲作訓故。」杜林父杜鄴是張敞的外甥。杜鄴從舅張吉學問，得其家書。張吉子張竦伯松，幼孤，又從杜鄴學。張竦官至丹陽太守。後免官，歸長安，居貧，無賓客，時好事者從之質疑問事。平帝元始中，徵天下通小學者以百數，各令記字於庭中。揚雄取其有用者，以作訓纂篇，順續蒼頡，又易蒼頡中重複之字，凡八十九章。所以揚雄對當時一些小學家是熟識的。這裏寫的正是向張竦伯松請教的事。熹：與喜同。典訓：指小學訓詁。賦頌：古文苑作賦誦。頌、誦二字古通。

〔三六〕屬：讀爲囑。此篇目：指方言稿本綱目。熉：戴震曰：「熉，或作頻，或作頗。示其成者四字，或作示之二字。」按古文苑此句作「頗示其成者」。言張伯松囑揚雄，方言全書雖未完成，可將已成的那部分拿來給他看。他看了認爲是懸諸日月不刊之書。

〔三七〕恐雄六句：由：同猶。坻：或作坁，同。古文苑章樵注：「坻音墀，場音傷，皆糞也。」按場，處所之稱。牛場，猶詩豳風東山「町疃鹿場」。坻，亦場也。廣雅釋詁三：「坻，場也。」方言六：「坻，場也。梁宋之間，蚍蜉犂鼠之場謂之坻。」方言十一：「蚍蜉……其場謂之坻，或謂之垤。」牴糞：古文苑作抵糞。牴與抵同，爲相當或充當之意。場、坻爲牛鼠遊息之地，亦有糞肥，若善用之以肥田，則可壯禾苗，多打糧，飽國民；否則，視之爲散土假肥，棄之於道路而已。以喻太玄經，人不易理解，故實用價值不大，不及方言有直接的使人君不出户牖而知天下絶俗的政治作用。

〔三八〕般：古服字。佩服。

〔三九〕慧：借爲惠。古文苑章樵注：「漢人用慧字多與惠通。」

〔四〇〕譖：進讒，説壞話。隙：裂痕。譖隙：因人説了壞話而感情破裂。

〔四一〕絶遐：極遠之地。按劉歆來書云：「今聖朝留心典誥，發精於殊語，欲以驗考四方之事，不勞戎馬高車之使，坐知傜俗，適子雲攘意之秋也。」雄書此處數句是表示同意，並表白方言未成稿没有隱匿不獻的必要。

〔四二〕典：典章。昆：衆。嗣：後代君主。

〔四三〕言：指方言。漢籍：漢廷典籍。按漢有石渠閣，爲庋藏典籍之所。揚雄此書寫於新莽元鳳年間，不言新籍，而言漢籍，當有用意。

〔四四〕絶極至精：形容極度想望。遘：遇。言遇此機會。

〔四五〕宋：同求。

〔四六〕會：機會。劉歆來書云：「誠以隆秋之時收藏不殆，饑春之歲，散之不疑。」以喻平時搜集了方言殊語，到必要時應該拿出來，以滿足人們的欲望。故雄答曰：確是拿出來的時機。散之：乃承歆書「散之不疑」而言。

〔四七〕貳：貳心。不忠不誠謂之貳。

〔四八〕愛：疼愛，捨不得。

〔四九〕訓：典訓。帝籍：皇帝的文書。此句言自己無功勳，名字不得著録於皇帝的典訓文書上。　古文苑此句作「者，訓此於帝籍」，有誤。

〔五〇〕博覽：古文苑作情覽。情字誤。

〔五一〕翰墨：筆墨。　事：古文苑作士。按事與士，古通。

〔五二〕崇：重視。　就：完成。指完成方言一書。

〔五三〕遺：遺失。

〔五四〕怠：懈怠。古文苑怠作忘。

〔五五〕於：當作以。此句言欲以此未成之稿草納入皇宮。

〔五六〕見：讀現，顯露，猶言公開。

〔五七〕終：終止。　此句言你讓我交出草稿，即終止於此，不再能够完成。　戴震校曰：「令君之令，各本訛作今，今改正。」按古文苑各本亦作今。作今亦通，正不必改。

〔五八〕縊死以從命：按細循此文，縊死乃指方言書被縊死（未成而止，如被縊死）。而洪容齋誤爲揚雄自縊死，乃曰：「答云：『必欲脅之以威，陵之以武，則縊死以從命也。』何至是哉！」是未瞭原文之故也。

〔五九〕而可：如可。戴震曰：「而、如，古通用。」　按章樵注古文苑删去「而可」二字，蓋因不知而、如古通之故。

〔六〇〕輔貢：幫助貢獻。　明朝：指王莽新朝。

〔六一〕監：同鑑。　繡：謂如繡花那樣細緻地分析研究。　之：指方言。古文苑章樵注本於作所。錢熙祚校曰：「所字誤，當依方言作於。」又曰：「此十一字作一句讀，章注殊謬。」那麽此句就是説：永遠以你規勸的話作爲鑑戒，「繡之就死以爲小」是規勸語的内容。所以下句説雄敢行之。

【附】

劉歆與揚雄書從取方言

歆叩頭，昨受詔必五官郎中田儀與官婢陳徵駱驛等私通，盜刷越巾事，即其夕竟，歸府，詔問三代周秦軒車使者逌人使者以歲八月巡路宋代語僮謡歌戲，欲頗得其最目，因從事郝隆宋之有日，篇中但有其目，無見文者。歆先君數爲孝成皇帝言：當使諸儒共集訓詁，爾雅所及、五經所詁不合爾雅者，詁籒爲病，及諸經氏之屬，皆無證驗，博士至以窮世之博學者，偶有所見，非徒無主而生是也。會成帝未以爲意，先君又不能獨集，至於歆身，脩軌不暇，何偟更創？屬聞子雲獨采集先代絶言異國殊語，以爲十五卷，其所解略多矣，而不知其目，非子雲澹雅之才，沈鬱之思，不能經年鋭精以成此書，良爲勤矣。歆雖不遘過庭，亦克識先君雅訓，三代之書，蘊藏於家，直不計耳。今聞此，甚爲子雲嘉之已。今聖朝留心典誥，發精於殊語，欲以驗考四方之事，不勞戎馬高車之使，坐知傜俗，適子雲攘意之秋也。不以是時發倉廩以振贍，殊無爲明語，將何獨挈之寶，上以忠信明於上，下以置恩於罷朽，所謂知蓄積、善布施也。蓋蕭何造律，張倉推曆，皆成之於帷幕，貢之於王門，功列於漢室，名流乎無窮。誠以隆秋之時，收藏不殆，饑春之歲，散之不疑，故至於此也。今謹使密人奉手書，願頗與其最目，得使入籙，令聖朝留明明之典！歆叩頭叩頭。

與桓譚書〔一〕

一

望風景附，聲訓自結〔二〕。（文選任昉王文憲集序注）

二

長卿賦不似從人間來〔二〕，其神化所至邪？大諦能讀千賦，則能爲之。諺云：「伏習象神，巧者不過習者之門。」（楊慎赤牘清裁）

【注釋】

〔一〕與桓譚書：嚴輯全漢文録二通，皆殘文，分別題爲「與桓譚書」、「答桓譚書」。今按前篇二句出於文選注，確題「與桓譚書」；後篇嚴氏漫題「答桓譚書」，則無根據。嚴氏於其下有夾行按語云：

案西京雜記：「子雲曰：長卿賦不似人間來，其神化所至邪？」意林載桓譚新論云：「揚子雲工於賦，王君大習兵器，余欲從二子學，子雲曰：能讀千賦則善賦，君大曰：能觀千劍則曉劍。諺曰：伏習象神，巧者不過習者之門。」北堂書鈔一百二引桓子新論云：「余少好文，見揚子雲賦，欲從學。子雲曰：能讀千賦，則善之矣。」藝文類聚五十六引桓子新論云：「余素好文，見子雲工爲賦，欲從之學，子雲曰：能讀千賦則善爲之矣。」用修（楊慎）綴拾成文，唯加「大諦」二字；然「諺云」以下是桓譚語，非子雲語也。此與答郭威書，張溥百三家、梅鼎祚文紀皆入録，今姑不删。

由此看來，嚴氏明知非書而漫題「答桓譚書」，蓋沿誤也。

〔二〕景：同影。影附：如影之附於身。按任昉王文憲集序云：「公不謀聲訓，而楚夏移情。」李善引此二句以注之，聲謂聲譽，訓謂訓教也。

〔三〕長卿：司馬相如字長卿，成都人，有子虚上林等賦，詞藻瑰麗，氣韻排宕，爲漢代詞宗。

上書諫哀帝勿許匈奴朝〔一〕

臣聞六經之治，貴於未亂，兵家之勝，貴於未戰〔二〕，二者皆微〔三〕，然而大事之本，不可不察也。今單于上書求朝，國家不許而辭之，臣愚以爲漢與匈奴從此隙矣〔四〕。本北地之狄〔五〕，五帝所不能臣，三王所不能制，其不可使隙甚明。臣不敢遠稱，請引秦以來明之。

【注釋】

〔一〕本篇上哀帝書：見漢書匈奴傳、太平御覽八百十一，嚴輯全漢文收録。御覽所引，前有「單于上書願朝，哀帝以問公卿，公卿以虚費府帑，可且勿許。單于使辭去，未發，雄上書諫」七句，後有「書奏，天子召還匈奴使者，復報單于書而許之，賜揚雄黄金十斤」四句，稱揚雄集。其實乃節漢書文，今皆不録。據漢書匈奴傳：哀帝建平四年（公元前三）匈奴上書願朝，五年（公元前二)即元壽元年,時哀帝被疾,或言單于朝中國,輒有大故(謂大喪)。哀帝以問公卿,公卿議勿許。匈奴使者辭去,未發,而黄門郎揚雄上書云云。哀帝得奏,大悟,報匈奴書許之。明年,單于從五百人來朝,漢舍之上林苑蒲陶宫,賞賜有加。從此漢與匈奴和好,單于遣稽留昆同母兄右大且方與婦入侍,皆揚雄上書之力也。

〔二〕臣聞四句:六經:指儒經易書詩禮樂春秋。元壽元年,揚雄五十二歲。顔師古漢書注曰:「已亂而後治之,戰鬬而後獲勝,則不足貴。」

〔三〕微:微妙。言未亂而治,未戰而勝,其道微妙。

〔四〕隙:裂縫,指感情破裂。

〔五〕本:錢大昭曰:漢書閩本作夫。

以秦始皇之彊〔六〕,蒙恬之威〔七〕,帶甲四十餘萬,然不敢窺西河〔八〕,乃築長城以界之。會漢初興,以高祖之威靈,三十萬衆困於平城,士或七日不食〔九〕。時奇譎之士、石畫之臣甚衆〔一〇〕,卒其所以脱者,世莫得而言也〔一一〕。又高皇后嘗忿匈奴〔一二〕,羣臣庭議,樊噲請以十萬衆横行匈奴中,季布曰:「噲可斬也,妄阿順指!」於是大臣權書遺之,然後匈奴之結解,中國之憂平。及孝文時,匈奴侵暴北邊〔一三〕,候騎至雍甘泉，京師大駭，發三將軍，屯細柳棘門霸上以備之，數月迺罷。孝武即位，設馬邑之權〔一四〕，欲誘匈奴，使韓安國將三十萬衆徼於便墜，匈奴覺之而去，徒費財勞師，一虜不可得見，況單于之面乎？其後深惟社稷之計〔一五〕，規恢萬載之策〔一六〕，迺大興師數十萬，使衛青霍去病操兵，前後十餘年〔一七〕，於是浮西河〔一八〕，絶大漠，破寘顔〔一九〕，襲王庭〔二〇〕，窮極其地，追奔逐北，封狼居胥山，禪於姑衍〔二一〕，以臨翰海〔二二〕，虜名王貴人以百數〔二三〕。自是之後，匈奴震怖，益求和親，然而未肯稱臣也。

【注釋】

〔六〕彊：古强字。下同。

〔七〕蒙恬：秦將軍。史記蒙恬列傳：「秦已并天下，乃使蒙恬將三十萬衆，北逐戎狄，收河南，築長城，因地形，用險制塞。」

〔八〕西河：指河套以西的地區。

〔九〕平城：在今山西大同東。漢書高帝紀：高帝七年冬十月，「北至樓煩，會大寒，士卒墮指者什二三，遂至平城，爲匈奴所圍，七日，用陳平祕計得出。」

〔一〇〕奇譎：奇特而有機謀。石：讀同碩，大。畫：計策。

〔一一〕卒：終。世莫得而言：顔師古漢書注曰：「謂自免之計，其事醜惡，故不傳。」高帝紀顔注引應劭曰：「陳平使畫工圖美女，間遣人遺閼氏，云：『漢有美女如此，今皇帝困厄，欲獻之。』閼氏畏其奪己寵，因謂單于曰：『漢天子亦有神靈，得其土地，非能有也。』於是匈奴開其一角，得突出。」按文苑英華有謝觀漢以木女解平城圍賦，云「舉國興師，婁敬之言莫聽；七日不食，陳平之計方行。於時命雕木之工，狀佳人之美」云云，是又一傳説。蓋其計鄙陋，秘而不傳，故多臆測。

〔一二〕高皇后嘗忿匈奴一節：漢書匈奴傳上：冒頓致書高后，無禮。「高后大怒，召丞相平及樊噲季布等，議斬其使者，發兵而擊之。樊噲曰：『臣願得十萬衆横行匈奴中。』問季布，布曰：『噲可斬也！前陳豨反於代，漢兵三十二萬，噲爲上將軍，時匈奴圍高帝於平城，噲不能解圍，天下歌之曰：「平城之下亦誠苦，七日不食，不能彀弩。」今歌唫之聲未絶，傷痍者甫起，而噲欲搖動天下，妄言以十萬衆横行，是面謾也。且夷狄譬如禽獸，得其善言不足喜，惡言不足怒也。』高后曰：『善。』令大謁者張澤報書曰（中略）。冒頓得書，復使使來謝……因獻馬，遂和親。」

〔一三〕及孝文時匈奴侵暴北邊一節：候騎：匈奴的前哨騎兵。雍：雍縣，在今陝西鳳翔縣。甘泉：在今陝西淳化縣。見甘泉賦。細柳：在今陝西咸陽市西南渭河北。棘門：在今陝西咸陽市東北。霸上：在今陝西西安市東。漢書匈奴傳：「孝文十四年，匈奴單于十四萬騎入朝那蕭關，殺北地都尉卬，虜人民畜産甚多，遂至彭陽，使騎兵入燒回中宮，候騎至雍甘泉。於是文帝以中尉周舍、郎中令張武爲將軍，發車千乘、十萬騎，軍長安旁，以備胡寇；而拜昌侯盧卿爲上郡將軍，甯侯魏遬爲北地將軍，隆慮侯周竈爲隴西將軍，東陽侯張相如爲大將軍，成侯董赤爲將軍，大發車騎往擊胡。單于留塞内月餘。漢逐出塞，即還，不能有所殺。匈奴日以驕，歲入邊，殺略人民甚衆，雲中遼東最甚，郡萬餘人，漢甚患之。」

〔一四〕孝武即位設馬邑之權一節：漢書匈奴傳：「武帝即位，明和親約束，厚遇關市，饒給之。匈奴自單于以下皆親漢，往來長城下。漢使馬邑人聶翁壹間闌出物與匈奴交易，陽爲賣馬邑城以誘單于。單于信之，而貪馬邑財物，乃以十萬騎入武州塞。漢伏兵三十餘萬馬邑旁，御史大夫韓安國爲護軍將軍，護四將軍以伏單于。單于既入漢塞，未至馬邑百餘里，見畜布野而無人牧者，怪之，乃攻亭。時雁門尉史行徼，見寇，保此亭。單于得，欲刺之。尉史知漢謀，乃下具告單于。單于大驚，曰：『吾固疑之。』乃引兵還。出曰：『吾得尉史，天也。』以尉史爲天王。漢兵約單于入馬邑而縱，單于不至，以故無所得。」（此事又詳韓安國傳。）　墬：古地字。

〔一五〕惟：思。　社稷：猶言國家。

〔一六〕規：規劃。　恢：大。　萬載之策：長治久安之策。

〔一七〕使衛青霍去病操兵前後十餘年：漢書載：武帝元光六年（公元前一二九）匈奴攻上谷。使衛青等四將軍各將萬騎分道擊之。元朔元年（公元前一二八）車騎將軍衛青將三萬騎出雁門，將軍李息出代，擊匈奴。元朔二年（公元前一二七）衛青取河南地。元朔三年（公元一二六）匈奴入雁門。元朔四年（公元一二五）匈奴入代、定襄、上郡，各三萬騎。元朔五年（公元前一二四）衛青率兵十餘萬擊匈奴。拜大將軍。元朔六年（公元一二三）衛青將六將出定襄擊匈奴。元狩二年（公元一二一）驃騎將軍霍去病出隴西擊匈奴。元狩三年（公元前一二〇）匈奴入右北平、定襄。元狩四年（公元前一一九）衛青擊匈奴至寘彥山（即寘顔山），霍去病至狼居胥山。自此匈奴遠徙。用兵前後十一年。

〔一八〕浮：船渡。　西河：指河套西的黃河。

〔一九〕寘顔：山名，在匈奴境内，約爲今蒙古高原杭愛山南脈。元狩四年衛青破匈奴至此，置趙信城。

〔二〇〕王庭：匈奴單于的朝庭。

〔二一〕封狼居胥山二句：狼居胥山：約在今内蒙古克什克騰旗至阿巴嘎旗一帶。元狩四年霍去病出代郡塞破匈奴，封此山。　姑衍：山名，在狼居胥山附近。　封、禪：於狼居胥山上積土，又於姑衍山舉行禪祭。

〔二二〕翰海：唐以前注釋家皆解爲一大海名。據方位推斷，疑即今呼倫湖與貝加爾湖。近人岑仲勉考證，翰海是山而非海，當即今蒙古杭愛山。明以來，翰海又作瀚海，用以指戈壁沙漠。

〔二三〕虜：同擄，生俘。

且夫前世豈樂傾無量之費，役無罪之人，快心於狼望之北哉〔二四〕？以爲不壹勞者不久佚〔二五〕，不蹔費者不永寧〔二六〕，是以忍百萬之師，以摧餓虎之喙〔二七〕，運府庫之財填盧山之壑〔二八〕，而不悔也。至本始之初，匈奴有桀心〔二九〕，欲掠烏孫，侵公主〔三〇〕。迺發五將之師十五萬騎獵其南，而長羅侯以烏孫五萬騎震其西〔三一〕，皆至質而還〔三二〕。時鮮有所獲〔三三〕，徒奮武威，明漢兵若雷風耳。雖空行空反〔三四〕，尚誅兩將軍〔三五〕，故北狄不服，中國未得高枕安寢也。逮至元康神爵之間，大化神明，鴻恩博洽〔三六〕，而匈奴内亂，五單于争立〔三七〕，日逐、呼韓邪攜國歸死(化)，扶伏稱臣〔三八〕。然尚羈縻之，計不顓制〔三九〕。自此之後，欲朝者不距〔四〇〕，不欲者不彊。何者？外國天性忿鷙〔四一〕，形容魁健，負力怙氣〔四二〕，難化以善，易肆以惡〔四三〕，其彊難詘〔四四〕，其和難得。故未服之時，勞師遠攻，窮國殫貨〔四五〕，伏尸流血，破堅拔敵，如彼之難也。既服之後，慰薦撫循〔四六〕，交接賂遺，威儀俯仰〔四七〕，如此之備也〔四八〕。往時嘗屠大宛之城〔四九〕，蹈烏孫之壘〔五〇〕，探姑繒之壁〔五一〕，籍蕩姐之場〔五二〕，艾朝鮮之旃〔五三〕，拔兩越之旗〔五四〕，近不過旬月之役〔五五〕，遠不離二時之勞〔五六〕，固已犂其庭，埽其閭〔五七〕，郡縣而置之〔五八〕，雲徹席卷〔五九〕，後無餘菑〔六〇〕。唯北狄爲不然，真中國之堅敵也，三垂比之懸矣〔六一〕，前世重之兹甚〔六二〕，未易可輕也。

【注釋】

〔二四〕狼望：師古漢書注曰：「匈奴中地名。」通鑑胡注：「邊人謂舉烽燧爲狼火。狼望，謂狼煙候望之地。」

〔二五〕壹：同一，謂一次。　佚：同逸，安逸。

〔二六〕蹔：同暫，暫時。　寧：安。

〔二七〕喙：禽獸的嘴。言摧百萬之師於虎口。

〔二八〕盧山：匈奴中之山。　壑：深谷。

〔二九〕本始：漢宣帝年號，元年爲公元前七三年。　桀：師古注：「桀，堅也，言其起立不順。」

〔三〇〕烏孫：古族名，原在祁連敦煌間，文帝時遷伊犂河和伊克塞湖一帶。武帝時張騫使烏孫。武帝兩次以宗室女爲公主嫁烏孫王。宣帝立漢外孫元貴靡爲大昆彌。　公主：指元貴彌之母。

〔三一〕迺發二句：五將：指田廣明、趙充國、田順、范明友、韓增。　長羅侯：指常惠。漢書宣帝紀：「(元始二年)匈奴數侵邊，又西伐烏孫。烏孫昆彌及公主因國使者上書，言昆彌願發國精兵擊匈奴，唯天子哀憐，出兵以救公主。秋，大發興調關東輕車鋭卒，選郡國吏三百石伉健習騎射者，皆從軍；御史大夫田廣明爲祁連將軍，後將軍趙充國爲蒲類將軍，雲中太守田順爲虎牙將軍，及度遼將軍范明友、前將軍韓增，凡五將軍，兵十五萬騎，校尉常惠持節護烏孫兵，咸擊匈奴。」三年春正月，「五將軍師發長安。夏五月，軍罷。祁連將軍廣明、虎牙將軍順，有罪下有司，皆自殺。校尉常惠將烏孫兵入匈奴右地，大克獲，封列侯」。

〔三二〕質：師古注：「信也，謂所期處。」

〔三三〕鮮：少。謂五將軍無所斬獲。

〔三四〕雖：讀爲唯。雖與唯，古通。反：同返。

〔三五〕誅兩將軍：指祁連將軍田廣明、虎牙將軍田順有罪自殺。廣明坐逗留，順坐增虜獲，有罪。

〔三六〕逮至三句：元康、神爵：皆宣帝年號。按元康元年，龜茲王絳賓及其夫人來朝。二年，徙車師國民居渠犂，以車師故地與匈奴。四年，比年豐收，穀石五錢。神爵元年，趙充國屯田湟中，諸羌降漢。神爵二年，匈奴日逐王先賢撣降漢。四年，匈奴單于遣弟伊酋若王勝之朝漢。凡此即所謂大化神明，鴻恩博洽。

〔三七〕匈奴内亂：神爵四年，匈奴握衍朐提單于暴虐，好殺伐，國人不附。明年，姑夕王與左地貴人共立稽侯狦爲呼韓邪單于，發兵四五萬擊握衍朐提單于，握衍朐提單于敗自殺。都隆奇與右賢王共立日逐王薄胥堂爲屠耆單于，發兵數萬人襲呼韓邪單于，呼韓邪單于敗走。呼揭王叛屠耆單于，自立爲烏藉單于。右奥鞬王聞之，即自立爲車犂單于。烏藉都尉亦自立爲烏藉單于。凡五單于争立，匈奴大亂。

〔三八〕日逐：即日逐王先賢撣，神爵二年降漢。呼韓邪單于在内亂中戰敗，甘露二年款五原塞願朝。三年正月，漢遣車騎都尉韓昌迎之，朝漢天子於甘泉宮。漢寵以殊禮，贊謁稱臣而不名。歸死：死字當作化。王念孫云：「歸死二字，於義不可通，漢紀孝哀紀、通典邊防十一並作歸化。」扶伏：即匍匐。

〔三九〕羈縻：籠絡。顓：古專字。不專制：謂不視爲臣妾而嚴加約束。

〔四〇〕距：同拒，拒絶。

〔四一〕忿：憤恨。鷙：凶狠。

〔四二〕負、怙：皆訓仗恃。言仗恃其氣力。

〔四三〕肆：習。言易習於惡。

〔四四〕詘：同屈，屈服。

〔四五〕殫：盡。貨：財物。

〔四六〕慰薦：同慰藉，安慰。撫循：撫慰。

〔四七〕威儀俯仰：謂以禮接待。

〔四八〕備：全備，周到。

〔四九〕屠大宛之城：武帝太初三年，貳師將軍李廣利伐大宛，破之。大宛降。

〔五〇〕蹈烏孫之壘：武帝時，張騫通西域，説服烏孫與漢共拒匈奴。元封中，武帝以江都王建女細君爲公主，嫁烏孫昆莫爲右夫人，和親。

〔五一〕探姑繒之壁：姑繒：見漢書昭帝紀。蘇林曰：「西南夷別種名。」壁：城壁。

〔五二〕籍蕩姐之場：蕩姐（zǐ紫）：不見紀志，劉德曰：「羌屬。」籍：猶蹈。

〔五三〕艾朝鮮之旃：武帝元封二年，朝鮮王發兵襲殺遼東東部都尉涉何，漢遣樓船將軍楊僕、左將軍荀彘出征。元封三年，朝鮮尼谿相參殺朝鮮王右渠，降漢。艾：借爲刈，砍倒。旃：紅色曲柄旗。這裏指軍旗。

〔五四〕拔兩越之旗：越：漢書亦作粤。兩越：指南越和東越。武帝元鼎四年南越反，漢遣伏波將軍路博德、樓船將軍楊僕討之。六年，南越降，以其地爲儋耳珠崖南海蒼梧鬱林合浦交趾九真日南九郡。惠帝時閩越和東越互鬭。武帝元鼎六年，東越王餘善發兵距漢，殺漢三校尉。漢遣横海將軍韓説、樓船將軍楊僕討之。元封元年，閩越繇王殺餘善，并其衆，降漢，封東成侯，萬户。

〔五五〕役：同役。

〔五六〕離：借爲歷，經歷。時：三月爲一時。二時，謂半年。

〔五七〕固已二句：犂：耕。埽：同掃。閭：里門。言毁滅其庭閭，一掃而光。

〔五八〕郡縣而置之：言以其地置爲郡縣。

〔五九〕徹：同撤。卷：同捲。

〔六〇〕菑：古災字。

〔六一〕唯北狄三句：垂：同陲，邊陲，邊境。三垂：指東西南三邊。懸：懸遠。言東有朝鮮閩越，西有氐羌，南有南越，此三邊與北狄（匈奴）之堅相比，差得遠了。

〔六二〕兹：同滋，益也。

今單于歸義，懷款誠之心，欲離其庭，陳見於前，此乃上世之遺策〔六三〕，神靈之所想望〔六四〕，國家雖費，不得已者也〔六五〕。奈何距以來厭之辭〔六六〕，疏以無日之期〔六七〕，消往昔之恩，開將來之隙！夫款而隙之〔六八〕，使有恨心，負前言，緣往辭〔六九〕，歸怨於漢，因以自絶，終無北面之心〔七〇〕，威之不可，諭之不能，焉得不爲大憂乎？夫明者視於無形，聰者聽於無聲，誠先於未然，即蒙恬樊噲不復施，棘門細柳不復備，馬邑之策安所設，衛霍之功何得用，五將之威安所震？不然，壹有隙之後〔七一〕，雖智者勞心於内，辯者轂擊於外〔七二〕，猶不若未然之時也。且往者圖西域，制車師〔七三〕，置城郭都護三十六國〔七四〕，費歲以大萬計者，豈爲康居烏孫能踰白龍堆而寇西邊哉〔七五〕？乃以制匈奴也。夫百年勞之，一日失之，費十而愛一〔七六〕，臣竊爲國不安也。唯陛下少留意於未亂未戰，以遏邊萌之禍〔七七〕！

【注釋】

〔六三〕上世之遺策：前輩遺留下來的策略。

〔六四〕神靈：指祖宗神靈。

〔六五〕已：止。

〔六六〕距：同拒。　來厭之辭：厭（yā壓），鎮壓。　匈奴請朝見，時哀帝病，朝中或言：「匈奴從上游來厭人（言從北方來鎮人）。」故哀帝拒絕其來朝，而許以後期。

〔六七〕疏以無日之期：言辭以他日，而無一定之期，使匈奴與漢疏遠了。

〔六八〕款而隙之：言匈奴懷款誠來朝，而漢使之疏遠。

〔六九〕負前言二句：負：倚仗。　緣：因。　前言、往辭：指以前和好時的言辭。

〔七〇〕北面：謂稱臣。古天子南面而坐，臣下北面而拜，因謂稱臣於人爲北面。

〔七一〕壹有隙：一旦感情破裂。

〔七二〕辯者：指能言善辯的説客或使者。　轂擊：言使者交馳於道路，多至車轂互相撞擊。

〔七三〕車師：及下文康居烏孫皆西域國名。車師約在今新疆吐魯番市和吉木薩爾縣一帶。康居約在今巴爾喀什湖和鹹海之間。烏孫原在今祁連敦煌間，後西遷伊犂河一帶。

〔七四〕城郭都護三十六國：三十六國：見漢書西域傳，其中包括上述三國。武帝時置西域都護官，治烏壘城，掌督察諸國動静，有變以聞；可安輯，安輯之；可擊，擊之。諸國原無城郭者，爲之置城郭。自敦煌至鹽澤又往往起亭。

〔七五〕白龍堆：簡稱龍堆，在今新疆維吾爾自治區羅布泊以東至甘肅省玉門關，屬礫質荒漠（戈壁），東北西南走向，海拔一千米左右，其間分布許多高出地面二十五米至四十米的方山、岩塔、土柱，溝谷内有流沙堆積，蜿曲如龍，又少草木，故名。西邊：指漢之西界。

〔七六〕愛：猶言捨不得。

〔七七〕遏：止。萌：借爲氓，民也。

對哀帝問災異〔一〕

鼓妖，聽失之象也〔二〕。朱博爲人彊毅多權謀，宜將不宜相〔三〕，恐有凶惡亟疾之怒〔四〕。

【注釋】

〔一〕對詔問災異：見漢書五行志中之下。嚴輯全漢文收録。按五行志云：「哀帝建平二年四月乙亥朔，御史大夫朱博爲丞相，少府趙玄爲御史大夫，臨〔拜〕，延登受策，有大聲如鍾（鐘）鳴，殿中郎吏陛者皆聞焉。上以問黄門侍郎揚雄、李尋，尋對曰：『洪範所謂鼓妖者也。師法以爲：人君不聽，爲衆所惑，空名得進，則有聲無形，不知所從生。其傳曰：歲月日之中則正卿受之。今以四月加辰巳有異，是爲中焉。正卿，謂執政大臣也。宜退丞相、御史，以應天變。然雖不退，不出期年，其人自蒙其咎。』揚雄亦以爲鼓妖云云。」漢帝多迷信災異，故衆臣常藉災異發表政見，規諫皇帝。即如此事，明是鐘聲，而李揚二人皆説是鼓妖，已經是曲解；而李尋又引洪範傳「歲月日之中，則正卿受之」，以爲應在大臣，實際也是勉强附會。漢書補注引沈欽韓曰：「洪範傳：『凡六沴之作，歲之朝，月之朝，日之朝，則后王受之。歲之中，月之中，日之中，則正卿受之。歲之夕，月之夕，日之夕，則庶民受之。』注：『自正月盡四月，爲歲之朝；自五月盡八月，爲歲之中；自九月盡十二月，爲歲之夕。上旬爲月之朝，中旬爲月之中，下旬爲月之夕。平旦至食時，爲日之朝；禺中至日之跌，爲日之中，晡時至黄昏，爲日之夕。』案此爲四月乙亥朔，實歲月日之朝，李尋所對，猶未敢正言哀帝之咎耳。」其實李揚二人乃不滿朱博爲丞相，遂藉災異以諫哀帝勿用朱博，未必是不敢正言哀帝，揚雄直言「朱博爲人强毅多權謀」，才是他們的真正用意。朱博，漢書有傳，其人果以權謀超遷至於丞相，揚雄對他的評價是對的。是年八月，博竟坐爲奸謀，有罪自殺。哀帝建平二年，揚雄四十九歲。

〔二〕聽失：誤聽人言。

〔三〕宜將不宜相：宜於做將軍，不宜於做丞相。

〔四〕凶惡：指凶惡之神。亟疾：皆快速之意。朱博爲丞相不足四個月，正是神怒亟疾。

頌 誄

趙充國頌〔一〕

明靈惟宣〔二〕，戎有先零〔三〕，先零昌狂〔四〕，侵漢西疆。漢命虎臣〔五〕，惟後將軍〔六〕，整我六師〔七〕，是討是震〔八〕。既臨其域，諭以威德〔九〕，有守矜功，謂之弗克。請奮其旅，于罕之羌〔一〇〕。天子命我，從之鮮陽〔一一〕。營平守節，婁奏封章〔一二〕，料敵制勝，威謀靡亢〔一三〕。遂克西戎，還師于京〔一四〕，鬼方賓服，罔有不庭〔一五〕。昔周之宣，有方有虎〔一六〕，詩人歌功，乃列于雅〔一七〕。在漢中興，充國作武，赳赳桓桓，亦紹厥後〔一八〕。

【注釋】

〔一〕趙充國頌：見漢書趙充國傳、昭明文選、藝文類聚五十九，嚴輯全漢文收録。漢書趙充國傳：「初，充國以功德與霍光等列，畫未央宫。成帝時，西羌嘗有警，上思將帥之臣，追美充國，迺召黄門郎揚雄即充國圖畫而頌之。」按成帝時西羌有警，成帝紀未載，惟元延元年詔北邊二十二郡舉勇猛知兵法者各一人。又於次年從胡客大校獵長楊宫以示武，蓋即「思將帥」之意。是時雄獻長楊羽獵等賦。趙充國頌當作於此兩年中，時雄四十三四歲，爲黄門郎。

〔二〕明靈惟宣：明靈：聖明神靈。惟：是。宣：指漢宣帝。此下至「罔有不廷」，敍趙充國戰功。事見漢書趙充國傳。趙充國，字翁孫，隴西上邽人，後徙金城。武帝時爲假司馬從貳師將軍擊匈奴。昭帝元鳳中，爲大將軍護軍都尉擊武都氐人。遷中郎將、水衡都尉，擊匈奴，擢爲後將軍。與大將軍霍光定策立宣帝，封營平侯。宣帝立，他已六十五歲，此其前半生也。宣帝本始二年，以後將軍爲蒲類將軍擊匈奴。神爵元年西羌反，充國以後將軍與彊弩將軍許延壽、破羌將軍辛武賢並進，充國言屯田之計。充國用兵，重仁智，不以殺伐爲事。神爵二年，羌人果服。五月，充國奏請罷屯，振旅還。其秋，羌若零離留且種兒庫共斬先零大豪猶非楊玉首，及諸豪弟澤陽雕良兒靡忘皆帥煎鞏黄羝之屬四千餘人降漢。漢封若零弟澤二人爲帥衆王，離留且種二人爲侯，兒庫爲君，陽雕爲言兵侯，良兒爲君，靡忘爲獻牛君。是年趙充國七十八歲。其後，匈奴亦降，稱臣來朝，封爲列侯。充國乞骸骨就第，朝廷每有四夷大議，常與參兵謀，問籌策。由此漢廷遂安。趙充國功，以平羌爲大，故頌文從宣帝征羌敍起。充國八十六歲於宣帝甘露二年卒，其年揚雄二歲。

〔三〕先零（lián 憐）：漢時西羌的一支，分布在西海鹽池地區，以畜收爲業，宣帝時最盛，與諸羌常擾金城隴西等郡。後漸與漢族及西北其他民族融合。

〔四〕昌狂：即猖狂。文選各本、藝文類聚作猖狂。

〔五〕虎臣：言其勇猛如虎。詩大雅常武：「進厥虎臣。」

〔六〕後將軍：趙充國時爲後將軍。

〔七〕六師：六軍。古天子六軍，諸侯三軍。這裏代指宣帝的軍隊。詩大雅常武：「整我六師，以脩我戎。」

〔八〕討：討伐。震：使之震懼。詩大雅常武：「如雷如霆，徐方震驚。」

〔九〕諭以威德：宣諭天子威德。文選五臣本、藝文類聚諭均作喻。

〔一〇〕有守四句：守：指酒泉太守辛武賢。矜功：自言有能力立功。謂之弗克：説諭以威德的辦法不能取勝。藝文類聚克作尅。請奮其旅，于罕之羌：辛請求帶兵攻擊罕幵之羌。奮：振。罕、幵：羌之別種罕羌與幵羌也，其居地在今甘肅天水市南。按趙充國傳：充國討羌至西部都尉府，計欲以威德招降，告羌豪：大兵誅有罪者，明白自別；又立賞格，令其自效。而酒泉太守辛武賢主張分兵出張掖酒泉，先擊罕幵羌在鮮水上者，「雖不能盡誅，亶奪其畜産，虜其妻子。復引兵還，冬復擊之。」

〔一一〕天子二句：我：指充國。鮮陽：鮮水之陽。水北曰陽。趙充國傳補注：「齊召南曰：『案鮮水即西海，一名青海，又名卑禾羌海。地理志：金城郡臨羌縣西北至塞外有仙海鹽池者也。』」

〔一二〕營平二句：營平：趙充國封營平侯，見注〔二〕。守節：謂守忠貞之節。婁：古屢字。文選各本、藝文類聚均作屢。

遺還。屢上書言戰策，最後條陳留田便宜十二事。宣帝採納。於是留萬人屯田於臨羌浩亹之間（在今青海省西寧市西）二千頃以上。

〔一三〕料敵二句：料：量。靡：無。亢：當。言其兵威深謀，不可拒當。

〔一四〕遂克二句：克：勝。藝文類聚作剋。自行屯田之策，一年之内諸羌降服。神爵二年五月，充國奏請罷屯，振師還京，計降者三萬一千二百人。其秋，羌若零離留且種兒庫共斬先零大豪猶非楊玉，帥衆降漢。諸降豪受封侯不等。

〔一五〕鬼方二句：鬼方：商周時西北民族名，常與商周爲敵。詩大雅蕩：「文王曰咨，咨女殷商……内奰于中國，覃及鬼方。」（奰，音必，怒也。）周以後不見記載。這裏代指諸羌。罔有不庭：無有不臣服於朝廷者。庭：廷通。

〔一六〕昔周二句：宣：指周宣王。方：方叔。周宣王的卿士。虎：召穆公名虎，周宣王的大將。

〔一七〕詩人二句：詩人：指詩經詩的作者。雅：指詩經大雅、小雅。周厲王無道，四夷入侵。宣王立，一度振作，整頓軍隊，進行征伐，史稱宣王中興。詩人作詩歌頌他的武功，皆在毛詩大、小雅中。小雅采芑：「方叔涖止，其車三千，師干之試。方叔率止，乘其四騏，四騏翼翼。」

此寫方叔帶兵南征事。又大雅江漢：「江漢之滸，王命召虎，式辟（闢）四方，徹我疆土。」是寫宣王南平淮夷事。揚雄以爲周宣王漢宣帝同稱宣，南伐西征事相似，方叔召虎與趙充國又皆爲大將，故以爲比。上文三用詩句，亦同此意。

〔一八〕在漢四句：漢中興：五臣劉良曰：「時漢時稍至陵遲，及宣帝即位時稱中興也。」按宣帝有平羌之事，比於周宣王平徐淮，故稱中興。　赳赳、桓桓：皆勇武貌。　亦紹厥後：謂趙充國之功業可以紹繼周宣之臣方叔召虎之後。　後，文選五臣本及藝文類聚均作緒。

元后誄〔一〕

新室文母太后崩，天下哀痛，號哭涕泗，思慕功德。咸上柩，誄之，銘曰〔二〕：

惟我有新室文母聖明皇太后，姓出黄帝，西陵昌意，實生高陽。純德虞帝，孝聞四方。登涉帝位，禪受伊唐〔三〕。爰初胙土，陳田至王〔四〕。營相厥宇，度河濟旁〔五〕。沙麓之靈〔六〕，太陰之精〔七〕。天生聖姿，豫有祥禎。作合于漢，配元生成〔八〕。

【注釋】

〔一〕元后誄：見古文苑、藝文類聚十五，嚴輯全漢文收録。　元后：漢元帝皇后，姓王名政君，乃王莽之姑母。元帝初元元年（公元前四八）立爲皇后。元帝死，成帝立（公元前三二），爲皇太后。歷哀帝，至平帝立（公元元），帝年幼，太后臨朝，委政王莽。及王莽篡漢，國號新，改元稱制，廢皇太后號，稱新室文母太皇太后，示與漢斷絕。莽始建國五年（公元一三），文母太皇太后八十四歲崩，莽詔揚雄作誄。今誄仍題「元后」者，乃後人回改。揚雄作誄時年六十六歲。誄：文體名，爲哀祭文之一種。劉熙釋名：「誄，累也，累列其事而稱之也。」春秋魯哀公曾爲誄誄孔子。

〔二〕咸上柩三句：柩：尸已在棺曰柩。上柩：於柩前陳奠祭之物。咸：遍，謂陳祭已畢。誄：這裏用如動詞。銘：記，謂書之或刻之。

〔三〕姓出七句：王莽自述，王姓出於黃帝。史記五帝本紀：黃帝娶於西陵之女，是爲正妃嫘祖，生二子，其一爲青陽，其二曰昌意。昌意生高陽，即顓頊，有聖德焉。昌意後七世爲舜，受堯禪爲帝，號虞，故稱虞帝。登涉帝位：指舜爲帝事。錢熙祚校云：「涉字誤，古文苑九卷本作陟。」伊唐：堯國號唐。伊：同有，發語詞。

〔四〕爰初二句：胙：賜。胙土：謂天以天下賜舜爲帝。陳田至王：虞舜起於嬀汭，爲嬀姓。至周武王封舜後嬀滿於陳，是爲陳胡公，是後姓陳。十三世生陳完，字敬仲，奔齊，以陳字爲田氏。十一世田和篡齊。又三世，田因齊稱王，是爲齊威王。歷宣、湣、襄至齊王建，爲秦所滅。項羽起，封田安爲濟北王，失國，齊人謂之王家，因又姓王。王莽自述爲濟北王田安之後。田安孫遂，字伯紀，王莽稱之爲伯王。伯王居東平陵（在今山東章丘區），生賀，字翁孺。翁孺失官，遷魏郡元城（在今河北大名縣），子禁，字稚君。稚君有四女八男，次女政君，即元后；次男曼，字元卿，生莽。故元后政君爲王莽姑母。

〔五〕營相二句：相：相看，觀察。宇：指居所。指王賀遷元城事，元城在黄河濟水之旁也。

〔六〕沙麓：山名。按漢書元后傳：翁孺遷元城後，元城建公曰：「昔春秋沙麓崩，晉史卜之曰：『陰爲陽雄，土火相乘，故有沙麓崩，後六百四十五年宜有聖女興。』其齊田乎！今王翁孺徙，正直（值）其地，日月當之；元城郭東有五鹿之虚，即沙鹿地也，後八十年當有貴女興天下。」後翁孺孫女政君果爲元后。謂元后應此兆，故曰沙麓之靈。（按左傳僖公十四年沙鹿崩，晉卜偃説是國亡之兆。而此言當有聖女興，顯然是後人妄造以媚王莽者。）

〔七〕太陰之精：太陰：月。元后傳：母李氏孕政君，夢月入懷。及政君生，使卜數者相政君，當大貴不可言。

〔八〕配元生成：配元帝，生成帝。元后傳：初政君入掖庭爲家人子，宣帝送入太子宫，甘露三年生成帝。四年後太子立爲元帝，政君爲皇后。

孝順皇姑，承家尚莊〔九〕。内則純被〔一〇〕，後烈丕光〔一一〕。肇初配先（元），天命是將〔一二〕。兆徵顯見，新都黄龍〔一三〕。漢成既終，允嗣匪生〔一四〕。哀帝承祚，惟離典經〔一五〕。尚是言異〔一六〕，大命俄顛。厥年夭隕，大終不盈〔一七〕。文母覽之，千載不傾。

博選大智，新都宰衡〔一八〕。

【注釋】

〔九〕孝順二句：皇姑：宣帝王皇后，養育元帝者，於政君爲婆母。尚莊：以莊敬爲尚。此句章樵注：「一作聖敬齋莊。」按藝文類聚作聖敬齋莊。

〔一〇〕内則：閨閫以内之禮則。禮記有内則篇。純被：謂遵守内則没有差誤，而又推及宫妃。被，章樵注：「一作備。」按藝文類聚作備。

〔一一〕烈：業。丕：大。光：廣。

〔一二〕肇初二句：肇：始。先：當作元，藝文類聚作元，指元帝。將：秉承，謂秉承天命。

〔一三〕新都黄龍：按漢書成帝紀：永始元年五月，封王莽爲新都侯，國南陽新野之都鄉千五百户。二年二月詔曰：「迺者龍見於東萊，日有食之，天著變異，以顯朕郵，朕甚懼焉。」是龍見，帝以爲變異，而莽則引以爲己瑞，揚雄又緣諛之。

〔一四〕漢成二句：成帝無子，立定陶恭王丁姬子爲皇太子。成帝崩，太子立，是爲哀帝。以非成帝親生子，故曰匪生。匪：同非。

〔一五〕哀帝二句：祚：指帝位。離典經：哀帝即位，尊定陶恭王爲恭皇；借口母以子貴，封傅太后爲帝太太后，丁姬爲帝太后；皆不合經典之禮。

〔一六〕尚是：猶言自以爲是。　言異：其言異於正理。

〔一七〕大命三句：哀帝在位六年，患痿痺，權柄外移，二十五歲死。　俄：不久。　顛：顛覆。　不盈：言不滿十數。

〔一八〕文母四句：覽：讀爲鑒。　言元后有鑒於此，爲千載不敗之計，於是博選新都侯王莽爲宰衡，以輔漢室。　按漢書平帝紀：平帝立，年九歲。元始元年，王莽由大司馬爲太師安漢公；三年，加號曰宰衡。

明聖作佐，與圖國艱，以度厄運。徵立中山〔一九〕，庶其可濟。博采淑女，備其姪娣〔二〇〕。覲禮高禖，祈廟嗣繼〔二一〕。靡格匪天，靡動匪地〔二二〕。穆穆明明〔二三〕，昭事上帝。宏漢祖考〔二四〕。夙夜匪懈。興滅繼絶，博立侯王〔二五〕。親睦庶族，昭穆序明。帝致友屬，靡有遺荒，咸被祚慶〔二六〕。冀以金火，赤仍有央〔二七〕。

【注釋】

〔一九〕徵立中山：指迎立中山王爲平帝事。漢書平帝紀：平帝爲元帝庶孫中山孝王子，嗣爲中山王。元壽二年六月哀帝崩，無子，「太皇太后詔以新都侯王莽爲大司馬領尚書事。秋七月，遣車騎將軍王舜、大鴻臚左咸，使持節迎中山王。……九月辛酉，中山王即皇帝位。」帝年九歲。

是後太皇太后臨朝，大司馬莽爲太傅安漢公秉政。

〔二一〇〕博采二句：指太后爲平帝聘莽女爲皇后事。漢書平帝紀：「(元始三年春)詔有司爲皇帝納采安漢公莽女。」四年二月立爲皇后，加莽號宰衡。　姪娣：古禮諸侯王嫁女，則女之姪娣從媵。姪，謂新娘兄之女；娣，謂新娘之妹。王莽行古禮，故備姪娣。

〔二一一〕覲禮二句：覲禮：舉行參見禮。章樵注：「覲一作親。」　高禖：神名，祀之以祈有子。　言祭祀高禖，爲皇帝祈求有子以廣宗廟之繼嗣。

〔二一二〕靡格二句：此套用詩經小弁「靡瞻匪父，靡依匪母」句法，言舉動皆遵天地。

〔二一三〕穆穆：肅敬貌。　明明：不含糊。

〔二一四〕宏漢祖考：漢書平帝紀：「元始四年……春正月，郊祀高祖以配天，宗祀孝文以配上帝。」

〔二一五〕博立侯王：平帝紀：「元始二年……使太師光奉太牢告祠高廟。立代孝王玄孫之子如意爲廣宗王，江都易王孫盱台侯宫爲廣川王，廣川惠王曾孫倫爲廣德王；封故大司馬博陸侯霍光從父昆弟曾孫陽、宣平侯張敖玄孫慶忌、絳侯周勃玄孫共、舞陽侯樊噲玄孫之子章，皆爲列侯；賜故曲周侯酈商等後玄孫酈明友等百一十三人爵關内侯，食邑各有差。」

〔二一六〕帝致三句：錢熙祚校云：「友，當作支，九卷本尚不誤。」　祚：福。　慶：喜慶。言漢帝的旁支族屬都受到福澤，没有遺漏和荒忘。

〔二七〕冀以二句：冀：期望。金火：指劉漢。劉字从金，漢爲火德，赤爲火色。有央：猶方中。言期望劉姓漢德之方中。

勉進大聖，上下兼該〔二八〕。羣祥衆瑞，正我黄來〔二九〕。火德將滅，惟后于斯〔三〇〕。天之所壞，人不敢支。哀平夭折，百姓分離〔三一〕。祖宗之愆，終其不全〔三二〕。天命有託，謫在于前〔三三〕。屬遭不造〔三四〕，榮極而遷。皇天眷命，黄虞之孫〔三五〕。歷世運移，屬在聖新。代于漢劉，受祚于天。漢祖承命，赤傳于黄。攝帝受禪，立爲真皇〔三六〕。允受厥中，以安黎衆〔三七〕。漢廟黜廢，移定安公〔三八〕。

【注釋】

〔二八〕勉進二句：大聖：指王莽。該：與賅通，具備一切。孔子家語正論解：「若孔子者，聖無不該。」

〔二九〕羣祥二句：黄：王莽自以爲土德代漢火德，色尚黄。此前黄龍出現、黄支獻犀等祥瑞，王莽以爲應在自己身上。

〔三〇〕火德二句：后：帝，這裏用如動詞。言漢火德將滅，莽應稱帝於斯時。

〔三一〕哀平二句：漢哀帝在位六年，二十五歲而亡；平帝在位五年，十四歲而死；皆夭折不壽。言哀平短壽，天下無主，故百姓分離。按百姓分離實由王莽亂政，這裏是諛詞。

〔三二〕祖宗二句：愆：喪失。左傳昭公二十六年：「王昏不若，用愆厥位。」言失去祖宗傳繼之位而不能終全。

〔三三〕天命二句：譎：變異。左傳昭公三十一年：「庚午之日，日始有譎。」杜注：「譎，變氣也。」言天命别有所託，變異已顯示于眼前。

〔三四〕屬：借爲數。造：成。詩周頌閔予小子：「遭家不造。」鄭箋：「造，猶成也。」

〔三五〕黄虞之孫：指王莽。參前注〔三〕〔四〕。

〔三六〕攝帝二句：漢書王莽傳：平帝元始元年（公元元）莽爲太傅安漢公，加號宰衡；孺子元年（公元六）王莽居攝，稱假皇帝；初始元年（公元八）即真爲皇帝，自號曰新；次年改元始建國元年。

〔三七〕允受二句：章樵注：「受，一作執。」尚書大禹謨：「允執厥中。」原爲舜訓禹之辭，這裏用來頌揚王莽能執其中正之道，以安百姓。

〔三八〕定安公：漢書王莽傳：莽即位始建國元年，封孺子爲定安公，爲新室賓，從此漢室乃絶。

皇皇靈祖，惟若孔臧〔三九〕。降兹珪璧，命服有常。爲新帝母，鴻德不忘〔四〇〕。欽德伊何？奉命是行。菲薄服食，神祇是崇〔四一〕。尊不虚統，惟祇惟庸〔四二〕。隆循人敬，先民是從〔四三〕。承天祇家，允恭虔恪〔四四〕。豐阜庶卉，旅力不射〔四五〕。恤民于留，不皇詭作〔四六〕。別計十邑，國之是度。還奉于此，以處貧薄〔四七〕。罷苑置縣，築里作宅。以處貧窮，哀此嫠獨〔四八〕。起常盈倉，五十萬斛。爲諸生儲，以勸好學〔四九〕。志在黎元，是勞是勤〔五〇〕。春巡灞滻，秋臻黄山。夏撫鄠杜，冬卹涇樊〔五一〕。大射饗飲，飛羽之門〔五二〕。綏宥耆幼，不拘婦人。刑女歸家，以育貞信〔五三〕。玄冥季冬，搜狩上蘭〔五四〕。寅賓出日，東秩暘谷〔五五〕。鳴鳩拂羽，戴勝降桑〔五六〕，蠶于繭館，躬筐執曲。帥導羣妾，咸循蠶蔟〔五七〕。分繭理絲，女工是勑〔五八〕。遐邇蒙祉，中外褆福〔五九〕。自京逮海，靡不仰德。成類存生，秉天地經〔六〇〕。無物不理，無人不寧〔六一〕。尊號文母，與新有成〔六二〕。世奉長壽，靡墮有傾〔六三〕，著德太常，注諸旒旌〔六四〕。嗚呼哀哉，以昭鴻名。享國六十，殂落而崩〔六五〕。

【注釋】

〔三九〕皇皇二句：皇皇：大也。靈祖：指王氏祖先黄虞。若：順。孔：甚。臧：善，美。言順行先祖黄虞之德，所以甚善甚美。

〔四〇〕降兹四句：降：賜。珪璧：玉器，上圓下方曰珪，圓而有孔曰璧，古用爲聘好之禮物。命服：天子所賜之官服。言文母受天子賜給珪璧命服爲新室文母，順行祖德，成爲常經，人們永不遺忘。

〔四一〕欽德四句：欽：敬。伊：是。言文母可敬之德是奉天命行事，衣食菲薄，崇敬神靈。（此下皆言文母德行。）

〔四二〕尊不二句：尊不虛統：言不是徒有尊名。惟祇惟庸：周禮大司樂：「以樂德教國子，中、和、祇、庸、孝、友。」鄭注：「祇，敬；庸，有常也。」按章樵注，此句「一作惟垣惟墉」。則謂如垣牆之保衛家國。

〔四三〕隆循二句：隆：尊重。荀子儒效：「上則能大其所隆，下則能開道不已若者。」循：遵理守法曰循，漢稱遵理守法之吏爲循吏。言能順從先人遺教，尊重遵理守法之行，爲人所敬。

〔四四〕承天二句：祇、恭、虔、恪：都是敬慎的意思。允：信。

〔四五〕豐阜二句：豐阜：盛多。這裏作使動用。庶：衆。卉：草之總名，這裏指五穀雜禾。旅：衆人。不射（yì譯）：即無射。射，厭也。射、厭一聲之轉。詩周頌清廟：「無射于人斯。」鄭箋：「人無厭之。」射亦作斁，詩周南葛覃：「服之無斁。」毛傳：「斁，厭也。」言文母關心五穀豐茂，不厭倦地使民衆力作。漢書哀帝紀：詔諸侯王列侯公主吏二千石及豪富毋得田宅無限，與民争利，使百姓失職，重困不足。案：此蓋因河間王良喪太后，服三年，詔書褒封，而連類及之。下注〔六四〕所引詔同。建平元年太皇太后詔外家王氏田，非冢塋，皆以賦貧民。又平帝紀：元始元年使大司農部丞十三人，人部一州勸農桑。

〔四六〕恤民二句：恤：體恤，關懷。留：久留不還。皇：通遑，暇。詭作：詭異的工作，指非農業性的邪巧工作。言關懷農民安土耕種，不乘閒做邪巧工作。漢書哀帝紀：詔齊三服官諸官織綺繡難成、害女紅之物皆止無作輸。

〔四七〕別計四句：別計十邑：漢書平帝紀：「元始元年……太皇太后省所食湯沐邑十縣，屬大司農常別計其租入，以贍貧民。」度：救。奉：俸之省文。湯沐邑是太后之俸禄，今以十縣別計租入，故說還俸。

〔四八〕罷苑四句：平帝紀：「元始二年……罷安定呼池苑爲安民縣。起官寺市里，募徙貧民，縣次給食至徙所，賜田宅什器，假與犂牛種食。又起五里於長安城中，宅二百區，以居貧民。」嫠：寡婦。

〔四九〕起常四句：漢書王莽傳：「元始三年……起明堂辟雍靈臺，爲學者築舍萬區，作市、常滿倉，制度甚盛。」御覽五百三十四引黃圖云，博士弟子多至萬八百人。

〔五〇〕志在二句：黎：衆多。元：老百姓。戰國策秦策鮑彪注：「元，善也；民之類善，故稱元。」言一心爲衆民而勤勞。

〔五一〕春巡四句：漢書元后傳：「莽令太后四時車駕巡狩四郊，存見孤寡貞婦。春幸繭館，率皇后列侯夫人桑，遵灞水而祓除；夏遊篽宿鄠杜之間；秋歷東館，望昆明，集黃山宮；冬饗射飛羽，校獵上蘭，臨涇而覽焉。太后所至屬縣，輒施恩惠賜民錢帛牛酒，歲以爲常。」黃山：黃山宫，在槐里縣，今陝西興平市西南三十里。　鄠杜：二縣名。鄠即今陝西鄠邑，杜在今西安市東南。　涇：涇水。　樊：樊川，在今西安市南。

〔五二〕大射二句：大射：養老之禮。　飛羽：殿名，在未央宫中。

〔五三〕綏宥四句：綏：安。　宥：寬恕。　耆：老人。　漢書平帝紀：元始元年詔：「天下女徒，已論歸家。……復貞婦，鄉一人。」四年詔曰：「前詔有司復貞婦，歸女徒，誠欲以防邪辟，全貞信及眊悼之人。……惟苛暴吏多拘繫犯法者親屬，婦女老弱，構怨傷化，百姓苦之。其明敕百僚，婦女非身犯法及男子年八十以上、七歲以下，家非坐不道，詔所名捕，它皆無得繫，其當驗者，即驗問。定著令。」

〔五四〕玄冥二句：玄冥：北方神。後漢祭祀志：「立冬之日，迎冬於北郊，祭黑帝、玄冥。」　搜狩：校獵。　上蘭：觀名。在上林中。

〔五五〕寅賓二句：尚書堯典：「寅賓出日，平秩東作。」僞孔傳：「寅，敬；賓，導；秩，序也。歲起於東，而始就耕，謂之東作。東方之官，敬導出日，平均次序東作之事，以務農也。」暘谷：日出之處。　此二句意爲春天日出是安排農事的時候。

〔五六〕鳴鳩二句：鳴鳩飛而拍擊翅膀，戴勝落在桑樹上，古以爲是養蠶的物候。　戴勝：鳥名，頭有羽冠，喜食蟲，季春桑蟲生，故戴勝常落桑上。　藝文類聚下句作「勝降桑木」。

〔五七〕蠶于四句：繭館：上林苑中有繭觀，爲養蠶之所。館與觀同。　筐：養蠶用具。

曲：蠶薄。咸：皆。循：循視。蔟：供蠶作繭的草把子。此四句，藝文類聚作「蠶于蠒館，躬執筐曲，帥道羣妾，咸修蠶蔟」。

（五八）分繭二句：女工：指分繭、繅絲、紡綫、染色、織布、縫衣等事，古代這些都是婦女的工作。勑：同敕，整敕、嚴整的意思。按禮記月令：「季春之月……鳴鳩拂其羽，戴勝降于桑。具曲植籧筐，后妃齊戒，親東鄉躬桑，禁婦毋觀，省婦使，以勸蠶事。蠶事既登，分繭稱絲效功，以供郊廟之服，無有敢惰。」太后蓋按古禮行事。

（五九）遐邇二句：遐：遠。邇：近。祉：福。中外：指宮内外。禔：安。

（六〇）成類二句：類：族類。成類，親睦九族的意思。生：生民。經：正道。

（六一）無物二句：理：治，平治。寧：安寧。

（六二）與新有成：與新室共有成功。

（六三）世奉二句：長壽：宮名。漢書元后傳：「莽改太后爲新室文母，絶之於漢，不令得體元帝，隨毀元帝廟，更爲文母太后起廟，既成，名爲長壽宮。」靡墮有傾：猶言靡有墮傾。

（六四）著德二句：太常：旗名，旗上畫日月星辰。尚書君牙：「惟乃祖乃父，世篤忠貞，服勞王家，厥有成績，紀于太常。」僞孔傳：「其有成功，見紀録書於王之太常，以表顯之。王之族旗畫日月，曰太常。」注諸旒旌：言旗上又注旒與旌。旒，旗的飄帶。旌，竿上飾羽。

（六五）享國二句：章樵注：「后以初元元年癸酉（公元前四八）立爲皇后，至王莽建國五年癸酉（公元一三）崩。」享國正爲六十年。

四海傷懷，擗踊拊心〔六六〕。若喪考妣，遏密八音〔六七〕。嗚呼哀哉，萬方不勝〔六八〕。德被海表，彌流魂精。去此昭昭，就彼冥冥〔六九〕。忽兮不見，超兮西征〔七〇〕。既作下宮，不復故庭〔七一〕。爰緘伊銘〔七二〕，嗚呼哀哉！

【注釋】

〔六六〕擗：手拍胸。踊：脚頓地。拊心：拍胸。皆形容極度悲哀之狀。

〔六七〕若喪二句：尚書舜典：「二十有八載，帝乃殂落，百姓如喪考妣，三載，四海遏密八音。」按父死稱考，母死稱妣；遏，絶；密，静；八音，指音樂。言百姓如喪父母，停止了演奏音樂。

〔六八〕不勝：不勝其哀。

〔六九〕德被四句：言其德行廣及海外，而其精魂却流散，去此光明之世，就彼冥冥地下。

〔七〇〕西征：太后卒葬渭陵。渭陵在長安西北五十六里。

〔七一〕既作二句：下宫：壙塋。復：回還。故庭：故宫。

〔七二〕緘：封緘。伊：是。銘：指此誄。按，誄中事具詳漢書元后傳及王莽傳。

箴

十二州百官箴〔一〕

【注釋】

〔一〕揚雄有十二州二十五官箴，到東漢時已有亡缺。後漢書胡廣傳云：「初，揚雄依虞箴作十二州二十五官箴，其九篇亡闕。後涿郡崔駰及子瑗，又臨邑侯劉騊駼，增補十六篇。（胡）廣復繼作四篇，文甚典美，乃悉次首目，爲之解釋，名曰百官箴，凡四十八篇。」如此傳言，揚雄之作共爲三十七篇，到東漢時僅存二十八篇了。清嚴可均輯全漢文，又補出五篇，其跋語曰：「今遍索羣書，除初學記之潤州箴、御覽之河南尹箴，顯誤不録外，得州箴十二，官箴二十一，凡三十三箴，視東漢時多出五箴。縱使司空、尚書、太常、博士四箴可屬崔駰崔瑗，仍多出一箴，與胡廣傳未合。猝求其故而未得，覆審乃明：所謂『亡』『闕』者，謂有亡有闕。侍中、太史令、國三老、太樂令、太官令五箴多闕文，其四箴亡，故云『九篇亡闕』也。百官箴收整篇，不收殘篇，故子雲僅二十八箴。羣書徵本集，本集整篇殘篇兼載，故有三十三篇。其司空、尚書、太常、博士四箴，藝文類聚作揚雄，必可信據也。」　今按嚴氏論證甚明，揚雄箴今存州箴十二、官箴二十一，完殘共爲三十三篇，無可懷疑。嚴氏所採，見藝文類聚、初學記、古文苑、昭明文選注、太平御覽、北堂書鈔等書，兹據以全録，而依胡廣傳概以總題，曰「十二州百官箴」。

又按漢書王莽傳，莽爲安漢公，平帝元始五年奏請將漢天下十三州改爲十二州，以合經義，並正定十二州州名。及莽立，又改官名司空爲司若，大司農爲羲和，後又改爲納言；光禄勳爲司中，大鴻臚爲典樂，衞尉爲太衞，太僕爲太御，少府爲共工，執金吾爲奮武。始建國四年復依禹貢改十二州爲九州。今觀子雲之箴，州爲十二，官皆舊稱，知其寫作當在平帝元年以後，新莽始建國元年以前，約三四年間，時揚雄年在五十八至六十二之間。

揚雄十二州百官箴，依周虞人之箴而作，虞人之箴見國語周語上，兹録於左方，以便參閲：

茫茫禹迹，畫爲九州，經啓九道。民有寢廟，獸有茂草。各有攸處，德用不擾。在帝夷羿，冒于原獸，忘其國恤，而思其麀牡。武不可重，用不恢于夏家。獸臣司原，敢告僕夫。

十二州箴

一、冀州牧箴〔一〕

洋洋冀州，鴻原大陸〔二〕。岳陽是都，島夷皮服〔三〕。潺潺河流，表（初學記作夾）以碣石〔四〕。三后攸降，列爲侯伯〔五〕。隆周之末（初學記作降周之秦，古文苑作降周之末），趙魏是宅〔六〕。冀土糜沸，炫沄（文選思玄賦注、初學記均作泫沄）如湯〔七〕。更盛更衰，載從載横〔八〕（初學記作衡）。陪臣擅命，天王是替〔九〕。趙魏相反，秦拾其弊〔一〇〕。北築長城，恢夏之場〔一一〕。漢興定制，改列藩王〔一二〕。仰覽前世，厥力孔多〔一三〕。初安如山〔一四〕，後崩如崖〔一五〕。故治不忘亂，安不忘（初學記、古文苑作遺）危〔一六〕。周宗自怙，云焉有予隳〔一七〕。六國奮矯，果絕其維〔一八〕。牧臣司冀，敢告在階〔一九〕。（藝文類聚六、初學記八、古文苑）

【注釋】

〔一〕冀州牧：尚書禹貢曰：「冀州既載。」僞孔傳曰：「堯都也。」舜典曰：「咨十有二牧，食哉惟時。」由此知州各有牧，箴題當有牧字。下仿此。

〔二〕洋洋二句：洋洋：廣平貌。　鴻原：大原。　禹貢：「既修大原。」又曰：「大陸既作。」

〔三〕岳陽二句：禹貢曰：「至于岳陽。」岳，同嶽，舊注以爲即霍太山，亦名太岳。　陽：山南曰陽。　島夷皮服：亦禹貢文。島夷：東方海曲之民族，以遭洪水，衣食不足，食鳥獸而以其皮爲衣服。

〔四〕潺潺二句：河：黄河。　碣石：海畔山。　禹貢：「夾右碣石，入于河。」

〔五〕三后二句：三后：指堯舜禹。　尚書五子之歌：夏太康五弟「述大禹之戒以作歌……其三曰：惟彼陶唐，有此冀方」。　此言堯舜禹皆都於冀，由夏而降，分爲侯國。

〔六〕隆周二句：隆：與降古通。　周末：指戰國。　戰國魏都安邑，趙都邯鄲，皆爲冀州境。

〔七〕冀土二句：糜：稀粥。　炫沄：同泫沄，雙聲連綿詞，開水翻滚貌。

〔八〕更盛二句：更：交替。　從横：即縱横，戰國的合縱連横。

〔九〕陪臣二句：陪臣：下臣，指平原君、信陵君等。　天王：指周王。　替：廢替。　言此等人各專國命，廢替王命，不復知有周。

〔一〇〕趙魏二句：趙魏互相攻擊，秦乘其弊而滅之。　拾：言其取之容易。

〔一一〕北築二句：恢：開拓。　言秦使蒙恬北築長城，開拓了夏時冀州之疆域。

〔一二〕漢興二句：言漢初高帝定制以冀州之地封藩王、如封張耳爲趙王、封趙歇爲代王、封子如意爲趙王等。

〔一三〕仰覽二句：厥力孔多：古文苑章樵注：「力，合作歷。」言仰觀前代，經歷變化很多。

〔一四〕初安如山：指虞夏時。

〔一五〕後崩如崖：指戰國時。

〔一六〕故治二句：周易繫辭下：「是故君子安而不忘危，存而不忘亡，治而不忘亂。」

〔一七〕周宗二句：怙：恃。隳：毁壞。言周恃祖先之德，而謂無人能毁壞我。

〔一八〕六國二句：奮矯：奮起矯舉，謂恃力稱霸。維：推四維禮、義、廉、恥。管子牧民：「國有四維，一維絶則傾，二維絶則危，三維絶則覆，四維絶則滅……何謂四維？一曰禮，二曰義，三曰廉，四曰恥。」劉績注：「維，網罟之綱，此四者張之，所以立國，故曰四維。」

〔一九〕牧臣二句：在階：猶言在庭。古文苑章樵注：「官箴王闕，不敢斥至尊，故托以告在庭之臣。」

二、兗州牧箴

悠悠濟河，兗州之寓。九河既導，雷夏攸處〔一〕。草繇木條，漆絲絺紵〔二〕。濟漯既通，降丘宅土〔三〕。成湯五徙，卒都於亳〔四〕。盤庚北度，牧野是宅〔五〕。丁感雊雉，祖己伊忠。爰正厥事，遂緒高宗〔六〕。厥後陵遲，顛覆湯緒〔七〕。西伯戡黎，祖伊奔走。致天威命，不恐不震〔八〕。婦言是用，牝雞司晨〔九〕。三仁既知〔一〇〕，武果戎殷〔一一〕。牧野之禽，豈復能耽？甲子之朝，豈復能笑〔一二〕？有國雖久，必畏天咎〔一三〕。有民雖長，必懼人殃。箕子歔欷，厥居爲墟〔一四〕。牧臣司兗，敢告執書〔一五〕。（藝文類聚七、初學記八、古文苑）

【注釋】

〔一〕悠悠四句：悠悠：長遠貌。濟：濟水。古濟水發源於今河南濟源市，流經今山東，至濟南濼口東北入海。屢經變遷，河道爲其他水所奪，其下游大致即今之黃河。河：黃河。古之黃河自今河南直穿河北省，由天津入海。寓：宇的古體字。雷夏：澤名，在今山東菏澤東北，已涸。攸：所。尚書禹貢：「濟河惟兗州，九河既道，雷夏既澤。」言兗州在濟河兩水流域，河水在此分爲九道，又匯有雷澤。

〔二〕草繇二句：禹貢：「草惟繇，厥木惟條。」又曰：「厥貢漆絲，厥篚織文。」僞孔傳：「繇，茂。條，長也。」言兗州草木豐茂，又産漆絲織錦和葛布，用來進貢。絺（chī癡）：細葛布。紵：紵麻布。

〔三〕禹貢：「桑土既蠶，是降丘宅土。」僞孔傳：「地高曰丘。大水去，民下丘，居平土，就桑蠶。」

〔四〕成湯二句：尚書序：「自契至于成湯，八遷，湯始居亳，從先王居。」湯世五遷，最後定居於亳。此亳爲南亳，在今河南商丘市北。

〔五〕盤庚二句：尚書盤庚序：「盤庚五遷，將治亳殷。」按史記殷本紀：盤庚南渡河，復居成湯之故居。此云北渡宅牧野，未詳孰是。盤庚：成湯九世孫。牧野：在今河南淇縣西南。

〔六〕丁感四句：丁：殷高宗武丁，成湯十世孫。尚書高宗肜日序：「高宗肜日，越有雊雉。祖己曰：惟先格王，正厥事。」祭之明日又祭，殷曰肜，周曰繹。言殷高宗武丁舉行肜祭時，有雉升於鼎耳而鳴，這是一種怪異現象。賢臣祖己說：先王有道之王遇怪異就修正事，其怪自消。於是祖己作高宗肜日之篇以訓戒武丁，進忠言而纘湯緒，武丁復興，後來被尊爲高宗。雊：雉鳴。伊：是。

〔七〕厥後二句：陵遲：逐漸衰落。按史記殷本紀：武丁崩，子帝祖庚立。祖庚崩，弟祖甲立，是爲帝甲。帝甲淫亂，殷復衰。以後殷帝多無道，至紂王而亡。故曰：顛覆湯緒。

〔八〕西伯四句：西伯：即周文王昌，爲殷諸侯，稱西伯。他伐滅黎國，黎國近殷，驚動了殷王朝。殷臣祖伊恐懼，奔告紂王曰：「天子！天既訖我殷命……非先王不相我後人，惟王淫戲用自絕，故天棄我。……今我民罔弗欲喪，曰：『天曷不降威，大命不摯？』」但紂王毫不畏懼，却說：「我生不有命在天！」尚書西伯戡黎篇記此事。震：懼。

〔九〕婦言二句：尚書牧誓：武王伐受（紂），戰於牧野，作牧誓，其中有云：「王曰：古人有言曰：『牝雞無晨。牝雞之晨，惟家之索。今商王受（紂）惟婦言是用，昏棄厥肆祀弗答，昏棄厥遺王父母弟不迪。』」婦，指紂妃妲己。國語晉語一：「殷辛伐有蘇，有蘇氏以妲己女焉。妲己有寵，於是乎與膠鬲比而亡殷。」呂氏春秋先識：「商王大亂，沈於酒德，妲己爲政，賞罰無方。」

〔一〇〕三仁：謂微子啓、箕子、比干。微子啓是紂王庶兄，箕子是紂王叔父，二人皆有封國，還朝爲卿士。紂王無道，微子去其位而遁逃。箕子諫紂不聽，乃被髮佯狂爲紂奴。比干也是紂王叔父，强諫，紂王怒，剖其心而死。論語微子篇：「微子去之，箕子爲之奴，比干諫而死。孔子曰：『殷有三仁焉。』」言殷將危亡，三人早知之，而關心社稷人民，不惜犧牲個人，故爲三仁。

〔一一〕武：謂周武王。禮記中庸：「武王壹戎衣而有天下。」壹，統一。戎，大。衣與殷，古通。戎殷，大殷。一説戎殷是對殷的貶稱。原句中之戎字，用作動詞，義指征伐。書泰誓中：「戎商必克。」此承上句言三仁早知殷必亡，後來果然被周武王吞滅了。

〔一二〕牧野四句：耽：樂。後漢書王龔傳李賢注引列女傳：「紂爲銅柱，以膏塗之，加于炭之上，使有罪緣焉，足滑跌墮，紂與妲己笑以爲樂。」史記周本紀：二月甲子昧爽，周武王帥師與紂戰于牧野，斬紂頭，殺妲己。此言甲子之朝，牧野之戰，紂妲己俱被擒殺，豈復能笑樂乎！

禽：與擒同。

〔一三〕有國二句：有國雖久：謂殷有國六百餘年。咎：災禍，加罪。

〔一四〕箕子二句：歔欷：歎氣。墟：廢墟。史記宋微子世家：「箕子朝周，過故殷墟，感宮室毁壞，生禾黍。箕子傷之，欲哭則不可，欲泣爲其近婦人，乃作麥秀之詩以歌咏之。其詩曰：『麥秀漸漸兮，禾黍油油。彼狡童兮，不與我好兮。』所謂狡童者，紂也。殷民聞之，皆爲流涕。」

〔一五〕執書：古文苑章樵注：「猶尚書也。」

三、青州牧箴

茫茫青州，海岱是極〔一〕。鹽鐵之地，鉛松怪石〔二〕。羣水攸歸，萊夷作牧〔三〕。貢篚以時，莫怠莫違〔四〕。昔在文武，封吕於齊。厥土塗泥，在邱之營。五侯九伯，是討是征〔五〕。馬殆其銜，御失其度〔六〕。周室荒亂，小白以霸。諸侯僉服，復尊京師〔七〕。小白既没，周卒陵遲。嗟兹天王，附命下土〔八〕。失其法度，喪其文武〔九〕。牧臣司青，敢告執矩〔一〇〕。（藝文類聚六、初學記八、古文苑）

【注釋】

〔一〕茫茫二句：茫茫：廣大貌。禹貢：「海岱惟青州。」海：指今黄海。岱：泰山。

極：至。

〔二〕鹽鐵二句：禹貢：「厥貢鹽絺，海物惟錯，岱畎絲枲，鉛松怪石。」孔氏傳：「畎，谷也。怪異好石似玉者。岱山之谷出此五物，皆貢之。」

〔三〕羣水二句：禹貢：「濰淄其道（導）。」又云：「浮于汶，達于濟。」故此云羣水所歸。禹貢又云：「萊夷作牧。」孔氏傳：「萊夷：地名，可以放牧。」今按萊夷，指今山東半島，其地有民，夏人稱之爲萊夷，亦作地名。

〔四〕貢篚二句：篚：盛貢品的竹筐。言須按時貢獻，不要懈怠，不要違反規定。

〔五〕昔在六句：周武王平商，封太公望吕尚於營邱，國號齊。周成王時，使召康公奭命太公曰：「東至海，西至河，南至穆陵，北至無棣，五侯九伯，汝實征之，以夾輔周室。」齊由此得征伐（見史記齊世家）。塗泥：指海濱廣斥灘塗之地。邱之營：即營邱，在今山東臨淄，爲齊都。五侯：公侯伯子男五等諸侯。九伯：九州之方伯。

〔六〕馬殆二句：銜：馬嚼子。御：駕馬駛車之人。二句喻諸侯叛命，周王統治又失其道。

〔七〕周室四句：小白：齊桓公名。齊桓公用青州之地稱霸，九合諸侯，一匡天下，諸侯無敢不服，周王地位復又加强。僉：皆。京師：指周王朝。

〔八〕嗟兹二句：言天王之地位依賴於霸主維持，有似繫附，實爲可嘆。天王：指周天子。

〔九〕喪其文武：言周天子文不能爵命有功，武不能征討有罪。

〔一〇〕矩：矩尺，畫方形的用具；引伸爲法度。執矩：掌管法者，指青州牧。

四、徐州牧箴

海岱伊淮，東海是渚〔一〕。徐州之土，邑於蕃宇〔二〕。大野既瀦，有羽有蒙〔三〕。孤桐蠙珠，泗沂攸同〔四〕。實列藩蔽，侯衛東方。民好農蠶，大野以康。帝癸及辛，不祗不恪〔五〕。沈湎於酒，而忘其東作〔六〕。天命湯武，勦絶其緒祚〔七〕。降周任姜，鎮於琅邪。姜氏絶苗，田氏攸都〔八〕。事由細微，不慮不圖。禍如丘山，本在萌芽〔九〕。牧臣司徐，敢告僕夫〔一〇〕。

【注釋】

〔一〕禹貢：「海岱及淮，惟徐州。」謂自海岱至淮水是徐州之地。及，箴作伊，伊是語助詞。東海，今之黄海。　渚：爾雅釋水：「水中可居者曰洲，小洲曰渚。」

〔二〕徐州二句：言徐州之地及城邑，於周爲五服侯衛屏藩。　蕃：同藩。

〔三〕大野二句：大野：澤名。　瀦：水所停曰瀦。往時洪水漫衍，今停爲大澤。　羽：羽山，在今山東郯城縣東北。　蒙：蒙山，在今山東蒙陰縣南。　禹貢曰：「大野既豬（瀦），東原底平。」又曰：「淮沂其乂，蒙羽其藝（種植）。」

〔四〕孤桐二句：孤桐：孤特之桐，産嶧山中，可爲琴瑟。　蠙珠：即蚌珠。此蚌産珠，故特名蠙。　泗沂：泗水沂水皆在今山東省南部。　同：會合。　禹貢曰：「嶧陽孤桐。」又曰：「泗濱浮磬，淮夷蠙珠暨魚。」

〔五〕帝癸二句：帝癸及辛：指夏桀和殷紂。癸、辛，皆夏商時廟號。　祗：恭敬。　恪：謹慎。

〔六〕沈湎二句：沈湎：猶沉溺，多指嗜酒無度，若沉水中，不能自拔。　東作：謂農事。尚書堯典：「平秩東作。」蔡沈集傳：「作，起也。東作，春月歲功方興，所當作起之事也。」

〔七〕天命二句：天命湯武：言成湯伐桀，武王伐紂，皆奉天命。　勦：同剿，滅絶。　祚：帝位。

〔八〕降周四句：言降及周朝，封姜太公呂尚於齊。齊桓公時，陳國田完奔齊。齊平公時，田完之後田常爲相，專齊政，盡誅公族之强者，割齊自安平以東至琅邪，自爲封邑。三世至田和，篡齊位，爲諸侯，是爲田齊太公。姜齊之苗裔從此絶滅。　琅邪：或作瑯琊，在今山東膠南市。

〔九〕事由四句：言田完來奔，本爲細微之事，而齊君不加考慮，結果形成篡大禍，事出萌芽，而禍成丘山。

〔一〇〕僕夫：古稱爲尊長駕車者爲僕夫。詩小雅出車：「召謂僕夫，謂之載矣。」不敢直斥，故謙言告僕夫。

五、揚州牧箴

矯矯（藝文類聚作夭矯）揚州，江漢之滸〔一〕。彭蠡既潴，陽鳥攸處〔二〕。橘柚羽貝，瑶琨篠簜〔三〕。閩越北垠，沅湘攸往〔四〕。獷矣淮夷，蠢蠢荆蠻〔五〕。翩彼昭王，南征不旋〔六〕。人咸躓於垤，莫躓於山。咸跌於汙，莫跌於川〔七〕。明者不云我昭，童蒙不云我昏〔八〕。湯武聖而師伊呂，桀紂悖而誅逢干〔九〕。蓋邇不可不察，遠不可不親。靡有孝而逆父，罔有義而忘君。太伯遜位，基吳紹類。夫差一誤，太伯無祚。周室不匡，勾踐入霸〔一〇〕。當周之隆，越裳重譯〔一一〕。春秋之末，侯甸叛逆〔一二〕。元首不可不思，股肱不可不孳〔一三〕。（初學記作慈）。堯崇屢省，舜盛欽謀〔一四〕。牧臣司揚，敢告執籌〔一五〕。（藝文類聚六、初學記八、御覽九百七十三、古文苑）

【注釋】

〔一〕矯矯二句：矯矯：勇悍貌，言其風俗勇悍。江漢：長江漢水。滸：水邊。

〔二〕彭蠡二句：彭蠡：即今江西鄱陽湖。　陽鳥：隨陽之候鳥，鴻雁之類。　御覽處作居。　禹貢曰：「淮海惟揚州，彭蠡既豬（瀦）。陽鳥攸居。」

〔三〕橘柚二句：瑤琨：皆美玉。　篠（xiǎo 小）：竹箭。　簜（dǎng 黨）：大竹。　禹貢曰：「厥貢惟金三品，瑤琨篠簜，齒革羽毛惟木。」又曰：「厥篚織貝，厥包橘柚錫貢。」

〔四〕閩越二句：閩越北垠：言地處閩越北邊。　閩越，古族名，在今福建北部。　沅湘攸往：沅水湘水所往歸。

〔五〕獷矣二句：獷：猛惡。　淮夷：古族名，在淮水下游。　蠢蠢：騷動貌。　荆蠻：指楚國。　淮夷西周時數次抗周。　荆蠻曾爲周敵國。　詩小雅采芑：「蠢爾蠻荆，大邦爲讎。」

〔六〕翩彼二句：翩：輕飄貌。　引伸爲輕率。　按左傳僖公四年，齊桓公伐楚，責楚曰：「昭王南征而不復，寡人是問！」吕氏春秋音初篇：「周昭王親將征荆。辛餘靡長且多力，爲王右。還反涉漢，梁敗，王及蔡公抎（隕）於漢中。　辛餘靡振王北濟，又反振蔡公。」又史記周本紀：「昭王南巡狩不返，卒於江上。」正義引帝王世紀云：「昭王德衰，南征，濟于漢，船人惡之，以膠船進王，王御船至中流，膠液船解，王及祭公俱没于水中而崩。　其右辛游靡長臂且多力，游振得王，周人諱之。」其説不一，而昭王南征不返，則同。　旋：還。

〔七〕人咸四句：躓：絆倒。　垤（dié 迭）：小土堆。　汙：小水坑。　言人多注意大的，而忽略小處，故往往於小處失敗。

〔八〕明者二句：童蒙：喻愚昧。聖明人不説自己聰明，愚昧人不説自己昏暗。言聖者益聖，愚者益愚。

〔九〕湯武二句：伊：伊尹，爲湯相，助湯滅桀。呂：呂尚，爲周太師，助武王滅紂。逢：關龍逢，夏賢臣，因直諫被桀囚殺。干：比干，見兖州牧箴注〔一〇〕。以上箴言：人情慮艱險則安泰，忽平易則阽危，輕慢自肆，昧邇忘遠，自取滅亡。

〔一〇〕太伯遜位六句：周太王有三子，長太伯，次仲雍，次季歷。太王欲立季歷，於是太伯仲雍避季歷而逃江南，建立吴國，以紹族類，是爲基吴紹類。傳至吴王夫差，欲稱霸而連兵上國，是爲一誤。後被越王勾踐所滅，於是太伯之傳統祚位斷絶。周朝不能匡正，致使勾踐入中國而稱霸（事見史記吴太伯世家）。

〔一一〕當周二句：隆：隆盛。越裳：古國名，故地當在今越南南部。後漢書南蠻傳：「交趾之南有越裳國。周公居攝六年，制禮作樂，天下和平，越裳以三象重譯而獻白雉。」陸賈新語亦云：「越裳之君，重譯來朝。」重譯：謂其地遼遠，語言不通，需輾轉翻譯。

〔一二〕侯甸：古天子畿外五服，侯、甸、綏、要、荒。侯、甸爲近服之國。

〔一三〕元首二句：元首：指君。股肱：指臣。尚書益稷：「禹拜曰：『都！帝！予何言，予思日孜孜。』」此變言君宜思，臣宜孜孜勤勞。孳：借爲孜。藝文類聚、初學記均作慈，誤。

〔一四〕堯崇二句：堯崇屢省：益稷：「屢省乃成，欽哉！」謂當時時省察你的成功。崇：

崇尚。古文苑一本崇作勤。舜盛欽謀：欽，敬慎。謀，謀劃。

〔一五〕執籌：掌管籌算之人。

六、荆州牧箴

杳杳巫山，在荆之陽〔一〕。江漢朝宗，其流湯湯〔二〕。夏君遭鴻，荆衡是調〔三〕。雲夢塗泥〔四〕，包匭菁茅〔五〕。金玉砥礪，象齒元龜。貢篚百物，世世以饒〔六〕。戰戰慄慄，至桀荒溢〔七〕。曰我在帝位，若天有日。不順庶國，孰敢余奪〔八〕！亦有成湯，果秉其鉞。放之南巢，號之以桀〔九〕。南巢茫茫，包楚與荆〔一〇〕。風慓以悍〔一一〕，氣鋭以剛。有道後服，無道先强〔一二〕。世雖安平，無敢逸豫〔一三〕。牧臣司荆，敢告執御〔一四〕。

（藝文類聚六、初學記八、古文苑）

【注釋】

〔一〕杳杳二句：杳杳：幽深貌。古文苑一本作幽幽。巫山：即今巫山。荆：楚。

〔二〕江漢二句：長江漢水，二水經荆州入于海。百川以海爲宗，歸之似朝，故曰朝宗。湯湯：大水急流貌。禹貢：「荆及衡陽惟荆州，江漢朝宗于海，九江孔殷。」

〔三〕夏君二句：夏君：指禹。古文苑君一作后。　鴻：洪水。　荆衡：指楚和衡陽（衡山之陽）。　調：平。

〔四〕雲夢：藪澤名。禹貢：「雲土夢作乂，厥土惟塗泥。」孔氏傳：「雲夢之澤在江南，其中有平土丘，水去可爲耕作畎畝之治。」按古雲夢地望，前人説法不一，或云一澤，或云二澤，或云在江南，或云在江北，或云在江南北。夏時雲夢，更不可確指。　塗泥：指下濕多泥之地。

〔五〕匭：小箱櫃。　菁茅：茅有毛刺曰菁茅。此物祭祀時用以縮酒，故爲貢品。

〔六〕金玉四句：禹貢曰：「厥貢羽毛齒革，惟金三品，杶榦栝柏，礪砥砮丹，惟箘簵楛，厥名包匭菁茅。厥篚玄纁璣組，九江納錫大龜。」此所言都是荆州特産貢品。　箴文金玉，即貢金三品；砥礪，磨刀石，粗曰礪，細曰砥；元龜，即大龜。言此貢篚百物，自古豐饒。

〔七〕戰戰二句：言初時夏君小心謹慎，至于夏桀，荒淫無度，徵收量溢出常法。

〔八〕曰我四句：初學記無我字。尚書大傳：「桀曰：『天之有日，猶吾之有民，日有亡哉？日亡吾亦亡矣。』」　不順庶國：不順從的衆國。　古文苑一本順作填。按填亦順也。班固東都賦：「填流泉而爲沼。」文選五臣本作順流泉。

〔九〕亦有四句：史記殷本紀：「當是時，夏桀爲虐政淫荒，而諸侯昆吾氏爲亂。湯乃興師率諸侯，伊尹從湯，湯自把鉞，以伐昆吾，遂伐桀。」又尚書仲虺之誥：「成湯放桀于南巢。」又史記律書正義引淮南子云：「湯伐桀，放之歷山，與妹喜同舟浮江，奔南巢之山而死。」按南巢在今安徽巢湖西南。

〔一〇〕包：謂包有。古文苑一本作多，藝文類聚亦作多。楚與荆：這裏是灌木名。荆是牡荆；牡荆之翘翘者，别名楚。其地多荆楚，故名州曰荆；名國曰楚，亦曰荆。

〔一一〕慓以悍：即慓悍，矯捷勇猛。以，與而通。漢書高帝紀：「項羽爲人，慓悍禍賊。」藝文類聚慓作飄，借字。

〔一二〕有道二句：言天下有道，則其人最後歸服；天下無道，則其人强梁先叛。

〔一三〕逸豫：安樂不勤。尚書君陳：「惟日孜孜，無敢逸豫。」

〔一四〕執御：掌管駕車馬之人。論語子罕：「執御乎？執射乎？吾執御矣。」

七、豫州牧箴

郁郁荆河，伊雒是經〔一〕。滎播（初學記作波）枲添，惟用攸成〔二〕。田田相拏，廬廬相距〔三〕。夏殷不都，成周攸處〔四〕。豫野所居，爰在鶉墟〔五〕。四隩咸宅，寓内莫如〔六〕。陪臣執命，不慮不圖。王室陵遲，喪其爪牙〔七〕。靡哲靡聖，捐失其正〔八〕。方伯不維，韓卒擅命〔九〕。文武孔純，至厲作昏。成康孔寧，至幽作傾〔一〇〕。故有天下者，毋曰我大，莫或我敗。毋曰我强，靡克余亡〔一一〕。夏宅九州，至于季世，放于南巢。

成康太平，降及周微。帶蔽屏營，屏營不起〔一二〕。施于孫子〔一三〕，王赧爲極〔一四〕，實絶周祀。牧臣司豫，敢告柱史〔一五〕。（藝文類聚六、初學記八、古文苑）

【注釋】

〔一〕郁郁二句：郁郁：文采豐盛貌。論語八佾：「周監於二代，郁郁乎文哉！」荆：荆山。河：黄河。伊：伊水。雒：同洛，洛水。禹貢：「荆河惟豫州，伊洛瀍澗，既入于河。」孔氏傳：「豫州……西南至荆山，北距河水。」

〔二〕滎播二句：滎：滎澤。舊説沇水入河而溢爲滎澤。約在今河南滎陽市境，早已堙爲平地。播：播種。初學記作波，藝文類聚作皤，皆非。枲（xǐ徙）：一種麻。用：古文苑一作周。禹貢：「滎波既豬（瀦）。」又云：「厥貢漆枲絺紵，厥篚纖纊。」

〔三〕田田二句：拏：牽引。言田廬相接，人煙蕃阜。初學記、古文苑九卷本拏皆作挐，二字古通。

〔四〕夏殷二句：言夏殷不以洛邑爲都，至周成王欲居之，使召公相宅，周公往營，是爲成周，見尚書召誥、洛誥。平王東遷，成周成爲周之正都。

〔五〕豫野二句：古以天上星象與地理相配，漢書地理志曰：「周地，柳七星張之分野也。今之河南雒陽穀成平陰偃師鞏緱氏是其分也。昔周公營雒邑，以爲在于土中，諸侯蕃屏四方，故立京師。」又曰：「自柳三度至張十二度，謂之鶉火之次，周之分也。」

〔六〕四隩二句：隩：與墺通，四方可居之地。　寓：古宇字。　言四方可居之地都封了諸侯，洛邑居天下之中，誰也比不上。

〔七〕陪臣四句：陪臣：指次於諸侯的强宗。　爪牙：喻王之武臣。　言東周以後，下臣擅專，而王朝不加圖謀，於是周室漸衰，無復有爪牙之臣。

〔八〕靡哲二句：靡，無。　捐：棄。　古文苑捐一作稍。

〔九〕方伯二句：言周之末世，君臣無謀，方伯之職又廢，終使韓國得以擅專其命。　按韓本爲晉國六卿之一，封於韓原，與魏趙三家分晉，成爲獨立國。　後稱王。　周赧王時，東西周分治，赧王徙都西周。　東周與西周戰，韓救西周。　或爲東周説韓王曰：「西周故天子之國，多名器重寶，王案兵毋出，可以德東周，而西周之寶必可以盡矣。」由此而韓專周命（見史記周本紀）。

〔一〇〕文武四句：孔：甚。　純：明。　言文武成康之業，光明安固；至厲王而昏暗，至幽王而傾亡。

〔一一〕靡克余亡：無能亡我者。

〔一二〕屏營：惶懼貌。　言周末之王僅自障蔽，惶懼不能振起。

〔一三〕施（yí夷）：延續。

〔一四〕王赧：案周赧王名延，卒謚西周武公。　赧字非名非謚，因其輕微極弱，寄住於西周東周，慚赧之甚，故號之曰赧王，亦稱王赧。

〔一五〕柱史：周有柱下史，老子曾爲之。此借代稱掌書記之官。

八、益州牧箴〔一〕

巖巖岷山，古曰梁州。華陽西極，黑水南流〔二〕。茫茫洪波，鯀堙降陸〔三〕。于時八都，厥民不隩〔四〕。禹導江沱，岷嶓啓乾〔五〕。遠近底貢，磬錯砮丹〔六〕。絲麻條暢，有粳有稻〔七〕。自京徂畛，民攸温飽〔八〕。帝有桀紂，湎沈頗僻。遏絶苗民，滅夏殷績〔九〕。爰周受命，復古之常〔一〇〕。幽厲夷業，破絶爲荒〔一一〕。秦作無道，三方潰叛〔一二〕，義兵征暴，遂國于漢〔一三〕。拓開疆宇，恢梁之野。列爲十二，光羡（初學記作美）虞夏〔一四〕。牧臣司梁，是職是圖。經營盛衰〔一五〕，敢告士夫〔一六〕。（藝文類聚六、初學記八、古文苑）

【注釋】

〔一〕益州：或題梁州。按漢武帝改梁爲益，揚雄合作益州。

〔二〕巖巖四句：禹貢：「華陽黑水惟梁州。」孔氏傳：「東據華山之南，西距黑水。」正義曰：

「華山在豫州界内，此梁州之境東據華山之南，不得其山，故言陽也。」　巖巖：高峻貌。　岷山：在今四川省北部。　黑水：舊説不一，未能確指其處，今四川黑水縣有黑水，爲岷江支流。　按據孔傳，華陽二句當作華陽南極，黑水西流。

〔三〕降：即降字，初學記作降。　降陸：謂鯀堙洪水，使陸地下降。

〔四〕于時二句：八都：古文苑章樵注以爲八州之民。非也。按禹貢九州，堯典十二州，此處不得單言八州。八都應指八方之都。　隩：見豫州牧箴注〔六〕。此處謂可居之地，民已不得居。

〔五〕禹導二句：古文苑章樵注曰：「禹自岷山導江，東別爲沱，自嶓冢導漾，東流爲漢，皆從其源而疏瀹之，故自此啓乾，水患以平。」　嶓：嶓冢山。　啓乾：開出乾燥土地。

〔六〕遠近二句：厎（zhǐ紙）：致。　磬：石磬，樂器。　錯：雜，指雜品。　砮（nǔ努）：石製箭鏃。　丹：丹砂。　禹貢：「厥貢鏐、鐵、銀、鏤、砮、磬。」

〔七〕絲麻二句：條暢：條達通暢。　粳：一種粘米稻。

〔八〕自京二句：畛：界限。　言自京畿至於梁州外境，遠近之民賴以温飽。

〔九〕帝有四句：苗民：指古三苗，其國在雍州三危。　言桀紂昏醉邪僻，苗民不服，致使梁州道路不通於中國，禹湯之業績絶滅。

〔一〇〕爰周二句：古：指禹湯時代。　詩商頌殷武：「昔有成湯，自彼氐羌，莫敢不來享，莫敢不來王，曰商是常。」又曰：「天命多辟（諸侯），設都于禹之績，歲事來辟。」氐羌都是西方民族，雜居梁州之境，商末皆叛不朝，至周興，王化成，始復夏殷朝貢常法。

〔一一〕幽厲二句：幽厲：周幽王厲王，皆無道之君。夷業：王業陵夷。言周幽厲時，王業衰敗，梁州被廢絶爲荒服。

〔一二〕三方：秦末農民起義，諸國叛秦，秦處西方，起義之國在東、南、北三方。

〔一三〕義兵二句：義兵：指漢高帝劉邦。高帝起兵征討暴秦，勝利後，封爲漢王，開國於漢中。漢中在梁州境，高帝以此爲始基統一天下。

〔一四〕拓開四句：光：廣。羡：有餘，超出。漢高帝於梁州置廣漢郡，武帝通巴蜀，開羌夷地，置犍爲、越嶲，益州、牂牁、武都、沈黎、文山七郡，加上秦時的漢中、巴、蜀、隴西四郡，共爲十二郡，較之虞夏時封域更廣更大了。

〔一五〕經營：籌畫營謀。古文苑章樵注曰：「歷觀前代，盛衰不常如此。今漢别之爲十二郡，可謂盛矣，（司梁州者）當慮其衰。」

〔一六〕士夫：指屬下的士大夫。

九、雍州牧箴

黑水西河，横截（初學記作屬）崐崙〔一〕。邪指閶闔，畫爲雍垠〔二〕。上侵積石，下礙龍門〔三〕。自彼氐羌，莫敢不來庭，莫敢不來臣〔四〕。每在季主，常失厥緒〔五〕。侯紀不貢，荒侵其寓〔六〕。陵遲衰微，秦據以戾〔七〕。興兵山東，六國顛沛〔八〕。上帝不寧，命漢作京〔九〕。隴山徂以，列爲西荒〔一〇〕。南排勁越，北啓彊胡。并連屬國，一護攸都〔一一〕。蓋安不忘危，盛不諱衰〔一二〕。牧臣司雍，敢告贅衣〔一三〕。（藝文類聚六、初學記八、古文苑。初學記八又割分此篇爲涼州箴）

【注釋】

〔一〕黑水二句：禹貢：「黑水西河惟雍州。」孔氏傳：「西距黑水，東據河，龍門之河在冀州西。」按此言雍州之界，西越黑水而東至黃河。不言東河而言西河者，因龍門之河南北向，在冀州西，故稱西河。　截：初學記作屬，古文苑一作厲。

〔二〕邪指二句：邪指：猶斜對。　閶闔：天門。　離騷：「吾令帝閽開關兮，倚閶闔而望予。」　垠：邊際，盡頭。　言雍州之境，西則橫截崐崘，北則斜對天門，居高據形勝之要。

〔三〕上侵二句：積石：山名，即阿尼馬卿山，在今青海省東南部，延伸至甘肅省。　龍門：在今陝西韓城市。　禹貢：「浮于積石，至于龍門西河。」　按黃河自西曲折而來，上游經積石，下游礙龍門，故箴言上下。

〔四〕自彼三句，用詩商頌殷武句而改字取韻。　詩見益州牧箴注〔一〇〕引。　臣：古文苑章注本作匡，誤。九卷本作臣，尚不誤。

〔五〕每在二句：季主：末代皇帝。指商周之末代。 緒：傳統。

〔六〕侯紀二句：侯紀：諸侯之記録。 不貢：不納貢稱臣。 寓：古宇字。

〔七〕戾：暴戾不順從。

〔八〕興兵二句：顛沛：狼狽困頓。 言周末秦始皇據雍州之地，興兵攻伐山東六國，六國顛沛困頓。

〔九〕上帝二句：言上帝感到不安，乃降命於漢，使之作京於長安。 京：古文苑一本作涼。按漢書地理志，武帝改雍曰涼，於義亦通。

〔一〇〕隴山二句：隴山：六盤山的南段，又稱隴坂，南北走向，爲渭河平原與隴西高原的分界。 徂以：初學記、古文苑九卷本皆作以徂，是。 徂：往也。 按隴山以往，爲隴西、張掖等郡，自玉門關至西域，皆在荒服。

〔一一〕南排四句：按武帝時平南越，分其地置九郡；北伐匈奴，得休屠昆邪故地，開武威、張掖等郡；分處降者於黄河南，因其俗，置屬國，其官有典屬國，有屬國都尉。宣帝時又置都護，都護府在烏壘城（今新疆輪臺），監護西域三十六國（後增至五十國）。 一護：即指西域都護。

〔一二〕蓋安二句：言所以置官都護者，蓋於盛安時不忘衰危也。

〔一三〕贅：借爲綴。 綴衣：周代官名。 尚書立政：「綴衣虎賁。」孔傳：「綴衣，掌衣服。」孫星衍尚書今古文注疏：「疑是侍帷幄之臣。」

十、幽州牧箴

蕩蕩平川，惟冀之別〔一〕。北阨幽都，戎夏交偪〔二〕。伊昔唐虞，實爲平陸〔三〕。周末荐臻，追于獯鬻〔四〕。晉溺其陪，周使不阻〔五〕。六國擅權，燕趙本都〔六〕。東陌穢貊，羨（初學記作爰）及東胡〔七〕。彊秦北排，蒙公城疆〔八〕。大漢初定，介狄之荒〔九〕。元戎屢征〔一〇〕，如風之騰。義兵涉漠，偃我邊萌〔一一〕。既定且康，復古虞唐〔一二〕。盛不可不圖，衰不可或忘。隄潰蟻穴，器漏箴芒〔一三〕。牧臣司幽，敢告侍傍〔一四〕。（藝文類聚六、初學記八、古文苑）

【注釋】

〔一〕蕩蕩二句：蕩蕩：平闊貌。惟冀之別：史記五帝本紀集解引馬融曰：「禹平水土，置九州，舜以冀州之北廣大，分置并州，燕齊遼遠，分燕置幽州，分齊爲營州，於是爲十二州也。」

〔二〕北阨二句：幽都：尚書堯典：「申命和叔宅朔方，曰幽都。」孫星衍今古文注疏云：「幽都即幽州也，下文流共工於幽州，淮南作幽都。」偪：同逼，迫近。戎：北狄，指玁狁等。

〔三〕伊昔二句：伊：語助詞。 言堯舜時，此州實在五服之内。

〔四〕周末二句：荐臻：頻仍，接連而至，一般指災禍。 追：當作迫，古文苑九卷本作迫。獯鬻：北方族名。即玁狁。夏曰獯鬻，周曰玁狁，漢曰匈奴。

〔五〕晉溺二句：陪：陪臣。諸侯之卿，於天子爲陪臣。 溺：意爲被滅。 按趙魏韓三卿分晉，趙籍據有此地，其時周之使命猶通諸國。

〔六〕六國二句：擅權：指六國僭號稱王。 其時燕王都薊，趙王都邯鄲，皆在幽州境。

〔七〕東陌二句：陌：當作限。藝文類聚、古文苑九卷本均作限。 穢貊（mò 寞）：古東方族名。 東胡：古族名，因居匈奴之東而得名。 藝文類聚胡作湖，誤。 羨：餘也。初學記作爰，皆可通。

〔八〕彊秦二句：彊：古强字。 排：排推。 蒙公：蒙恬。秦使蒙恬北築長城以拒匈奴。

〔九〕介：通界。 狄：指匈奴。 荒：荒服。

〔一〇〕戎：指戎車，即戰車。元戎：大兵車，借指大軍。 漢書匈奴傳：秦天下擾亂，匈奴渡河南與中國界於故塞，自高帝至武帝，屢屢征討之。

〔一一〕義兵二句：漠：沙漠。 偃：息。 萌：借爲氓，亦作甿，民也。 言漢軍涉過沙漠擊退匈奴，使邊民得以休息。 初學記此句作擾我邊甿，意爲匈奴騷我邊民，亦通。 按漢書匈奴傳：武帝命大將軍衛青，連年北伐，匈奴遠遁，漠南無王庭，邊民得以安居。

〔一二〕復古虞唐：恢復唐堯虞舜時代國土之舊。

〔一三〕隄潰二句：箴：同針。　芒：針尖。　防水之大隄會因蟻穴而潰決，盛物之器會因針尖小刺而大漏。言禍敗常起於細微，不可忽視。

〔一四〕傍：藝文類聚作旁，同。　侍傍：指身旁侍者。

十一、并州牧箴

雍别朔方，河水悠悠〔一〕。北辟獯鬻，南界涇流〔二〕。畫兹朔土，正直幽方〔三〕。自昔何爲，莫敢不來貢，莫敢不來王〔四〕。周穆遐征，犬戎不享〔五〕。爰貊（初學記作藐）伊德，侵玩上國〔六〕。宣王命將，攘之涇北〔七〕。宗周罔職（初學記作崇幽罔識、藝文類聚作宗幽罔識），日用爽蹉〔八〕。既不俎豆，又不干戈〔九〕。犬戎作亂（藝文類聚作難），斃于驪阿〔一〇〕。太上曜德，其次曜兵〔一一〕。德兵俱顛，靡不悴荒〔一二〕。牧臣司并，敢告執綱〔一三〕。（藝文類聚六、初學記八、古文苑）

【注釋】

〔一〕雍别二句：舜以冀州之北廣大，分置并州，見幽州牧箴注〔一〕。古文苑章樵注云：「按雍境東據西河，今并州跨河而有之，則兼析雍冀二州之境，明矣。」舜析入并州。

〔二〕北辟二句：辟：通闢，排除。　涇：涇水，在今陝西中部，東流會渭入河，本在雍州境，

〔三〕畫兹二句：朔土：北土。　正直幽方：正與幽州相直。

〔四〕自昔三句：自昔：指殷以前。　莫敢二句：仍化用詩商頌殷武句。

〔五〕周穆二句：遐：遠。　漢書匈奴傳：「武王伐紂而營雒邑，復居于酆鎬，放逐戎夷涇洛之北，以時入貢，名曰荒服。其後二百有餘年，周道衰，而周穆王伐畎戎，得四白狼四白鹿以歸，自是之後，荒服不至。」畎戎，即犬戎。

〔六〕爰貊二句：詩大雅皇矣：「貊其德音。」毛傳：「貊，静也。」鄭箋：「德正應和曰貊。」孔疏云：「貊其德音，言其政教清静也。」箴文用此詩意，言穆王以後，政教清静，不復征伐，致使戎狄玩忽而侵伐上國。　初學記、藝文類聚貊作藐，言藐視上國之德，亦通，但無典據。　爰：於是。伊：語助詞。

〔七〕宣王二句：漢書匈奴傳：「宣王興師命將，以征伐之。詩人美大其功曰：『薄伐獫狁，至于太原，出車彭彭，城彼朔方。』（見詩小雅出車）是時四夷賓服，稱爲中興。」　太原，指涇北之原野，故箴云攘之涇北。

〔八〕宗周二句：上句初學記作崇幽罔識，藝文類聚作宗幽罔識。　觀下文，類聚義長。　蓋謂

周幽王没有識見，蹉跎無所作爲，及犬戎作亂，幽王終斃於驪山之下。　日：日日。　爽：差錯。　蹉：蹉跎，拖延時間，虚度光陰。

〔九〕既不二句：古文苑章樵注：「俎豆，文也。干戈，武也。言周宣王以後，文德既不足以懷遠，武功又不足以定亂。」　按俎豆是祭祀禮器；接待賓客，陳俎豆，設禮客，是文事。　干戈：皆兵器；以干戈相見，是武事。

〔一〇〕犬戎二句：驪：驪山，在今陝西臨潼區。　阿：山曲處。　史記周本紀：「西夷犬戎攻幽王，幽王舉烽火徵兵，兵莫至，遂殺幽王驪山下，虜褒姒，盡取周賂而去。」

〔一一〕曜，通耀，顯示。

〔一二〕悴：通瘁，病也。　詩大雅瞻卬：「邦國殄瘁。」毛傳：「瘁，病也。」

〔一三〕執綱：執掌綱紀者。

十二、交州牧箴〔一〕

交州荒裔，水與天際〔二〕。越裳是南，荒國之外〔三〕。爰自開闢，不羈不絆〔四〕。周公攝祚，白雉是獻〔五〕。昭王陵遲，周室是亂。越裳絶貢，荆楚逆叛〔六〕。四國内侵，蠶食周宗。臻于季赧，遂以滅亡〔七〕。大漢受命，中國兼該。南海之宇，聖武是恢〔八〕。稍稍受羈，遂臻黃支。杭海三萬，來牽其犀〔九〕。盛不可不憂，隆不可不懼。顧瞻陵遲，而忘其規摹〔一〇〕。亡國多逸豫，而存國多難〔一一〕。泉竭中虛，池竭瀕乾〔一二〕。牧臣司交，敢告執憲〔一三〕。（藝文類聚六、初學記八、古文苑）

【注釋】

〔一〕交州：尚書堯典：「申命羲叔宅南交。」本指五嶺以南之地。漢置交趾郡，武帝置交趾刺史部，新莽改置交州刺史部，領南海、鬱林、蒼梧、交趾、合浦、九真、日南七郡，略當今廣東、廣西及越南國北部地。治龍編，在今越南國河内。漢末徙治廣信，即今廣西蒼梧縣；尋又徙治番禺，即今廣州市。

〔二〕際：接近。交州瀕南海，其水與天相接近。

〔三〕越裳：見揚州牧箴注〔一一〕。言越裳國最南，猶在荒服之外。

〔四〕爰自二句：開闢：開天闢地。　羈絆：約束。

〔五〕周公二句：見揚州牧箴注〔二〕。　祚：帝位。

〔六〕昭王四句：史記周本紀：「康王卒，子昭王瑕立。昭王之時，王道微缺。昭王南巡狩，不返，卒於江上。其卒，不赴（訃）告，諱之也。」參揚州牧箴注〔六〕。自此以後，越裳不復來貢，荆楚也不服了。

〔七〕四國四句：四國：四方之國。　言遠人不至，則夷狄叛；夷狄叛，則諸侯侵；逐步内侵，如蠶之食葉，終至赧王而亡。

〔八〕大漢四句：漢朝興立，中國境土皆爲郡縣，是爲兼該。惟南越未臣，至武帝時始服南越，又遷閩粵之民，而虚其地，於是疆域拓廣。

〔九〕稍稍四句：黄支：國名。漢書平帝紀：「元始二年春，黄支國獻犀牛。」顔注引應劭曰：「黄支國在日南之南，去京師三萬里。」杭：與航通。

〔一〇〕顧瞻二句：詩檜風匪風：「顧瞻周道，中心怛兮。」鄭箋云：「周道，周之政令也。」詩序曰：「匪風，思周道也。國小政亂，憂及禍難，而思周道焉。」規摹：謂規制法式，今通作「規模」。漢書高帝紀：「雖日不暇給，規摹宏遠矣。」按箴文即用匪風詩意，言回顧聖道逐步衰落，忘記了先代的宏偉規模。

〔一一〕亡國二句：逸豫：佚樂不勤。　言亡國由于多佚樂，存國由于多患難。古語曰：「多難興邦。」左傳昭公四年：「或多難以固其國……或無難以喪其國。」

〔一二〕泉竭二句：詩大雅召旻：「池之竭矣，不云自頻；泉之竭矣，不云自中。」鄭箋云：「頻，當作濱。濱，猶外也。」又云：「池水之益，由外灌焉，今池竭，人不言由外無益者。喻王猶池也，政之亂，由外無賢臣益之。」又云：「泉者，中水生則益深，水不生，則竭。喻王猶泉也，政之亂，又由内無賢妃益之。」按箴文用此詩意，言中水虚而不生則泉竭，外水乾而不灌則池竭，以喻王者必内外用賢，國家纔能興盛。瀕：藝文類聚作瀨，明刊本古文苑作瀨，皆誤。惟九卷本古文苑作瀕，不誤。瀕、濱古今字。

〔一三〕憲：法令。

百官箴

一、司空箴〔一〕

普彼坤靈，侔天作則〔二〕。分制五服，劃爲萬國〔三〕。乃立地官，空惟是職〔四〕。茫茫九州，都鄙盈區〔五〕。綱以羣牧，綴以方侯〔六〕。烈烈雋乂，翼翼王臣〔七〕。臣當其官，官當（初學記、古文苑作宜）其人。九一之政，七賦以均〔八〕。昔在季葉，班禄遺賢〔九〕。掊克充朝，而象恭滔天〔一〇〕。匪人斯力（初學記作匪力斯人），匪政斯敕〔一一〕。流貨市寵，而苞苴是鬻〔一二〕。王路斯荒（初學記作蕪、古文苑作浮），孰不傾覆〔一三〕？空臣司土〔一四〕，敢告在側。（藝文類聚四十七、初學記十一、古文苑、文選注）

【注釋】

〔一〕司空箴：作者，藝文類聚作揚雄，初學記作崔駰，古文苑作揚雄，注云一作崔駰，文選西都賦注引首二句作揚雄。嚴輯全漢文收録，考定爲揚雄作。司空：古官，尚書堯典：「僉曰：『伯禹作司空。』帝曰：『俞，咨禹，汝平水土，惟時懋哉！』」書周官：「司空掌邦土，居四民，時地利。」秦省，置御史大夫。漢興，因之。至成帝綏和元年更名大司空，金印紫綬，禄比丞相。哀帝建平二年復爲御史大夫。元壽二年，復爲大司空。莽新朝，仍稱大司空。

〔二〕普彼二句：普：廣。坤靈：指地。侔：齊等。言以地之廣齊於天之大，據天則以分劃大地。

〔三〕分制二句：五服、萬區：漢書地理志：「昔在黄帝，作舟車以濟不通，旁行天下，方制萬里，畫野分州，得百里之國萬區。」又曰：「禹平水土，更制九州，列五服，任土作貢……（王畿之外）五百里甸服……五百里侯服……五百里綏服……五百里要服……五百里荒服。」

〔四〕乃立二句：言乃立主地之官，其職名爲司空。古文苑九卷本空作官。

〔五〕茫茫二句：言廣大的九州之内劃分了區域，各區布滿了都鄙。都：周禮地官小司徒：「九夫爲井，四井爲邑，四邑爲丘，四丘爲甸，四甸爲縣，四縣爲都。」又遂人：「五家爲鄰，五鄰爲里，四里爲酇，五酇爲鄙。」後世都鄙遂爲城市鄉村的泛稱。

〔六〕綱以二句：言各州置州牧爲綱，又置方伯、諸侯，以統治萬區都鄙。

〔七〕烈烈二句：烈烈：威武貌。雋乂：亦作俊乂，賢能的人。尚書皋陶謨：「俊乂在官，百僚師師。」孔疏：「才德過千人爲俊，百人爲乂。」翼翼：肅敬貌。

〔八〕九一二句：九一之政：孟子滕文公上：「請野九一而助。」趙注：「九一者，井田以九頃爲數，而供什一郊野之賦也。助者，殷家税名也。」 七賦：法言云：「七賦所養。」七賦謂五穀桑麻。

〔九〕昔在二句：季葉：末世。 班禄：分等次而給以官爵俸禄。 遺賢：遺漏賢人。

〔一〇〕掊克二句：掊（póu 抔）克：詩大雅蕩：「曾是强禦，曾是掊克，曾是在位，曾是在服。」朱傳：「掊克，聚斂之臣。」孟子告子下：「入其疆，土地荒蕪，遺老失賢，掊克在位。」充朝：充滿朝廷。 象恭滔天：尚書堯典語，孔氏傳：「貌象恭敬，而心傲狠若滔天。」

〔一一〕匪人二句：言所任以出力者不是賢人，所修行之政不是美政。

〔一二〕流貨二句：流貨：貨賄流行。 市寵：猶言買好。 苞苴：蒲包。古以蒲包裹魚肉等物送禮行賄，故引伸爲賄賂。 荀子大略：「苞苴行歟？讒夫興歟？」楊倞注：「貨賄必以物包裹，故總謂之苞苴。」 鬻：賣。 此句意爲看禮物的厚薄而出賣官爵。

〔一三〕王路斯荒：荒：初學記作蕪，古文苑作浮，未知孰是，皆可通。 言王道荒蕪不通行也。

〔一四〕空臣：指司空。

二、尚書箴〔一〕

皇皇聖哲，允敕百工，命作齋慄〔二〕。龍惟納言，是機是密〔三〕。出入王命，王之喉舌。獻善宣美，而讒説是折〔四〕。我視云明，我聽云聰。載夙載夜，惟允惟恭〔五〕。故君子在室，出言如風，動于民人〔六〕。渙其大號，而萬國平信〔七〕。春秋讖漏言〔八〕，易稱不密則失臣〔九〕。兑吉其和〔一〇〕，巽吝其頻〔一一〕。書稱其明，申申厥鄰〔一二〕。昔秦尚權詐，官非其人。符璽竊發，而扶蘇隕身。一姦愆命，七廟爲墟〔一三〕。威福同門〔一四〕，牀上惟宰〔一五〕。書臣司命，敢告侍隅〔一六〕。（藝文類聚四十八、古文苑）

【注釋】

〔一〕尚書箴：藝文類聚四十八作揚雄作，古文苑作崔瑗，注云「一作揚雄」。嚴輯全漢文收録，考定爲揚雄作。　尚書：漢書百官公卿表曰：「成帝建始四年，更名中書謁者令爲中謁者令，初置尚書，員五人。」　按此官，秦省，至是始置員五人，四人分四曹，由尚書僕射總領，掌文書，出納王命。

〔二〕皇皇三句：聖哲：指皇帝。　允：允當。　敕：自上命下之詞，一般指皇帝教命。百工：百官。　命作：即下文命龍作納言。　齋慄：敬慎恐懼貌。

〔三〕龍惟二句：龍：人名，舜臣。　尚書舜典：「帝曰：『龍！命汝作納言，夙夜出納朕命，惟允。』」　應劭漢官儀引後漢明帝詔曰：「尚書，蓋古之納言，出納朕命，機事不密則害成，可不慎歟！」

〔四〕出入四句：出入王命：古文苑作出入朕命。　喉舌：詩大雅烝民：「出納王命，王之喉舌。賦政于外，四方爰發。」鄭箋：「出王命者，王口所自言，承而施之也。納王命者，時之所宜，復於王也。其行之也，皆奉順其意，如王口喉舌，親所言也。」　折：斷絕，挫折。

〔五〕我視四句：古文苑章樵注曰：「言臣能開明善道，折絕讒邪，則人主視聽聰。」　載夙二句：即前注〔三〕所引舜典「夙夜出納朕命惟允」之意。允：允當。

〔六〕故君子三句：易繫辭上：「君子居其室，出其言善，則千里之外應之，況其邇者乎？居其室，出其言不善，則千里之外違之，況其邇者乎？言出乎身，加乎民；行發乎邇，見乎遠。」

〔七〕涣其二句：易涣卦九五：「涣汗其大號。涣，王居無咎。」孔穎達正義曰：「涣汗其大號者，人遇險阸，驚怖而勞，則汗從體出，故以汗喻險阸也。九五處尊履正，在號令之中能行號令以散險阸者也，故曰涣汗其大號也。王居无咎者，爲涣之主，名位不可假人，惟王居之，乃得无咎。」言王能出號令，涣散其險阸，故萬國寧平而信任之。

〔八〕漏言：洩漏密言。　春秋經文公六年：「晉殺其大夫陽處父。」公羊傳曰：「其稱國以殺何？君漏言也。」

〔九〕易稱句：易繫辭上：「子曰：亂之所生也，則言語以爲階，君不密則失臣。」

〔一〇〕兑吉其和：易兑卦初九：「和兑吉。」孔穎達正義曰：「初九居兑之初，應不在一，無所私説（悦），説（悦）之和也。説（悦）物以和，何往不吉？」

〔一一〕巽吝其頻：易巽卦九三：「頻巽吝。」孔穎達正義曰：「頻者，頻蹙憂戚之容也。九三體剛居正，爲四所乘，是志意窮屈不得申遂也。既處巽時，只得受其屈辱也。頻蹙而巽，鄙吝之道，故曰頻巽吝也。」

〔一二〕書稱二句：尚書益稷：「禹曰：『安汝止，惟幾惟康，其弼直，惟動丕應徯志，以昭受上帝，天其申命用休。』帝（舜）曰：『吁！臣哉鄰哉，鄰哉臣哉。』」惟，思也。徯，待也。昭，明也。鄰，近也。這是舜和禹的一段對話：禹戒舜曰：「汝在位，當須先安定汝心好惡所止，思慮事之微細以保安其身，輔弼之臣必用正直之人；若能如此，惟帝所動，則天下大應，順命以待帝之志；非但人應之，又乃明受天之報施，重命帝用美道。」舜乃驚而言曰：「吁！臣啊近啊，臣當親近君；近啊臣啊，君當親近臣。」言君臣當相親近以共成政道。　文中再言「鄰哉」，故箴言，申申厥鄰。申申：重也。離騷：「申申其詈予。」

〔一三〕昔秦六句：指趙高禍秦事。秦始皇以宦者趙高爲中車府令兼行符璽令。始皇道死沙丘，趙高與李斯謀，祕不發喪。趙高以皇帝璽書賜太子扶蘇死，而立胡亥。後又殺李斯，害胡亥，立子嬰，於是秦亡。見史記秦始皇本紀及李斯傳。　一姦：指趙高。　愆：喪失。愆命：言使秦喪失國命。　七廟：天子祖廟有七。七廟成爲廢墟，謂滅亡也。

〔一四〕威福同門：言威與福相連，有威即有福，失威即失福。

〔一五〕辜：罪。牀上：易巽卦九二：「巽在牀下，用史巫紛若，吉无咎。」箴用此文而變言

「牀上」，謂不吉也。古文苑章樵注：「此言牀上，謂命令始制未宣布之時，於此不謹，實基禍亂。」

〔一六〕侍隅：指侍於座隅之人。

三、大司農箴〔一〕

時維大農，爰司金穀〔二〕。自京徂荒，粒民是斛〔三〕。肇自厥初，實施惟食。厥僚后稷，有無遷易〔四〕。實均實贏，惟都作程。旁施衣食，厥民攸生〔五〕。上稽二帝，下閱三王〔六〕。什一而征，爲民作常〔七〕。遠近貢篚，百則（藝文類聚作姓）不忘〔八〕。帝王之盛，實在農殖〔九〕。季周爛熳，而東作不敕〔一〇〕。膏腴不穫，庶物並荒〔一一〕。府庫殫（藝文類聚、古文苑作藏單）虚，靡積倉箱〔一二〕。陵遲衰微，周卒以亡〔一三〕。秦收太半，二世不瘳〔一四〕。泣血之求，海内無聊〔一五〕。農臣司均，敢告執繇〔一六〕。（藝文類聚四十九、初學記十二、古文苑）

【注釋】

〔一〕大司農箴：藝文類聚、初學記、古文苑皆云揚雄作，嚴輯全漢文收録。大司農：漢書百官公卿表：「治粟内史，秦官，掌穀貨，有兩丞。景帝後元年更名大農令。武帝太初元年更名大司農。王莽改大司農曰羲和，後更爲納言。」

〔二〕時維二句：時：通是。　金穀：錢糧。

〔三〕自京徂荒：自京都至荒服。　粒民：以糧粒養民。　書益稷：「烝民乃粒。」孔氏傳：「米食曰粒。」　斛：量器，十斗爲一斛。

〔四〕肇自四句：肇：始。　后稷：周之始祖，名棄，堯時爲稷官。　遷易：猶貿易。　尚書堯典：「帝曰：『棄！黎民阻飢，汝后稷，播時百穀。』」又益稷：「暨稷播，奏庶艱食鮮食，懋遷有無化居，烝民乃粒。」懋遷，即此遷易，取彼所有，濟人所無，相貿易也。

〔五〕實均四句：均：平均。　贏：盈餘。　都：總管。　作程：指耕作、懋遷的規程。　旁：廣。　攸：所。　言后稷掌穀食，貿易平均，蓄積充盈，各有規程，因而衣食廣被，民賴以生。　按藝文類聚此四句作「厥庶僚后，實均實贏，有無相易，性都作程，旁求衣食，厥民攸生」。多誤文。

〔六〕上稽二句：稽：考。　二帝：指堯舜。　三王：指禹湯周文武。　藝文類聚閱作開。

〔七〕什一二句：什一而征：征税十分之一。　常：常法。

〔八〕遠近貢篚：分地區遠近征收貢品。　百則：藝文類聚作百姓；古文苑作百姓，一作百則。

〔九〕殖：種植。　尚書呂刑：「農殖嘉穀。」　古文苑實作咸。

〔一〇〕季周二句：爛熳：放任散亂貌。古文苑作爛漫，同。 東作：指農事。尚書堯典：「平秩東作。」蔡沈集傳：「作，起也。東作，春月歲功方興，所當作起之事也。」 敕：整頓。 按季周指西周末期。自周宣王不籍千畝，是後人君不知務農重穀，詩經中有甫田楚茨等刺詩。

〔一一〕膏腴二句：膏腴：指肥沃的土田。 穫：收成。藝文類聚穫作獲。 庶：衆。

〔一二〕府庫二句：府庫：藝文類聚、古文苑均作府藏。藏，讀去聲。 殫：盡。 倉、箱：皆儲糧之處。詩小雅甫田：「乃求千斯箱，乃求萬斯倉。」 按靡積句，藝文類聚、古文苑均作靡積靡倉，古文苑章樵注引大雅公劉「迺積迺倉」説之。

〔一三〕周卒以亡：古文苑作姬卒以痒。痒，病也。 按古文苑是，下文二世不瘳，正承痒字。

〔一四〕秦收二句：秦開阡陌，廢井田，收太半之税。秦二世此病未瘉而亡。 瘳（chōu抽）：病瘉。

〔一五〕泣血二句：禮記檀弓上：「高子皋之執親之喪也，泣血三年。」鄭注：「言泣無聲如血出。」聊：賴。 無聊：生活無所依賴。 求：古文苑作有。

〔一六〕繇：同徭，役也。

四、侍中箴〔一〕

光光常伯〔二〕，儵儵貂璫〔三〕。（文選曹植責躬詩注引，劉琨答盧諶詩注引上句）

【注釋】

〔一〕侍中箴：文選注引，僅存二句。嚴輯全漢文收録。侍中：漢書百官公卿表曰：「侍中、左右曹諸吏、散騎中常侍，皆加官。所加或列侯、將軍、卿、大夫、將、都尉、尚書、太醫、太官令、至郎中，亡員，多至數十人。侍中、中常侍得入禁中。諸曹受尚書事。諸吏得舉法。」按此表不言侍中置官本末，蓋漢初置。晉書百官志謂黄帝時風后爲侍中。乃出讖書，不足信。漢書補注引錢大昕曰：「自侍中而下，漢書所稱中朝官也，亦謂之内朝臣。攷高帝時，盧綰爲將軍常侍中；孝惠時郎侍中皆冠鵔鸃貝帶，傅脂粉；是漢初已有侍中。武帝初，嚴助朱買臣皆侍中，貴幸用事，始與聞朝政。厥後衛青霍去病霍光金日磾皆由侍中進，而權勢出宰相右矣。」錢氏又曰：「中常侍之名，至元成以後始有之。元帝時有中常侍許嘉，成帝時有中常侍鼂閎，成帝欲以劉歆爲中常侍，大將軍王鳳以爲不可，乃止。敍傳班伯爲中常侍，哀帝時有中常侍王閎宋宏等，皆士人也。後漢中常侍並以宦者爲之，非西京舊制矣。」

〔二〕常伯：漢書谷永傳：「戴金貂之飾，執常伯之職者。」師古曰：「常伯，侍中也。伯，長也，常使掌事者也。一曰常任使之人，此爲長也。」

〔三〕儵儵：光耀貌。貂璫：即谷永傳之金貂。或曰貂蟬，即武冠。續漢輿服志：「武冠，一曰武弁大冠，諸武官冠之。侍中中常侍加黄金璫，附蟬爲文，貂尾爲飾，謂之趙惠文冠。」

五、光禄勳箴〔一〕

經兆宮室，晝爲中外〔二〕。廊殿門闥，限以禁衛〔三〕（古文苑作界）。國有固（古文苑作周）衛〔四〕，人有樊籬。各有攸保，守以不岐〔五〕。昔在夏殷，桀紂淫湎。符牛之飲，門户荒亂〔六〕。郎雖執戟，謁者參差〔七〕。殿中成市，或室内鼓鼙〔八〕（古文苑作或鼓或鞞）。忘其廊廟，而聚夫逋逃〔九〕。四方多罪，載號載呶〔一〇〕。内不可不省，外不可不清〔一一〕。德人立朝，義士充庭〔一二〕。禄臣司光，敢告執經〔一三〕。（初學記十一、古文苑）

【注釋】

〔一〕光禄勳箴：嚴輯全漢文收録。光禄勳：漢書百官公卿表：「郎中令，秦官，掌宫殿掖門户，有丞。武帝太初元年更名光禄勳，屬官有大夫、郎、謁者，皆秦官。又期門、羽林皆屬焉。」顔注引應劭曰：「光者，明也。禄者，爵也。勳，功也。」又引如淳曰：「胡公曰：勳之言閽也。閽者，古主門官也，光禄勳主宫門。」按王莽改光禄勳曰司中。

〔二〕經兆二句：經：治，測量。兆：兆域。晝：分劃。

〔三〕禁衛：按衛字與下句犯重，當依古文苑作禁界。

〔四〕國有固衛：古文苑作國有周衛，章樵注曰：「周官有周廬之衛，謂衛士之廬舍周匝王宮也。」

〔五〕岐：通歧。釋名釋道：「物兩爲岐。」岐謂岔路。

〔六〕昔在四句：愐：古文苑作湎，是。沈迷於酒曰湎。　符牛：符字誤，古文苑作特，章樵注引三輔黄圖：「秦酒池在長安故城中，飲者皆抵牛飲。」云特字當作抵，謂以手據地如牛。按劉向新序刺奢篇：「桀作瑶臺，罷民力，殫民財，爲酒池糟隄，縱靡靡之樂，一鼓而牛飲者三千人。」韓非子喻老篇：「紂爲肉圃，設炮烙，登糟邱，臨酒池，紂遂以亡。」史記殷本紀亦云：「紂好酒淫樂，戲於沙丘，以爲酒池，懸肉爲林，使男女裸相逐其間，爲長夜之飲。」　門户荒亂：古文苑荒作巟。巟同荒。言衆人同飲，宮無内外。

〔七〕郎雖二句：言郎雖名爲持戟守門，但賓客出入訪謁者，參差雜亂。

〔八〕或室内鼓鼙：古文苑作或鼓或鞞。鞞，與鼙同。鼓鼙：皆軍中樂器。

〔九〕逋逃：逃犯，亦指流亡者。　言忘了這是皇宮，連逃犯都混進來。極言門户不肅，人品混雜。

〔一〇〕四方二句：尚書牧誓：「乃惟四方之多罪逋逃，是崇是長，是信是使。」詩大雅蕩：「式號式呼，俾晝作夜。」前者是武王伐紂，責紂之罪；後者是詩人刺厲王無道，周室大壞；箴以喻宮廷不可不嚴整肅静。

〔一一〕内不可二句：内、外：指宮禁内外。　省：不煩亂，也是清的意思。

〔一二〕德人二句：德人：有德之人。　義士：古文苑作議士。章樵注云：「有德進，則公論明，朝廷肅。」

〔一三〕經：綱也。

六、大鴻臚箴〔一〕

蕩蕩唐虞，經通垓極〔二〕。陶陶百王，天工人力〔三〕。晝爲上下，羅條（藝文類聚作該羅）百職〔四〕。人有材能，寮有級差。遷能授官，各有攸宜〔五〕。主以不廢，官以不隳〔六〕。昔在三代，二季不蠲〔七〕。穢德慢道，署非其人〔八〕。人失其材，職反其官〔九〕。宷寮荒耄，國政如漫〔一〇〕。文不可武，武不可文〔一一〕。大小上下，不可奪倫〔一二〕。鴻臣司爵，敢告在鄰〔一三〕。（藝文類聚四十九、初學記十二、古文苑）

【注釋】

〔一〕大鴻臚箴：嚴輯全漢文收録。　大鴻臚：漢書百官公卿表：「典客，秦官，掌諸歸義蠻夷，有丞。景帝中六年，更名大行令。武帝太初元年，更名大鴻臚，屬官有行人、譯官、別火三令丞及郡邸長丞。王莽改大鴻臚爲典樂。」　按秦時典客，掌歸義蠻夷，漢武改爲大鴻臚，乃擴大了此官職權。應劭曰：「郊廟行禮，讚九賓，鴻聲臚傳之也。」韋昭辨釋名曰：「鴻，大也；臚，陳序也，言大禮陳序於賓客也。」兩説都對，此官主要掌管官爵等次及其禮儀。

〔二〕蕩蕩二句：論語泰伯：「大哉堯之爲君也，巍巍乎唯天爲大，唯堯則之，蕩蕩乎民無能名焉。」集解：「蕩蕩，廣遠之稱。」　垓極：謂四荒之垠際。

〔三〕陶陶二句：陶（yáo 遥）陶：和樂貌。詩王風君子陽陽：「君子陶陶……其樂只且。」　天工人力：書皋陶謨：「無曠庶官，天工人其代之。」意爲天不自下治民，故人代天設官治民，若此官不能勝任，即等於曠天官，故不可用私情而任非其材也。　此二句言唐虞之後行王道之王能不徇私情，代天任官，故天下太平和樂。

〔四〕畫爲二句：將官職劃分爲上下等次，有條理地安排各種職位。

〔五〕人有四句：寮：通僚，官吏。　言人材能不同，官階高下有異，應提升能人授以官職，使之各有所宜。

〔六〕主以二句：主：君主。　廢：指廢政。　隳（huī 灰）：毁敗。

〔七〕二季：指夏殷兩朝的末年，即桀紂。　蠲：通涓，清潔。　不蠲：謂昏濁。

〔八〕穢德二句：穢、慢：均作動詞。　穢德慢道，猶言汙慢道德。　署：謂建置官吏。

〔九〕反：違反。

〔一〇〕寀寮二句：寀寮：官也，同地曰寀，同官曰寮。　寀，通作采；寮，通作僚。　荒耄：

荒忽昏亂。尚書微子：「吾家耄遜于荒。」呂刑：「王享國百年耄荒。」漫：漫溢。此以洪水爲喻，言國家政治如洪水一片，波浪亂滾，不見端緒。

〔一一〕文不可二句：言文武之職，各有所司，不可互易。

〔一二〕大小二句：言官職有大有小有上有下，不可硬改其倫次。

〔一三〕鄰：指君之左右。

七、宗正箴〔一〕

巍巍帝堯，欽親九族〔二〕。經哲宗伯，禮有攸訓〔三〕。屬有攸籍，各有育子，代以不錯〔四〕。昔在夏時，少康不恭。有仍二女，五子家降〔五〕。晉獻悖統〔六〕，宋宣亂序〔七〕。齊桓不胤，而忘其宗緒〔八〕。周譏戎女〔九〕，魯喜子同〔一〇〕。高作秦祟，而扶蘇被凶。宗廟荒墟，魂靈靡附〔一一〕。伯臣司宗，敢告執主〔一二〕。（初學記十二、古文苑）

【注釋】

〔一〕宗正箴：嚴輯全漢文收録。宗正：漢書百官公卿表：「宗正，秦官，掌親屬，有丞。平帝元始四年更名宗伯，屬官有都司空令丞、内官長丞，又諸公主家令、門尉皆屬焉。」

〔二〕巍巍二句：論語泰伯：「大哉堯之爲君也……巍巍乎其有成功也！」欽：敬。尚書堯典：「克明俊德，以親九族。」九族，謂上自高祖，下至玄孫，凡九族。

〔三〕經哲二句：經：經書。　哲：對祖先的美稱。　尚書舜典：「帝曰：『咨四岳，有能典朕三禮？』僉曰：『伯夷。』帝曰：『俞！咨伯，汝作秩宗。』」　按秩宗是掌宗廟禮儀之官，周有宗伯，輔佐天子掌宗室之事，周成王時彤伯曾爲宗伯。　漢之宗正，承秦制，但亦謂之宗伯，故秩宗、宗伯、宗正實爲一系。　此言經書記載先哲做秩宗、宗伯之官，於禮已有所訓（訓是書名）。

〔四〕屬有三句：屬：親屬。　籍：册籍。　育子：育與胄通。　尚書舜典：「夔，命汝典樂，教胄子。」説文「育」下引作「教育子」。　鄭玄注王制引作胄，注周禮大司樂引作育；王肅注尚書引作胄。　胄，長也。　封建時代以正妻長子爲嫡系。　言自古以來，親屬有册記，各有嫡庶系統，世代不錯。　代：當作世，避唐諱改，古文苑尚作世。

〔五〕昔在四句：少康：古文苑作太康，是也。　太康失國事，見尚書五子之歌。　太康，夏啓之子，娶于有仍氏，曰后緡。　太康畋遊無度，不恤民事，爲有窮后羿所逐，不得返國。　太康之弟五人敍怨作歌，即五子之歌。　后羿因夏民以代夏政，立帝中康。　中康崩，子帝相立。　寒浞殺后羿，襲有窮之號，因羿之室，生奡及豷。　奡殺夏帝相，夏遂中絶。　后緡歸有仍，生少康。　初，夏之遺臣靡事后羿，羿死，逃于有鬲氏，乃起兵滅寒浞，立少康，夏統復續，史謂少康中興。　箴文有仍二女，指后緡，但云「二女」，不知所據。　家降：言五子降爲家臣。

〔六〕晉獻悖統：春秋晉獻公娶齊桓公女，生太子申生。　後寵驪姬，生奚齊。　獻公欲立奚齊，聽讒殺申生。獻公死，大臣里克殺奚齊於喪次。荀息乃立奚齊弟悼子，里克復殺悼子於朝。齊桓公聞晉內亂，會秦穆公以兵送申生弟夷吾於晉，是爲惠公，賜里克死。惠公背信伐秦，秦怨之。惠公卒，太子圉立，是爲懷公。秦穆公發兵送公子重耳入晉，殺懷公於高粱。重耳立，是爲文公。自申生之死至晉文之立，大亂二十年（詳史記晉世家）。

〔七〕宋宣亂序：春秋宋宣公有太子與夷。宣公病，廢太子，而立弟和，是爲穆公。穆公九年病，召大司馬孔父，謂曰：「先君宣公舍太子與夷而立我，我不敢忘，我死，必立與夷也。」孔父曰：「羣臣皆願立公子馮。」穆公曰：「毋立馮，吾不可以負宣公。」於是穆公使馮出居鄭。宣公卒，與夷立，是爲殤公。衛州吁使告於宋曰：「馮在鄭，必爲亂，可與我伐之。」宋許之，與伐鄭。次年，鄭伐宋，以報東門之役。其後諸侯數來侵伐。華督使人宣言國中曰：「殤公即位十年爾，而十一戰，民苦不堪，皆孔父爲之，我且殺孔父以寧民。」十年，華督攻殺孔父，弑殤公，迎公子馮於鄭而立之，是爲莊公（詳史記宋世家）。

〔八〕齊桓二句：胤：後代。避宋太祖諱，亦缺筆作胤，古文苑作允，音近假借。春秋齊桓公多內寵，夫人三，皆無子；如夫人者六人，長衛姬生無詭，少衛姬生惠公元，鄭姬生孝公昭，葛嬴生昭公潘，密姬生懿公商人，宋華子生公子雍。桓公卒，五公子爭立，各樹黨相攻，以故宮中空，桓公尸在牀上六十七日，尸蟲出戶。易牙與豎刁因內寵，殺羣吏，立無詭。無詭立，三月死，無謚；次孝公，次昭公，次懿公，次惠公，擾攘三十餘年。

〔九〕周譏戎女：古文苑戎作戒，誤。周襄王以狄人之女隗氏爲后，後廢隗氏，狄人帥師攻王，殺譚伯，遂入周。襄王出逃於鄭。春秋經書曰：「天王出居于鄭。」

〔一〇〕魯喜子同：魯桓公六年生子，春秋經書曰：「九月丁卯，子同生。」公羊傳曰：「喜有正也。」按魯十二公，惟子同是嫡夫人之長子，備用太子之禮舉之。

〔一一〕高作四句：高：指趙高。扶蘇：秦始皇太子。秦始皇死於沙邱，趙高矯詔賜太子扶蘇死而立胡亥，秦以亡，宗廟丘墟，魂靈無所附麗。參尚書箴注〔一三〕。

〔一二〕執主：掌宗廟之祖先木主者。

八、衛尉箴〔一〕

茫茫上天，崇高其居。設置山險，晝（文選西都賦注作盡）爲防禦〔二〕。重垠累垓，以難不律〔三〕。闕爲城衛，以待暴卒〔四〕。國以有固，民以有内〔五〕。各保其守，永修不敗。維昔庶僚，官得其人。荷戈而歌，中外以堅〔六〕。齊桓怵惕〔七〕，宿衛不敕〔八〕。門非其人，户廢其職。曹子摽劍，遂成其詐〔九〕。軻挾匕首，而衛人不寤〔一〇〕。二世妄宿，敗于望夷。閻樂矯詔（古文苑作矯搜），戟者不推〔一一〕。尉臣司衛，敢告執維〔一二〕。（藝文類聚四十九、初學記十二、古文苑、文選注）

【注釋】

〔一〕衛尉箴：嚴輯全漢文收録。漢書百官公卿表：「衛尉，秦官，掌宫門衛屯兵，有丞。景帝初，更名中大夫令，後元年復爲衛尉。屬官有公車司馬、衛士、旅賁三令丞，衛士三丞。又諸屯衛候司馬二十二官皆屬焉。長樂、建章、甘泉衛尉，皆掌其宫，職略同，不常置。」按王莽改衛尉爲太衛。

〔二〕茫茫四句：易坎卦彖曰：「天險不可升也，地險山川丘陵也，王公設險以守其國，險之時用，大矣哉。」畫：文選西都賦注、藝文類聚四十九均作晝。

〔三〕重垠二句：言各地重重設險，使不法之徒難以進犯。按此二句，藝文類聚作重根里垓，以難不深。有誤字。古文苑一本垠作限。

〔四〕闕爲二句：闕：通掘。卒：讀爲猝。言掘山陵爲城衛，以對付突然來犯者。

〔五〕國以二句：國以有固：古文苑作國有以固，九卷本不誤。民以有内：藝文類聚作人民有内。古文苑一本民作人。固：説文：「塞也。」周禮夏官序官鄭注：「固，國所依阻者也，國曰固，野曰險。」内：指國内。

〔六〕維昔四句：庶僚：指古相當於衛尉諸官，如周之宫伯、宫正、虎賁、司隸之職。歌：古文苑章樵注：「歌字疑是趨字。」今按歌即呵字。呵，問也，説文作訶，古書或作何，作荷，作苛，皆音同通借。周禮地官比長鄭注：「鄉中無授，出鄉無節，過所則呵問。」史記李將軍傳：「霸陵尉醉，呵止廣。」中：謂王在宮則有居衛。外：謂王出外則有行衛。言昔者宿衛諸官，皆人盡其材，肩荷兵器，見疑者則呵問，宮中宮外，皆甚堅密。

〔七〕齊桓怵惕：謂齊桓公無怵惕。怵惕：恐懼、驚動貌。管子小匡：「是故天下之於桓公，遠國之民望如父母，近國之民從如流水，故行地滋遠，得人彌衆。是何也？懷其文而畏其武。故殺無道，定周室，天下莫之能圉，武事立也。定三革，偃五兵，朝服以濟河，而無怵惕焉，文事勝也。」

〔八〕宿衛不敕：敕：通飭。言齊桓武力天下服，而自己身邊宿衛不整肅，致爲曹沫所劫。

〔九〕曹子二句：曹子：曹沫（即曹劌）。公羊傳莊公十三年：「公會齊侯盟于柯，升壇，曹子手劍而從之，願請汶陽之田。桓公與之盟，曹子摽劍而去之。」注：「摽，辟也。」按史記齊太公世家載此事尤詳：「齊桓公……五年，伐魯，魯將師敗。魯莊公請獻遂邑以平，桓公許，與魯會柯而盟。魯將盟，曹沫以匕首劫桓公於壇上，曰：『反魯之侵地！』桓公許之。已而曹沫去匕首，北面就臣位。」

〔一〇〕軻挾二句：軻：荆軻。寤：同悟。此指荆軻刺秦王事。史記刺客列傳：荆軻獻地圖，「秦王發圖，圖窮而匕首見，因左手把秦王之袖，而右手持匕首揕之。未至身，秦王驚，自引而起，袖絶；拔劍，劍長，操其室。時惶急，劍堅，故不可立拔。荆軻逐秦王，秦王環柱而走。羣臣皆愕，卒起不意，盡失其度。而秦法：羣臣侍殿上者不得持尺寸之兵，諸郎中執兵，皆陳殿下，非有詔，不得上。方急時，不及召下兵，以故荆軻乃逐秦王。」衞人：指殿下郎中。不寤：時惶急，不省悟。

〔一一〕二世四句：望夷：秦宫名，臨涇水作之，以望北夷。史記秦始皇本紀：二世三年，「二世夢白虎齧其左驂馬，殺之，心不樂，怪問占夢，卜曰：『涇水爲祟。』二世乃齋於望夷宫，欲祠涇，沈四白馬。使使責讓（趙）高以盜賊事。高懼，乃陰與其婿咸陽令閻樂、其弟趙成謀曰：『上不聽諫，今事急，欲歸禍於吾宗，吾欲易置上，更立公子嬰。子嬰仁儉，百姓皆載其言。』使郎中令（趙成）爲内應，詐爲有大賊，令樂召吏發卒追。劫樂母置高舍，遣樂將吏卒千餘人至望夷宫殿門，縛衞令僕射，曰：『賊入此，何不止？』衞令曰：『周廬設卒甚謹，安得賊敢入宫？』樂遂斬衞令，直將吏入，行射。郎宦者大驚，或走或格，格者輒死，死者數十人。郎中令與樂俱入，射上幄坐幃。二世怒，召左右，左右皆惶擾不鬭。旁有宦者一人侍，不敢去。二世入内，謂曰：『公何不蚤告我？乃至於此！』宦者曰：『臣不敢言，故得全；使臣蚤言，皆已誅，安得至今？』閻樂前即二世，數曰：『足下驕恣，誅殺無道，天下共畔足下，足下其自爲計！』二世曰：『丞相可得見否？』樂曰：『不可。』二世曰：『吾願得一郡爲王！』弗許。又曰：『願爲萬户侯！』弗許。曰：『願與妻子爲黔首，比諸公子！』閻樂曰：『臣受命於丞相，爲天下誅足下，足下雖多言，臣不敢報。』麾其兵進，二世自殺。」矯詔：古文苑詔作搜，是也，蓋閻樂入宫，並非借奉詔之名也。戟者不推：推字亦誤，古文苑推作誰。戟者：指執戟衞士。誰：誰何。文選賈誼過秦論：「陳利兵而誰何。」李善

注：「誰何，問之也。」張銑注：「言誰敢問。」按漢有大誰官，漢書五行志：「故公車大誰卒。」師古注：「大誰者，主問非常之人，云姓名是誰也。大誰，本以誰何稱，因用名官。有大誰長，今此卒者，長所領士卒也。」

〔一二〕維：古文苑章樵注：「維，猶經也。」

九、太僕箴〔一〕

肅肅太僕〔二〕，車馬是供。鏘鏘和鑾〔三〕，駕彼時龍〔四〕。昔在二帝，巡狩四宅〔五〕。王用三驅，前禽是射〔六〕。紂作不令〔七〕，武王征殷。檀車孔夏，四騵孔昕〔八〕。僕夫執𠢐，載騂載駰〔九〕。我輿云安，我馬云閑〔一〇〕。雖馳雖驅，匪逸匪愆〔一一〕。昔有淫羿，馳騁忘歸〔一二〕。景公千駟，而淫于齊〔一三〕。詩好牡馬，牧于坰野。輂車就牧，而詩人興魯〔一四〕。廄焚問人，仲尼厚醜〔一五〕。孟子蓋惡夫廄多肥馬，而野有餓殍〔一六〕。僕臣司駕，敢告執皁〔一七〕。（藝文類聚四十九、初學記十二、古文苑）

【注釋】

〔一〕太僕箴：嚴輯全漢文收録。漢書百官公卿表：「太僕，秦官，掌輿馬，有兩丞。屬官有大廄、未央、家馬三令，各五丞一尉；又車府、路軨、騎馬、駿馬四令丞；又龍馬、閑駒、櫜泉、騊駼、承華五監長丞；又邊郡六牧師菀令各三丞；又牧櫜、昆蹏令丞：皆屬焉。中太僕，掌皇后輿馬，不常置也。」按周禮夏官有太僕下大夫二人，周穆王命伯冏爲太僕，則周代已有此官，非始於秦也。

〔二〕肅肅：敬慎貌。

〔三〕和鑾：車上鈴。詩小雅蓼蕭：「和鸞雍雍。」毛傳：「在軾曰和，在鑣曰鸞。」鑾：與鸞通，古文苑、藝文類聚均作鸞。鏘鏘：和鑾聲。詩大雅韓奕：「八鸞鏘鏘。」左傳莊公二十二年：「和鳴鏘鏘。」

〔四〕龍：馬八尺曰龍。周易乾文言曰：「時乘六龍以御天。」王駕六馬，故借用易文。

〔五〕昔在二句：二帝：指堯舜。藝文類聚、古文苑均作上帝，誤。尚書舜典：「二月東巡守，五月南巡守，八月西巡守，十有一月朔巡守。」守同狩。四宅：四方。

〔六〕王用二句：易比卦九五：「王用三驅，失前禽。」禽：指獵物。舊説王獵用三驅之禮，使人從左方右方及後方三面驅禽供王射，禽逆來趣己者則舍之，背己而去者則射之，是愛來惡去之意，故面前之禽常失而不射。表示王者征伐有道。是射二字，當作失射。

〔七〕不令：政教不善。詩小雅十月之交：「不寧不令。」鄭箋：「天下不安，政教不善之徵。」

〔八〕檀車二句：詩大雅大明：「牧野洋洋，檀車煌煌，駟騵彭彭。維師尚父，時維鷹揚。涼彼武王，肆伐大商，會朝清明。」 檀車：用檀木做的戰車。 孔：甚。 夏：大。 四：一車駕四馬。詩作駟。 騵：紅身黑鬃白腹的馬。禮記檀弓上：「周人尚赤……戎事乘騵。」 昕：拂曉，此處謂早。

〔九〕僕夫二句：鞗（tiáo條）：轡頭。 騂：赤色馬。 駰：淺黑帶白的雜色馬。

〔一〇〕我輿二句：輿：車。 云：是，爲。 閑：熟練。

〔一一〕匪：不。 逸：亂跑。 愆：失誤。

〔一二〕昔有二句：有：古文苑一作在。 淫羿：左傳襄公四年：「后羿自鉏遷于窮石，因夏民以代夏政。恃其射也，不修民事而淫于原獸。」離騷：「羿淫遊以佚田兮，又好射夫封狐。」馳騁忘歸：言羿好馳騁田獵，不恤民事。

〔一三〕景公二句：論語季氏：「齊景公有馬千駟，死之日，民無德而稱焉。」 淫：淫佚，即「無德而稱」之意。

〔一四〕詩好四句：詩魯頌駉：「駉駉牡馬，在坰之野。薄言駉者，有驈有皇，有驪有黃，以車彭彭。思無疆，思馬斯臧。」詩序曰：「駉，頌僖公也。僖公能遵伯禽之法，儉以足用，寬以愛民，務農重穀，牧于坰野。」 按此詩乃頌魯僖公重農養馬，雖名爲頌，實非頌體，故曰興魯。 坰野：遠郊之外。邑外謂之郊，郊外謂之牧，牧外謂之野，野外謂之林，林外謂之坰。

〔一五〕廄焚二句：論語鄉黨：「廄焚。子退朝，曰：『傷人乎？』不問馬。」 醜：類。 人與馬，非同類，問人不問馬，所以重其類也。

〔一六〕孟子二句：孟子梁惠王上：「庖有肥肉，廄有肥馬，民有飢色，野有餓莩，此率獸而食人也。獸相食，且人惡之，爲民父母行政，不免於率獸而食人，惡在其爲父母也！」殍：餓死的人。藝文類聚、古文苑均作殕，孟子作莩，鹽鐵論作殍，其字又作芟，並通。

〔一七〕皁：亦作皂，櫪，養馬之器。王念孫廣雅疏證：「方言：櫪，梁宋齊楚北燕之間，或謂之皁。郭璞云：養馬器也。史記鄒陽傳集解引漢書音義云：『皁，食牛馬器，以木作如槽。』槽與皁聲相近，今人言馬槽是也。」藝文類聚皁作帛，誤。

十、廷尉箴〔一〕

天降五刑，維夏之績〔二〕。亂兹平民，不回不僻〔三〕。昔在蚩尤，爰作淫刑。延于苗民，夏氏不寧〔四〕。穆王耄荒，甫侯伊謨。五刑訓天，周以阜基〔五〕。厥後陵遲，上帝不孤〔六〕。（古文苑作觚）周輕其制，秦繁其辜。五刑紛紛，靡遏靡止。寇賊滿山，刑者半市〔七〕。昔在唐虞象刑，天民是全〔八〕。紂作炮烙，墜人于淵〔九〕。故有國者，無云何謂，是刖是劓。無云何害，是剥是割〔一〇〕。惟虐惟殺，人其莫泰〔一一〕。殷以刑顛，秦以酷敗。獄臣司理，敢告執謁〔一二〕。（藝文類聚四十九、初學記十二、古文苑）

【注釋】

〔一〕廷尉箴：嚴輯全漢文收録。漢書百官公卿表：「廷尉，秦官，掌刑辟。有正、左、右監，秩皆千石。景帝中六年，更名大理。武帝建元四年，復爲廷尉。宣帝地節三年，初置左右平，秩皆六百石。哀帝元壽二年，復爲大理。王莽改曰作士。」按漢書補注引周壽昌云：「韓詩外傳：晉文公使李離爲理。吕氏春秋：齊宏章爲大理。説苑：楚廷理。新序：石奢爲大理。是各國皆名理，或名大理，獨秦稱廷尉也。」又按漢廷尉，哀帝元壽二年更名大理，而本箴仍稱廷尉，知當作在元壽二年之前。

〔二〕天降二句：尚書皋陶謨：「天討有罪，五刑五用哉。」古文苑章樵注：「言天設此五刑，而制其輕重，惟夏禹之功。」

〔三〕亂兹二句：亂：治也，治亂曰亂。回、僻：皆邪也。藝文類聚回作困。古文苑僻作辟。辟與僻同。

〔四〕昔在四句：尚書吕刑：「王曰：若古有訓：蚩尤惟始作亂，延及于平民，罔不寇賊鴟義。苗民弗用靈，制以刑，惟作五虐之刑曰法，殺戮無辜，爰始淫爲劓、刵、椓、黥，越兹麗刑並制，罔差有辭。民興胥漸，泯泯棼棼，罔中于信，以覆詛盟。虐威庶戮，方告無辜于上。上帝監民，罔有馨香，德刑發聞惟腥。皇帝哀矜庶戮之不辜，報虐以威，遏絶苗民，無世在下。」此文意思是説：古訓説蚩尤作亂，延及於平民無不寇賊害義，而苗民制作五刑殘害百姓。百姓不能忍受，乃仰告上天。帝堯奉天命，命禹放三苗，絶其世緒。箴文概括言之。　夏氏：古文苑一作天下。

〔五〕穆王四句：穆王：周穆王。

耄荒：年老精神荒忽。　甫侯：吕侯後爲甫國侯。

伊：是。　謨：藝文類聚、古文苑均作謀。

尚書吕刑：「惟吕命，王享國百年，耄荒，度作刑以詰四方。」正義曰：「惟吕侯見命爲卿，於時穆王享有周國已積百年，王精神耄亂而荒忽矣，猶能用賢，取吕侯之言，度時世所宜，作夏贖刑，以治天下四方之民。」　訓天：謂稱天訓而作刑。　吕侯後爲甫侯，故吕刑或稱甫刑。　吕刑即贖刑，其中規定可以納鍰贖罪，疑者有赦。周即以此爲基。

〔六〕厥後二句：孤：乃觚字之訛，古文苑作觚。　論語雍也：「子曰：觚不觚，觚哉觚哉！」按論語「觚」字，前人解説不一。　集解馬曰：「觚，禮器，一升曰爵，二升曰觚。」蓋謂觚本盛酒二升，孔子時觚已大小不合禮法，雖名曰觚，而其實非觚，故孔子嘆觚不觚。　若從此義，則箴文是説：其後周法漸衰，吕刑徒有其名，其中天訓内容已面目全非，故下文言「周輕其制」。

〔七〕秦繁五句：漢書刑法志：「秦用商鞅，連相坐之法，造參夷之誅（夷三族），增加肉刑、大辟，有鑿顛、抽脅、鑊亨（烹）之刑。　至于秦始皇兼吞戰國，遂毁先王之法，滅禮誼之官，專任刑罰，躬操文墨，晝斷獄，夜理書，自程決事，日縣石之一，而姦邪並生，赭衣塞路，囹圄成市，天下愁怨，潰而叛之。」　靡遏靡止：謂無遏止之時。　半市：古文苑作半道。　按道字不合韻。

〔八〕昔在二句：唐虞象刑：尚書益稷：「皋陶方祗厥敘，方施象形，惟明。」荀子正論：「治，古無肉刑而有象刑。」太平御覽刑法部引慎子曰：「有虞氏之誅，以蒙巾當墨，以草屨當劓，以草屨當刖，以艾韠當宫，布衣無領當大辟。」是即象刑之説。　天民：民秉天命，故曰天民，猶言天然之民。

〔九〕紂作二句：後漢書王暢傳：「武王入殷，先去炮烙之刑。」劉向列女傳：「紂爲銅柱，以膏塗之，加于炭之上，使有罪緣焉，足滑跌墮，紂與妲己以爲樂，名曰炮烙之刑。」　墜人于淵：喻人民陷入苦海。古文苑人作民。

〔一〇〕故有國五句：何謂：猶無所謂。　何害：猶無所害。　刖：斬足；劓：割鼻；皆酷刑。　剥、割：泛言肉刑。　言爲王者切勿輕忽肉刑而行之。　割：藝文類聚、古文苑均作剖。按剖字不合韻。

〔一一〕人其莫泰：古文苑作人莫予柰。

〔一二〕執謁：主賓客之謁者。如今之傳達人員。

十一、太常箴〔一〕

翼翼太常，實爲宗伯〔二〕。穆穆靈祇，寢廟奕奕〔三〕。稱秩元祀，班于羣神〔四〕。我祀既祇，我粢孔蠲〔五〕。匪愆匪忒，公尸攸宜〔六〕。弗祈弗求，惟德之報〔七〕。不矯不誣，庶無罪悔〔八〕。昔在成湯，葛爲不弔，棄禮慢祖〔九〕。夔子不祀，楚師是虜〔一〇〕。

魯人躋僖，臧文不悟〔一一〕。文隳太室〔一二〕，桓納郜賂〔一三〕。災降二宮，用誥不祧〔一四〕。故聖人在位，無曰我貴，慢行繁祭〔一五〕。無曰我材〔一六〕，輕身恃巫〔一七〕。東鄰之犧牛，不如西鄰之麥魚〔一八〕。秦隕望夷〔一九〕，隱斃鍾巫〔二〇〕。常臣司宗，敢告執書。（藝文類聚四十九作揚雄，初學記十二作崔駰、古文苑作揚雄、注云一作崔駰）

【注釋】

〔一〕太常箴：藝文類聚作揚雄作；初學記作崔駰作；古文苑作揚雄，注云一作崔駰。嚴輯全漢文收録，考定爲揚雄作。　漢書百官公卿表：「奉常，秦官，掌宗廟禮儀，有丞。景帝中六年更名太常。屬官有太樂、太祝、太宰、太史、太卜、太醫六令丞。又均官、都水兩長丞，又諸廟寢園食官令長丞，有廱太宰、太祝令丞，五畤各一尉，又博士及諸陵縣，皆屬焉。」按漢高帝拜叔孫通爲太常（見史記叔孫通傳），則高帝時此官已名太常，蓋惠帝更名奉常，景帝復更太常，百官表略之。王莽改曰秩宗。

〔二〕翼翼二句：翼翼：恭敬貌。詩大雅烝民：「令儀令色，小心翼翼。」實：藝文類聚、古文苑作寔。寔同實。　按周宗伯，掌宗室之事，春秋魯有宗伯，掌宗廟祭祀，箴言漢太常之職實與周魯之宗伯相同。

〔三〕穆穆：詩大雅文王：「穆穆文王。」毛傳：「穆穆，美也。」祇：地神。靈祇：指上下之神。　寢廟奕奕：詩小雅巧言：「奕奕寢廟。」毛傳：「奕奕，大也。」宗廟前殿爲廟，後殿爲寢。

〔四〕稱秩二句：稱：適宜。　秩：序次。　元：善。　班：列。　言班列羣神各稱其宜而秩序之。　藝文類聚羣神作羣臣，誤。

〔五〕我祀二句：祗：恭敬。　粢：盛在祭器中供祭用的穀物叫粢。　蠲：潔淨。

〔六〕匪愆二句：愆：失誤。　古文苑一作僁，乃愆字俗體。　忒：詩魯頌閟宫：「享祀不忒。」鄭箋：「忒，變也。」　公尸：詩大雅鳧鷖：「公尸來燕來宜。」按尸是代神受祭之人，後世代以木主。　儀禮士虞禮鄭注：「孝子之祭，不見親之形象，心無所繫，立尸而主意焉。」公羊傳宣公八年：「繹者何？」注：「天子以卿爲尸，諸侯以大夫爲尸，卿大夫以下以孫爲尸。」此是天子之祭，以卿爲尸，故稱公尸。　宜：謂宜其事。　藝文類聚公尸作君子。

〔七〕弗祈二句：言祭祀以祇敬爲主，所以報神德，非爲祈福。

〔八〕不矯二句：矯：假托。　誣：欺騙。　庶無罪悔：詩大雅生民：「后稷肇祀，庶無罪悔，以迄于今。」

〔九〕昔在三句：葛：國名。　孟子滕文公下：「湯居亳，與葛爲鄰。葛伯放而不祀，湯使人問之曰：『何爲不祀？』曰：『無以供犧牲也。』湯使遺之牛羊。葛伯食之，又不以祀。湯又使人問之曰：『何爲不祀？』曰：『無以供粢盛也。』湯使亳衆往爲之耕，老弱饋食。葛伯率其民要其有酒食黍稻者奪之，不授者殺之。有童子以黍肉餉，殺而奪之。書曰『葛伯仇餉』，此之謂也。」　弔，讀爲淑。不弔：不善，不仁。

〔一〇〕夔子二句：夔子：夔國之君，子爵。左傳僖公二十六年：「夔子不祀祝融與鬻熊（二人皆楚之先祖，夔爲楚之别封，當祀之），楚人讓之。對曰：『我先王熊摯有疾，鬼神弗赦，而自竄于夔，吾是以失楚，又何祀焉？』秋，楚成得臣鬭宜申帥師滅夔，以夔子歸。」

〔一一〕魯人二句：僖：魯僖公。左傳文公二年：「秋八月丁卯，大事於太廟，躋僖公（享祀之位升僖公於閔公之上），逆祀也（依禮閔當在僖上，今顛倒之，故爲逆祀）。……仲尼曰：『臧文仲，其不仁者三，不知（智）者三：下展禽（使居下位），廢六關（置關稅行人），妾織蒲（與民争利），三不仁也。作虚器（作室蓄龜），縱逆祀，祀爰居（爰居，海鳥，飛至魯，臧文仲使國人祀之），三不知（智）也。』」　按臧文仲是莊閔僖文四朝老臣，知禮而縱逆祀，故箴言臧文不悟。不悟意即不智。

〔一二〕文隳太室：文：魯文公。太室：魯祖周公廟。左傳文公十三年：「秋七月，太室之屋壞。書，不共（恭）也。」杜注：「簡慢宗廟，使至傾頹，故書以見臣子不恭。」

〔一三〕桓納郜賂：桓：魯桓公。郜：國名，姬姓。郜賂：指郜人之鼎。宋滅郜，鼎歸宋。左傳桓公二年：「夏四月，取郜大鼎于宋。戊申，納于太廟，非禮也。臧哀伯諫曰：『……官之失德，寵賂章也。郜鼎在廟，章孰甚焉！』公不聽。」

〔一四〕災降二句：春秋經哀公三年：「五月辛卯，桓宮僖宮災。」左傳：「夏五月辛卯，司鐸（官署名）火。火踰公宮，桓、僖災。……孔子在陳，聞火，曰：『其桓、僖乎！』」杜預注：「言桓、僖親盡，而廟不毀，宜爲天所災。」　誥：告戒。　不祧（tiāo 挑）：封建侯王家廟神主，除始祖外，依禮世數遠的要依次遷入祧廟中合祭，不遷移者謂之不祧。　哀公時，桓、僖已遠而且親盡，應該遷主毀廟。　不遷不毀，是不合禮法。　今發生火災，孔子認爲是上天告戒。

〔一五〕慢行繁祭：行爲簡慢而祭祀繁多。

〔一六〕材：才能。

〔一七〕輕身：謂自身不誠敬。　恃巫：依靠神巫辦事。

〔一八〕東鄰二句：易既濟卦九五：「東鄰殺牛，不如西鄰之禴祭。」注：「東鄰謂紂，西鄰謂文王。」按祭品用牛，祭之盛者也。　夏祭曰禴，祭之薄者也。　箴言犧牛，牛用作祭牲則曰犧。　禴，亦作礿，公羊傳注：「夏曰礿，薦尚麥魚。」麥魚，祭品之薄者。　此言祭享主敬，不在祭品之厚薄。

〔一九〕秦隕望夷：見衛尉箴注〔一一〕。　秦二世齋於望夷宮而祠涇神，不能救其亡。　隕：藝文類聚、古文苑均作殞。　隕與殞通。

〔二〇〕隱斃鍾巫：隱：魯隱公。　鍾巫：神名。　左傳隱公十一年：「公（隱公）之爲公子也，與鄭人戰于狐壤，止（被俘）焉。　鄭人囚諸尹氏（鄭大夫）。　賂尹氏，而禱於其主鍾巫。　遂與尹氏歸，而立其主（立鍾巫於魯）。　十一月，公祭鍾巫，齊（齋）于社圃，館于寪氏（宿魯大夫寪氏家）。　壬辰，羽父（魯公子翬）使賊弒公于寪氏，立桓公。」　此言魯隱公禱鍾巫，而不能救其死。　藝文類聚此句作隱弊鍾靈。

十二、少府箴〔一〕

實實少府，奉養是供。紀經九品，臣子攸同〔二〕。海内幣帑，祁祁如雲〔三〕。家有孝子，官有忠臣。共僚率舊，聖則越遵〔四〕。民以不擾，國以不煩。昔在帝季，癸辛之世〔五〕。酒池糟隄，而象箸以噬〔六〕。至於躭樂流湎，而妲末作祟〔七〕。共寮不御不恢，夏殷喪其國康，而卒以陵遲〔八〕。嗜不可不察，欲不可不圖。未嘗失之于約，常失于奢〔九〕。府臣司共，敢告執觚〔一〇〕。（古文苑）

【注釋】

〔一〕少府箴：僅見古文苑，嚴輯全漢文收録。漢書百官公卿表：「少府，秦官，掌山海池澤之税，以給共養，有六丞。屬官有尚書、符節、太醫、太官、湯官、導官、樂府、若盧、考工室、左弋居室、甘泉居室、左右司空、東織、西織、東園匠十六（原作十二）令丞。又胞人、都水、均官三長丞，又上林中十池監，又中書謁者、黄門、鉤盾、尚方、御府、内者、宦者七官令丞，諸僕射、署長、中黄門，皆屬焉。……王莽改少府曰共工。」

〔二〕實實四句：實實：謂財貨豐實。　紀經：猶經紀，經營財貨。　九品：指各級官臣。言少府經營財貨，上以奉養天子，下以廪給百官，上下財用通。

〔三〕幣：貨幣。　帑：國庫所藏財貨。　祁祁：衆多貌。

〔四〕家有四句：僚：同官曰僚。　率：遵循。　越：語助詞。言忠臣同官，共同遵行前聖所立的法則。謂儉而不奢也。

〔五〕昔在二句：帝季：指夏殷末世。　癸：夏桀號履癸。　辛：殷紂號帝辛。

〔六〕酒池二句：酒池糟隄：見光禄勳箴注〔六〕。　象箸：以象牙爲箸。　韓非子喻老：「紂爲象箸而箕子怖。」淮南子繆稱亦云：「紂爲象箸而箕子嘰。」　噬：食也，大嚼爲噬。

〔七〕至於二句：流湎：流連沈湎。　妲：妲己，紂之寵妃。國語晉語一：「殷辛伐有蘇，有蘇氏以妲己女焉。妲己有寵，於是乎與膠鬲比而亡殷。」　末：末喜，或作妹喜，亦作妹嬉，夏桀寵妃。楚辭天問：「妹嬉何肆？湯何殛焉？」國語晉語一：「昔夏桀伐有施，有施人以妹喜女焉。妹喜有寵，於是乎與伊尹比而亡夏。」漢書外戚傳序師古注：「妹喜，桀之妃，有施氏之女也。美於色，薄於德，女子行，丈夫心，桀常置妹喜膝上，聽用其言，昏亂失道。於是湯伐之，遂放桀與妹喜，死南巢。」

〔八〕共寮三句：寮：與僚通。　御：治。國語周語上：「百官御事。」　恢：大之也。左傳襄公四年：「用不恢於夏家。」杜注：「羿以好武，雖有夏家而不能恢大之。」　言百官不治事，國家不恢弘，夏殷兩朝終於衰敗了。

〔九〕未嘗二句：約：儉約。　奢：奢侈。　韓非子十過：秦穆公問由余古之明王得國失國之道，由余答曰：「常以儉得之，以奢失之。」

〔一〇〕觚：有棱的木簡，削樹枝爲之，或六面，或八面，用以臨時記事，又可當籌碼，今地下有出土。字本作柧，觚爲借字。執觚：謂執柧計事者。古文苑章注以酒器釋之，誤。

十三、執金吾箴〔一〕

温温唐虞，重襲純孰〔二〕，經表九德〔三〕。張設武官，以御寇賊。如虎有牙，如鷹有爪。國以自固，獸以自保。牙爪蒠蒠〔四〕，動作宜時。用之不理，實反生災〔五〕。秦政暴戾，播其威虐〔六〕。亡其仁義，而思其殘酷。猛不可重任，威不可獨行。堯咨虞舜，惟思是尚。吾臣司金，敢告執璜〔七〕。（古文苑）

【注釋】

〔一〕執金吾箴：僅見古文苑，中有脱文。嚴輯全漢文收録。漢書百官公卿表：「中尉，秦官，掌徼循京師。有兩丞、候、司馬、千人。武帝太初元年更名執金吾。屬官有中壘、寺互、武庫、都船四令丞……又式道左右中候、候丞及左右京都尉、尉丞、兵卒，皆屬焉。」按金吾，棒名，以銅爲之，黄金塗兩末，執之以禦非常，因以名官。又據漢書功臣表，曲成侯蟲達，高帝時爲執金吾，則更名非自武帝。至王莽更名奮武。

〔二〕温温二句：按此二句有脱文。

〔三〕經表九德：經：指尚書。尚書皋陶謨：「九德咸事，俊乂在官。」其中九德是：「寬而栗，柔而立，愿而恭，亂而敬，擾而毅，直而温，簡而廉，剛而塞，彊而義。」

〔四〕葸（xǐ洗）葸：古文苑章樵注：「銛利貌。」

〔五〕用之二句：言威武不可輕用。

〔六〕秦政二句：秦政：指秦始皇。秦始皇名政。播：揚。

〔七〕璜：按璜，玉佩名，形如半璧。在此不倫，疑當作黄。黄謂黄金，指金吾棒。漢代黄銅亦稱黄，如銅器上獸目稱黄目，銅弩稱大黄。執黄即指執金吾者。

十四、將作大匠箴〔一〕

侃侃將作〔二〕，經構宫室。牆以禦風，宇以蔽日。寒暑攸除，鳥鼠攸去〔三〕。王有宫殿，民有宅居。昔在帝世，茅茨土階〔四〕。夏卑宫觀，在彼溝洫〔五〕。桀作瑤臺，紂爲璇室〔六〕。人力不堪，而帝業不卒。詩詠宣王，由儉改奢〔七〕。觀豐上六，大屋小家〔八〕。春秋譏刺，書彼泉臺〔九〕。兩觀雉門，而魯以不恢〔一〇〕。或作長府，而閔子以仁〔一一〕（古文苑作不仁）。秦築驪阿〔一二〕，嬴姓以顛〔一三〕。故人君無云我貴，榱題是遂〔一四〕。毋

云我富，淫作極遊〔一五〕。在彼牆屋，而忘其國戮〔一六〕。作臣司匠，敢告執猷〔一七〕。（藝文類聚四十九、古文苑）

【注釋】

〔一〕將作大匠箴：嚴輯全漢文收録。漢書百官公卿表：「將作少府，秦官，掌治宮室，有兩丞、左右中候。景帝中六年更名將作大匠。屬官有石庫、東園、主章、左、右、前、後中校七令丞。」

〔二〕侃侃：剛直貌。

〔三〕寒暑二句：詩小雅斯干：「風雨攸除，鳥鼠攸去。」箴言寒暑攸除，謂宮室可以却寒暑。

〔四〕昔在二句：帝世：謂堯舜爲帝之世。茅茨土階：以茅覆屋，以土爲階。漢書司馬遷傳：「墨者亦尚堯舜，言其德行曰：堂高三尺，土階三等，茅茨不翦，采椽不斲。」

〔五〕夏卑二句：論語泰伯：「卑宮室而盡力乎溝洫，禹，吾無間然矣。」溝洫：溝渠，田間之排灌設施。言禹重農而不講究宮觀。藝文類聚溝洫作溝池。

〔六〕桀作二句：瑶、璇：皆美玉。淮南子本經：「晚世之時，帝有桀紂，爲璇室瑶臺，象廊玉牀，燎焚天下之財，罷苦萬民之力。」劉向新序刺奢：「桀作瑶臺，罷民力，殫民財。」言桀紂宮觀豪華，終因奢而喪國。

〔七〕詩詠二句：詩：指詩小雅斯干。詩序：「斯干，宣王考室也。」其詩曰：「築室百堵，西南其户，爰居爰處，爰笑爰語。」又曰：「下莞上簟，乃安斯寢，乃寢乃興，乃占我夢。」皆寫其儉約之制。由儉改奢：謂改奢而從儉。

〔八〕觀豐二句：易豐卦上六：「豐其屋，蔀其家。」蔀：遮蔽，蔽日保暖。

〔九〕春秋二句：泉臺：魯莊公作，在曲阜東南。至文公十六年，有蛇自泉宫出，入于國。八月辛未聲姜薨，以爲蛇妖，毁泉臺。公羊譏云：「先祖爲之，而毁之，勿居而已。」言先祖既成之物，即使非禮，勿居可也，不宜毁之。

〔一〇〕兩觀二句：春秋定公二年：「夏五月壬辰，雉門及兩觀災。冬十月，新作雉門及兩觀。」按諸侯宫之南門曰雉門。雉門兩旁，積土爲臺，臺上築重屋，可以觀望，故曰觀；懸法令於其上，故亦曰象魏。定公時，魯已衰。雉門兩觀火災，象徵法令不行，魯從此不復恢大。

〔一一〕或作二句：論語先進：「魯人爲長府。閔子騫曰：『仍舊貫，如之何？何必改作？』子曰：『夫人不言，言必有中。』」閔子以仁：古文苑作閔子不仁。章樵注：「閔子蓋譏其廣府庫，爲富不仁。」按論語未確言其爲長府仍舊貫抑或改作，如仍舊貫，則「以仁」亦通。

〔一二〕秦築驪阿：驪阿：指驪山始皇墓工程和阿房宫等宫羣建築。史記秦始皇本紀：「始皇初即位，穿治酈山。及并天下，天下徒送詣七十餘萬人，穿三泉，下銅而致槨，宫觀百官奇器珍怪，徙臧（藏）滿之。令匠作機弩矢，有所穿近者，輒射之。以水銀爲百川江河大海，機相灌輸。上具天文，下具地理，以人魚膏爲燭，度不滅者久之。」又曰：「三十五年……始皇以爲咸陽人多，先王之宮廷小……乃營作朝宮渭南上林苑中。先作前殿阿房，東西五百步，南北五十丈，上可以坐萬人，下可以建五丈旗，周馳爲閣道，自殿下直抵南山，表南山之顛以爲闕。爲複道，自阿房渡渭，屬之咸陽，以象天極閣道絕漢抵營室也。阿房宮未成，成，欲更擇令名名之。作阿房，故天下謂之阿房宮。隱宮徒刑者七十餘萬人，乃分作阿房宮，或作麗（同驪）山。發北山石椁（槨），乃寫蜀荆地材，皆至。關中計宮三百，關外四百餘。」漢書劉向傳曰：「天下苦其役而反之。驪山之作未成，而周章百萬之師至矣。項籍燔其宮室營宇，往者咸見發掘。其後牧兒亡羊，羊入其鑿，牧者持火照求羊，失火燒其臧（藏）槨。自古及今，葬未有盛如始皇者也。」

〔一三〕嬴姓以顛：史記秦本紀：秦之先柏翳，舜賜姓嬴氏。至造父，周穆王封之於趙城，此後造父之後又姓趙氏。　顛：墜也。

〔一四〕榱題：屋簷伸出的前一部，今名出簷，古宮殿有此，這裏代指華麗的宮殿。　遂：遂意。

〔一五〕淫：過度。　極：窮盡。　遊：遊樂。

〔一六〕在彼二句：戮：與辱通，恥辱。　言只注意修建華麗的宮殿，而忘記會因此導致國家敗亡之恥辱。

〔一七〕猷：謀劃，規劃。　執猷：指掌管宮室建築規劃之人。

十五、城門校尉箴〔一〕

幽幽山川，徑塞九路〔二〕。盤石唐芒，襲險重固〔三〕。國有城溝，家有柝柜〔四〕。各有攸堅，民以不虞〔五〕。德懷其内，險難其外。王公設險，而承以盤蓋〔六〕。昔在上世，有殷有夏〔七〕。癸辛不德，而設夫險阻〔八〕。湯武爰征，而莫遏莫禦。作君之危〔九〕，不可德少，而城溝伊保〔一〇〕。不可德稀，而城溝是依。唐虞長德，而四海永懷。秦恢長城〔一一〕，而天下畔乖〔一二〕。尉臣司城，敢告侍階。（古文苑）

【注釋】

〔一〕城門校尉箴：僅見古文苑，嚴輯全漢文收録。漢書百官公卿表：「城門校尉掌京師城門屯兵，有司馬、十二城門候。中壘校尉掌北軍壘門内，外掌西域。屯騎校尉掌騎士。步兵校尉掌上林苑門屯兵。越騎校尉掌越騎。長水校尉掌長水宣曲胡騎。又有胡騎校尉，掌池陽胡騎，不常置。射聲校尉掌待詔射聲士。虎賁校尉掌輕車。凡八校尉，皆武帝初置。」

〔二〕幽幽二句：幽幽：深遠貌。詩小雅斯干：「秩秩斯干，幽幽南山。」九：言其多，非實數。言山川深遠，阻塞了很多徑路。

〔三〕盤石二句：盤石：盤薄大石，指山。唐芒：猶莽蕩，廣遠貌，指川。襲：重疊。

險、固：險要可守之處，在野曰險，在國曰固，通言險固。　言自然山川有重重叠叠之險固。

〔四〕柝：守夜者所擊之木，即今梆子之類。　柜：當作柾。柾：梐柾，交互其木以遮攔者。柝柾都是家用防守之具。

〔五〕虞：與誤通，誤事。　言國與家都有堅固的防衛之具，不致誤事。

〔六〕德懷四句：内：指國内。　外：指外敵。　王公設險：易坎卦彖曰：「地險，山川丘陵也，王公設險以守其國，險之時用大矣哉。」象曰：「君子以常德行，習教事。」　盤蓋：盤所以承其下，蓋所以護其上。　言古之王公，對内施德，臣民懷德安集，如器之有盤承其下；對外設險以拒敵，使敵難以踰越，如器之有蓋以保護人民。

〔七〕有殷有夏：意指夏禹殷湯都能以仁德懷民。

〔八〕癸辛二句：癸：帝癸夏桀。　辛：帝辛殷紂。　已見少府箴注〔五〕。　説苑貴德：「魏武侯浮西河而下，中流，謂吴起曰：『美哉乎河山之固也，此魏國之寶也。』吴起對曰：『在德不在險。昔三苗氏左洞庭，右彭蠡，德義不修，而禹滅之。　夏桀之居，左河濟，右太華，伊闕在其南，羊腸在其北，修政不仁，湯放之。　殷紂之國，左孟門，而右太行，常山在其北，大河經其南，修政不德，武王伐之。　由此觀之，在德不在險。　若君不修德，船中人盡敵國也。』武侯曰：『善。』」

〔九〕作君之危：尚書太甲下：「無安厥位，惟危！」孔氏傳：「言當常自危懼，以保其位。」

〔一〇〕伊：是。

〔一一〕恢：擴大。

〔一二〕畔：與叛通。　乖：背離。

十六、太史令箴〔一〕

昔在太古，爰初肇記，天地之紀，重黎是司〔二〕。降及唐虞，乃命羲和，欽若昊天，百政攸宜〔三〕。夏帝不慎，羲和不令〔四〕。湎時亂日，帝旅爰征〔五〕。庶僚至殷，唯天爲難〔六〕。夏氏黷德，而明神不蠲〔七〕。（下缺）（太平御覽二百三十五）

【注釋】

〔一〕太史令箴：僅見太平御覽，有殘缺。嚴輯全漢文收録。按據漢書百官公卿表，太史令屬太常，有丞。續漢百官志：「太史令，一人，六百石。本注曰：掌天時星厤，凡歲將終，奏新年厤；凡國祭祀喪娶之事，掌奏良日及時節禁忌；凡國有瑞應災異，掌記之。丞一人。明堂及靈臺一人，二百石。本注曰：二丞掌守明堂靈臺。靈臺掌候日月星氣。皆屬太史。」

〔二〕昔在四句：按太史，原爲掌天地之官。史記太史公自序曰：「昔在顓頊，命南正重以司天，北正黎以司地，唐虞之際，紹重黎之後，使復典之，至於夏商，故重黎氏世序天地。」重、黎：人名。

〔三〕降及四句：尚書堯典：「乃命羲和，欽若昊天，曆象日月星辰，敬授人時。」孔氏傳：「重黎之後，羲氏和氏世掌天地四時之官，故堯命之，使敬順昊天。昊天，言元氣廣大。星，四方中星。辰，日月所會。曆象其分節，敬記天時以授人也。」

〔四〕不令：謂失其官，不復出令。

〔五〕湎時二句：湎：沈没。帝：指商湯。旅：軍旅。言夏桀淫湎，羲和失官，時日混亂，於是帝湯起兵征伐之。

〔六〕庶僚二句：庶僚：普通小官。謂羲和之官降爲庶僚。唯天爲難：謂天道難知了。

〔七〕夏氏二句：黷：輕慢不敬。蠲：明。

十七、博士箴〔一〕

洋洋三代，典禮是修〔二〕，晝（藝文類聚作盡）爲辟雍〔三〕。國有學校，侯有泮宮〔四〕。各有攸教（藝文類聚作名有攸教），德用不陵〔五〕。昔在文王，經啓（藝文類聚作營）其軌〔六〕，勖于德音〔七〕。而思皇多士，多士作楨，維周以寧〔八〕。國人興讓，虞芮質成〔九〕。公劉挹行潦，洒濁亂斯清〔一〇〕。官操（藝文類聚作摻）其業〔一一〕，士執其經。昔聖人之綏俗，莫美於施化〔一二〕。故孔子觀夫大學，而知爲王之易易〔一三〕（藝文類聚作故孔子觀夫人之學而知爲王之易）。大舜南面無爲〔一四〕，而衽席平還師〔一五〕。階級之間（藝文類聚無級之二字），三苗以懷〔一六〕。秦作無道，斬決天紀〔一七〕。漫彼王迹，而坑夫術士〔一八〕（藝文類聚無夫字）。詩書是泯，家言是守〔一九〕。俎豆不陳，而顛其社稷〔二〇〕。故仲尼不對問陳，而胡簋是遵〔二一〕。原伯非學，而閔子知周之不振〔二二〕。儒臣司典，敢告在賓〔二三〕。（藝文類聚四十六、古文苑）

【注釋】

〔一〕博士箴：藝文類聚作揚雄作，古文苑作揚雄，注云一作崔瑗。嚴氏考定爲揚雄作，收入全漢文。漢書百官公卿表：博士屬太常，云：「博士，秦官，掌通古今，秩比六百石，員多至數十人。武帝建元五年，置五經博士。宣帝黃龍元年，增員十二人。」按秦始皇時博士七十人，備員弗用。漢文帝時，論語孝經孟子爾雅皆置博士，七十餘人皆朝服玄端章甫冠，爲待詔博士。武帝時，罷傳記博士，獨置五經博士。揚雄所箴，即五經博士也。

〔二〕洋洋二句：洋洋：盛貌。三代：夏商周。史記禮書：「太史公曰：『洋洋美德乎……觀三代損益，乃知緣人情而制禮，依人性而作儀，其所由來尚矣。』」

〔三〕晝：規劃。藝文類聚作盡，誤。辟雍：西周天子所設大學曰辟雍。蔡邕明堂月令論說辟雍之名，乃「取其四面周水，圜如璧」。

〔四〕國有二句：禮記王制：「大學在郊，天子曰辟雍，諸侯曰頖宮。」按頖同泮。

〔五〕各有二句：陵：凌越，僭越。　各有攸教：藝文類聚作名有伋教，誤。

〔六〕軌：兩輪之間的寬度曰軌，古有定制。這裏借指法度。　詩大雅靈臺：「經始靈臺，經之營之。庶民攻之，不日成之。」又曰：「於論鼓鐘，於樂辟雍。」孟子梁惠王上：「文王以民力爲臺爲沼，而民歡樂之，謂其臺爲靈臺，謂其沼爲靈沼。」是文王開創其制，辟雍爲講禮之所，靈臺爲與民同樂之所。　藝文類聚經啓作經營。

〔七〕勖：勉勵。　德音：善言。

〔八〕而思皇三句：詩大雅文王：「思皇多士，生此王國。王國克生，維周之楨。濟濟多士，文王以甯。」皇，美；楨，幹；濟濟，多貌。詩言文王愛士，士生於其國者衆多，爲周之楨幹，文王賴以安寧。箴意同此。

〔九〕國人二句：興讓：禮讓之風興起。詩大雅緜：「虞芮質厥成。」虞、芮，二國名。質，評理。成，平息。毛傳：「虞、芮之君相與争田，久而不平，乃相謂曰：『西伯，仁人也，盍往質焉？』乃相與朝周。入其竟（境），則耕者讓畔，行者讓路。入其邑，男女異路，斑白不提挈。入其朝，士讓爲大夫，大夫讓爲卿。二國之君感而相謂曰：『我等小人，不可以履君子之庭。』乃相讓，以其所争田爲閒田，而退。」

〔一〇〕公劉二句：詩大雅公劉、泂酌二篇，詩序皆以爲召康公戒成王之作，故箴以二篇連言。公劉詩曰：「蹌蹌濟濟，俾筵俾几。」寫君和樂之狀。洞酌詩曰：「洞酌彼行潦，挹彼注兹，可以濯罍。豈弟君子，民之攸歸。」行潦，路旁積存之雨水，是水之至薄者，然而可打來洗祭器。謂主敬誠，不在物之厚薄。喻君子豈弟（愷悌，和易近人），衆人歸之。箴推其意，言周教美。洒：音義同洗。説文：「洒，滌也。」

〔一一〕操：藝文類聚作摻。按操，隸書或作掾，又誤作摻。

〔一二〕昔聖人二句：綏：安撫。施化：施行教化。

〔一三〕故孔子二句：禮記鄉飲酒義：「孔子曰：吾觀於鄉，而知王道之易易也。」按古鄉飲酒禮在鄉校舉行，故此云觀夫學。大字當衍。藝文類聚作觀夫人之學，無大字。

〔一四〕大舜南面無爲：論語衛靈公：「子曰：無爲而治者，其舜也與？夫何爲哉？恭己正南面而已矣。」

〔一五〕而衽席平還師：古文苑錢熙祚校曰：「平，當作乎，此用大戴記主言篇語也。師與懷韻。章注於平字絶句，誤甚。」按大戴禮記主言篇：「故曰明主之征也，猶時雨也，至則民説（悦）矣，此之謂衽席之上乎還師。」謂不動干戈，在衽席之上已經勝利凱旋了。

〔一六〕階級二句：階級：堂之階磴。尚書大禹謨：「班師振旅，帝乃誕敷文德，舞干羽于兩階。七旬，有苗格。」孔疏曰：「禹既誓於衆，而以師臨苗，經三旬，苗民逆帝命不肯服罪。益（伯益）乃進謀以佐於禹，曰：『惟是有動上天，苟能修德，無有遠不至。』……遂還師整衆而歸。帝舜乃大布文德，舞干羽于兩階之間，七旬，而有苗自服來至。」 藝文類聚階級之間無級之二字，句不全，當是殘脱。

〔一七〕決：斷。 天紀：天道。

〔一八〕漫彼二句：漫：漫滅。 王迹：前王遺留下來的功業、言論等。 坑夫術士：史記始皇本紀：三十五年，「案問諸生，諸生轉相告引，乃自除犯禁者，四百六十餘人，皆坑之咸陽。」

〔一九〕詩書二句：泯：滅。 史記始皇本紀：三十四年李斯「請史官非秦紀皆燒之，非博士官所藏，天下敢有藏詩書百家語者，悉詣守尉雜燒之，有敢偶語詩書，棄市」。 家言是守：謂只留下秦家之紀，守而未燒。

〔二〇〕俎豆二句：俎豆不陳：謂滅絶禮法，不再陳設禮器。 社稷：指國家。

〔二一〕仲尼二句：陳：同陣。 論語衞靈公：「衞靈公問陳(陣)於孔子。孔子對曰：『俎豆之事，則嘗聞之矣；軍旅之事，未嘗學也。』」 左傳哀公十一年：「孔文子之將攻太叔也，訪於仲尼。仲尼曰：『胡簋之事，則嘗學之矣；甲兵之事，未之聞也。』」 胡簋：即簠簋，皆禮器，簠方而簋圓，簠以盛稻粱，簋以盛黍稷。 遵：古文苑一作道。

〔二二〕原伯二句：左傳昭公十八年：「秋，葬曹平公。往者(魯人往送葬者)見周原伯魯(周大夫，名魯)焉。與之語，不説(悦)學。歸以語閔子馬。閔子馬曰：『周其亂乎！夫必多有是説(不學之説)，而後及其大夫。大人患失而惑，又曰「可以無學，無學不害」，不害而不學，則苟而可，於是乎下陵上替，能無亂乎？夫學，殖也。不學將落，原氏其亡乎！』」

〔二三〕在賓：五經博士於禮在賓位。

十八、國三老箴〔一〕

負乘覆餗〔二〕，姦寇侏張〔三〕。（文選劉琨答盧諶詩序注）

【注釋】

〔一〕國三老箴：見昭明文選劉琨答盧諶詩序注，僅存二句。嚴輯全漢文收録。按漢書百官公卿表：「十里一亭，亭有亭長；十亭一鄉，鄉有三老……三老掌教化。」高帝本紀：漢二年，「舉民年五十以上，有修行，能帥衆爲善，置以爲三老，鄉一人。擇鄉三老一人爲縣三老，與縣令丞尉以事相教，復勿繇戍，以十月賜酒肉。」是鄉縣各有三老，而國三老未提及。周代天子設三老五更，以父兄之禮養之。禮記文王世子：「適東序釋奠於先老，遂設三老五更羣老之席位焉。」樂記：「食三老五更於大學。」是蓋國三老也。或説，三老即祭酒。通典職官典：「荀卿在齊，爲三老，稱祭酒。」漢吴王濞年老，爲劉氏祭酒。凡大官年老有德行者，皆可爲祭酒。

〔二〕負乘：謂小人居君子之位。易解卦六三：「負且乘。」疏：「乘者，君子之器也。負者，小人之事也。」覆餗：謂不勝重任而敗事。易鼎卦九四：「鼎折足，覆公餗。」後漢書謝弼傳

注：「鼎以喻三公。餗，鼎實也。折足覆餗，言不勝其任。」

〔三〕侏張：同輈張，驚懼貌。

按僅此二句，全文意義不明。

十九、太樂令箴〔一〕

陶陶五帝，設爲六樂〔二〕。笙磬既同，鍾鼓羽籥〔三〕。周序神人〔四〕，協于萬國。

（北堂書鈔未删改本五十五，陳禹謨本無首二句）

【注釋】

〔一〕太樂令箴：僅見北堂書鈔，殘。嚴輯全漢文收録。太樂令，有丞，屬太常。參太常箴注〔一〕。續漢百官志：「大予樂令一人（即太樂令，明帝改），六百石。本注曰：掌伎樂。凡國祭祀，掌請奏樂；及大饗用樂，掌其陳序。」

〔二〕陶陶二句：陶（yáo 遥）陶：和樂貌。五帝：此處五非實指，覩下文乃統指黄帝唐堯虞舜夏禹商湯周文武。六樂：謂黄帝以下六代之樂，即雲門（黄帝樂），咸池（堯樂），大韶（舜樂），大夏（禹樂），大濩（湯樂），大武（周武王樂）。周禮大司徒：「以六樂防萬民之情，而教之和。」

〔三〕羽籥：樂舞所用之具。羽，舞者所執之雉羽。籥，伴奏所用之排簫。鍾：同鐘。

〔四〕周序神人：周禮大司樂：「以六律、六同、五聲、八音、六舞、大合樂以致鬼神示，以和邦國，以諧萬民，以安賓客，以説(悦)遠人，以作動物。乃分樂而序之，以祭，以享，以祀。」

二十、太官令箴〔一〕

時惟膳夫，實司王饔〔二〕。祁祁庶羞〔三〕，口實是供。羣物百品，八珍清觴〔四〕。以御賓客，以膳于王。（太平御覽二百二十九）

【注釋】

〔一〕太官令箴：見太平御覽，殘。嚴輯全漢文收録。太官令：爲少府屬官，有丞。參少府箴注〔一〕。續漢百官志：「太官令一人，六百石。本注曰：掌御飲食。左丞、甘丞、湯官丞、果丞各一人。本注曰：左丞主飲食，甘丞主膳具，湯官丞主酒，果丞主果。」

〔二〕膳夫：周禮天官膳夫：「膳夫上士二人，中士四人，下士八人，府二人，史四人，胥十有二人，徒百有二十人。」又云：「膳夫掌王之食飲膳羞，以養王及后世子。凡王之饋食用六穀，膳用六牲，飲用六清，羞用百二十品，珍用八物，醬用百有二十罋……」饔：指烹調煎和之食物，統言熟食。

〔三〕祁祁：多貌。庶：衆。羞：同饈，指精美的食品。

〔四〕羣物二句：詳注〔二〕。觴：杯中有酒曰觴。

二十一、上林苑令箴〔一〕

芒芒大田〔二〕（文選東京賦注、御覽作天田），芃芃作穀〔三〕。山有征陸〔四〕（古文苑一作陘陸、九卷本作徑陸、御覽作陵陸），野有林麓〔五〕。夷原汙藪〔六〕，禽獸攸伏。魚鱉以時，蒭蕘咸殖〔七〕。國以殷富，民以家給〔八〕。昔在帝羿，共田徑游〔九〕。弧矢是尚，而射夫封豬〔一〇〕。不顧於愆，卒遇後憂。是以田獲三驅，不可過差〔一一〕。麀鹿攸伏，不如德至〔一二〕。衡臣司虞〔一三〕，敢告執指〔一四〕。（古文苑、御覽二百三十二）

【注釋】

〔一〕上林苑令箴，見古文苑、太平御覽、文選東京賦注，嚴輯全漢文收録。漢書百官公卿表：「水衡都尉，武帝元鼎二年初置，掌上林苑，有五丞。屬官有上林、均輸、御羞、禁圃、輯濯、鍾官、技巧、六廄、辯銅九官令丞。」則上林苑令乃水衡都尉屬官之一。後漢改屬少府。續漢百官志：「上林苑令一人，六百石。本注曰：主苑中禽獸，頗有民居，皆主之，捕得其獸送太官。丞、尉各一人。」按上林苑本秦舊苑，漢武帝增廣之，周袤數百里，在今西安市鄠邑周至界，司馬相如有上林賦、揚雄有羽獵賦，極言其侈。

〔二〕芒芒：同茫茫，廣大貌。　大田：文選注及御覽作天田。按天田，特指上林也。

〔三〕芃（péng朋）芃：草木茂盛貌。詩鄘風載馳：「我行其野，芃芃其麥。」

〔四〕征陸：征字顯誤，當依古文苑一本作陘陸。陘謂山口，陸指高平地。陘與徑古通。徑與征形近，因而致誤。

〔五〕林麓：山脚叢林。

〔六〕夷：平。　汙：水地。　藪：草木鳥獸叢集的地方。

〔七〕蒭蕘：餵牲口和燒火的亂草。　殖：孳生。

〔八〕國以二句：言山澤之利，古之有國者與民共之，故家給而國富。

〔九〕昔在二句：帝羿：后羿，已見前文。　共田徑游：顧廣圻云：「共，當作失。徑，當作淫。即離騷『羿淫遊以佚田』也。」　按失，古與佚通。田，與畋通。

〔一〇〕弧矢二句：弧矢：弓箭。　封豨：即封豕，大豬。山海經海内經：「有封豕。」郭注：「大豬也，羿所射。」

〔一一〕是以二句：易巽卦六四：「田獲三品。」孔疏：「三品者，一曰乾豆，二曰賓客，三曰充君之庖廚也。」又比卦九五：「顯比，王用三驅。」　按禮記王制：「天子諸侯無事則歲三田，一爲乾豆，二爲賓客，三爲充君之庖。」歲三田者，一歲田獵三次也；獵時必驅，故即稱田爲驅。此「三驅」一詞之又一義。箴蓋言不可過三田之禮。

〔一二〕麀鹿二句：詩大雅靈臺：「王在靈囿，麀鹿攸伏。麀鹿濯濯，白鳥翯翯。王在靈沼，於牣魚躍。」謂文王有靈德也。

〔一三〕衡臣：水衡都尉。司虞：古掌山澤之官名虞，或稱虞人。這裏借指上林苑令。

〔一四〕指：指揮，使。禮記曲禮上：「六十曰耆，指使。」鄭注：「指事使人也。」

揚雄自序〔一〕

【注釋】

〔一〕藝文類聚二十六：「漢揚雄自序曰：『雄爲人簡易佚宕，默而好深湛之思，清淨無爲，少嗜慾，不汲汲於富貴，不戚戚於貧賤，不修廉隅，以徼名當世，無擔石之儲，晏如也。自有大度，非聖哲之書，不好也；非其意，雖富貴，不事也。』」文選運命論注引揚雄自序曰：「雄家代素貧，嗜酒，人希至其門。」隋書儒林劉炫傳：炫自爲贊曰：「通人司馬相如揚子雲馬季長鄭康成等皆自序風徽，傳芳來葉。」按以上所引揚雄自序之文，並見漢書本傳。本傳末云：「雄之自序云爾。」故史通雜説篇云：班氏於司馬遷揚雄，皆録其自序以爲列傳。由此可見漢書揚雄傳全部即雄自序之文，兹酌録之，改題「自序」以入本集。顧班氏以序爲傳，亦間下己語，删之則有傷文義，姑俱存之，加方括弧以爲别。

揚雄，字子雲，蜀郡成都人也。其先出自有周伯僑者，以支庶初食采於晉之揚〔二〕，因氏焉，不知伯僑周何别也。揚在河汾之間。周衰，而揚氏或稱侯，號曰揚侯。會晉六卿争權，韓魏趙興，而范中行知伯弊。當是時，偪楊侯〔三〕，楊侯逃於楚巫山，因家焉。楚漢之興也，楊氏遡江上，處巴江州〔四〕，而楊季官至廬江太守。漢元鼎間〔五〕，避仇，復遡江上，處崏山之陽曰郫，有田一壥，有宅一區，世世以農桑爲業。自季至雄，五世而傳一子，故雄亡它楊於蜀。

【注釋】

〔二〕其先二句：伯僑：揚雄始祖。出自有周，則爲姬姓。支庶：旁支。采：采地。以官受地，謂之采地。楊：邑名。漢爲楊縣，屬河東郡。故址在今山西洪洞縣東南。

〔三〕偪：古逼字。

〔四〕巴江州：漢巴郡江州縣，在今重慶嘉陵江一帶。

〔五〕元鼎：漢武帝年號（前一一六——前一一一）。

雄少而好學，不爲章句，訓詁通而已，博覽無所不見。爲人簡易佚蕩〔六〕，口吃不能劇談，默而好深湛之思〔七〕。清静亡爲〔八〕，少耆欲〔九〕，不汲汲於富貴，不戚戚於貧賤，不修廉隅〔一〇〕，以徼名當世〔一一〕。家産不過十金，乏無儋石之儲〔一二〕，晏如也。

【注釋】

〔六〕佚（dié 迭）蕩：洒脱，無拘束。

〔七〕湛：通沉。

〔八〕亡：讀爲無。

〔九〕耆：讀爲嗜。

〔一〇〕廉隅：棱角。

〔一一〕徼：通邀。徼名：求名。

〔一二〕儋（dàn）石：通雅算數：「漢書一石爲石，再石爲儋，言人儋之也。」儋，同擔。石：十斗爲一石。無儋石之儲，言家貧，儲糧少。

自有大度，非聖哲之書，不好也；非其意，雖富貴，不事也；顧嘗好辭賦。先是時，蜀有司馬相如，作賦甚弘麗温雅，雄心壯之，每作賦，常擬之以爲式。又怪屈原文過相如，至不容〔一三〕，自投江而死。悲其文，讀之未嘗不流涕也。以爲君子得時則大行〔一四〕，不得時則龍蛇〔一五〕，遇不遇，命也，何必湛身哉！迺作書，往往摭離騷文而反之〔一六〕，自崏山投諸江流以吊屈原，名曰反離騷。又旁離騷作重一篇〔一七〕，名曰廣騷。

又旁惜誦以下至懷沙一卷，名曰畔牢愁。〔畔牢愁廣騷文多，不載，獨載反離騷。〕（下爲反離騷全文，略。）

【注釋】

〔一三〕不容：不爲世所容。

〔一四〕行：謂行道。

〔一五〕龍蛇：參見反離騷注〔三〕。又莊子山木：「一龍一蛇，與時俱化。」

〔一六〕往往：猶處處。　摭：摘取。

〔一七〕旁：依。

孝成帝時，客有薦雄文似相如者，上方郊祠甘泉泰畤、汾陰后土，以求繼嗣，召雄待詔承明之庭。正月，從上甘泉，還，奏甘泉賦以風。（下爲甘泉賦全文，略。）甘泉本因秦離宫，既奢泰，而武帝復增通天高光迎風〔一八〕。宫外，近則洪厓旁皇，儲胥弩阹，遠則石關封巒枝鵲露寒棠梨師得遊觀〔一九〕，屈奇瑰瑋，非木摩而不彫、牆塗而不畫、周宣所考、般庚所遷、夏卑宫室、唐虞採椽三等之制也〔二〇〕，且其爲已久矣，非成帝所造。欲諫則非時，欲默則不能已，故遂推而隆之，迺上比於帝室紫宫，若曰此非人力之所能，黨鬼神可也。又是時趙昭儀方大幸〔二一〕，每上甘泉，常法從，在屬車間豹尾中〔二二〕。故雄聊盛言車騎之衆，參麗之駕，非所以感動天地，逆釐三神，又言屏玉女，卻虙妃，以微戒齋肅之事。賦成奏之，天子異焉。

【注釋】

〔一八〕通天高光迎風：皆宮觀名。

〔一九〕近則三句：洪厓：大山崖。旁皇，廣大貌。儲胥：駐軍所設藩籬。弩阹：指以弩圍守的設施。石關封巒枝鵲露寒棠梨師得：皆宮觀名。師古曰：「棠梨宮在甘泉苑外，師得宮在櫟陽界，餘皆甘泉苑垣内之宮也。」

〔二〇〕非木至之制也：作一句讀，言上述宮觀不似周宣王、殷般庚、夏禹、堯、舜宮室之簡樸無華。

〔二一〕趙昭儀：趙飛燕之妹。飛燕爲成帝皇后後，寵少衰，而其妹絶幸，爲昭儀，居昭陽宮，見漢書外戚傳。

〔二二〕屬車、豹尾：服虔曰：「大駕屬車八十一乘，作三行，尚書、御史乘之。最後一乘懸豹尾，豹尾以前皆爲省中。」

其三月，將祭后土。上迺率羣臣，横大河〔二三〕，湊汾陰〔二四〕。既祭，行遊介山，回安邑〔二五〕，顧龍門〔二六〕，覽鹽池，登歷觀〔二七〕，陟西岳以望八荒〔二八〕，迹殷周之虚，眇然以思唐虞之風。雄以爲臨川羨魚，不如歸而結罔，還，上河東賦以勸。（下爲河東賦全文，略。）

【注釋】

〔二三〕大河：黄河。

〔二四〕汾陰：在今山西萬榮縣，漢武帝立后土祠於此。參見河東賦注〔二〕。介山在其南，或傳爲介之推隱處。參見河東賦注〔三〕。

〔二五〕安邑：在今山西夏縣南，其西南有鹽池。回：繞邊。

〔二六〕龍門：黄河龍門，在今陝西韓城、山西河津兩市之間。

〔二七〕歷觀：歷山上有宮觀。

〔二八〕西岳：華山。

其十二月，羽獵。雄從，以爲昔在二帝三王〔二九〕，宫館、臺榭、沼池、苑囿、林麓、藪澤，財足以奉郊廟，御賓客，充庖廚而已，不奪百姓膏腴穀土桑柘之地，女有餘布，男有餘粟，國家殷富，上下交足。故甘露零其庭，醴泉流其唐〔三〇〕。鳳皇巢其樹，黄龍游其沼，麒麟臻其囿，神爵棲其林。昔者禹任益虞〔三一〕，而上下和〔三二〕，屮木茂〔三三〕；成湯好田〔三四〕，而天下用足；文王囿百里，民以爲尚小，齊宣王囿四十里，民以爲大〔三五〕；裕民之與奪民也。武帝廣開上林，南至宜春鼎胡御宿昆吾；旁南山而西，至長楊五柞；北繞黄山，瀕渭而東〔三六〕；周袤數百里，穿昆明池，象滇河〔三七〕；營建章鳳闕、神明駿娑〔三八〕，漸臺泰液，象海水周流，方丈瀛洲蓬萊〔三九〕；游觀侈靡，窮妙極麗，雖頗割其三垂以贍齊民〔四〇〕，然至羽獵田車戎馬器械儲偫禁禦所營〔四一〕，尚泰奢，麗誇詡，非堯舜成湯文王三驅之意也〔四二〕。又恐後世復修前好，不折中以泉臺〔四三〕，故聊因校獵，賦以風。（以下校獵賦全文，略。）

【注釋】

〔二九〕二帝：堯舜。三王：夏商周。

〔三〇〕唐：應劭曰：「爾雅：廟中路謂之唐。」

〔三一〕禹任益虞：據尚書堯典：「帝曰：『疇若予上下草木鳥獸？』僉曰：『益哉！』帝曰：『俞！咨益，汝作朕虞。』」是任益爲虞的是舜而非禹。益：伯益。虞：官名，負責掌管山澤。

〔三二〕師古曰：「上，山也。下，平地也。」下亦指低窪有水處。上下，即山澤。

〔三三〕屮：古草字。

〔三四〕成湯好田：史記殷本紀：「湯出，見野張網四面，祝曰：『自天下四方，皆入吾網！』湯曰：『盡之矣！』乃去其三面。」好，當讀上聲。田，獵也。參見羽獵賦注〔一〇〕。

〔三五〕文王四句：孟子梁惠王下。參見羽獵賦注〔一一〕。

〔三六〕南至五句：宜春長楊五柞：宫名。餘皆地名。參見羽獵賦注〔一二〕。

〔三七〕穿昆明池二句：武帝於上林中穿池以象昆明國滇池，仍以昆明爲名。參見羽獵賦注〔一五〕。

〔三八〕神明馺娑：神明臺、馺娑殿，皆在建章宫内。

〔三九〕漸臺三句：漸臺，在泰液池中。泰液池在建章宫北。方丈瀛洲蓬萊，本海上三神山名。泰液池中作三島象此三山。參見羽獵賦注〔一六〕。

〔四〇〕垂：通陲，邊。武帝侵西方南方東方之國以置郡，故謂之割。贍：給。齊民：平民。參見羽獵賦注〔一七〕。

〔四一〕儲偫：儲備待用的器物。參見羽獵賦注〔一八〕。

〔四二〕三驅：田獵三等，一爲俎豆（祭祀），二爲賓客，三爲充君之庖。參見羽獵賦注〔四〕、〔一九〕。

〔四三〕泉臺：春秋魯莊公築泉臺，非禮也。至文公，毁之。公羊譏之，以爲先祖爲之，勿居可也，毁之非也。揚雄以爲宫觀之盛，非成帝所造，勿修而已，當以泉臺之事爲折中。參見羽獵賦注〔二〇〕。

明年〔四四〕，上將大誇胡人以多禽獸。秋，命右扶風發民入南山，西自褒斜，東至弘農，南敺漢中，張羅罔罝罘〔四五〕，捕熊羆豪豬虎豹狖玃狐菟麋鹿〔四六〕，載以檻車，輸長楊射熊館，以罔爲周阹〔四七〕，從禽獸其中〔四八〕，令胡人手搏之，自取其獲，上親臨觀焉。是時農民不得收斂。雄從至射熊館，還，上長楊賦，聊因筆墨之成文章，故藉翰林以爲主人，子墨爲客卿，以風。（下爲長楊賦全文，略。）

【注釋】

〔四四〕明年：指成帝元延三年。錢大昕有考，參見長楊賦注〔一〕。

〔四五〕罝：捕兔的網。　罘：捕鹿的網。

〔四六〕狖玃：皆猿猴類。　菟：即兔，常在草中，故字从草。

〔四七〕罔：同網。　周阹：圈子。　參見長楊賦注〔五〕。

〔四八〕從：讀爲縱。

哀帝時，丁傅董賢用事〔四九〕，諸附離之者或起家至二千石〔五〇〕。時雄方草太玄〔五一〕，有以自守，泊如也。或嘲雄以玄尚白〔五二〕，而雄解之，號曰解嘲。（下爲解嘲全文，略。）

【注釋】

〔四九〕丁傅：哀帝母丁姬家族，祖母傅太后家族，權勢甚盛。哀帝復寵幸董賢，以爲大司馬，賢由是權傾丁傅，與人主侔。參見解嘲注〔二一〕。

〔五〇〕附離：附著。

〔五一〕方草太玄：昭明文選作方草創太玄。

〔五二〕以玄尚白：此乃以雙關語譏之。玄，黑色；言雄作玄未成，其色尚白，無禄位也。

雄以爲賦者，將以風也，必推類而言，極麗靡之辭，閎侈鉅衍〔五三〕，競於使人不能加也，既迺歸之於正，然覽者已過矣。往時武帝好神仙，相如上大人賦，欲以風，帝反縹縹有陵雲之志〔五四〕。繇是言之〔五五〕，賦勸而不止，明矣；又頗似俳優淳于髡、優孟之徒〔五六〕，非法度所存，賢人君子詩賦之正也，於是輟不復爲。

【注釋】

〔五三〕閎侈鉅衍：皆廣大之意。言作賦追求靡麗，競爲廣大之言。

〔五四〕縹縹：同飄飄。史記司馬相如列傳：「相如既奏大人之賦，天子大説，飄飄有凌雲之氣，似游天地之間意。」

〔五五〕繇：讀爲由。

〔五六〕俳（pái排）優：詼諧滑稽的藝人，古稱俳優。　淳于髡：即淳于髡，戰國齊人，博學善滑稽。　優孟：春秋楚國優人，擅長滑稽諷諫。

而大潭思渾天，參摹而四分之，極於八十一，旁則三摹九据，極之七百二十九贊，亦自然之道也。故觀易者見其卦而名之，觀玄者數其畫而定之，玄首四重者，非卦也，數也。其用自天元推一晝一夜陰陽數度律歷之紀，九九大運，與天終始。故玄三方、九州、二十七部、八十一家、二百四十三表、七百二十九贊，分爲三卷，曰一、二、三，與泰初歷相應，亦有顓頊之歷焉。揲之以三策，關之以休咎，絣之以象類，播之以人事，文之以五行，擬之以道德仁義禮知。無主無名，要合五經，苟非其事，文不虚生。爲其泰曼漶而不可知，故有首、衝、錯、測、攡、瑩、數、文、捝、圖、告十一篇，皆以解剥玄體，離散其文，章句尚不存焉。〔玄文多，故不著。〕觀之者難知，學之者難成。客有難玄大深，衆人之不好也，雄解之，號曰解難〔五七〕。（以下解難全文，略。）

【注釋】

〔五七〕本段撮舉太玄一書的大要，多專名詞，別詳太玄注。

雄見諸子各以其知舛馳〔五八〕，大氐詆訾聖人，即爲怪迂，析辯詭辭，以撓世事〔五九〕，雖小辯，終破大道而或衆，使溺於所聞，而不自知其非也〔六〇〕；及太史公記六國〔六一〕，歷楚漢，記麟止〔六二〕，不與聖人同是非，頗謬於經〔六三〕；故人時有問雄者，常用法應之，譔爲十三卷〔六四〕，象論語，號曰法言。〔法言文多，不著，獨著其目：〕

天降生民，倥侗顓蒙〔六五〕，恣于情性，聰明不開，訓諸理〔六六〕，譔學行第一。

降周迄孔，成于王道，終後誕章乖離〔六七〕，諸子圖微〔六八〕，譔吾子第二。

事有本真，陳施於億，動不克咸，本諸身〔六九〕，譔修身第三。

芒芒天道〔七〇〕，在昔聖考〔七一〕，過則失中，不及則不至，不可姦罔〔七二〕，譔問道第四。

神心曶怳〔七三〕，經緯萬方，事繫諸道，德仁誼禮〔七四〕，譔問神第五。

明哲煌煌，旁燭亡疆，遜于不虞，以保天命〔七五〕，譔問明第六。

假言周于天地〔七六〕，贊于神明〔七七〕，幽弘橫廣〔七八〕，絶于邇言〔七九〕，譔寡見第七。

聖人恖明淵懿〔八〇〕，繼天測靈，冠于羣倫，經諸范〔八一〕，譔五百第八〔八二〕。

立政鼓衆〔八三〕，動化天下，莫上於中和，中和之發，在於哲民情〔八四〕，譔先知第九。

仲尼以來，國君將相，卿士名臣，參差不齊〔八五〕，壹槩諸聖〔八六〕，譔重黎第十。

仲尼之後，訖于漢，道德顔閔，股肱蕭曹，爰及名將，尊卑之條，稱述品藻，譔淵騫第十一〔八七〕。

君子純終領聞〔八八〕，蠢迪檢押〔八九〕，旁開聖則〔九〇〕，譔君子第十二。

孝莫大於寧親，寧親莫大於寧神，寧神莫大於四表之驩心〔九一〕，譔孝至第十三。

〔贊曰：雄之自序云爾〔九二〕。〕

【注釋】

〔五八〕舛：相背。言諸子各憑所知背道放言。

〔五九〕大氐四句：氐：同柢。大氐：大歸。詆訾：非毁。即：或。即與或，古同義。言諸子之書，大抵皆非毁周孔，而爲怪異巧辯之説以撓亂時政。

〔六〇〕雖小辯四句：或：通惑。言小辯破壞大道，迷惑衆人，使之信其所聞，而不知其非是。

〔六一〕太史公：司馬遷。記六國：記字乃訖字之誤，漢書官本作訖。

〔六二〕記麟止：史記太史公自序云：「卒述陶唐以來，至於麟止。」按武帝獲麟，改元元狩。

史記記事下限至於太初，距獲麟已二十餘年，仍曰「麟止」，蓋取象於春秋絶筆之義也。

〔六三〕不與二句：東漢班固漢書司馬遷傳贊亦云：「至於采經摭傳，分散數家之事，甚多疏略……又其是非頗繆於聖人。」

〔六四〕譔：同撰。下同。

〔六五〕倥（kōng空）侗（tóng同）：無知。　顓蒙：頑愚。

〔六六〕訓：導。

〔六七〕誕章乖離：荒誕之言彰明而乖離于周孔王道。　終：法言作然。漢書官本亦作然。

〔六八〕諸子圖微：法言微作徽。吴祕注曰：「圖，謀也。徽，美也。辯其異端而謀其徽美。」

〔六九〕事有四句：言事物有真理，布陳於億萬事物中，不可能咸皆探求，不如求諸自身。

〔七〇〕芒芒：同茫茫，廣大貌。　天道：謂天與道。法言本篇有「或問道」「或問天」語，可證。

按美古文作媺，微、媺、徽，異構而義同。

〔七一〕在昔聖考：謂諸古聖，可以考見。　法言在昔作昔在。

〔七二〕罔：誣。　姦罔：作姦誣聖。

〔七三〕曶怳：同忽怳，法言作忽怳。不分明貌。老子：「是爲無狀之狀，無物之象，是爲忽怳。」

〔七四〕誼：同義。法言作義。

〔七五〕明哲四句：煌煌：明貌。燭：照。亡疆：猶無極。不虞：未料到的，指意外的災禍。蘇輿曰：「説文：遜，遁也。遁亦避也。避彼不虞，保全天命，所謂明哲保身也。」法言本篇云：「或問命。……或曰：顔氏之子，冉氏之孫（顔淵短命，冉伯牛有疾，見論語）。曰：以其無避也，若立巖牆之下，動而徵病，行而招死，命乎命乎？」又云：「或問活身。曰：明哲。」即此意。

〔七六〕假：借爲遐。假言：遠言。與下邇言對文。

〔七七〕贊：助。

〔七八〕幽：深。弘：大。横：遠。廣：寬。

〔七九〕邇言：道理淺近之言，謂世人之俗言。

〔八〇〕悤：法言作聰，漢書官本亦作聰。悤與聰同。淵：深。懿：美。

〔八一〕范：法言作範，法也。經諸范：謂聖人聰明爲諸法之常經。

〔八二〕五百：指五百歲聖人一出。

〔八三〕鼓：動也。

〔八四〕哲：知。

〔八五〕不齊：謂世論有不實，褒貶有失中。

〔八六〕壹槩諸聖：一以聖人之道概平之。諸：之於二字合音。

〔八七〕仲尼之後一段：訖于漢道德顔閔：舊於道字斷句，德顔閔三字爲一句，不順。法言「德」下有「行」字，雖已成句，而「道」字又似多餘。茲姑依漢書重斷。漢書補注引宋祁曰：「李軌注法言本無此序，云與重黎共序。」又云：「或云是篇與重黎共序，然漢書有之，疑非揚辭，而班固實之也。」蘇輿曰：「今仿宋槧刻李注本，與漢書同，疑是後人所改。」由此看來，此條真實性尚有問題，亦姑存之，而列諸説於上，備考。顔閔：顔淵閔子騫，孔子弟子。論語先進：「德行顔淵閔子騫。」淵騫篇名即源於此。蕭曹：蕭何曹參，漢高帝大臣，史記曰：「蕭規曹隨。」品藻：師古曰：「定其差品及文質。」

〔八八〕君子純終領聞：師古曰：「純，善也。領，令也。聞，名也。言君子之道能善於終，而不失令名也。」

〔八九〕蠢迪檢押：行動遵由規矩。師古曰：「蠢，動也。迪，道也，由也。檢押，猶隱栝也。言動由檢押也。」按隱栝是矯正曲木的工具，猶規矩。

〔九〇〕旁開聖則：向旁開展聖人的法則。

〔九一〕四表：四方之外，指天下全民。驩：與歡同。

〔九二〕贊曰二句：漢書補注引錢大昕曰：「予謂自『雄之自序云爾』以下至篇終，皆傳文，非贊也。司馬遷傳亦稱『遷之自序云爾』，然後别述遷事以終其篇，與此正同。遷有贊而雄無贊者，篇終載桓譚及諸儒之言，褒貶已見，不必别爲贊也。此『贊曰』二字，後人妄增，非班史本文。」

附録一

揚雄佚事

劉向字子政，劉歆字子駿，桓譚字君山，與子雲同時，著作中常記子雲言行，摘録於下。

桓譚答揚雄書：「子雲勤味道腴。」（文選班固答賓戲注、任昉王文憲集序注、潘岳楊荊州誄注）

桓君山謂揚子雲曰：「如後世復有聖人，徒知其才能之勝己，多不能知其聖與非聖人也。」子雲曰：「誠然。」（論衡講瑞篇）

賈誼不左遷失志，則文彩不發。淮南不貴盛富饒，則不能廣聘駿士，使著文作書。太史公不典掌書記，則不能條悉古今。揚雄不貧，則不能作玄言。（意林）

張子侯曰：「揚子雲，西道孔子也，乃貧如此！」吾應曰：「子雲亦東道孔子也。昔仲尼豈獨是魯孔子？亦齊楚聖人也。」（意林）

余（桓譚自稱）少時，見揚子雲之麗文高論，不自量年少新進，而猥欲逮及。嘗激一事而作小賦，用精思太劇，而立感動發病，彌日瘳。子雲亦言：成帝時，趙昭儀方大幸，每上甘泉，詔令作賦。爲之卒（猝）暴，思精苦。賦成，遂困倦小臥，夢其五藏（臟）出在地，以手收而内（納）之。及覺，病喘悸，大少氣，病一歲。（北堂書鈔作病發一年而死。甘泉賦注作明日遂卒。御覽三百九十三作一年卒。三百九十九、七百三十九作病一歲卒。皆誤。）由是言之，盡思慮，傷精神也。（意林、北堂書鈔一百二、藝文類聚五十六、又七十五、文選甘泉賦注、文賦注、白孔六帖八十六、御覽三百九十三、又三百九十九、又五百八十七、又七百三十九）

揚子雲爲郎，居長安，素貧。比歲亡其兩男，哀痛之，皆持歸葬于蜀，以此困乏。雄（當作子雲，御覽變其詞耳。）察達聖道，明于死生，宜不下季札，然而慕怨死子，不能以義割恩，自令多費，而至困貧。（御覽五百五十六）

揚子雲好天文，問之于黄門作渾天老工。曰：「我少能作其事，但隨尺寸法度，殊不曉達其意，然稍稍益愈，到今七十，乃甫適知，已又老且死矣。今我兒子愛學作之，亦當復年如我乃曉知，已又且復死焉。」其言可悲可笑也。（北堂書鈔未改本一百三十、御覽二）

揚子雲初因衆儒之説天，以天爲如蓋轉（初字轉字，依初學記一加），常左旋，日月星辰隨而東西，乃圖畫形體行度，參以四時歷數昬晝夜，欲爲世人立紀律，以垂法後嗣。余（桓譚自稱）難之曰：「春秋晝夜欲等平，旦，日出于卯正東方；暮，日入于酉正西方。今以天下人占視之，此乃人之卯酉，非天卯酉。天之卯酉當北斗極。北斗極，天樞。樞，天軸也。猶蓋有保斗矣。蓋雖轉而保斗不移。天亦轉周帀，斗極常在，知爲天之中也。仰視之，又在北，不正在人上。而春秋分時，日出入乃在斗南。如蓋轉，則北道近，南道遠，彼晝刻漏之數，何從等平？」子雲無以解也。後與子雲奏事待報，坐白虎殿廊廡下，以寒故，背日曝背。有頃，日影去背，不復曝焉。因以示子雲曰：「天即蓋轉而日西行，其光影當照此廊下，而稍東耳，無乃是反應渾天家法焉？」子雲立壞其所作。則儒家以爲天左轉，非也。（晉書天文志一、御覽二、事類賦注天部一）

揚子雲大才而不曉音，余頗離雅樂，而更爲新弄。子雲曰：「事淺易善，深者難識，卿不好雅頌，而悅鄭聲，宜也。」（御覽五百六十五）

譚謂揚子曰：「君之爲黄門郎，居殿中，數見輿輦玉蚤華芝及鳳皇三蓋之屬，皆玄黄五色，飾以金玉，翠羽珠絡，錦繡茵席者也。」（續漢輿服志注、後漢書班固傳注、北堂書鈔未改本一百四十一、文選西都賦注、寡婦賦注、宋孝武宣貴妃誄注）

揚子雲攻于賦，王君大習兵器，余欲從二子學。子雲曰：「能讀千賦則善賦。」君大曰：「能觀千劍則曉劍。」諺曰：「伏習象神，巧者不過習者之門。」（意林）

余少好文，見揚子雲賦頌，欲從學，子雲曰：「能讀千賦，則善之矣。」（北堂書鈔一百二）

余素好文，見揚子雲工爲賦，欲從之學。子雲曰：「能讀千賦，則善爲之矣。」（藝文類聚五十六）

君大素曉習萬劍之名，凡器但遥觀而知，不須手持熟察，言能觀千劍，則曉知之。（北堂書鈔一百二十二)(以上三條爲一事,引者約文不同。)

揚雄作玄書,以爲玄者天也,道也;言聖賢著法作事,皆引天道以爲本統,而因附屬萬類,王政人事法度。故宓羲氏謂之易,老子謂之道,孔子謂之元,而揚雄謂之玄。玄經三篇,以紀天地人之道;立三體,有上中下,如禹貢之陳品。三三而九,因以九九八十一卦。以四爲數,數從一至四,重累變易,竟八十一而徧,不可損益。以三十五(當作六)蓍揲之。玄經五千餘言,而傳十三篇也。(後漢書張衡傳注、通鑑三十注)

王公子問:「揚子雲何人邪?」答曰:「揚子雲才智開通,能入聖道,卓絶于衆,漢興以來,未有此人也。」國師子駿曰:「何以言之?」答曰:「才通著書以百數,惟太史公廣大,其餘皆藂殘小論,不能比之子雲所造法言、太玄經也。玄經數百年,其書必傳。(以下桓譚對大司空王邑、納言嚴尤問也。見漢書雄本傳。)世咸尊古卑今,貴所聞,賤所見也,故輕易之。老子,其心玄遠而與道合。(語未竟。)(雄本傳作:「昔老聃著虚無之言兩篇,薄仁義,非禮學,然後世好之者以爲過於五經,自漢文景之君,及司馬遷,皆有是言。今揚子之書,文義至深,而論不詭於聖人,若使遭遇時君,更閲賢知爲所稱善,則必度越諸子矣。」)若遇上好事,必以太玄次五經也。」(論衡超奇、文選東京賦注、袁彦伯三國名臣序贊注、史通内篇自序、御覽四百三十二、又六百二)

右桓譚新論(見全漢文桓譚文)

揚雄經目,有玄首、玄衝、玄錯、玄測、玄舒、玄營、玄數、玄文、玄掜、玄圖、玄告、玄問,合十

二篇。（蕭該漢書音義）

右劉向別録（見全漢文劉向文）

甘泉賦，永始三年，待詔臣雄上。（文選甘泉賦注）

羽獵賦，永始三年十二月上。（文選羽獵賦注、長楊賦注）

長楊賦，綏和元年上。（文選長楊賦注）（按右三條，年數皆有誤。）

子雲家牒言：以甘露元年生也。（文選王文憲集序注）

揚雄卒，弟子侯芭負土作墳，號曰玄冢。（文選劉先生夫人墓志注、御覽五百五十八）

右劉歆七略（見全漢文劉歆文）

揚雄家牒曰：「子雲以天鳳五年卒，葬安陵阪上，所厚沛郡桓君山，平陵如子禮，弟子鉅鹿侯芭，共爲治喪，諸公遣世子、朝臣、郎吏行事者會送。桓君山爲斂賻，起祠塋。侯芭負土作墳，號曰玄冢。」（藝文類聚四十、御覽五百五十八）

揚雄家牒曰：「詔陪葬安陵阪上。」（長安志）（按安陵爲惠帝陵，在長安北三十五里。）

右揚雄家牒，記子雲卒後事，不知何人所著。劉歆七略已引之，可知其書甚早。

漢書揚雄傳贊曰以下多記子雲後事及時人評論語，亦係佚事，因見本傳，兹勿録。

附録二

揚雄佚篇目

揚雄有太玄十卷、法言十三卷、方言十三卷，今俱存，再加本集所録文賦等五十七篇，是爲現存揚雄之全部著述。此外尚有存目之可考者，略記如左：

廣騷

畔牢愁

漢書本傳曰：「又旁離騷作重一篇，名曰廣騷，又旁惜誦以下至懷沙一卷，名曰畔牢愁。畔牢愁、廣騷文多，不載。」班氏不載，二文遂佚。

天問解

王逸楚辭章句天問敍曰：「昔屈原所作凡二十五篇，世相教傳，而莫能説。天問，以其文義不次，又多奇怪之事，自太史公口論道之，多所不逮。至於劉向揚雄，援引傳記以解説之，亦不能詳悉，所闕者衆，日無聞焉。既有解詞，乃復多連蹇其文，濛澒其説，故厥義不昭，微指不晳，自游觀者，靡不苦之而不能照也。」

樂四

漢書藝文志諸子略儒家類：「揚雄所序三十八篇。」本注：「太玄十九，法言十三，樂四，箴二。」箴二，蓋指十二州箴與百官箴。樂四，則未詳。子雲有琴清英，殘，其殘文亦不符四數。

縣邸銘

王佴頌

階闥銘

成都四堣銘

繡補靈節龍骨之銘詩三章

子雲答劉歆書曰：「雄始能草文，先作縣邸銘、王佴頌、階闥銘及成都四堣銘。蜀人有楊莊者，爲郎，誦之於成帝，成帝好之，以爲似相如。」又曰：「令尚書賜筆墨錢六萬，得觀書於石渠。如是後一歲，作繡補靈節龍骨之銘詩三章，成帝好之。」按此諸作，今皆亡。

倉頡訓纂一篇

漢書本傳：「史篇莫善於倉頡，作訓纂。」

又藝文志六藝略小學家後序曰：「至元始中，徵天下通小學者以百數，各令記字于庭中。

揚雄取其有用者以作訓纂篇，順續倉頡，又易倉頡中重復之字，凡八十九章。」按元始，平帝年號（公元元——公元五）。

謝啓昆小學考曰：「揚雄倉頡訓纂，隋志已不列其目，蓋其亡久矣。説文解字肉部膴、胏、奞，舛部舛，晶部曡，糸部綷，手部重文拜，黽部鼂，並引揚雄説，即訓纂也。又甾部𤭁，引杜林以爲竹筥，揚雄以爲蒲器。斗部斡，揚雄杜林説皆以爲軺車輪斡。揚與杜並有倉頡訓纂，故許君亦兼引之也。」

馬國翰訓纂輯本敍曰：「訓纂視凡將尤爲僅見，唐釋玄應一切經音義引『鱓蛇魚』句，許氏説文引揚雄説十二條，亦訓纂文也。」

附録三

揚雄年表

漢宣帝甘露元年戊辰（公元前五三）

揚雄生。　雄，字子雲，蜀郡成都人。　漢書本傳：年十二，以父德任爲輦郎；既冠（二十歲），以行修飭，擢爲諫大夫。

劉更生二十五歲，時爲諫大夫。　後改名劉向，字子政。

劉歆約生於是年。　歆，劉更生子，生卒年歲不詳，據其生平行事估計，約生於是年或略後。

甘露二年己巳（公元前五二）

揚雄二歲。

趙充國八十六歲，薨。　揚雄後作趙充國頌。

甘露三年庚午 （公元前五一）

是年二月，召諸儒講論五經於石渠閣。

揚雄三歲。

劉更生二十七歲，被徵受穀梁春秋，參預石渠閣五經講論。

甘露四年辛未 （公元前五〇）

揚雄四歲。

劉更生二十八歲，拜郎中，給事黄門。

黄龍元年壬申 （公元前四九）

揚雄五歲。

元帝初元元年癸酉 （公元前四八）

揚雄六歲。

劉更生三十歲。太傅蕭望之爲前將軍，少傅周堪爲諸吏光禄大夫，皆領尚書事，同薦更生，擢爲散騎宗正給事中。

初元二年甲戌（公元前四七）

揚雄七歲。

劉更生三十一歲。是年十二月，中書令弘恭石顯等譖望之，望之自殺。更生免官，此後廢居十餘年。

初元三年乙亥（公元前四六）

揚雄八歲。

初元四年丙子（公元前四五）

揚雄九歲。

王莽生。

初元五年丁丑（公元前四四）

揚雄十歲。

永光元年戊寅（公元前四三）

揚雄十一歲。

永光二年己卯（公元前四二）

揚雄十二歲。

永光三年庚辰（公元前四一）

揚雄十三歲。

永光四年辛巳（公元前四〇）

揚雄十四歲。

永光五年壬午（公元前三九）

揚雄十五歲。

建昭元年癸未（公元前三八）

揚雄十六歲。

建昭二年甲申　（公元前三七）

揚雄十七歲。

建昭三年乙酉　（公元前三六）

揚雄十八歲。

建昭四年丙戌　（公元前三五）

揚雄十九歲。

桓譚生。　後漢書本傳云：「出爲六安丞，道卒，年七十餘。」據後漢書校補考訂其卒年當在東漢建武十二年（公元三六）。設其時爲七十一歲，逆推當生於是年。

建昭五年丁亥　（公元前三四）

揚雄二十歲。

竟寧元年戊子　（公元前三三）

揚雄二十一歲。

成帝建始元年己丑　（公元前三二）

成帝即位，尊元后政君爲皇太后，王鳳爲大司馬。（皇太后是王莽姑母，王鳳是王莽伯父。）

揚雄二十二歲。

劉更生四十二歲。廢十餘年，至此復進用，改名向，字子政，以故九卿，拜爲中郎，使護三輔都水。數奏封事，遷光禄大夫。

劉歆二十二歲，爲黄門郎，約在是年。

王莽十四歲。

桓譚四歲。

建始二年庚寅　（公元前三一）

揚雄二十三歲。

建始三年辛卯　（公元前三〇）

揚雄二十四歲。

建始四年壬辰 （公元前二九）

揚雄二十五歲。

河平元年癸巳 （公元前二八）

揚雄二十六歲。

河平二年甲午 （公元前二七）

揚雄二十七歲。

河平三年乙未 （公元前二六）

揚雄二十八歲。

劉向五十二歲。 是年，使謁者陳農求遺書天下，詔劉向校中五經秘書。

劉歆二十八歲，受詔與父向領校秘書，講六藝、傳記、諸子、詩賦、數術、方技，無所不究。

河平四年丙申 （公元前二五）

揚雄二十九歲。

陽朔元年丁酉　（公元前二四）

揚雄三十歲。

陽朔二年戊戌　（公元前二三）

揚雄三十一歲。

劉向五十五歲，上疏諫延陵制度泰奢。成帝感傷其意，以向爲中壘校尉。

陽朔三年己亥　（公元前二二）

是年秋八月丁巳，大司馬大將軍王鳳薨，以王音爲大司馬車騎將軍。

揚雄三十二歲。

王莽二十四歲。伯父大將軍王鳳病且死，以莽託太后及帝，拜爲黄門郎，遷射聲校尉。

陽朔四年庚子　（公元前二一）

揚雄三十三歲。

鴻嘉元年辛丑　（公元前二〇）

揚雄三十四歲。

鴻嘉二年壬寅（公元前一九）

揚雄三十五歲。

鴻嘉三年癸卯（公元前一八）

是年廢許皇后。

揚雄三十六歲。

鴻嘉四年甲辰（公元前一七）

揚雄三十七歲。

永始元年乙巳（公元前一六）

是年六月，立趙婕妤飛燕爲皇后。

揚雄三十八歲。

劉向六十二歲，進列女傳、新序、説苑以戒天子。

王莽三十歲。在位多稱莽者，於是先追封莽父曼（早卒）爲新都哀侯，而莽嗣爵爲新都侯。遷騎都尉光禄大夫侍中。

桓譚二十歲，爲郎。後漢書本傳：「父成帝時爲太樂令，譚以父任爲郎。」（按桓譚爲郎，不知何年，姑繫於此。）

永始二年丙午（公元前一五）

是年正月己丑，大司馬車騎將軍王音薨，三月丁酉，成都侯王商爲大司馬衛將軍。

揚雄三十九歲。

永始三年丁未（公元前一四）

揚雄四十歲。

永始四年戊申（公元前一三）

揚雄四十一歲。

元延元年己酉（公元前一二）

是年十二月乙未，大司馬衛將軍王商遷大司馬大將軍，辛亥薨（遷官之後第十七天）。

庚申，光禄勳王根爲大司馬車騎將軍。

揚雄四十二歲，自蜀來至，游京師。 漢書本傳贊云：「初，雄年四十餘，自蜀來至游京師。大司馬車騎將軍王音奇其文雅，薦雄待詔。歲餘，奏羽獵賦。」 按大司馬車騎將軍王音前此三年已死，不得召見揚雄。四庫提要揚雄集提要引宋祁，以爲王音是王根之誤，似亦有未合。王商之死，在遷官後第十七天，王根繼王商爲大司馬又在商死第九天，均在十二月中，則王根爲大司馬必在十二月末。而雄於次年正月即從祠甘泉，其間不容有爲門下史薦待詔之迴旋餘地。故愚以爲爲門下史薦待詔，均應屬之王商，蓋王商將死而薦雄也。且音、商二字形近易混，而年餘奏賦，亦正與元延二年冬大校獵之事相合也。 又雄答劉歆書云：「先作縣邸銘、王佴頌、階闥銘及成都四堣銘，蜀人有楊莊者，爲郎，誦之於成帝，成帝好之，以爲似相如。雄以此得外見，此數者，皆都水君常見也。」按亦當是是年之事。

劉向六十六歲，在護三輔都水任上。

元延二年庚戌（公元前一一）

春正月，成帝行幸甘泉，郊泰畤。三月，行幸河東，祠后土。冬，行幸長楊宮，縱胡客大校獵。宿萯陽宮，賜從官。

揚雄四十三歲。成帝出幸，雄皆從行，並分別奏上甘泉賦、河東賦、羽獵賦、長楊賦，惟大校獵宿萯陽，已至元延三年春，長楊賦當爲元延三年奏上。

劉向六十七歲，在中壘校尉護三輔都水任上。

桓譚二十五歲，爲郎。其仙賦序云：「余少時爲郎，從孝成帝出祠甘泉河東，見部先置華陰集靈宮。宮在華山下，武帝所造。」

元延三年辛亥（公元前一〇）

揚雄四十四歲，除爲郎，給事黄門。本傳贊云：「歲餘，奏羽獵賦，除爲郎，給事黄門。」雄答劉歆書云：「雄爲郎之歲，自奏少不得學，而心好沈博絶麗之文，願不受三歲之奉，且休脱直事之繇，得肆心廣意，以自克就。有詔可不奪奉，令尚書賜筆墨錢六萬，得觀書於石室。」

劉向六十八歲，典校秘書。

劉歆四十四歲，典校秘書。

王莽三十六歲，爲侍中騎都尉光禄大夫。

桓譚二十六歲，爲郎。

元延四年壬子（公元前九）

春正月，行幸甘泉，郊泰畤。三月，行幸河東，祠后土。

揚雄四十五歲，爲黄門郎。

綏和元年癸丑（公元前八）

是年夏四月，以大司馬票騎將軍王根爲大司馬，罷將軍官，益俸如丞相。十月，病免，薦王莽以自代。十二月，罷州刺史，更置州牧，秩二千石。

揚雄四十六歲，爲黄門郎，作銘詩，開始搜集方言異語。

雄答劉歆書曰：「如是後（爲郎後）一歲，作繡補靈節龍骨之銘詩三章，成帝好之，遂得盡意。故天下上計孝廉及内郡衛卒會者，雄常把三寸弱翰，齎油素四尺，以問其異語，歸即以鉛摘次之于槧。」

王莽三十八歲，以侍中騎都尉光禄大夫擢拜大司馬。

綏和二年甲寅（公元前七）

春正月，行幸甘泉，郊泰畤。三月，行幸河東，祠后土。丙戌，成帝崩。

揚雄四十七歲，爲黄門郎。

哀帝建平元年乙卯 （公元前六）

是年四月丁酉，侍中光禄大夫傅喜爲大司馬。

揚雄四十八歲，爲黄門郎。

劉向七十二歲，卒。

劉歆四十八歲，前爲待詔宦者署、黄門郎，父向卒後，歆復爲中壘校尉。王莽舉歆爲侍中太中大夫，遷騎都尉奉車光禄大夫，復領五經，卒父前業。是年歆改名秀，字穎叔。

按東漢光武亦名劉秀，故史仍稱劉歆原名以爲別。

王莽四十歲，避帝外家，乞骸骨，免大司馬。詔益封三百五十户，爲特進。

建平二年丙辰 （公元前五）

是年二月丁丑，大司馬傅喜免，陽安侯丁明爲大司馬衛將軍。

揚雄四十九歲，爲黄門郎。

劉歆四十九歲，得罪執政大臣，懼誅，求出爲河内太守，徙五原太守，轉涿郡太守，復爲安定屬國都尉，至哀帝崩。

建平三年丁巳 （公元前四）

董賢貴幸。初爲黄門郎與揚雄同官，拜駙馬都尉，侍中。拜賢父爲少府，徙衛尉。拜賢妻父爲將作大匠，拜其弟爲執金吾。

揚雄五十歲，爲黄門郎。

建平四年戊午（公元前三）

哀帝命將作大匠爲董賢起大第，修冢墓，窮極技巧。封賢爲高安侯，食邑三千户。揚雄五十一歲，爲黄門郎。

王莽四十三歲，遣就國。

元壽元年己未（公元前二）

是年正月辛丑，大司馬衛將軍丁明更爲大司馬票騎將軍，特進。孔鄉侯傅晏爲大司馬衛將軍。辛亥，傅晏免。三月，丁明免。十二月，侍中駙馬都尉董賢爲大司馬衛將軍。

董賢二十三歲。

揚雄五十二歲，爲黄門郎。時丁氏傅氏董賢用事，諸附離之者，或起家至二千石。揚雄方草創太玄，或嘲雄以玄尚白，而雄解之，乃作解嘲。

元壽二年庚申　（公元前一）

是年五月甲子，大司馬衛將軍董賢更爲大司馬。六月戊午，哀帝崩，太皇太后臨朝，大司馬董賢自殺。太皇太后詔新都侯王莽爲大司馬領尚書事，王舜爲車騎將軍。丁氏傅氏皆免歸故郡。

揚雄五十三歲，爲黄門郎。是年正月，匈奴單于求朝，哀帝病，將不許。雄上諫勿許單于朝書。

劉歆五十三歲。歆歷三郡守，以病免官，起家爲安定屬國都尉。會哀帝崩，王莽持政。莽少與歆俱爲黄門郎，白太后，太后留歆爲右曹太中大夫，遷中壘校尉。

王莽四十五歲。

桓譚三十五歲。後漢書本傳：「性耆倡樂，簡易不修威儀，而喜非毁俗儒，由是多見排抵，哀平間，位不過郎。」

平帝元始元年辛酉　（公元元）

揚雄五十四歲，爲黄門郎。

劉歆五十四歲。初置羲和官，秩二千石。歆爲羲和。

王莽四十六歲，爲太傅，號安漢公，益封二萬八千户。

元始二年壬戌（公元二）

郡國旱蝗，民流亡。

揚雄五十五歲，爲黄門郎。

元始三年癸亥（公元三）

是年春，王莽女爲皇后。夏，立學官，郡國曰學，縣、道、邑、侯國曰校，鄉曰庠，聚曰序。

陽陵任横起事，旋敗死。

揚雄五十六歲，爲黄門郎。

班彪生。

元始四年甲子（公元四）

是年夏，王莽奏立明堂辟雍靈臺，分天下爲十二州，更定官名。

揚雄五十七歲，爲黄門郎。

王莽四十九歲，加安漢公號曰宰衡。

元始五年乙丑（公元五）

是年十二月，王莽毒死平帝。
揚雄五十八歲，爲黄門郎。
王莽五十歲，加九錫。
劉歆五十八歲。爲羲和、京兆尹，受詔與平晏孔永孫遷等治明堂辟雍，令漢與文王靈臺、周公作洛同符。歆封紅休侯，典儒林史卜之官，考定律曆，著三統曆譜。

孺子嬰元年丙寅（公元六）

是年，王莽居攝。四月，安衆侯劉崇起兵攻宛，敗死。
揚雄五十九歲，爲黄門郎。
王莽五十一歲，踐祚攝，稱假皇帝。

王莽居攝二年丁卯（公元七）

是年五月，東郡太守翟義起兵反莽，立嚴鄉侯劉信爲天子。三輔民趙明霍鴻起義，自稱將軍，殺右輔都尉及斄令，衆十餘萬。
揚雄六十歲，爲黄門郎。
王莽五十二歲。

新莽初始元年戊辰（公元八）

王莽居攝三年十月改爲初始元年。十二月，自稱皇帝，國號新。

揚雄六十一歲，爲黄門郎。

王莽五十三歲。

桓譚四十三歲。後漢書本傳：「當王莽篡弒之際，天下之士莫不競褒稱德美，作符命，以求容媚。譚獨自守，默然無言。」

新莽始建國元年己巳（公元九）

以十二月之朔爲建國元年之朔。正月，更定官名。諸侯王之號皆稱公，四夷稱王者皆更爲侯。四月，徐鄉侯劉快起兵，旋敗。

揚雄六十二歲，轉爲大夫（太中大夫）。漢書本傳：「莽賢（董賢）皆爲三公，權傾人主，所薦莫不拔擢，而雄三世不徙官。及莽篡位，談説之士用符命稱功德獲封爵者甚衆，雄復不侯。以耆老久次轉爲大夫。恬於勢利迺如是。」

劉歆六十二歲，以少阿羲和京兆尹紅休侯爲國師嘉新公。

桓譚四十四歲。後漢書本傳云：「莽時爲掌樂大夫。」新論祛蔽篇亦云：「余前爲王翁典樂大夫。」其由郎轉爲大夫，當與揚雄同時。

班彪七歲。

始建國二年庚午（公元一〇）

是年二月，令漢諸侯王爲公者，悉上璽綬爲民，獨廣陽王劉嘉等以獻符命封列侯。

揚雄六十三歲。漢書本傳：莽誅甄豐父子。劉歆子棻，曾從雄學奇字，亦牽連有罪，流於幽州。莽令辭所連及，便收不請。時雄校書天禄閣上，治獄使者來欲收雄，雄懼不免，迺從閣上投下，幾死。王莽赦之。雄以病免。復召爲大夫。

劉歆六十三歲。子侍中東通靈將五司大夫隆威侯棻，及歆門人侍中騎都尉丁隆，坐甄豐父子事，劉棻流於幽州，丁隆殛於羽山。

始建國三年辛未（公元一一）

是時諸將在邊，須大衆集，吏士放縱；而内郡愁於徵發，民棄城郭，流亡爲盜賊。并州平州尤甚。

揚雄六十四歲。爲太中大夫。

始建國四年壬申（公元一二）

莽下書：以洛陽爲東都，以常（長）安爲西都，州九，爵五，諸侯千有八百。
揚雄六十五歲，爲太中大夫。

始建國五年癸酉（公元一三）

二月癸丑，新室文母皇太后崩。莽詔大夫揚雄作誄。
揚雄六十六歲，作元后誄。又作劇秦美新，當在此時前後。

天鳳元年甲戌（公元一四）

揚雄六十七歲，爲太中大夫。

天鳳二年乙亥（公元一五）

揚雄六十八歲，爲太中大夫。

天鳳三年丙子（公元一六）

揚雄六十九歲，爲太中大夫。漢書本傳贊：雄「家素貧，耆酒，人希至其門。時有好事者載酒肴從遊學。而鉅鹿侯芭常從雄居，受其太玄、法言焉。劉歆亦嘗觀之，謂雄曰：『空自苦！今學者有禄利，然尚不能明易，又如玄何？吾恐後人用覆醬瓿也！』雄笑而不答。」此皆不能確定何年，姑記於此。

天鳳四年丁丑（公元一七）

是年，臨淮瓜田儀依阻會稽長州起義。琅邪呂母聚衆殺海曲宰，入海起義。荆州飢民推王匡王鳳爲首，聚緑林山起義。南郡張霸、江夏羊牧等俱起，衆皆萬人。揚雄七十歲，爲太中大夫。

天鳳五年戊寅（公元一八）

是歲，琅邪樊崇起義於莒，轉入泰山，與琅邪人逄安、東海人徐宣、刁子都之衆合，轉攻青徐間。

揚雄七十一歲，爲太中大夫，卒。按揚雄之卒，不知在是年何月。其答劉歆從取方言書乃作於卒前。答書中説：「爲郎之歲」奏請「問其異語，歸即以鉛摘次之于槧，二十七年於今矣」。雄四十四歲爲郎，加二十七年，正合七十一歲，故知答書必作於是年也。方言一書始終未與劉歆，故七略不載，漢書藝文志無録。

劉歆七十一歲。後至更始元年（公元二三）七十六歲，謀劫王莽，事敗自殺。

王莽六十三歲。後至更始元年，六十八歲，被起義者殺于漸臺。
桓譚五十三歲。後至東漢建武十二年（公元三六），七十餘歲卒。
班彪十六歲。後至東漢建武三十年（公元五四），五十二歲卒。

揚雄卒後，詔陪葬惠帝安陵阪上。桓譚爲之治喪，侯芭負土作墳，號曰玄冢。侯芭字鋪子。論衡案書篇：「揚子雲作太玄，侯鋪子隨而宣之。」

揚雄有子二人，早亡，子雲皆持歸葬於蜀。其一名烏，法言問神篇：「育而不苗者，吾家之童烏乎！九齡而與我玄文。」其一不可考。

一九八八年元月震記

瓶水齋詩集	[清]舒位著　曹光甫點校
龔自珍全集	[清]龔自珍著　王佩諍校點
龔自珍詩集編年校注	[清]龔自珍著　劉逸生、周錫輹校注
水雲樓詩詞箋注	[清]蔣春霖著　劉勇剛箋注
人境廬詩草箋注	[清]黃遵憲著　錢仲聯箋注
嶺雲海日樓詩鈔	[清]丘逢甲著　丘鑄昌標點

安雅堂全集	[清]宋琬著　馬祖熙標校
龔鼎孳詞校注	[清]龔鼎孳著　孫克强、鄧妙慈校注
吴嘉紀詩箋校	[清]吴嘉紀著　楊積慶箋校
陳維崧集	[清]陳維崧著　陳振鵬標點 李學穎校補
屈大均詩詞編年校箋	[清]屈大均著　陳永正等校箋
屈大均詞箋注	[清]屈大均著　陳永正箋注
秋笳集	[清]吴兆騫撰　麻守中校點
漁洋精華録集釋	[清]王士禛著 李毓芙、牟通、李茂肅整理
聊齋志異會校會注會評本	[清]蒲松齡著　張友鶴輯校
敬業堂詩集	[清]查慎行著　周劭標點
納蘭詞箋注	[清]納蘭性德著　張草紉箋注
方苞集	[清]方苞著　劉季高校點
樊榭山房集	[清]厲鶚著　[清]董兆熊注 陳九思標校
劉大櫆集	[清]劉大櫆著　吴孟復標點
儒林外史彙校彙評(增訂版)	[清]吴敬梓著　李漢秋輯校
小倉山房詩文集	[清]袁枚著　周本淳標校
忠雅堂集校箋	[清]蔣士銓著　邵海清校 李夢生箋
甌北集	[清]趙翼著　李學穎、曹光甫校點
惜抱軒詩文集	[清]姚鼐著　劉季高標校
兩當軒集	[清]黄景仁著　李國章校點
惲敬集	[清]惲敬著　萬陸、謝珊珊、林振岳 標校　林振岳集評
茗柯文編	[清]張惠言著　黄立新校點

湯顯祖戲曲集	[明]湯顯祖著　錢南揚校點
白蘇齋類集	[明]袁宗道著　錢伯城校點
袁宏道集箋校	[明]袁宏道著　錢伯城箋校
珂雪齋集	[明]袁中道著　錢伯城點校
喻世明言會校本	[明]馮夢龍編著　李金泉點校
警世通言會校本	[明]馮夢龍編著　李金泉點校
醒世恒言會校本	[明]馮夢龍編著　李金泉點校
隱秀軒集	[明]鍾惺著　李先耕、崔重慶標校
譚元春集	[明]譚元春著　陳杏珍標校
張岱詩文集(增訂本)	[明]張岱著　夏咸淳輯校
陳子龍詩集	[明]陳子龍著 施蟄存、馬祖熙標校
夏完淳集箋校(修訂本)	[明]夏完淳著　白堅箋校
牧齋初學集	[清]錢謙益著　[清]錢曾箋注 錢仲聯標校
牧齋有學集	[清]錢謙益著　[清]錢曾箋注 錢仲聯標校
牧齋雜著	[清]錢謙益著　[清]錢曾箋注 錢仲聯標校
牧齋初學集詩注彙校	[清]錢謙益著　[清]錢曾箋注 卿朝暉輯校
李玉戲曲集	[清]李玉著 陳古虞、陳多、馬聖貴點校
吴梅村全集	[清]吴偉業著　李學穎集評標校
歸莊集	[清]歸莊著
顧亭林詩集彙注	[清]顧炎武著　王蘧常輯注 吴丕績標校

劍南詩稿校注	[宋]陸游著　錢仲聯校注
放翁詞編年箋注(增訂本)	[宋]陸游著　夏承燾、吴熊和箋注 陶然訂補
渭南文集箋校	[宋]陸游著　朱迎平箋校
范石湖集	[宋]范成大撰　富壽蓀標校
范成大集校箋	[宋]范成大撰　吴企明校箋
于湖居士文集	[宋]張孝祥著　徐鵬校點
稼軒詞編年箋注(定本)	[宋]辛棄疾撰　鄧廣銘箋注
辛棄疾詞校箋	[宋]辛棄疾著　吴企明校箋
姜白石詞編年箋校	[宋]姜夔著　夏承燾箋校
後村詞箋注	[宋]劉克莊著　錢仲聯箋注
劉辰翁詞校注	[宋]劉辰翁著　吴企明校注
瀛奎律髓彙評	[元]方回選評　李慶甲集評校點
雁門集	[元]薩都拉著 殷孟倫、朱廣祁校點
揭傒斯全集	[元]揭傒斯著　李夢生標校
高青丘集	[明]高啓著　[清]金檀注 徐澄宇、沈北宗校點
唐寅集	[明]唐寅著　周道振、張月尊輯校
文徵明集(增訂本)	[明]文徵明著　周道振輯校
震川先生集	[明]歸有光著　周本淳校點
海浮山堂詞稿	[明]馮惟敏著 凌景埏、謝伯陽標校
滄溟先生集	[明]李攀龍著　包敬第標校
梁辰魚集	[明]梁辰魚著　吴書蔭編集校點
沈璟集	[明]沈璟著　徐朔方輯校
湯顯祖詩文集	[明]湯顯祖著　徐朔方箋校

歐陽修詞校注	［宋］歐陽修著　胡可先、徐邁校注
蘇舜欽集	［宋］蘇舜欽著　沈文倬校點
嘉祐集箋注	［宋］蘇洵著　曾棗莊、金成禮箋注
王荆文公詩箋注（修訂版）	［宋］王安石著　［宋］李壁箋注 高克勤點校
王令集	［宋］王令著　沈文倬校點
蘇軾詩集合注	［宋］蘇軾著　［清］馮應榴注 黄任軻、朱懷春校點
東坡樂府箋	［宋］蘇軾著　［清］朱孝臧編年 龍榆生校箋
東坡詞傅幹注校證	［宋］蘇軾著　［宋］傅幹注 劉尚榮校證
欒城集	［宋］蘇轍著　曾棗莊、馬德富校點
山谷詩集注	［宋］黄庭堅著　［宋］任淵、史容、 史季温注　黄寶華點校
山谷詩注續補	［宋］黄庭堅著　陳永正、何澤棠注
山谷詞校注	［宋］黄庭堅著　馬興榮、祝振玉校注
淮海集箋注（修訂本）	［宋］秦觀撰　徐培均箋注
淮海居士長短句箋注	［宋］秦觀著　徐培均箋注
賀鑄詞集校注	［宋］賀鑄著　鍾振振校注
清真集箋注	［宋］周邦彦著　羅忼烈箋注
石門文字禪校注	［宋］釋惠洪撰　周裕鍇校注
石林詞箋注	［宋］葉夢得著　蔣哲倫箋注
樵歌校注	［宋］朱敦儒著　鄧子勉校注
李清照集箋注（修訂本）	［宋］李清照著　徐培均箋注
吕本中詩集箋注	［宋］吕本中著　祝尚書箋注
陳與義集校箋	［宋］陳與義著　白敦仁校箋
蘆川詞箋注	［宋］張元幹著　曹濟平箋注

韓昌黎文集校注	[唐]韓愈著　馬其昶校注 馬茂元整理
劉禹錫集箋證	[唐]劉禹錫著　瞿蜕園箋證
白居易集箋校	[唐]白居易著　朱金城箋校
柳宗元詩箋釋	[唐]柳宗元著　王國安箋釋
柳河東集	[唐]柳宗元著　[宋]廖瑩中輯注
元稹集校注	[唐]元稹著　周相録校注
長江集新校	[唐]賈島著　李嘉言新校
張祜詩集校注	[唐]張祜著　尹占華校注
三家評注李長吉歌詩	[唐]李賀著　[清]王琦等評注 蔣凡校點
樊川文集	[唐]杜牧著　陳允吉校點
樊川詩集注	[唐]杜牧著　[清]馮集梧注
温飛卿詩集箋注	[唐]温庭筠著　[清]曾益等箋注
玉谿生詩集箋注	[唐]李商隱著　[清]馮浩箋注 蔣凡校點
樊南文集	[唐]李商隱著　[清]馮浩詳注 錢振倫、錢振常箋注
皮子文藪	[唐]皮日休著　蕭滌非、鄭慶篤整理
鄭谷詩集箋注	[唐]鄭谷著 嚴壽澂、黄明、趙昌平箋注
韋莊集箋注	[五代]韋莊著　聶安福箋注
李璟李煜詞校注	[南唐]李璟、李煜著　詹安泰校注
張先集編年校注	[宋]張先著　吴熊和、沈松勤校注
二晏詞箋注	[宋]晏殊、晏幾道著　張草紉箋注
樂章集校箋	[宋]柳永著　陶然、姚逸超校箋
梅堯臣集編年校注	[宋]梅堯臣著　朱東潤編年校注
歐陽修詩文集校箋	[宋]歐陽修著　洪本健校箋

蕭繹集校注	［南朝梁］蕭繹著　陳志平、熊清元校注
玉臺新咏彙校	吴冠文、談蓓芳、章培恒彙校
王績集會校	［唐］王績著　韓理洲校點
王梵志詩校注（增訂本）	［唐］王梵志著　項楚校注
盧照鄰集箋注	［唐］盧照鄰著　祝尚書箋注
駱臨海集箋注	［唐］駱賓王著　［清］陳熙晉箋注
王子安集注	［唐］王勃著　［清］蔣清翊注
陳子昂集（修訂本）	［唐］陳子昂撰　徐鵬校點
孟浩然詩集箋注（增訂本）	［唐］孟浩然著　佟培基箋注
王右丞集箋注	［唐］王維著　［清］趙殿成箋注
李白集校注	［唐］李白著　瞿蜕園、朱金城校注
高適集校注（修訂本）	［唐］高適著　孫欽善校注
杜詩趙次公先後解輯校	［唐］杜甫著　［宋］趙次公注　林繼中輯校
新刊校定集注杜詩	［唐］杜甫著　［宋］郭知達輯注　聶巧平點校
新定杜工部草堂詩箋斠證	［唐］杜甫著　［宋］魯訔編　［宋］蔡夢弼會箋　曾祥波新定斠證
杜詩鏡銓	［唐］杜甫著　［清］楊倫箋注
錢注杜詩	［唐］杜甫著　［清］錢謙益箋注
杜甫集校注	［唐］杜甫著　謝思煒校注
岑參集校注	［唐］岑參著　陳鐵民、侯忠義校注
戴叔倫詩集校注	［唐］戴叔倫著　蔣寅校注
韋應物集校注（增訂本）	［唐］韋應物著　陶敏、王友勝校注
權德輿詩文集	［唐］權德輿撰　郭廣偉校點
王建詩集校注	［唐］王建著　尹占華校注
韓昌黎詩繫年集釋	［唐］韓愈著　錢仲聯集釋

《中國古典文學叢書》已出書目

詩經今注	高亨注
楚辭集注	[宋]朱熹撰　黄靈庚點校
楚辭今注	湯炳正、李大明、李誠、熊良智注
司馬相如集校注	[漢]司馬相如著　金國永校注
揚雄集校注	[漢]揚雄著　張震澤校注
張衡詩文集校注	[漢]張衡著　張震澤校注
阮籍集	[魏]阮籍著　李志鈞等校點
陸機集校箋	[晉]陸機著　楊明校箋
陶淵明集校箋(修訂本)	[晉]陶潛著　龔斌校箋
世説新語箋疏(修訂本)	[南朝宋]劉義慶撰　余嘉錫箋疏 周祖謨等整理
世説新語校釋(增訂本)	[南朝宋]劉義慶撰　[南朝梁]劉孝標注　龔斌校釋
鮑參軍集注	[南朝宋]鮑照著 錢仲聯增補集説校
謝宣城集校注	[南朝齊]謝朓著　曹融南校注集説
江文通集校注	[南朝梁]江淹著　丁福林、楊勝朋校注
文心雕龍義證	[南朝梁]劉勰著　詹鍈義證
詩品集注(增訂本)	[梁]鍾嶸著　曹旭集注
文選	[梁]蕭統編　[唐]李善注